KB192757

제가 당신께 간청했습니까, 창조주여.

진흙을 빚어 저를 인간으로 만들어 달라고?

제가 당신께 애원했습니까,

저를 어둠에서 끌어내 달라고?

《실낙원》

글 메리 셸리

영국의 소설가이자 극작가, 수필가이다. 1797년 급진적인 사상가였던 부모 밑에서 태어났다. 1818년, 여성 작가를 차별하는 사회 분위기 탓에 익명으로 《프랑켄슈타인》을 발표했다. 이 작품은 1831년에서야 비로소 작가가 메리 셸리라는 사실이 밝혀졌고, 공포 소설과 과학 소설(SF)의 명작으로 평가된다.

그림 데이비드 플런커트

미국의 그래픽 디자이너이자 일러스트레이터, 카툰 작가다. 뉴욕 일러스트레이터 협회 제61회 전시회에서 금메달을 받았고, 메릴랜드 예술대에서 디자인과 일러스트레이션을 가르치고 있다.

옮김 강수정

연세대학교를 졸업한 후 출판사와 잡지사에서 근무했으며, 현재 전문 번역가로 활동하고 있다. 옮긴 책으로는 《타임머신》, 《오만과 편견》, 《신도 버린 사람들》, 《모비 딕》, 《태어나서 처음으로》 등이 있다.

프랑켄슈타인

현 대 의 프 로 메 테 우 스

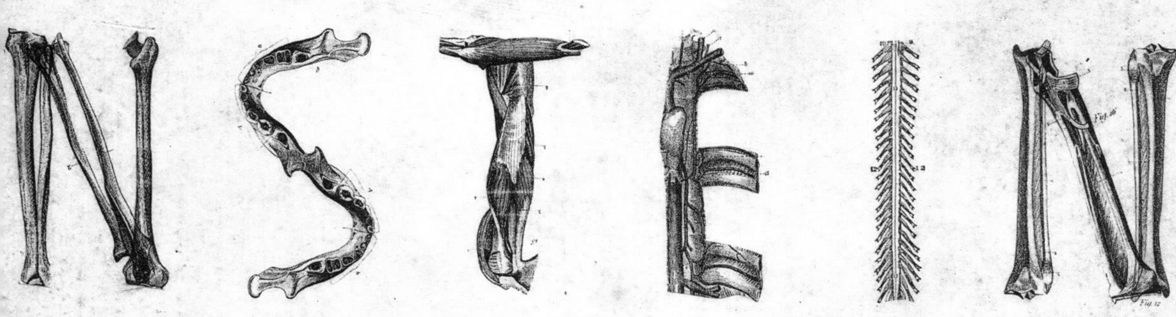

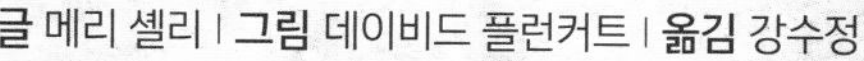

지학사아르볼

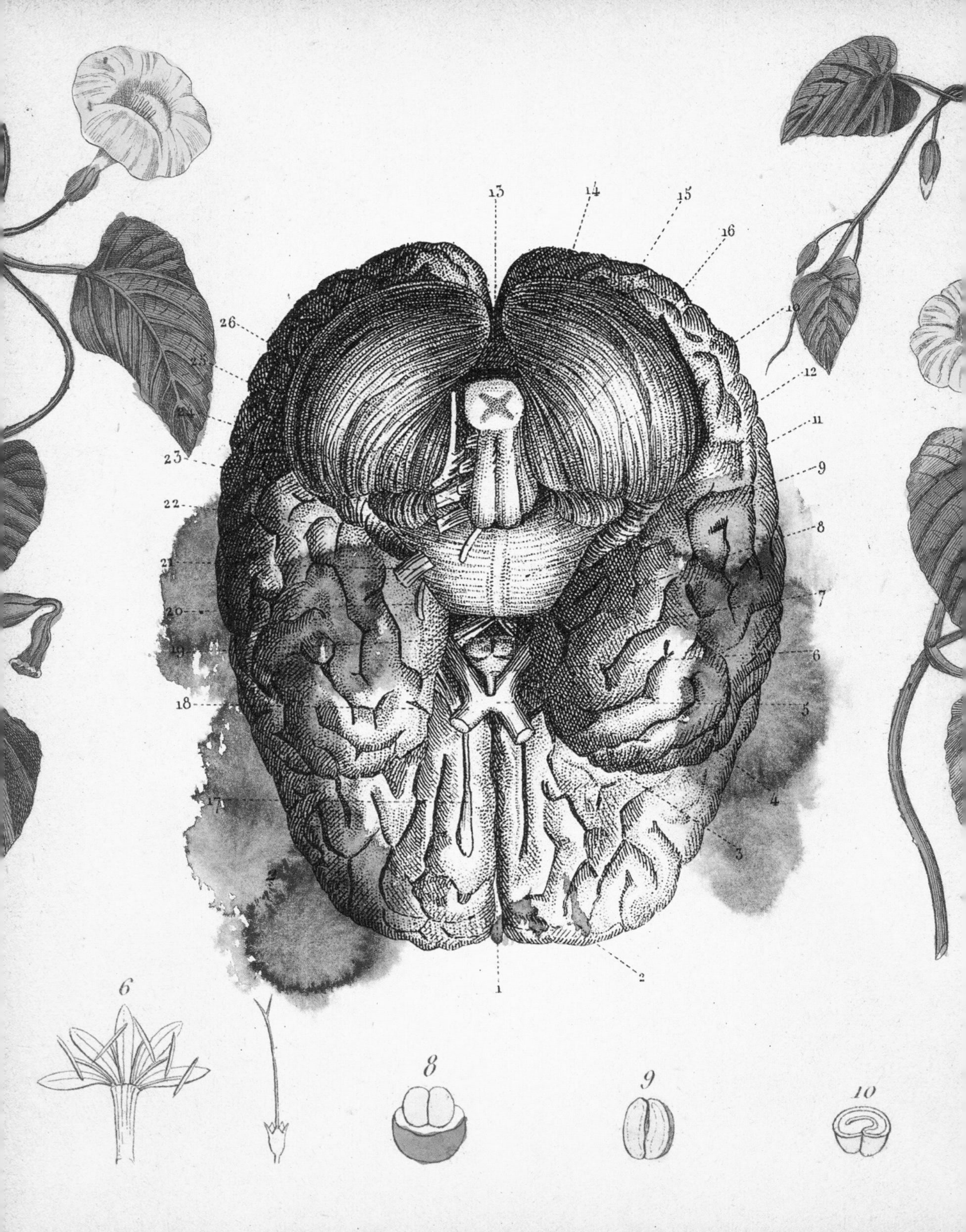
13
14
15
16
26
25
24
23
22
21
20
19
18
17
10
12
11
9
8
7
6
5
4
3
2
1
6
8
9
10

프랑켄슈타인

현대의 프로메테우스

I

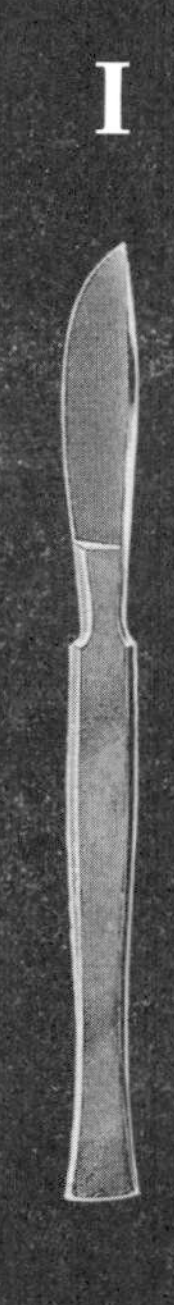

서문

이 소설의 토대가 된 사건을 다윈 박사와 독일의 몇몇 생리학 저술가들은 불가능하지 않다고 여겼다. 나로서는 그런 상상을 조금이라도 진지하게 믿는 사람으로 비춰지고 싶지 않지만, 그걸 바탕으로 환상적인 이야기를 풀어내는 작업이 일련의 초자연적 공포를 엮는 것에 그친다고는 생각하지 않는다. 이 소설을 흥미롭게 만들어 주는 사건에는 유령이나 마법 따위의 얄팍한 이야기가 지닌 허점이 없다. 소설에서 전개되는 참신한 상황은 이야기의 장점으로 작용하며, 비록 물리적으로는 불가능하더라도 기존의 사건을 평이하게 진술하는 것보다 인간의 열정을 더 포괄적이고 능숙하게 그려 내는 상상력에 하나의 관점을 제시한다.

그런 까닭에 나는 인간 본성의 기본 원칙을 충실하게 지키면서 혁신적인 조합을 과감히 시도했다. 그리스의 비극 서사시 《일리아스》, 셰익스피어의 《템페스트》와 《한여름 밤의 꿈》, 그리고 무엇보다 밀턴의 《실낙원》도 이 규칙에 충실한 작품이다. 아무리 변변찮은 소설가라도 자신의 작업을 통해 즐거움을 주고받고자 한다면 틀림없이 일종의 규칙이라고 할 수 있는 이런 파격, 섬세하게 결합된 감정들이 최고의 시로 탄생한 경우가 많은 규칙을 적용할 것이다.

이런 상황을 담은 이야기를 지어 보자는 생각은 허물없는 대화 중에 나왔다. 어느 정도는 재미 삼아 시작했지만, 지금껏 시도된 적 없는 생각을 발굴하기에도 제격일 것 같았다. 작업을 진행하면서 다른 동기들도 생겨났다. 작품에 담긴 정서나 등장인물의 도덕적 성향이 독자에게 미칠 영향을 결코 가볍게 여긴 건 아니다. 그러나 그런 걱정은 요즘의 소설들처럼 무기력한 인상은 주지 않으면서 가족의 따뜻한 정과 보편적 가치의 위대함을 보여 주는 것에 국한했다. 등장인물과 주인공이 드러내는 견해를 평소의 내 신념이라고 생각하면 곤란하다. 이제 곧 펼쳐질 내용에 대해서도 이런저런 추론이 나올 테지만, 특정한 학설에 대한 편견은 전혀 없다.

장엄한 풍경이 소설의 주된 배경이 되었고, 지금까지도 아쉬움이 남는 모임에서 비롯됐다는 사실은 작가에게 중요한 의미를 더한다. 나는 1816년 여름을 제네바 근교에서 보냈다. 그해 여름은 비가 많이 내리고 서늘했다. 저녁이면 우리는 난롯가에 앉아 우연히 손에 넣은 독일 괴기 소설을 읽었다. 그러다 장난삼아 비슷한 걸 써 보자고 했다. 다른 두 친구(그중 한 명의 펜 끝에서 이야기가 나왔더라면 내가 아무리 잘 썼더라도 대중에게서 더 큰 사랑을 받았을 텐데.)와 나는 초자연적인 사건에 대한 이야기를 써 보기로 했다.

그런데 날씨가 갑자기 화창해지면서 두 친구는 알프스로 여행을 떠났고, 그곳의 장엄한 풍경에 매료된 나머지 괴기 소설에 대한 기억은 모두 잊고 말았다. 그리하여 이제부터 이어질 이야기만이 유일하게 완성되었다.

말로에서, 1817년 9월

편지 1

새빌 부인 귀하, 잉글랜드.

상트페테르부르크, 17—년 12월 11일.

누님께서 불길한 예감이 든다며 그토록 걱정하셨던 일이 아무 탈 없이 시작됐다는 반가운 소식을 전합니다. 이곳에는 어제 도착했는데, 제가 잘 있고 이번 사업의 성공에 대한 자신감도 늘어난다는 얘기로 사랑하는 누님을 제일 먼저 안심시켜 드려야겠다고 생각했어요.

저는 이미 런던보다 한참 북쪽으로 올라왔고, 페테르부르크 거리를 걸으면 뺨에 닿는 차가운 북풍에 배짱이 두둑해지면서 즐거움이 마음에 차오릅니다. 이 기분을 누님은 아실까요? 제가 가려는 지방을 거쳐 온 바람이 그곳의 차가운 날씨를 미리 맛보게 해 주네요. 밝은 전망을 안겨 주는 이 바람에 힘입어 저의 공상은 더 강렬하고 생생해집니다. 북극이 황량한 동토라는 사실을 떠올려도 소용없어요. 제 상상 속에서 그곳은 항상 아름다움과 즐거움이 가득한 고장이니까요. 마거릿 누님, 그곳에서는 해가 영원히 저물지 않고 거대한 원반이 지평선에 걸린 채 끝없는 광채를 발한답니다. 그곳은 (누님께는 미안하지만 저보다 앞서 그곳에 갔던 항해자들에 따르면) 눈과 얼음의 유배지예요. 이제 잔잔한 바다를 건너면 사람들이 살 수 있는 지역에서 지금껏 발견된 그 어느 땅보다 더 경이롭고 아름다운 곳에 다다르게 될 겁니다. 누구에게도 발견되지 않은 그 고독 속에서 천체의 신비로운 현상이 펼쳐지고 있을 게 분명해요. 그곳의 생물이나 지형은 유례를 찾아볼 수 없을 거예요. 영원한 빛의 고장에서 무엇인들 기대하지 못하겠어요? 나침반의 바늘을 끌어당기는 경이로운 힘을 발견할지도 모르고, 그동안 기이하다고 여겼던 천체의 수많은 현상이 이 항해 덕분에 일관되게 정리될지도 모르죠. 저는 이제껏 누구도 와 본 적 없는 세상을 보며 타오르는 호기심을 채우고, 인간의 발길이 닿은 적 없는 곳에 제 발자국을 찍을 겁니다. 저를 유혹하는 이런 생각은 위험과 죽음을 두려워하는 마음을 잠재우기에 부족함이 없고, 그런 까닭에 고단한 여정을 시작하면서도 마음만큼은 마치 친구들과 가까운 강을 탐험하기 위해 작은 배에 오르는 아이처럼 기쁘답니다. 하지만 이런 추측들이 다 빗나간다 할지라도, 북극 근처의 항로를 발견해서 현재 몇 달씩 걸리는 시간을 줄이거나, 오로지 이번에 제가 지나는 항로에서만 밝혀낼 수 있는 자력의 비밀을 알게 된다면 자손 대대로 모든 인류에게 이루 헤아릴 수 없는 혜택을 주게 된다는 것은 분명합니다.

이런 생각을 하다 보니 편지를 쓰기 시작했을 때의 흔들리던 마음은 모두 사라지고, 타오르는 열정으로 하늘을 날 것 같은 기분입니다. 일관된 목표(영혼이 지적인 시선을 고정할 수 있는 표적)만큼 마음을 편안하게 해 주는 건 없으니까요. 이번 탐험은 어려서부터 간직해 온 최고의 꿈이었습니다. 북태평양에 도달할 거라는 생각으로 북극해를 지나간 수많은 항해의 기록을 얼마나 열심히 읽었는지 몰라요. 토머스 삼촌의 서재에 가득했던 탐사와 항해의 역사를 다룬 책들을 누님도 기억하시겠죠. 제가 공부는 소홀히 했어도 책 읽는 건 무척 좋아했잖아요. 밤낮없이 읽은 이런 책들이 제겐 공부였고, 그런 지식이 쌓일수록 아버지가 돌아가시면서 제가 배를 타지 못하게 하라고 삼촌에게 당부했다는 사실을 알고 어린 나이에도 무척 속상했습니다.

절절한 표현으로 제 영혼을 사로잡고 정신을 고양시킨 시인들의 작품을 난

생처음 접하면서 그 꿈들은 빛을 잃었죠. 실제로 시인이 되어 창작의 낙원에서 1년쯤 살기도 했잖아요. 호메로스와 셰익스피어 같은 이름이 새겨진 신전의 한 귀퉁이 정도는 차지할 수 있을 거라고 상상하기도 했어요. 제가 실패했고 엄청난 실망감에 시달렸던 것에 대해서는 누님도 잘 알고 계실 겁니다. 하지만 마침 그때 사촌의 재산을 상속받으면서 예전의 꿈으로 생각을 돌리게 됐죠.

지금의 이 모험을 결심한 건 6년 전의 일입니다. 이 원대한 모험에 인생을 걸기로 했던 순간이 지금도 기억나네요. 역경에 몸을 단련하는 것부터 시작했죠. 북해로 떠나는 고래잡이배도 여러 번 탔습니다. 자발적으로 추위와 배고픔과 목마름을 견디고 잠의 유혹과 싸웠습니다. 낮에는 일반 선원보다 더 열심히 일할 때도 많았고, 밤에는 수학과 의학을 비롯해서 해양 탐험가에게 가장 실용적인 자연과학 분야를 두루 공부했습니다. 두 번인가는 실제로 그린란드 고래잡이배의 이등 항해사로 탁월한 임무를 수행했죠. 고백하건대 선장이 배에서 서열 두 번째 자리를 제안하며 계속 함께하자고 간곡히 부탁했을 때는 조금 우쭐하기도 했습니다. 그만큼 저의 공로를 높이 평가한 것이니까요.

그러니 친애하는 마거릿 누님, 이만하면 원대한 목표를 달성할 자격이 있지 않나요? 편하고 풍족한 삶을 누렸을지도 모르지만, 저는 앞길에 흩뿌려진 돈의 유혹에 흔들리지 않고 영광을 택했습니다. 아, 격려의 목소리들이 잘했다고 대답해 주겠죠! 저의 용기와 결의는 확고합니다. 하지만 희망이 요동치면서 사기가 꺾일 때도 많습니다. 이제 막 출발하려는 길고 힘든 여정 중에 위급한 상황이 생긴다면 불굴의 의지가 필요할 겁니다. 다른 이들의 사기를 북돋워 줘야 할 뿐만 아니라 그들이 의기소침할 때에도 저는 기운을 잃지 말아야 합니다.

러시아를 여행하기에는 요즘이 제일 좋은 때입니다. 여기 사람들은 썰매를 타고 눈밭을 날듯이 달려가는데, 움직임이 경쾌하고, 제 생각에는 잉글랜드의 역마차서양에서 철도가 나오기 전에 사용하던 대중교통 수단보다 훨씬 쾌적한 것 같아요. 모피로 몸을 감싸면 추위도 그리 심하지 않습니다. 저는 모피에 이미 익숙해졌어요. 아무리 운동을 해도 피가 얼어붙을 정도로 추울 때는 갑판을 걷는 것과 몇 시간씩 가만히 앉아 있는 게 전혀 다르거든요. 상트페테르부르크와 아르한겔스크 사이의 우편물 수송 도로에서 생을 마칠 생각은 없답니다.

아르한겔스크라는 도시로는 2~3주 안에 떠날 겁니다. 거기서 배를 빌리고 고래잡이에 능숙한 선원도 필요한 만큼 구할 작정인데, 배 주인의 보험금을 대신 지불하면 배는 쉽게 빌릴 수 있어요. 출항은 6월에나 할 생각입니다. 언제 돌아오느냐고요? 아, 사랑하는 누님, 그 질문에는 제가 뭐라고 답할 수 있겠습니까? 성공한다면 아주 여러 달, 어쩌면 몇 년이 지나야 만나게 될 거예요. 실패하면 곧 다시 만나거나 어쩌면 영원히 이별을 하게 되겠죠.

그럼 안녕히 계세요, 사랑하는 마거릿 누님. 하늘의 축복이 누님께 가득하고 또 저를 지켜 주기를, 그래서 누님의 사랑과 배려에 두고두고 감사할 수 있기를 바랍니다.

사랑하는 동생,

R. 월튼

편지 2

새빌 부인 귀하, 잉글랜드.

아르한겔스크, 17—년 3월 28일.

얼음과 눈에 둘러싸인 이곳에서는 시간이 얼마나 더디게 흘러가는지요. 그래도 모험을 향한 두 번째 단계에 들어섰습니다. 배를 한 척 빌렸고, 지금은 선원을 모집하는 중이에요. 이미 고용한 사람들은 확실히 용맹해서 믿고 의지할 수 있을 것처럼 보입니다.

하지만 한 가지 아쉬움만은 끝끝내 해소할 수가 없었는데, 그 빈자리가 지금의 저에게는 가장 큰 괴로움입니다. 저에겐 친구가 없습니다, 누님. 제가 성공의 열정으로 벅차오르더라도 같이 기뻐해 줄 사람이 없고, 실망감이 밀려들어도 저를 위로해 줄 사람이 아무도 없을 거예요. 제 생각들을 종이에 옮기기는 할 겁니다. 물론이죠. 하지만 종이는 감정을 전달하기에는 신통찮은 매체입니다. 저와 공감하며 눈빛을 주고받을 동료가 있었으면 좋겠어요. 누님은 이런 저를 감상적이라고 생각할지 모르지만, 친구가 없다는 사실이 가슴에 사무칩니다. 다정하면서도 용맹하고, 너그러운 동시에 교양이 풍부하며, 저와 취향이 비슷하고, 제 계획에 동조하거나 그걸 정정해 줄 사람이 제 곁에 아무도 없어요. 그런 친구라면 이 가여운 동생의 잘못을 바로잡아 줄 텐데요! 저는 일을 추진하는 데에는 너무 열성적이고 어려운 상황에서는 조바심치거든요. 하지만 더 큰 문제는 제가 독학을 했다는 점입니다. 열네 살까지 저는 들판을 제멋대로 뛰어다니며 토머스 삼촌의 서재에 있는 항해 서적 말고는 읽은 게 없잖아요. 그러다가 열네 살 때 우리 나라의 유명한 시인들을 알게 되었죠. 하지만 모국어 말고도 여러 언어를 익힐 필요성을 깨달았을 때는 그런 확신에서 가장 중요한 결실을 얻어 낼 능력을 이미 상실한 후였습니다. 이제 저는 스물여덟 살인데, 사실상 열다섯 살짜리 학생들보다도 아는 게 없어요. 물론 그 아이들보다는 생각이 깊고, 더 넓고 웅장한 상상력을 지닌 것은 사실이지만, 제가 하는 상상들은 (화가들이 하는 말로) 서로 어울리지 않아요. 그래서 저를 감상적이라고 타박하지 않을 만큼 사려 깊고, 제 마음을 다잡아 줄 만큼 저를 사랑해 주는 친구가 간절히 필요합니다.

그래 봐야 다 부질없는 푸념이죠. 망망대해에서 친구가 생길 리 없고 심지어 상인과 뱃사람들뿐인 여기 아르한겔스크에서도 마찬가지니까요. 그래도 이들의 옹골찬 가슴에는 인간 본성의 불순한 것들에 물들지 않은 감정들이 담겨 있어요. 우리 부선장만 하더라도 용감하고 진취적이며, 명예를 몹시 갈망하는 사람이에요. 그는 잉글랜드 출신인데, 나라와 직업에 대한 편견이 강하고 교양은 부족하지만 더없이 고결한 사람입니다. 그와 처음 인연을 맺은 건 고래잡이배에 탔을 때였는데, 마침 그가 이 도시에서 일 없이 있는 걸 알고는 이번 일에 힘을 보태 달라고 쉽게 설득할 수 있었죠.

갑판장은 고결한 성품이며, 규율을 적용할 때에도 대단히 관대하고 온화하기로 배에서 정평이 났답니다. 실제로 천성이 아주 상냥해서, 피를 보는 걸 견디지 못하기 때문에 (여기 사람들이 가장 좋아하는, 거의 유일한 오락인) 사냥도 안 할 겁니다. 그런 데다가 그는 말도 안 될 만큼 아량이 넓어요. 그는 오래전에 제법 부유한 러시아 집안의 아가씨를 사랑했고, 결혼 비용도 웬만큼 모아 뒀던 터라 여자의 아버지도 혼인을 허락했습니다. 예정된 결혼식을 앞두고 신부를 만났더니 이 아가씨가 눈물범벅이 되어 그의 발치에 엎드려 용서를 구하는 게 아니겠습니까. 다른 남자를 사랑하지만 그가 가난하기 때문에 아버지가 결코 결혼을 승낙하지 않을 거라면서요. 이 너그러운 친구는 애원하는 여자를 달래 주었고, 연인의 이름을 듣고는 곧바로 결혼을 포기했어요. 여생을 보낼 생각으로 농장도 사 뒀지만, 그걸 전부 그녀의 연인에게 주었을 뿐만 아니라 가축을 사라며 남은 돈까지 얹어 주었고, 아가씨의 아버지를 찾아가 딸이 사랑하는 연인과 결혼하도록 승낙해 줄 것을 간청했어요. 하지만 노인은 제 친구에 대한 도의 때문에 그 부탁을 단호히 거절했고, 신부 아버지가 뜻을 굽히지 않을 거라고 판단한 그는 고국을 떠나 정혼녀였던 여자가 사랑하는 사람과 결혼했다는 소식을 들을 때까지 돌아가지 않았답니다. "정말 고결한 분이구나!" 누님도 이렇게 감탄하실 것 같네요. 정말 그렇답니다. 하지만 그때부터 평생을 배에서만 보냈고, 밧줄과 돛대 줄 너머의 것은 거의 생각을 하지 않는답니다.

제가 넋두리를 좀 늘어놓거나, 제 노고에 대한 위로를 끝내 구할 수 없을지도 모른다고 해서 결심이 흔들린다고 생각하진 마세요. 제 결심은 운명처럼 확고하고, 지금 항해가 늦어지는 건 날씨 탓에 출항이 여의치 않기 때문입니다. 겨울은 혹독하게 추웠지만 봄이 오는 징조가 뚜렷하고 이번 봄은 유난히 이를 거라니까 어쩌면 예상보다 더 빨리 출발할 수도 있어요. 어떤 일도 경솔하게 처리하지 않을 겁니다. 누님은 저를 잘 아시니까, 다른 사람의 안전을 책임져야 하는 때에 제가 언제나 신중하고 사려 깊게 행동하리라고 믿어 주시겠죠.

다가온 모험을 생각할 때의 이 감정은 뭐라고 표현할 수가 없네요. 출발을 준비하면서 드는 이 떨림, 즐겁기도 하고 두렵기도 한 그 기분을 누님께 고스란히 전하는 건 아무래도 불가능할 것 같습니다. 저는 탐험가의 발길이 닿지 않은 '안개와 눈의 땅'으로 가고 있지만, 앨버트로스대형 바닷새의 한 종류는 죽이지 않을 테니 제 안전은 걱정하지 마세요.

광활한 바다를 건너고 건너, 아프리카의 최남단이나 아메리카 대륙을 돌아 누님을 다시 만날 날이 올까요? 감히 그런 성공을 바라지는 않지만, 이 그림의 이면을 볼 엄두는 나지 않습니다. 기회가 있을 때마다 계속 편지를 보내 주세요. 사기를 잃지 말아야 하는 절박한 순간에 편지를 받게 될 수도 있으니까요(물론 그럴 가능성은 매우 희박하지만). 가슴 깊은 곳에서 사랑을 보냅니다. 두 번 다시 저에게서 소식을 듣지 못하더라도 저를 다정하게 기억해 주세요.

누님의 사랑하는 동생,

로버트 월튼

편지 3

새빌 부인 귀하, 잉글랜드.

17—년 7월 7일.

사랑하는 누님,

잘 지낸다는 소식과 함께 항해가 순조롭다는 사실을 알리기 위해 서둘러 몇 자 적습니다. 이 편지는 아르한겔스크를 떠나 고향으로 향하는 어느 상인 편에 잉글랜드로 보낼 겁니다. 아마도 앞으로 여러 해 동안 고국 땅을 보지 못할 저보다 운이 좋은 사람이죠. 하지만 제 기분은 아주 좋습니다. 선원들은 담대하고, 목표 의식도 굳건한 것 같아요. 얼음덩어리가 계속 배를 스쳐 가며 우리가 다가가려는 지역의 위험을 암시하는데도 낙담하는 기색을 찾아볼 수 없습니다. 위도상으로 이미 상당히 높이 올라왔지만, 한여름이다 보니 잉글랜드만큼 아주 덥지는 않아도 제가 가고자 열망하는 그 해안으로 우리를 빠르게 몰고 가는 세찬 남풍이 예상치 못한 온기로 활기를 불어넣고 있습니다.

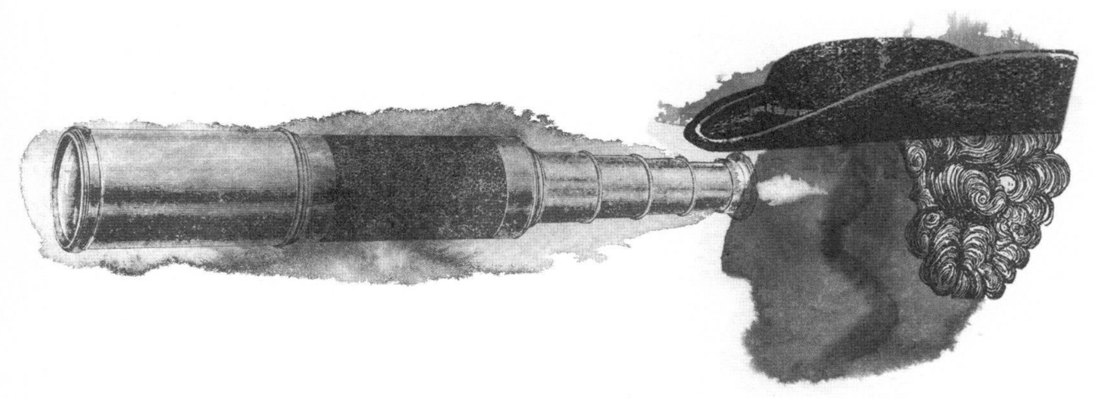

지금까지는 편지에 쓸 만큼 특별한 사건이 전혀 일어나지 않았어요. 한두 번의 거센 돌풍과 돛대 하나가 부서진 것 정도는 노련한 항해자라면 기억했다가 기록할 만한 일도 아니거든요. 앞으로도 항해 중에 이보다 심한 일이 일어나지 않는다면 아주 흡족할 것입니다.

그럼 안녕히 계세요, 사랑하는 마거릿 누님. 저 자신을 위해서나 누님을 생각해서도 경솔하게 위험에 뛰어들지 않을 테니 안심하세요. 냉철하고 신중하게 잘 견디겠습니다.

잉글랜드에 있는 저의 모든 친구들에게 안부를 전해 주세요.

누님을 무척 사랑하는,

R. W.

편지 4

새빌 부인 귀하, 잉글랜드.

17—년 8월 5일.

누님이 이 편지를 손에 받아 들기 전에 저를 먼저 볼 가능성이 매우 크지만, 너무나도 희한한 사건이 일어났기에 일단 기록하지 않을 수 없습니다.

지난 월요일(7월 31일)에 우리는 얼음에 거의 둘러싸였습니다. 얼음이 사방에서 배를 죄어 오는 통에 떠 있을 공간조차 거의 없을 정도였어요. 게다가 안개까지 매우 짙어서 다소 위험한 상황이었습니다. 어쩔 수 없이 날씨가 변하기를 기대하며 그 자리에 정박해 있었습니다.

두 시쯤에 안개가 걷히자 사방으로 까마득하게 펼쳐진 광활하고 울퉁불퉁한 얼음 평원이 눈에 들어왔습니다. 몇몇 선원들이 탄식을 내뱉었고, 저도 걱정이 되어서 정신을 바짝 차리려는데 기이한 풍경이 돌연 우리의 관심을 끌면서 근심을 잊게 만들었습니다. 우리가 본 건 800미터 거리에서 북쪽을 향해 가고 있는, 나지막한 탈것을 얹은 개 썰매였어요. 사람의 형상을 하고 있지만 체구가 거대한 뭔가가 썰매에 앉아 개들을 몰고 있었습니다. 우리는 저 멀리 고르지 못한 얼음들 사이로 사라질 때까지 빠르게 달려가는 그 나그네의 모습을 망원경으로 지켜봤습니다.

이 광경을 본 우리는 이루 말할 수 없이 놀랐습니다. 우리가 알기로는 어느 방향으로든 몇백 킬로미터 안에는 육지가 없었는데, 그 유령은 육지가 우리의 생각만큼 멀지 않다고 말해 주는 것 같았으니까요. 하지만 얼음에 갇힌 처지다 보니 그저 뚫어져라 지켜볼 뿐 그의 뒤를 쫓아가는 건 불가능했습니다.

이 일이 있고 두 시간쯤 지났을 때 거대한 파도 소리가 들렸고, 밤이 오기 전에 얼음이 갈라지면서 배가 풀려났습니다. 하지만 그렇게 떨어져 나와 어둠 속을 떠다니는 얼음덩어리들과 충돌할지 모른다는 두려움에 아침까지 그대로 있었습니다. 저는 이때를 이용해서 몇 시간 정도 휴식을 취했어요.

그런데 아침에 날이 밝자마자 갑판으로 나갔더니 선원들이 전부 한쪽에 모여 웅성거리고 있었어요. 보아하니 바다에 있는 누군가와 얘기를 하는 것 같더군요. 실제로 전날 우리가 본 것과 비슷한 웬 썰매가 밤사이에 커다란 얼음 조각에 실려 우리 배 쪽으로 떠밀려 왔던 겁니다. 개는 한 마리만 살아남았지만, 안에 사람이 타고 있어서 선원들이 그에게 배로 올라오라고 설득하는 중이었습니다. 미지의 섬에 사는 미개인 같았던 전날의 나그네와 달리 그는 유럽인이었습니다. 내가 나타나자 갑판장이 그에게 말했습니다. "이분이 우리 선장님인데, 당신이 망망대해에서 죽어 가도록 내버려 두지 않으실 거요."

이방인은 외국 억양이 조금 섞이기는 했어도 영어로 말을 걸더군요. "당신의 배에 오르기 전에, 어디로 가는 중인지 말씀해 주실 수 있나요?"

생사의 갈림길에 선 사람이 그런 질문을 했으니 제가 얼마나 놀랐을지 누님도 짐작하실 수 있겠죠. 그에게 우리 배는 값비싼 금은보화를 준다고 해도 바꾸지 않을 구원이었을 텐데 말입니다. 그래도 아무튼 북극 탐험에 나선 배라고 말해 주었습니다.

이 말을 들은 그는 만족스러운 표정으로 배에 오르겠다고 했어요. 맙소사! 마거릿 누님, 자신의 안전을 놓고 그렇게 조건을 따진 남자를 누님이 봤다면 놀라움이 끝도 없었을 겁니다. 팔다리는 거의 얼어붙었고, 고생을 하며 피로에 지친 몸은 끔찍할 정도로 야위었습니다. 그렇게 처참한 상태에 놓인 사람은 본 적이 없어요. 우리는 그를 선실로 데려가려 했지만, 신선한 공기가 부족해지자 그는 곧바로 의식을 잃고 말았습니다. 결국 다시 갑판으로 데리고 나왔고, 브랜디로 몸을 문지르면서 억지로 조금 삼키게 했더니 정신을 차렸습니다. 살아나는 기미가 보이자마자 그를 담요로 감싸서 주방의 화덕 굴뚝 옆에 눕혔습니다. 그는 차츰 기운을 차렸고, 수프를 조금 먹더니 생기를 상당히 되찾았습니다.

그런 식으로 이틀이 지나고서야 말을 할 수 있게 되었어요. 그때까지도 저는 그가 생사를 헤매느라 분별력을 잃은 게 아닐까 걱정했지요. 어느 정도 회복한 후에는 그를 제 선실로 옮기고 일을 하는 틈틈이 돌봤습니다. 그렇게 흥미로운 사람은 본 적이 없어요. 평소에는 눈에 야성, 심지어 광기가 번득였지만, 누가 다정하게 굴거나 아주 사소한 친절이라도 베풀면 얼굴 전체가 환해지면서 이제껏 어디서도 본 적이 없는 너그럽고 사랑스러운 빛을 발했습니다. 하지만 대개는 침울하고 절망적이었으며, 가끔은 자신을 짓누르는 슬픔의 무게를 견딜 수 없다는 듯이 이를 부득부득 갈기도 했습니다.

이 손님이 조금이나마 기운을 되찾자 그에게 온갖 것을 물어보고 싶어 하는 사람들을 떼어 놓느라 아주 애를 먹었습니다. 하지만 온전히 휴식을 취하지 않고서는 심신의 회복을 바랄 수 없는 상태에서 선원들의 한가로운 호기심에 시달리게 내버려 둘 수는 없었습니다. 그런데 한 번은 부선장이 그렇게 희한한 썰매를 몰고 얼음 위를 달려서 이렇게 멀리까지 나온 이유를 물었습니다.

그러자 순식간에 얼굴에 깊은 수심이 드리우더니 이렇게 대답하더군요.

"나에게서 달아난 자를 찾으려고요."

"당신이 쫓는 그 남자도 똑같은 걸 몰고 갔소?"

"네."

"그렇다면 우리가 본 게 그 사람인 모양이군. 당신을 구조하기 전

날 개 썰매가 얼음 위를 달리는 걸 봤는데, 웬 남자가 타고 있었거든."

이방인은 이 말에 관심을 보였고, 그자를 악마라고 부르면서 어느 쪽으로 갔는지 묻고 또 물었습니다. 그리고 잠시 후 우리 둘만 남게 됐을 때 이렇게 말하더군요. "저 선량한 선원들처럼 당신도 틀림없이 내게 궁금한 게 있을 텐데, 당신은 배려심이 많아서 그런지 좀처럼 질문을 하지 않는군요."

"그렇습니다. 내 호기심을 채우자고 당신을 힘들게 하는 건 대단히 무례하고 인정머리 없는 짓일 테니까요."

"하지만 당신은 기이하고 위험한 상황에서 나를 구해 줬어요. 당신의 친절 덕분에 이렇게 기력을 되찾았고요."

그러더니 얼음이 갈라지면서 첫 번째 썰매가 바다에 빠졌을 것 같냐고 제게 물었습니다. 그 질문에는 확실하게 말해 줄 수가 없다고 대답했죠. 얼음이 깨진 건 자정이 가까웠을 때였고, 나그네는 그 전에 안전한 곳에 닿았을 수도 있지만 그건 알 수 없는 노릇이니까요.

이때부터 이방인은 기를 쓰고 갑판에 나갔는데, 앞서 지나간 그 썰매가 다시 나타나지 않을까 지켜보려는 것 같았어요. 나는 차가운 바닷바람을 맞기엔 몸이 너무 약해졌으니 선실에 있으라고 그를 설득했습니다. 대신 다른 사람에게 망을 보게 하고 낯선 물체가 보이면 즉시 알려 주기로 약속했습니다.

여기까지가 이 이상한 사건과 관련해서 오늘까지 있었던 일의 기록입니다. 이방인의 건강은 차츰 좋아졌지만 좀처럼 말이 없고, 나 이외의 다른 사람이 선실에 들어오면 불편한 기색을 보입니다. 하지만 태도가 온화하고 점잖기 때문에 별다른 얘기를 주고받지 않는데도 다들 그에게 관심이 대단합니다. 저는 그가 형제처럼 좋아지기 시작했고, 가실 줄 모르는 그의 깊은 근심 탓에 제 마음은 연민과 동정으로 가득합니다. 참담하게 망가져서도 저렇게 매력적이고 상냥하니 한창때에는 고결한 존재였을 게 틀림없습니다.

사랑하는 마거릿 누님, 지난번 편지에 드넓은 대양에서는 친구가 생길 리 없다고 썼는데, 한 명을 찾았네요. 불행으로 그의 정신이 망가지기 전이었다면 저는 그를 기꺼이 의형제로 삼았을 겁니다.

기록으로 남길 만한 새로운 사건이 일어나면 이방인과 관련해서 틈틈이 일지에 적을 계획입니다.

17—년 8월 13일.

이 손님을 향한 애정이 나날이 커집니다. 그는 감탄과 연민을 동시에, 그것도 어마어마하게, 불러일으킵니다. 이토록 고귀한 존재가 불행으로 망가진 모습을 보고 어떻게 통렬한 비애를 느끼지 않을 수 있겠어요? 그는 너무나 점잖고, 그러면서도 매우 현명합니다. 머리에는 지식이 가득하고, 말을 할 때면 신중하게 선택한 표현만 사용하는데도 막힘없이 빠르고 대단히 유창합니다.

기력을 많이 회복한 그는 계속 갑판에 나가는데, 앞서간 그 썰매를 찾는 눈치예요. 불행 속에서도 자신이 비참하다는 생각에만 지나치게 빠지지 않고 다른 사람들에게 깊은 관심을 보입니다. 제 계획에 대해서도 이런저런 것들을 물었고, 저도 솔직하게 대답해 주었어요. 그는 제가 보여 준 신뢰가 흡족한지 제 계획에 몇 가지 제안을 하기도 했는데, 매우 유용할 것 같습니다. 그는 태도에 현학적인 허세가 전혀 없고, 단지 주변 사람들의 행복에 대한 본능적인 관심으로 행동하는 것 같아요. 혼자 침울하게 앉아서 언짢고 거슬리는 것들을 떨쳐 내려

할 때도 많습니다. 이런 상태는 해를 가리는 구름처럼 지나가지만, 실의에 빠진 모습은 좀처럼 변함이 없습니다. 저는 그의 신뢰를 얻으려고 노력했고, 성공한 것 같아요. 하루는 함께 공감하며 올바른 조언을 해 줄 친구를 얻고 싶다는 오랜 바람을 그에게 털어놨습니다. 그러면서 저는 남의 충고를 불쾌하게 받아들이는 사람이 아니라고 말했어요. "나는 독학을 해서 그런지 내 능력을 충분히 믿지 못합니다. 그래서 나보다 더 현명하고 경험도 많아서 나를 인정하고 격려해 주는 친구가 있으면 좋겠어요. 진정한 친구를 찾는 게 불가능하다고는 생각하지 않습니다."

"동감입니다. 진정한 우정은 바람직하고 당연히 가능해요. 나도 더없이 고귀한 친구가 있었으니, 그렇게 판단할 자격이 있다고 생각합니다. 당신에겐 희망이 있고, 넓은 세상이 눈앞에 펼쳐져 있는데 절망할 이유가 없지요. 하지만 나는…… 나는 모든 걸 잃었고, 삶을 새로 시작할 수 없답니다."

그의 얼굴에는 응어리진 슬픔이 담담하게 떠올랐고, 그걸 보려니 마음이 저렸습니다. 그는 입을 다물었고, 잠시 후 선실로 돌아갔습니다.

그렇게 기가 꺾이고도 자연의 아름다움을 그보다 더 가슴 깊이 느낄 수 있는 사람은 없을 겁니다. 별이 총총한 하늘, 바다, 이 경이로운 지역이 보여 주는 모든 풍경은 여전히 그의 영혼을 지상에서 들어 올리는 힘을 지닌 것처럼 보입니다. 그런 사람은 두 개의 자아를 지닌 것 같아요. 불행에 시달리고 실망에 짓눌려 있으면서도, 내면으로 침잠하면 마치 천상의 영혼이 된 것처럼 어떤 슬픔이나 어리석음도 차마 함부로 가까이 가지 못하는 후광을 발하거든요.

이 거룩한 방랑자를 이렇게 열정적으로 표현하는 저를 보고 누님은 웃으실까요? 만약 그렇다면 한때 누님만의 매력이었던 순박함을 잃은 게 틀림없어요. 하지만 그렇더라도 제 열렬한 표현에 미소를 보내 주세요. 저는 그런 표현을 반복할 새로운 이유를 매일 찾아낼 테니까요.

17—년 8월 19일.

어제 이방인이 말했습니다. "월튼 선장, 내가 크나큰 불행을 겪었다는 사실은 당신도 쉽게 알아차렸을 겁니다. 악행의 기억이 나와 함께 없어져야 한다고 결심했지만, 당신 때문에 마음이 바뀌었어요. 당신은 과거의 나처럼 지식과 지혜를 좇는데, 그 소망의 충족이 당신을 무는 독사가 되지 않기를 간절히 바랍니다. 나한테는 그랬거든요. 내가 겪은 재앙을 들려주는 게 도움이 될지 모르겠지만, 내킨다면 들어 보세요. 거기 얽힌 이상한 사건들이 자연을 보는 시각을 주

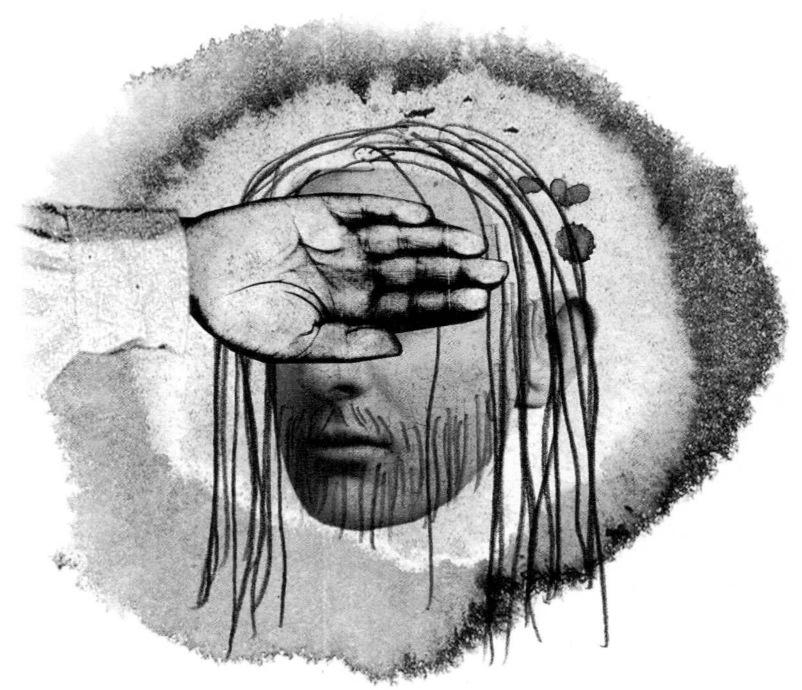

어 당신의 능력이나 지식을 넓혀 줄 겁니다. 흔히 불가능하다고 믿는 힘과 사건에 대한 얘기를 하겠습니다. 하지만 이야기 속의 사건이 진실이라고 말해 줄 일련의 증거가 있다는 걸 나는 의심하지 않아요."

그 말에 제가 얼마나 기뻤을지 누님도 쉽게 짐작할 수 있겠죠. 그러면서도 그가 불행을 자세히 말하기 위해 슬픔도 다시 끄집어내야 한다는 것이 몹시 안타까웠습니다. 약속한 이야기를 듣고 싶은 마음이 간절했던 건 호기심 때문이기도 했지만, 만약 그럴 힘이 있다면 그의 운명을 순탄하게 만들어 주고 싶은 강렬한 바람도 한몫을 했습니다. 이런 심정을 그에게 털어놨습니다.

"동정은 고맙습니다. 하지만 소용없어요. 내 운명은 거의 끝나 가니까요. 이제 한 가지 사건만을 기다리고 있는데, 그러고 나면 평화롭게 잠들 겁니다. 당신의 마음은 이해합니다." 내가 반박하려 하자 그가 말을 이었습니다. "하지만 그건 당신이 잘못 생각하고 있는 거예요, 친구. 이제 당신을 이렇게 불러도 되겠죠. 그 무엇도 내 운명을 바꿀 수는 없어요. 내가 살아온 이야기를 듣는다면 왜 운명을 돌이킬 수 없다고 생각하는지 이해하게 될 겁니다."

그러고는 다음 날 내가 한가할 때 얘기를 시작하겠다고 했습니다. 그의 약속에 저는 뜨겁게 감사를 표했습니다. 처리할 일이 없다면 낮에 들은 이야기를 밤마다 최대한 그가 말한 그대로 옮겨 적기로 결심했습니다. 시간을 낼 수 없을 때는 메모라도 할 작정입니다. 이 기록은 분명 누님께 아주 재미있는 읽을거리가 될 거예요. 하지만 그를 알고 그의 입으로 이야기를 직접 들은 제가 먼 훗날에 이걸 읽으면 얼마나 흥미로우면서도 가슴이 아플까요!

◆ ◆ ◆

1

나는 제네바 출신이고, 공화국에서도 손꼽히는 집안에서 태어났습니다. 조상 대대로 참사관과 지방 장관을 지냈고, 아버지도 여러 공직을 거치며 명예를 누리고 명성을 얻었습니다. 아버지는 정직함과 지칠 줄 모르는 성실함으로 공무를 보면서 모든 이들의 존경을 받았습니다. 그렇게 쉬지 않고 나랏일에 열중하면서 젊은 시절을 보낸 아버지가 결혼해서 자신의 덕망과 이름을 후세에 전해 줄 자식을 두어야겠다고 생각한 건 나이가 지긋해진 후의 일이었어요.

아버지의 성품이 잘 드러나는 결혼 이야기를 해야겠네요. 아버지의 절친한 벗 중에는 떵떵거리고 살다가 이런저런 불운으로 가난해진 상인이 있었습니다. 보포르라는 그분은 자존심이 강하고 고집이 세서 권세를 누렸던 고장에서 이름 없이 가난하게 사는 처지를 견딜 수 없었어요. 그래서 더없이 명예롭게 빚을 청산한 후 딸을 데리고 루체른으로 가서 신분을 숨긴 채 비참하게 살았습니다. 아버지는 진정한 우정을 나눴던 보포르를 몹시 아꼈고, 불행한 처지를 무척 안타까워했습니다. 교류가 끊긴 것도 속상했던 터라 그를 찾아가 물심양면으로 도와줄 테니 새 출발을 해 보라고 설득하기로 했습니다.

보포르가 어찌나 꽁꽁 숨어 지냈던지 아버지가 주소를 알아내기까지는 무려 열 달이 걸렸습니다. 아버지는 너무나 기쁜 마음에 로이스 인근의 초라한 거리에 위치한 그의 집으로 한달음에 달려갔습니다. 그곳에서 아버지를 맞이한 건 불행과 절망뿐이었어요. 재산을 다 날린 보포르는 극히 적은 돈밖에 없었지만 그래도 몇 달은 먹고살 수 있었고, 돈이 다 떨어지기 전에 어느 상인의 집에서 번듯한 일자리를 구할 수 있을 거라고 기대했습니다. 그런 탓에 아무 일도 하지 않으면서 그 시간을 보냈죠. 하는 일 없이 생각에만 파묻히다 보니 슬픔이 더 깊이 사무치면서 결국에는 마음까지 곪아 버렸습니다. 그렇게 세 달을 지낸 끝에 그는 병으로 몸져누워 꼼짝도 할 수 없는 상태가 되었어요.

그의 딸은 아버지를 지극정성으로 보살폈지만, 얼마 안 되는 돈마저 쑥쑥 줄어드는데 달리 생계를 꾸려 갈 방법은 보이지 않아 암담했죠. 그러나 보기 드문 심성을 지닌 캐럴라인 보포르는 용기를 내어 역경을 견뎌 냈습니다. 허드렛일을 하고 짚을 엮는 등, 가리지 않고 푼돈을 벌어 생계를 이어 갔습니다.

몇 달이 지났습니다. 보포르의 병세는 갈수록 심해졌고, 캐럴라인은 간병에 거의 모든 시간을 쏟았습니다. 돈벌이는 당연히 줄었죠. 열 달 만에 보포르는 딸의 품에서 숨을 거뒀고, 그녀는 의지할 곳 없는 거지 신세가 되었습니다. 이 마지막 일격에 무너진 그녀가 관 옆에 무릎을 꿇고 서럽게 울고 있는데, 우리 아버지가 방에 들어섰습니다. 가여운 소녀는 수호천사나 다름없던 아버지가 하자는 대로 순순히 따랐습니다. 장례를 치른 아버지는 그녀를 제네바로 데려와 친척에게 맡겼습니다. 2년 후에 캐럴라인은 아버지의 부인이 되었죠.

결혼을 하고 아이를 얻은 아버지는 이 새로운 의무를 위해 여러 공직에서 물러난 후 자녀 교육에 몰두했습니다. 나는 그중에 맏이로서 아버지의 일과 자리를 모두 이어받게 되어 있었죠. 어버이로서 두 분보다 더 다정한 사람은 세상에 없습니다. 두 분은 나의 교육과 건강에 끊임없이 신경을 썼는데, 한동안은 내가 외동이었기 때문에 더 그랬을 겁니다. 얘기를 더 이어 가기 전에 내가 네 살 때 일어났던 한 가지 사건을 언급하고 넘어가야겠습니다.

아버지에게는 무척 아끼는 여동생이 한 명 있었는데 어린 나이에 이탈리아의 신사와 결혼한 후 곧바로 남편을 따라 떠났기 때문에 여러 해 동안 거의 교류가 없었죠. 그런데 앞서 말했던 그즈음에 고모가 세상을 떠났습니다. 몇 달 후, 아버지는 매제로부터 편지 한 통을 받았습니다. 자신은 이탈리아 아가씨와 결혼할 예정이니 죽은 여동생의 유일한 혈육인 엘리자베스를 맡아 달라는 내용이었습니다. "형님의 친딸처럼 생각하고 키워 주시기를 바랍니다. 아이 엄마의 유산은 아이의 몫이고, 관련 문서를 형님께 보낼 테니 보관해 주십시오. 저의 제안을 깊이 생각해 보시고, 조카딸을 새엄마 손에 맡기는 게 나을지 아니면 직접 가르치는 편이 나을지 결정해 주시기 바랍니다."

아버지는 조금도 망설이지 않았고, 엘리자베스를 데려오기 위해 즉시 이탈리아로 떠났습니다. 어머니는 세상에서 그렇게 예쁜 아이는 본 적이 없었다면서, 이미 그때부터 상냥하고 다정한 성품이 엿보였다는 말씀을 자주 하셨습니다. 이와 더불어, 가족들을 사랑의 끈으로 촘촘히 엮고 싶었던 어머니는 엘리자베스를 장래의 내 신붓감으로 점찍었습니다. 결코 후회할 이유가 없는 계획이었죠.

이때부터 엘리자베스 라벤자는 내 놀이 동무였고, 나이가 더 들어서는 친구가 되었습니다. 그녀는 온순하고 상냥하면서도 한여름의 풀벌레처럼 발랄하고 장난기가 많았습니다. 이렇게 생기 넘치고 활발했지만 감수성이 풍부했으며 성품은 보기 드물게 다정했어요. 누구보다 자유분방한데, 정해진 규율이나 변덕스러운 상황을 그녀만큼 우아하게 수긍하는 사람도 없었습니다. 상상력이 풍부했고 그걸 표현하는 능력도 대단했죠. 이런 심성은 겉모습에도 그대로 드러났습니다. 옅은 갈색의 눈동자는 새처럼 생생하면서도 부드러운 매력을 지녔죠. 자태는 가볍고 쾌활했습니다. 그 어떤 힘든 일이라도 너끈히 해낼 수 있

Schritte
des mit
den eigentlichen Wald
niedrigem Gestrüpp
all' seine Gewandtheit

었지만 겉으로는 세상에서 가장 연약해 보였습니다. 나는 그녀의 지성과 상상력을 높이 평가하면서도 아끼는 동물을 돌보듯 그녀를 보살피는 것도 좋아했습니다. 그녀처럼 안팎으로 가식이라곤 없는 우아한 사람은 본 적이 없어요.

모두가 엘리자베스를 아끼고 사랑했습니다. 하인들은 뭔가 요청할 일이 있으면 늘 그녀를 통하곤 했죠. 우리에게 불화나 말다툼은 먼 얘기였습니다. 성격은 완전히 달랐어도 차이 속에서 조화를 이뤘으니까요. 나는 내 동무에 비해 차분하고 사색적이었지만, 양보를 모르는 성격이었죠. 또 오래 버티는 것에 강했고, 그게 그리 힘들지 않았습니다. 내가 실존하는 세상과 관련된 사실들을 탐구하면서 즐거워했다면, 그녀는 시인들이 만들어 낸 꿈속에 빠져 지냈습니다. 내게는 이 세상이 일종의 비밀이어서 그걸 밝혀내길 갈망했는데, 그녀에게는 세상이 자신만의 상상력으로 채워 넣고 싶은 빈 공간이었던 것이죠.

동생들과는 터울이 많이 졌지만, 학교 친구가 그 허전함을 메워 주었습니다. 제네바의 상인이었던 앙리 클레르발의 아버지는 내 아버지와 친한 친구 사이였습니다. 어린 앙리는 재능이 뛰어났고 상상력도 탁월했어요. 그가 아홉 살 때 동화를 써서 친구들에게 즐거움과 놀라움을 안겨 줬던 게 기억나네요. 그는 기사 이야기와 연애 소설을 즐겨 읽었어요. 아주 어렸을 때 그가 좋아하는 책의 내용으로 연극을 하며 놀곤 했던 기억도 납니다. 오를란도와 로빈 후드, 아마디스, 세인트 조지 같은 인물들이 주인공이었죠.

나보다 더 행복한 어린 시절을 보낸 사람은 없을 겁니다. 부모님은 너그럽고 친구들은 다정했어요. 억지로 공부를 한 적도 없습니다. 어떤 식으로든 늘 눈에 보이는 목표를 정했고, 그걸 달성하기 위해 온 힘을 다했죠. 우리는 경쟁이 아닌 이런 방법으로 공부에 몰두했습니다. 엘리자베스가 그림을 열심히 그린 이유도 친구들이 자신을 따라잡을까 봐 걱정이 되어서가 아니라, 외숙모가 좋아하는 풍경을 자기 손으로 그려서 기쁘게 해 드리고 싶었기 때문이었죠. 우리는 라틴어와 영어를 배웠고, 그 언어로 쓴 글들을 읽었습니다. 벌을 받아서 공부가 지겨워지는 일이 없었기 때문에 늘 공부하는 걸 좋아했어요. 우리에게 즐거운 일이 다른 아이들에게는 고역이었을 겁니다. 우리가 일반적인 교육법을 따른 아이들만큼 책을 많이 읽거나 언어를 빨리 배우지는 않았을지 몰라도, 배운 것은 더 깊이 각인되어 기억에 남았습니다.

집안 얘기에 앙리 클레르발을 포함시키는 건 그가 늘 우리와 함께했기 때문이에요. 나와 함께 학교를 다녔고, 오후는 으레 우리 집에서 보냈습니다. 외동이라 집에 함께 놀아 줄 사람이 없는 그가 또래와 어울리는 걸 그의 아버지도 무척 기뻐하셨죠. 우리도 클레르발이 없으면 뭔가 빠진 것처럼 허전했습니다.

어린 시절을 회상하고 있자니 즐거운 마음이 드네요. 그때는 내 정신이 불행으로 얼룩지기 전, 세상을 널리 이롭게 할 거라는 밝은 전망을 잃은 채 우울하고 편협한 사고에 빠져들기 전이니까요. 하지만 어린 시절의 풍경을 묘사하면서, 잠시 후에 얘기할 불행으로 알아차릴 수 없을 만큼 서서히 나를 이끈 몇 가지 사건을 빼놓고 지나갈 수는 없습니다. 나중에 내 운명을 지배한 그 열정의 탄생을 혼자서 납득해 보려 할 때면, 마치 산에서 흐르는 강처럼, 거의 잊고 있었던 보잘것없는 샘에서 시작한 물줄기가 점점 불어나다가, 마침내 거센 물살이 되어 내 모든 희망과 기쁨을 휩쓸어 갔다는 사실을 깨닫기 때문입니다.

자연 철학은 내 운명을 규정한 정신입니다. 그런 만큼 이야기를 하는 김에 내가 그 학문에 빠져들게 된 계기를 언급하고 싶습니다. 내 나이 열세 살 때 온 가족이 토농 근처의 온천으로 여행을 갔습니다. 궂은 날씨 때문에 하루 종일 여관에 머물러 있어야 했던 날, 그곳에서 우연히 코르넬리우스 아그리파독일의 연금술사, 신비주의 철학자의 책을 발견했습니다. 시큰둥하게 책장을 넘겼지만, 그가 증명하려는 이론과 설명하는 놀라운 사실들을 보고는 금세 열정적으로 빠져들었습니다. 새로운 빛이 머릿속을 밝히는 느낌이었죠. 환희에 들뜬 마음으로 아버지께 내가 뭘 발견했는지 말씀드렸어요. 여기서 나는 교사들이 아이들의 관심을 유용한 지식으로 이끌 수 있는데도 완전히 무시해 버리는 수많은 기회를 언급해야겠네요. 아버지는 내가 들고 있는 책의 겉장을 대충 보고는 이렇게 말했습니다. "아! 코르넬리우스 아그리파! 빅터, 그런 책에 시간을 낭비하지 마라. 그건 안타까운 쓰레기야."

만약 아버지가 이렇게 말하는 대신 조금만 더 신경을 써서 아그리파의 이론이 완전히 타파됐으며 과거에 비해 훨씬 큰 힘을 갖춘 현대의 과학 체계가 도입되었는데, 그 이유는 고대 과학이 비현실적이었던 반면에 현대 과학은 현실적이고 실용적이기 때문이라고 설명해 줬더라면, 만약 그런 상황이었다면 나는 틀림없이 아그리파의 책을 치워 버리고, 이미 달아오른 상상력은 그대로 간직한 채 현대에 발견된 사실에 기초한 합리적인 화학 이론에 몰두했을 겁니다. 그뿐만 아니라 일련의 사고 체계가 치명적인 충동에 휩쓸려 나를 파멸로 이끄는 일이 일어나지 않았을지도 모릅니다. 하지만 그 책을 스쳐 가는 아버지의 시선에서는 아버지가 내용을 잘 알고 있다는 확신이 들지 않았으므로, 나는 계속해서 그 책을 열정적으로 읽었습니다.

집에 돌아와서 제일 먼저 한 일은 이 저자의 모든 책을 손에 넣는 것이었고, 그다음 차례는 파라켈수스와 알베르투스 마그누스였습니다. 나는 이들의 무모한 망상을 신이 나서 읽으며 연구했습니다. 내게는 그들이 나 말고는 아는 사람이 거의 없는 보물 같은 존재였습니다. 이 비밀스러운 지식들을 아버지와 함께 나누고 싶을 때도 많았으나, 내가 가장 좋아하는 아그리파에 대한 아버지의 모호한 비난 때문에 번번이 망설였습니다. 그래서 엘리자베스에게 절대 비밀이라는 단서를 걸고 내가 알아낸 것들을 말해 주었는데 그녀는 이 분야에 관심이 없었던 터라 나는 결국 혼자 연구를 하게 됐죠.

18세기에 알베르투스 마그누스의 제자가 생겨났다는 게 당신에게는 대단히 기이해 보일지도 모르겠네요. 사실 우리 집은 과학과 거리가 멀었고 나는 제네바의 학교에서 강의를 들어 본 적이 없었거든요. 그런 까닭에 내 꿈은 현실의 방해를 받지 않았습니다. 나는 현자의 돌과 불로장생의 묘약을 찾는 연구에 매진했어요. 그중에서도 이 묘약에 주로 관심을 집중했죠. 돈벌이는 중요한 목표가 아니었습니다. 다만 이걸 찾아낸다면, 그리하여 인간의 몸에서 질병을 내쫓고 살인과 사고가 아니고서는 그 무엇도 인간을 파괴할 수 없게 만든다면 얼마나 영광스러운 업적이겠습니까!

내 꿈은 그것만이 아니었습니다. 내가 빠져들었던 저자들은 유령이나 악마를 불러내는 것도 호언장담했고, 나는 그것이 성공하기를 간절히 바랐습니다. 마법의 주문이 번번이 실패로 돌아갔어도 내 미숙함과 실수 탓으로 돌렸을 뿐 스승들의 기술이나 정확성이 부족해서라고는 생각하지 않았습니다.

우리 눈앞에서 일상적으로 벌어지는 자연 현상도 나의 연구에서 빠지지 않았습니다. 내가 좋아한 저자들은 알지 못했던 증류법, 그리고 증기의 탁월한 효과에는 경탄을 금치 못했죠. 하지만 가장 놀라웠던 건 우리가 자주 찾아가곤 했던 어떤 신사분이 보여 준 진공 펌프 실험이었습니다.

초기 학자들이 이를 비롯한 여러 현상에 무지했다는 사실을 알게 되면서 그들에 대한 믿음이 조금 약해지긴 했어도 완전히 내치지는 못했습니다. 그러다 다른 학문 체계가 그들을 밀어내고 내 마음을 차지하게 됐습니다.

우리가 벨리브 근처의 집에서 살았던 열다섯 살 무렵에 아주 사납고 세찬 폭풍우가 닥쳤습니다. 쥐라산맥 너머에서 불어온 그 폭풍은 사방에서 동시에 터지는 엄청난 천둥소리로 몸을 오싹하게 만들었습니다. 나는 호기심과 설렘으로 폭풍의 진로를 계속 지켜봤습니다. 내가 문가에 서 있는데 20미터쯤 떨어진 우람하고 아름다운 떡갈나무에서 갑자기 불길이 솟구쳤습니다. 눈부신 빛이 사라졌을 때는 떡갈나무도 자취를 감춘 채 불에 탄 그루터기만이 그 자리에 남아 있었어요. 다음 날 아침에 가 봤더니 나무가 갈라진 모습이 아주 희한했습니다. 충격을 받아 쪼개진 게 아니라 얇은 널빤지로 오그라든 것 같았거든요. 그렇게 철저하게 파괴된 것은 본 적이 없었습니다.

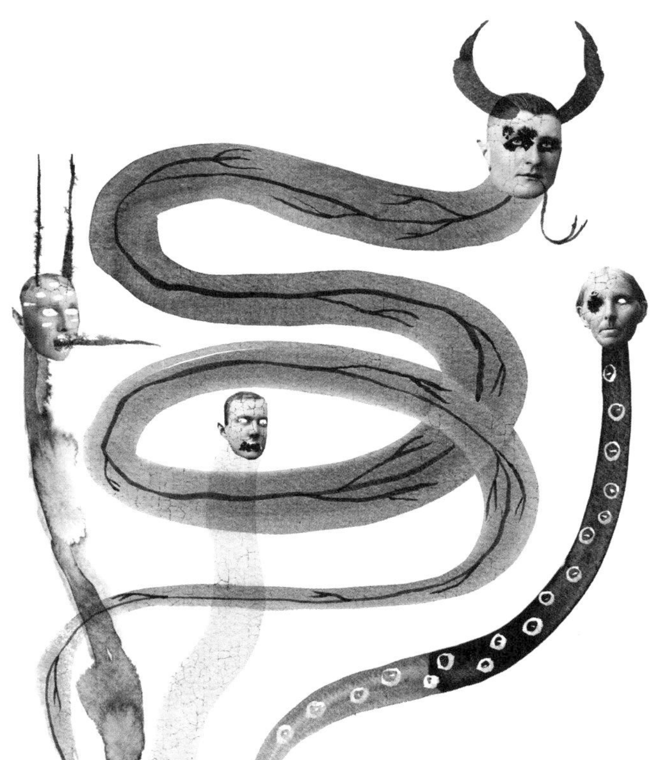

나무의 처참한 재앙에 나는 소스라치게 놀랐습니다. 그러고는 아버지에게 천둥과 벼락의 성질과 유래를 캐물었죠. 아버지는 '전기'라고 대답하고는 그 힘의 다채로운 효과를 설명해 주었습니다. 전기로 작동하는 작은 기계를 만들어서 몇 가지 실험도 보여 주었어요. 철사와 실로 연을 만들어서 구름으로부터 전기 유체를 끌어내기도 했죠.

이것이 그토록 오랫동안 내 상상력을 지배했던 코르넬리우스 아그리파와 알베르투스 마그누스, 파르켈수스를 완전히 무너뜨린 마지막 한 방이었습니다. 하지만 무슨 고약한 운명인지, 현대적인 학문을 공부하기 시작하겠다는 마음은 들지 않았는데, 이런 거부감에는 다음과 같은 이유가 있었습니다.

아버지는 내게 자연 철학 강의를 들었으면 좋겠다는 바람을 내비쳤고, 나는 기쁘게 동의했습니다. 그런데 어떤 사정으로 과정이 거의 끝나 갈 즈음에야 강의를 들으러 갈 수 있었습니다. 강의가 거의 막바지에 이르렀으니 내용을 전혀 알아들을 수가 없었죠. 칼륨과 붕소, 황산과 옥시산을 들먹이는 교수의 얘기는

막힘없이 유창했지만, 내게는 아무 뜻도 갖지 못하는 용어들이었어요. 그러다 보니 자연 철학이라는 학문에 정이 떨어져 버렸죠. 그래도 플리니우스와 뷔퐁의 책은 즐겁게 읽었는데, 거의 우열을 가릴 수 없이 흥미롭고 유익한 학자들이라고 생각했습니다.

이 무렵에 내가 몰두한 것은 주로 수학, 그리고 그것과 관련된 대부분의 학문들이었어요. 언어를 습득하는 것도 게을리하지 않았죠. 라틴어는 이미 친숙했고, 아주 쉬운 그리스 저자들의 책은 사전의 도움 없이 읽기 시작했습니다. 영어와 독일어도 완벽하게 익혔죠. 모두 열일곱 살의 나이에 이룬 것들입니다. 그러니 이렇게 다양한 학문의 지식을 습득하고 유지하는 데 모든 시간을 썼다는 걸 짐작할 수 있을 겁니다.

그러다가 동생들을 가르치면서 또 다른 임무를 맡게 되었죠. 여섯 살 아래인 에르네스트를 주로 가르쳤는데, 녀석은 태어나면서부터 병치레가 잦아서 엘리자베스와 내가 줄곧 보살펴 왔어요. 성격은 순하지만 어디에도 진지하게 몰두하지 못했습니다. 막내인 윌리엄은 아직 어렸고 세상에 둘도 없이 예쁜 아이였어요. 초롱초롱한 푸른 눈과 보조개가 들어가는 뺨, 여기에 붙임성까지 좋아서 얼마나 사랑스러웠는지 몰라요.

이런 우리 집에 근심과 고통은 영원히 발을 붙일 수 없을 것처럼 보였죠. 아버지는 우리의 공부를 이끌었고, 어머니는 우리의 즐거움을 함께 나눴어요. 형제들끼리 우월감을 드러내거나 간섭하는 일은 없었습니다. 그저 서로를 아끼면서 사소한 부탁에도 어김없이 따를 뿐이었죠.

◆ ◆ ◆

2

내가 열일곱 살이 되자 부모님은 나를 잉골슈타트 대학에 보내기로 결정했습니다. 그때까지는 제네바에서 학교를 다녔는데, 교육을 제대로 받으려면 태어난 나라 말고 외국의 문물도 익힐 필요가 있다는 게 아버지의 생각이었죠. 그리하여 가까운 시일 내에 출발하기로 했습니다. 그런데 그날이 오기 전에 내 인생의 첫 번째 불행이 닥쳤습니다. 그건 사실상 비참한 미래의 전조였어요.

엘리자베스가 성홍열에 걸렸지만 증상이 심하지 않아서 금세 나았습니다. 엘리자베스가 앓는 동안 다들 어머니에게 그녀를 간병해서는 안 된다고 말렸습니다. 처음에는 어머니도 가족의 당부를 따랐지만, 누구보다 아끼는 엘리자베스의 병세가 나아진다는 소리에 더 이상 참지 못하고 그녀의 방에 들어갔습니다. 전염의 위험이 사라지려면 아직 한참 더 기다려야 했는데 말이죠. 이 경솔함의 대가는 치명적이었습니다. 사흘째 되던 날 어머니에게서 증상이 나타났습니다. 열이 펄펄 끓었고, 간병인들의 표정은 최악의 사태를 예고했습니다. 죽음이 임박해서도 이 훌륭한 여인은 강인함과 인자함을 잃지 않았습니다. 어머니는 엘리자베스와 내 손을 포개어 잡으며 말씀하셨어요. “얘들아, 난 너희의 결혼을 희망하면서 앞날의 행복을 굳게 믿었는데, 이제는 네 아버지가 그 기대로 위안을 삼으시겠구나. 사랑하는 우리 엘리자베스. 앞으로는 네가 나를 대신해서 어린 사촌들을 돌봐 줘야 한다. 아아, 너희들과 헤어져야 한다는 게 너무 속상하구나. 행복을 누리며 많은 사랑을 받았으니 너희를 두고 떠나는 게 어찌 안 힘들겠니? 하지만 이런 생각은 나답지 않아. 기꺼운 마음으로 죽음을

맞이하겠다. 그리고 다음 세상에서 너희를 다시 만나기를 소망해야지.”

어머니는 차분하게 숨을 거두셨어요. 죽어서도 얼굴에는 다정함이 가득했습니다. 돌이킬 수 없는 불행으로 가장 소중한 인연을 잃었을 때의 그 느낌을, 영혼에 드리운 상실감을, 표정에 나타나는 절망감을 굳이 설명할 필요는 없을 겁니다. ‘얼마나 오랜 시간이 흘러야 늘 우리와 함께하면서 삶의 한 부분이 되어주었던 어머니가 영원히 떠났다는 사실을, 그 사랑스러운 눈동자의 빛이 꺼지고 너무나 익숙하고 다정했던 목소리가 영원한 침묵에 잠겨 더 이상 들을 수 없다는 그 사실을 받아들일 수 있을까.’ 처음에는 이런 생각에 잠깁니다. 하지만 시간이 흘러 고통의 실체가 드러나면 그제야 슬픔이 시작되죠. 그러나 그 무자비한 손에 소중한 이를 빼앗기지 않은 사람은 없을 테니, 모두가 느꼈고 또 느껴야 할 그 슬픔을 내가 묘사해야 할까요? 그러다 보면 슬픔이라는 감정이 불가피한 것이 아니라 일종의 탐닉이 되고, 불경하다고 느끼면서도 입가의 미소가 사라지지 않는 때가 오죠. 어머니는 돌아가셨지만 우리에게는 여전히 해야 할 일들이 있었고, 죽음이 낚아채 가지 않은 사람들이 옆에 있다는 걸 행운으로 여기는 법을 배우며 남은 이들과 삶을 이어 가야 했습니다.

잉골슈타트로 떠나는 일정은 이런 일들로 늦춰졌다가 다시 정해졌습니다. 아버지는 제게 몇 주쯤 쉬라고 하셨습니다. 그 시간은 슬픔 속에 지나갔죠. 어머니를 여의자마자 저까지 떠나게 되어 다들 울적했습니다. 하지만 엘리자베스는 단출한 우리 가족에게 명랑함을 되찾아 주려고 노력했어요. 외숙모를 여읜 그녀는 마음을 굳게 먹고 새로운 활력을 찾았습니다. 최선을 다해 의무를 다하겠다고 결심했고, 그중에서도 외삼촌과 사촌들을 행복하게 만드는 것이 가장 중요한 일이라고 생각했습니다. 그녀는 나를 위로하고, 외삼촌을 웃게 만들었으며, 어린 사촌들의 공부를 봐주었습니다. 자신은 뒷전에 놓은 채 다른 사람들의 행복에 헌신하는 그녀의 모습은 그 어느 때보다 아름다웠습니다.

마침내 떠나는 날이 다가왔습니다. 클레르발을 제외한 친구들에게는 모두 작별 인사를 했고, 클레르발과는 마지막 날의 저녁 시간을 함께 보냈습니다. 그는 나와 함께 갈 수 없는 것을 몹시 안타까워했습니다. 그는 끝내 아버지를 설득하지 못했는데, 아들에게 일을 물려주려는 그의 아버지는 일상적인 상업 활동에 공부가 무슨 소용이냐는 평소의 소신을 꺾지 않았죠. 앙리는 명석한 친구였습니다. 게으름을 피우려 들지 않았고 아버지의 일을 돕는 것도 좋아했지만, 아주 뛰어난 상인이면서도 얼마든지 교양을 갖출 수 있다고 믿었습니다.

밤늦도록 앉아서 그의 푸념을 듣는 틈틈이 미래를 생각하며 이런저런 소소한 계획들을 세웠습니다. 나는 다음 날 아침 일찍 출발했습니다. 엘리자베스의 눈에서는 눈물이 흘러내렸습니다. 내가 떠나는 게 슬픈 탓도 있었지만, 이 여정이 세 달 전에 이루어졌더라면 어머니의 축복 속에 떠났을 거라는 생각 때문이었죠.

나를 태우고 떠날 마차에 던지듯 몸을 싣고 한없이 우울한 생각에 빠져들었습니다. 항상 서로를 기쁘게 해 주려고 노력하는 다정한 가족들에 둘러싸여 있던 나는 이제 혼자였습니다. 가고 있는 대학에 도착하면 새로운 친구를 사귀고 나 자신의 보호자가 되어야 했습니다. 지금껏 세상과 어느 정도 거리를 둔 채 가정이라는 울타리 속에서 살아왔기 때문인지 새로운 사람을 보면 어쩔 수 없이 거부감이 들었습니다. 나는 내 동생들과 엘리자베스, 그리고 클레르발을 사랑했습니다. 이들은 '정겹고 익숙한 얼굴들'이었죠. 낯선 사람들 속에서 잘 지낼 것 같지 않았습니다. 이런 생각으로 여정을 시작했지만 시간이 흐를수록

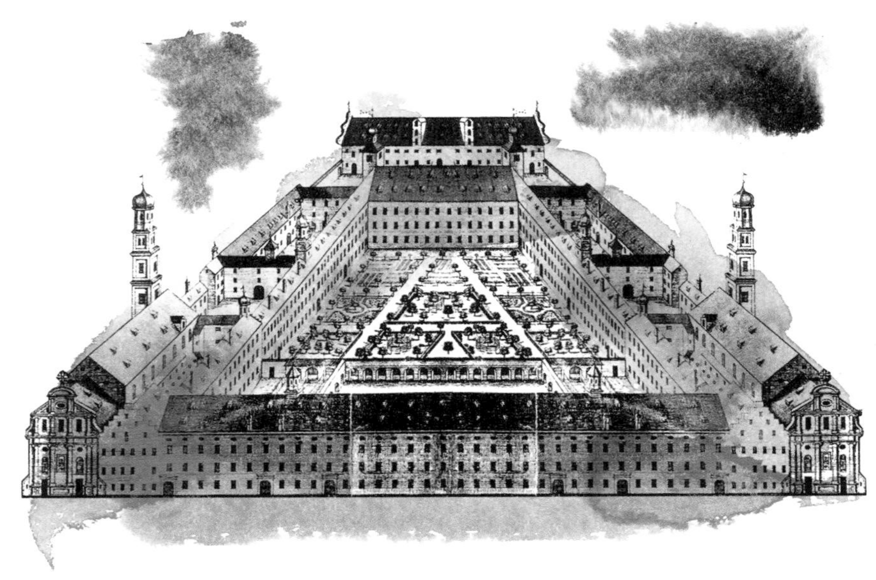

자신감이 올라가고 희망도 생겼습니다. 지식을 얻겠다는 열망이 뜨겁게 타올랐습니다. 집에 있을 때에도 한곳에만 틀어박혀 젊은 날을 보내기란 힘들 거라는 생각을 종종 했고, 넓은 세상으로 나가 다른 사람들 속에서 터를 잡고 싶었거든요. 그 바람을 이룬 마당에 이제 와서 후회하는 건 정말 바보 같은 짓이었습니다.

잉골슈타트까지 가는 길은 멀고 힘들어서, 이것 외에도 여러 가지 생각에 잠길 시간이 충분했습니다. 마침내 도시의 높고 하얀 첨탑이 눈에 들어왔습니다. 마차에서 내린 나는 안내에 따라 혼자서 사용할 숙소로 갔고, 즐거운 마음으로 그날 저녁을 보냈습니다.

다음 날 아침에는 소개장을 가지고 대표적인 몇몇 교수들을 방문했는데, 그 중에는 자연 철학을 가르치는 크렘프 교수도 있었어요. 정중하게 나를 맞은 그분은 자연 철학과 관련된 다양한 분야에서 내가 얼마나 공부했는지를 알아보기 위해 몇 가지 질문을 했습니다. 그 분야에서 지금껏 내가 읽은 몇 안 되는 저자들의 이름을 언급하는데 어찌나 겁이 나고 떨리던지요. 그는 나를 빤히 쳐다보며 말했습니다. “정말로 그런 허무맹랑한 것들을 공부하는 데 시간을 쏟았다는 건가?”

나는 그렇다고 대답했습니다. “그 시간들은,” 크렘프 교수는 열띤 목소리로 말을 이었습니다. “그 책을 읽느라 낭비한 시간들은 전부 잃어버린 거야. 폐기된 이론과 무용한 이름들로 머리에 부담만 주었군. 맙소사! 대체 얼마나 외딴 곳에 살았기에 그토록 탐욕스럽게 빨아들인 황당한 이론들이 이미 천 년 전에 나온 것이어서 곰팡이가 핀 지 오래라는 사실을 알려 준 사람이 한 명도 없었다는 건가? 지금처럼 과학이 발전한 시대에 알베르투스 마그누스와 파라켈수스의 신봉자를 만나게 될 줄이야. 아이고, 공부를 완전히 새로 시작하셔야겠습니다.”

그는 그렇게 말하고는 옆으로 가더니 자연 철학 참고 도서들을 적어 주며 그 책들을 구해 읽으라고 했습니다. 그러고는 이제 가 보라면서 자신은 다음 주 초에 자연 철학 일반 강좌를 시작할 예정이며, 동료 교수인 발트만 교수는 자신의 수업이 없는 날 화학 강의를 할 거라고 말했습니다.

숙소로 돌아왔지만 실망하지는 않았어요. 교수가 강하게 비판한 그 저자들이 쓸모없어졌다는 건 오래전부터 알고 있었으니까요. 그렇다고 그가 추천한 책들을 공부할 마음이 들지도 않았습니다. 크렘프 교수는 땅딸막한 체구에 목소리가 걸걸하고 얼굴도 추했습니다. 그래서인지 그의 이론에도 마음이 끌리지 않았습니다. 그런 데다가 나는 현대 자연 철학의 효용을 얕잡아 봤거든요. 과학의 거장들이 불멸과 힘을 추구하는 건 전혀 다른 문제였죠. 그건 쓸모는 없을지언정 원대한 생각이니까요. 그런데 이제 학문의 풍경이 달라졌습니다. 현대 자연 철학을 연구하는 사람들은 과학에 대한 내 관심의 토대가 된 그 전망을 폐기하겠다는 야심에만 몰두하는 것처럼 보였어요. 내게 한없이 원대한 망상을 가치 없는 현실로 대체하라고 요구했습니다.

이런 생각을 하면서 처음 이삼일은 거의 혼자 보냈습니다. 하지만 그다음 주가 시작됐을 때 크렘프 교수가 말해 준 강의들이 생각났습니다. 작고 거만한 그 사람이 강단에서 떠드는 얘기를 들으러 갈 마음은 나지 않았지만, 발트만 교수에 대해 했던 말이 떠올랐어요. 그때까지 그는 대학에 없었기 때문에 아직 만난 적이 없었습니다.

호기심도 들고 무료하기도 해서 강의실로 갔더니 곧이어 발트만 교수가 들어오더군요. 그는 자신의 동료와 사뭇 달랐습니다. 나이는 쉰 살쯤 되어 보였고 인상이 대단히 인자했어요. 관자놀이 언저리는 희끗희끗했지만, 뒷머리는 대체로 검은색이었습니다. 몸은 자그마해도 자세가 대단히 꼿꼿했고 목소리는 그렇게 다정할 수가 없었습니다. 그는 화학의 역사를 간추리고 여러 학자들이 이룬 다양한 업적을 설명하는 것으로 강연을 시작했는데, 가장 두드러진 발견을 한 사람들의 이름은 특히 힘주어 말했습니다. 그러고는 과학이 도달한 현재의 상황과 기본적인 용어를 두루 설명했습니다. 예비 실험 몇 가지를 보여 준 그는 현대 화학에 대한 찬사로 강의를 마쳤는데, 그때 그가 한 말은 영원히 잊을 수 없을 겁니다.

"이 학문을 연구한 고대의 학자들은 불가능한 것을 약속했지만 아무것도 이루지 못했다. 현대의 거장들은 거의 아무것도 약속하지 않는다. 그들은 금속의 성질이 변할 수 없으며 불로장생의 묘약이 망상일 뿐이라는 걸 알기 때문이다.

하지만 더러운 것들을 취급하면서 현미경이나 도가니를 들여다보는 이 학자들이야말로 사실상 기적을 이루었다. 그들은 자연의 깊숙한 곳을 통찰하고, 우리가 보지 못하는 곳에서 자연이 어떻게 작용하는지를 밝혀냈다. 그들은 신의 영역까지 올라갔다. 피가 어떻게 순환하는지를 밝혀내고, 우리가 숨 쉬는 공기의 성질을 알아냈으니까. 그들은 새로운, 거의 무한한 힘을 획득했다. 그들은 하늘의 천둥을 제어하고, 지진과 비슷한 현상을 일으키고, 그림자에 가려져 보이지 않는 세계마저 모방할 수 있다."

나는 교수와 강의에 대해 매우 흡족한 마음으로 그곳을 떠났다가, 그날 저녁에 그를 방문했습니다. 사석에서 만난 그의 태도는 강의실에서 봤을 때보다도 더 온화하고 매력적이었어요. 강의를 할 때는 어느 정도 위엄이 있었는데, 자택에서는 상냥하고 다정할 뿐이었습니다. 내가 지금껏 공부한 것에 대해 짤막하게 털어놓자 그는 귀 기울여 들었고, 코르넬리우스 아그리파와 파라켈수스의 이름이 나왔을 때는 미소를 지었지만 크렘프 교수가 그랬던 것처럼 경멸한다는 티를 내지는 않았습니다. 그는 이렇게 말했습니다. "바로 이들의 지칠 줄 모르는 열정 때문에 현대의 학자들이 지식의 기반을 다질 수 있었지. 그들 덕분에 우리는 밝혀진 사실에 새로운 이름을 붙이고 분류하며 정리하는 한결 수월한 과제를 맡게 된 거야. 천재들의 노고는 아무리 엉뚱한 방향으로 나아가더라도 궁극적으로는 인류에게 실질적인 이익을 안겨 주게 된다네." 나는 어떤 허영이나 허세도 담기지 않은 그의 말을 경청했고, 그의 강의를 들으면서 현대 화학자들에 대한 편견을 지울 수 있었다고 말했습니다. 그러면서 내가 공부해야 할 책에 대한 조언을 구했죠.

"제자를 얻게 되어 기쁘군." 발트만 교수는 말했어요. "자네가 가진 능력에 버금가는 노력을 기울인다면 틀림없이 성공할 거라고 믿네. 화학은 자연 철학에서도 지금까지 가장 큰 발전을 이루었고, 앞으로도 그러리라고 여겨지는 분야지. 내가 이 학문을 택한 이유도 그 때문이야. 하지만 그렇다고 해서 다른 분야의 학문을 소홀히 하지는 않았다네. 인간의 지식 중에서 오로지 그 분야에만 몰두한다면 아주 한심한 화학자가 되고 말 테니까. 자네도 시시한 실험이나 하는 데 그치지 않고 정말 탁월한 학자가 되고 싶다면 수학을 포함해서 자연 철학의 모든 분야를 공부하도록 하게."

그러고는 자신의 연구실로 나를 데려가서 다양한 기계들의 용도를 설명하고 어떤 것들을 마련해야 하는지 알려 주었으며, 실력이 쌓여서 장치를 망가뜨리지 않을 정도가 되면 자신의 기계를 사용하게 해 주겠다고 약속했습니다. 그리고 내가 부탁했던 참고 도서의 목록도 건네주었어요. 나는 그걸 받고 자리에서 일어났습니다.

기억에 남을 하루는 그렇게 지나갔고, 그날 내 운명이 결정되었습니다.

◆ ◆ ◆

3

이날부터 나는 자연 철학, 그중에서도 특히 가장 포괄적인 의미의 화학에만 몰두하다시피 했습니다. 내가 탐독한 현대 학자들의 책에는 천재성과 식견이 가득했어요. 대학을 대표하는 과학자들의 강의를 듣고 친분을 쌓았습니다. 크렘프 교수마저도 탄탄한 상식과 실질적인 지식을 대단히 풍부하게 갖추고 있다는 걸 알게 되었죠. 물론 인상과 태도는 불쾌했지만, 그렇다고 해서 그의 가치가 떨어지는 건 아니었습니다. 발트만 교수와는 진실한 우정을 나눴습니다. 그의 다정한 태도는 독단에 물드는 일이 없었고 강의는 솔직하고 악의가 없으며 현학적인 면도 전혀 찾아볼 수 없었습니다. 어쩌면 학문을 향한 순수한 애정보다는 이 사람의 상냥한 성품 때문에 그가 강의한 자연 철학 분야에 더 끌렸는지도 모릅니다. 하지만 이런 마음이 작용한 건 지식을 향해 나아가는 첫 단계에서였어요. 점점 더 깊이 파고들수록 오로지 그 학문만을 위해 공부했습니다. 처음에는 의무이자 결심의 차원이었지만 어느새 열정과 열망이 솟아났지요. 연구에 몰두하는 사이에 밝아 온 새 아침이 별빛을 지워 버리기 일쑤였습니다.

그렇게 치열하게 공부를 했으니 실력이 빠르게 늘어났으리라는 건 쉽게 짐작할 수 있을 겁니다. 실제로 학생들은 내 열의에 놀라움을 금치 못했고, 교수들은 나의 능숙한 실력에 감탄했습니다. 크렘프 교수는 음흉한 미소를 지으며 코르넬리우스 아그리파는 어떻게 되었냐고 묻곤 했죠. 반면에 발트만 교수는 나의 발전을 진심으로 축하해 주었습니다. 그렇게 두 해가 지나는 동안 제네바에는 한 번도 가지 않은 채 원하는 발견을 해내기 위해 온 마음과 힘을 다했습니다. 과학의 매력은 직접 경험해 보지 않고서는 알 수 없어요. 다른 학문에서는 앞서간 사람들이 도달한 지점에 이르면 더 이상 알아야 할 게 없지만, 과학에는 발견과 경이로움이 끊이지 않습니다. 어느 정도 능력이 있는 사람이 한 가지 학문에 매진할 경우 기필코 그 분야에서 탁월한 경지에 이르게 됩니다. 나도 한 가지 목표를 달성하기 위해 부단히 노력하며 오로지 그것에만 몰두했습니다. 그 결과 상당히 빠르게 성장해서 2년이 지났을 때는 몇 가지 발견으로 화학 장비의 개선에 기여했고, 그 덕분에 대학에서 높은 평가와 찬사를 받았습니다. 이런 경지에 도달하여 잉골슈타트에 있는 교수들의 강의를 통해 얻을 수 있는 자연 철학의 이론과 현실을 다 알고 나니, 그곳에 머물러 봐야 더 이상 내 발전에 보탬이 될 게 없다는 생각이 들었습니다. 그래서 가족들이 있는 고향으로 돌아가려고 생각하던 차에 그곳에 더 체류하게 된 사건이 벌어졌습니다.

특히 내 관심을 끈 현상 가운데 하나는 인체, 아니 사실상 생명을 가진 모든 동물의 신체 구조였습니다. 생명의 원리는 어디서 비롯되는 걸까? 이런 의문을 종종 품곤 했어요. 지금껏 불가사의한 문제로 여겨져 왔던 대담한 질문이었죠. 소심함이나 부주의가 연구를 제약하지 않는다면 지금이라도 당장 밝혀낼 만한 것들이 얼마나 많은가요. 나는 이런 상황들을 깊이 따져 본 끝에 자연 철학에서도 특히 생리학과 관련된 분야에 전념하기로 결심했습니다. 거의 초자연적인 열정에 고무되지 않았다면 이 분야의 공부는 진저리가 나서 아마 견디기 힘들었을 겁니다. 생명의 유래를 밝혀내려면 먼저 죽음을 공부해야 합니다. 그래서 해부학에 통달하게 되었지만, 이것으로는 충분하지 않았습니다. 인체의 자연스러운 분해와 부패를 관찰해야 했어요. 아버지는 어린 나를 가르치면

서 초자연적인 공포에 영향을 받지 않도록 무척 주의했습니다. 그래서 나는 미신 이야기를 듣고 오싹하거나 유령을 무서워했던 기억조차 없습니다. 어둠은 내 상상력에 어떤 힘도 발휘하지 않았고, 교회의 묘지는 그저 생명이 다한 몸들, 한때 아름다움과 강인함이 깃들었으나 이제 구더기의 먹이가 되어 버린 육체들이 누워 있는 곳이었어요. 이제 이런 부패의 원인과 과정을 탐구하려다 보니 밤낮없이 지하 무덤과 납골당에 살다시피 했습니다. 섬세한 인간의 감정으로는 도저히 감당할 수 없는 온갖 것에 관심을 집중했습니다. 멀쩡하던 인간의 몸이 썩어 가고 망가지는 것을 봤습니다. 생명이 가득했던 뺨에 죽음의 부패가 일어나는 것을 목격했습니다. 구더기들이 눈과 뇌의 경이로움을 집어삼키는 것을 지켜봤어요. 삶에서 죽음으로, 죽음에서 삶으로 이어지는 변화에서 드러나는 모든 원인을 사소한 것까지 전부 검사하고 분석하다가 잠시 쉬고 있는데, 그때 이 어둠 속에서 돌연 한 줄기 빛이 나를 비췄습니다. 너무나 탁월하고 경이로우면서도 한없이 단순해서 그것이 밝혀 주는 무한한 전망에 현기증이 느껴지는 한편으로, 똑같은 학문을 연구해 온 수많은 천재들 중에 이 엄청난 비밀을 발견하는 일이 오로지 내 차지가 되었다는 게 놀라웠습니다.

지금 얘기하는 것들이 광인의 환상이 아니라는 걸 기억해야 합니다. 저 하늘에 떠 있는 태양이 찬란하게 빛나는 것만큼이나 내가 지금 단언하는 것도 분명한 진실입니다. 어떤 기적이 작용한 것이었을지도 모르지만 발견의 무대는 뚜렷하고 개연성이 있었습니다. 며칠 밤낮을 탈진할 정도로 노력한 끝에 나는 발생과 생명의 근원을 밝혀내는 데 성공한 겁니다. 아니, 거기서 더 나아가 생명이 없는 것에 생기를 불어넣을 수 있게 되었어요.

처음에 이걸 발견하고 경악했던 마음은 이내 기쁨과 환희로 바뀌었습니다.

수많은 시간을 고되게 노력한 끝에 원했던 목표의 정상에 오르고 보니, 그동안 고생한 보람에 가슴이 벅찼습니다. 너무나 원대하고 압도적인 발견이어서 그때까지 단계적으로 걸어온 발자국은 전부 지워지고 오로지 결과만이 눈에 들어왔어요. 태초부터 모든 현자들이 바라고 연구해 왔던 결과물이 지금 내 손에 있었습니다. 마술을 부리는 것처럼 한 번에 모든 것이 드러난 건 아니었습니다. 내가 손에 넣은 지식은 이미 달성한 목표를 보여 주는 것이 아니라 어디에 노력을 쏟아야 할지 가르쳐 주어서 목표를 계속 좇게 만들었지요. 나는 시체와 함께 묻혔다가 거의 보이지도 않는 희미한 빛의 도움으로 탈출구를 찾아낸 그 아라비아 사람과 비슷했습니다.

친구여, 경이로움과 기대에 찬 눈빛으로 열중해서 듣는 걸 보니 내가 알게 된 그 비밀이 뭔지 듣고 싶은 모양이군요. 그건 안 됩니다. 인내심을 가지고 내 얘기를 끝까지 듣는다면 내가 왜 그걸 털어놓지 않는지 알게 될 겁니다. 그때의 나만큼이나 무방비인 데다 열정적인 당신을 피할 수 없는 불행과 파멸의 구렁텅이로 이끌지는 않을 겁니다. 내가 주는 교훈이 내키지 않는다면 나를 본보기 삼아서라도 지식을 습득하는 게 얼마나 위험한지, 고향을 세상의 전부로 알고 사는 사람이 타고난 재능 이상의 위대함을 꿈꾸는 사람보다 얼마나 더 행복한지 깨닫기 바랍니다.

너무나 놀라운 힘이 내 손에 들어왔다는 걸 알았을 때 나는 그걸 어떤 식으로 사용할지 고민하며 한참을 망설였습니다. 생명을 불어넣을 능력을 지니기는 했지만, 그걸 받아들일 몸, 섬유 조직과 근육과 혈관까지 복잡한 모든 구조를 갖춘 몸을 구하는 건 여전히 상상도 할 수 없을 만큼 어렵고 힘든 일이었으니까요. 처음에는 나 같은 인간을 창조할지, 아니면 더 단순한 유기체를 시도해야

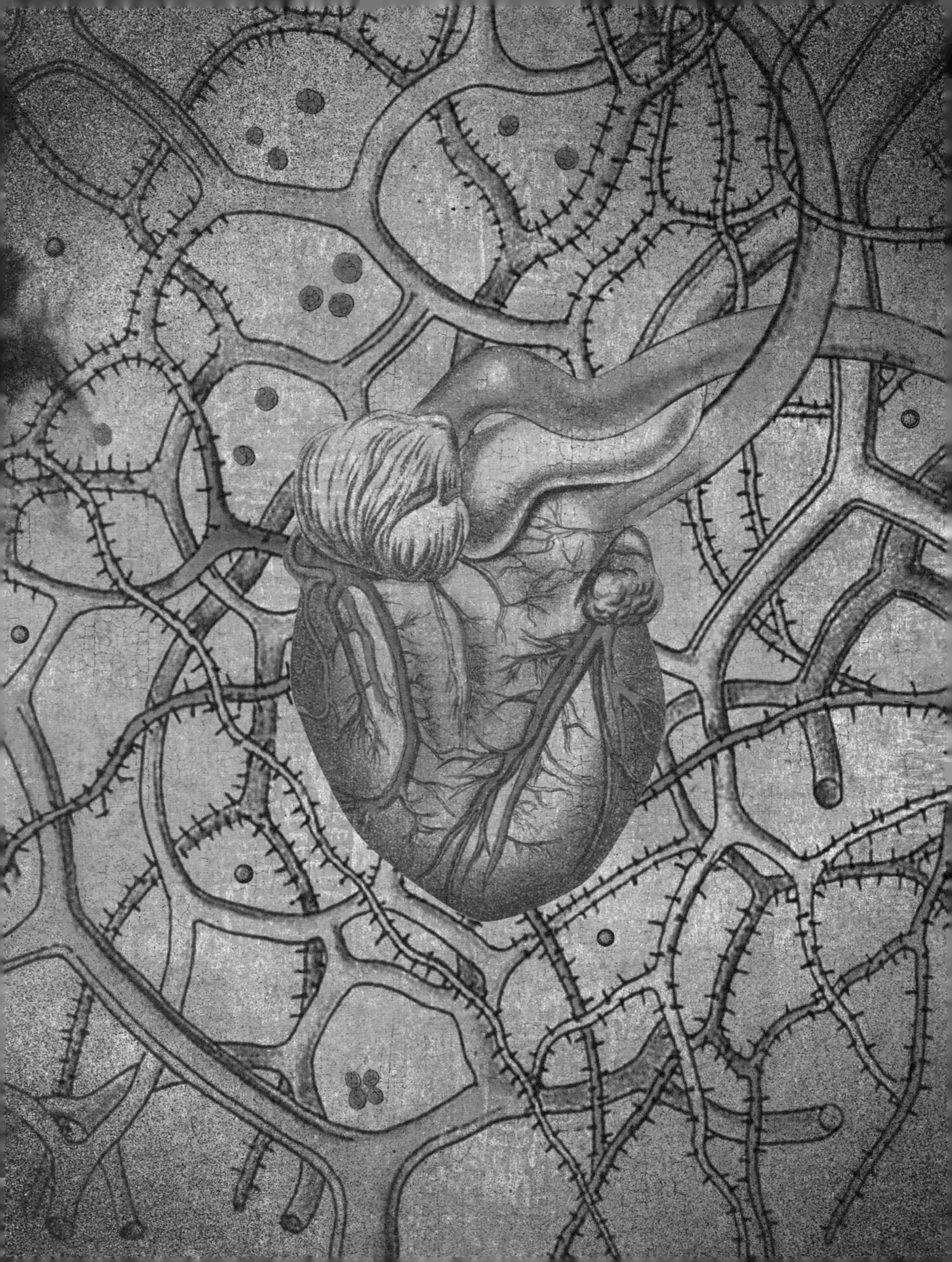

할지 확신이 서지 않았습니다. 그러나 첫 성공으로 한껏 고양된 상상력은 인간처럼 복잡하고 경이로운 동물에게 생명을 불어넣을 수 있다는 것에 대한 의심을 허락하지 않았습니다. 그때 내 수중에 있던 재료들은 그렇게 어려운 작업을 하기에 적당해 보이지 않았지만, 결국에는 성공하리라는 것을 의심하지 않았습니다. 수많은 역경에 대비해서 단단히 준비했습니다. 작업이 계속 난관에 부딪힐지도 모르고 끝내 불완전한 결과물이 나올 수도 있었습니다. 하지만 과학과 공학이 하루가 다르게 발전한다는 걸 생각하면서 지금의 내 시도가 최소한 미래의 성공을 위한 토대가 될 거라는 희망을 가졌습니다. 계획의 규모가 크고 복잡하다는 이유로 실현이 불가능하다고 생각할 수도 없었습니다. 이런 마음으로 나는 인간을 창조하는 작업에 착수했습니다. 부분들이 작고 섬세하면 속도가 느려지기 때문에 처음의 의도와는 달리 체격을 크게 만들기로 했습니다. 그러니까, 약 240센티미터의 키에 맞춰 비율을 조정한 것이죠. 이렇게 결정을 내리고 몇 달에 걸쳐 재료들을 성공적으로 수집하고 준비한 끝에 작업을 시작했습니다.

첫 성공의 열정 속에서 허리케인처럼 나를 몰아붙인 그 다채로운 감정은 누구도 상상할 수 없을 겁니다. 삶과 죽음은 내가 일단 뚫고 들어가서 우리의 어두운 세계에 빛의 봇물을 터뜨려야 하는 관념적인 경계로 보였습니다. '새로운 종은 나를 창조주이자 근원으로 찬양할 테고, 행복하고 탁월한 많은 생명체들이 나로 인해 생겨나겠지. 나만큼 완벽하게 자손의 감사를 받을 자격을 갖춘 아버지는 세상에 없을 거야.' 이런 사색을 이어 가다 보니 만약 생명이 없는 것에 숨을 불어넣을 수 있다면 언젠가는 (지금이야 불가능하더라도) 죽어서 부패가 시작된 몸도 다시 살려 낼 수 있을 거라는 생각이 들었습니다.

끊임없는 열정으로 작업에 몰두하는 동안 이런 생각으로 기운을 북돋웠습니다. 연구를 하느라 뺨은 점점 창백해지고, 안에만 틀어박혀 있다 보니 몸도 야위었습니다. 때로는 확실한 것을 손에 넣기 바로 직전에 실패하기도 했습니다. 그래도 다음 날, 또는 다음 순간이 가져다줄지도 모르는 희망에 계속 매달렸습니다. 그렇게 나를 바친 희망은 나 혼자 간직했던 한 가지 비밀이었죠. 야심한 시각에 숨조차 제대로 쉬지 못할 정도로 긴장한 채 자연의 은밀한 곳을 파고들어 가는 나를 달이 지켜봤습니다. 생명이 없는 진흙에 숨을 불어넣겠다고 무덤의 축축한 흙을 파내거나 살아 있는 동물을 훼손할 때, 나의 그 은밀한 작업에 따르는 공포를 누가 상상할 수 있을까요? 지금도 팔다리가 후들거리고 그때의 기억이 눈앞에 아른거립니다. 하지만 그때는 거부할 수 없는, 거의 광적인 충동이 나를 몰아붙였습니다. 이 한 가지 목표에 빠져 영혼이나 감각을 전부 상실했던 것 같습니다. 그건 사실상 일시적인 최면 상태에 불과했고, 자연을 거스르는 그런 충동이 가라앉고 평소의 습관으로 돌아오자마자 감각은 다시 예리해졌습니다. 나는 납골당에서 뼈를 구해다가 불경한 손가락으로 인체가 간직한 엄청난 비밀들을 파고들었습니다. 건물의 꼭대기에 있는 데다가 복도와 계단을 사이에 두고 다른 집들과 분리된 혼자만의 방, 아니 거의 감옥과 같은 그곳이 추악한 창조의 작업실이었습니다. 세밀한 작업을 하다 보니 눈알이 튀어나올 지경이었습니다. 재료들은 대부분 해부실과 도살장에서 가져왔죠. 인간으로서의 본성 때문에 역겨움을 참지 못하고 돌아설 때도 많았지만, 끝없이 커져 가는 열정의 다그침 속에 작업은 거의 완성 단계에 이르렀습니다.

이렇듯 마음과 영혼을 바쳐 단 하나의 목표를 추구하는 동안 여름이 지나갔습니다. 너무나 아름다운 계절이었어요. 들판은 어느 때보다 풍성한 수확을 베풀었고, 포도나무에도 더없이 탐스러운 열매가 주렁주렁 열렸습니다. 하지만 내 눈에는 자연의 아름다움이 들어오지 않았습니다. 주변의 풍경에 무심하게 만든 그 감정은 멀리 떨어진 친지들도 잊게 만들어서 그들을 오랫동안 보지 않고 지냈습니다. 내게서 소식이 없으면 가족들이 걱정하리라는 건 알고 있었죠. 아버지의 이런 말씀도 잘 기억하고 있었습니다. "네가 잘 지낸다면 다정한 마음으로 우리를 생각할 테고, 정기적으로 소식을 전해 주겠지. 편지가 뜸해지면 네가 다른 의무도 그만큼 소홀히 한다는 증거로 받아들일 테니 그리 알거라."

그러니 아버지의 심정이 어떨지도 잘 알았죠. 하지만 그 자체로는 역겨웠어도 도저히 뿌리칠 수 없는 힘으로 내 상상력을 사로잡고 있던 그 일에서 생각을 돌이킬 수가 없었습니다. 사실은 인간적인 모든 습성을 삼켜 버린 그 원대한 목표를 완수하기 전까지는 애정과 관련된 일들은 전부 미루고 싶었습니다.

그때는 아버지가 나의 무심함을 결함이나 과실로 여기는 게 부당하다고 생각했어요. 지금은 내가 잘못으로부터 전적으로 자유롭지 않다고 여기신 아버지가 옳았다고 확신합니다. 성숙한 인간이라면 늘 차분하고 평온한 마음을 유지해야 하며, 열정이나 일시적인 욕망에 흔들려 평정심을 잃어서는 안 됩니다. 지식을 추구하는 것도 이 법칙에서 예외일 수는 없죠. 연구를 하느라 애정이 식고 어떤 불순물도 섞여 들 수 없는 단순한 즐거움을 누릴 수 없다면, 그건 틀림없이 부당한 것, 다시 말해서 인간적인 심성에 부합하지 않는 연구일 겁니다. 이 원칙을 늘 지킨다면, 누구를 막론하고 가정의 평온을 해하는 일을 하지 않는다면, 그리스는 속국이 되지 않았을 것이고 카이사르는 조국을 지켰을 것이며 아메리카 대륙은 조금 더 천천히 발견되어 멕시코와 페루의 제국들이 멸망하는 일도 없었을 겁니다.

내 얘기 중에 가장 흥미진진한 부분에서 훈계를 늘어놓고 있었군요. 당신의 표정을 보니 본론으로 다시 돌아와야 할 것 같네요.

아버지의 편지에는 어떤 질책도 담겨 있지 않았습니다. 그저 내 연구에 대해 전보다 더 구체적으로 물어보는 것으로 나의 뜸한 연락을 에둘러 일깨우셨죠. 일을 하는 사이에 겨울과 봄, 그리고 여름이 지났습니다. 하지만 나는 꽃이 피는 것도 잎이 무성해지는 것도 몰랐습니다. 예전에는 늘 한없는 기쁨을 안겨주었던 이런 풍경들이 일에 몰두한 내 눈에는 들어오지 않았습니다. 그해의 나뭇잎이 시들고 나서야 내 연구는 막바지에 달했습니다. 그리고 이제 하루가 지날수록 내가 얼마나 확실하게 성공했는지 더 뚜렷해졌습니다. 하지만 불안한 심정은 열광의 욕구를 억눌렀고, 나는 좋아하는 일에 몰두하는 예술가라기보다 광산에서, 아니면 어딘가 다른 위험한 일터에서 고된 일을 하는 노예와 같았습니다. 밤마다 미열에 시달렸고, 신경이 곤두서서 고통스러울 지경이었어요. 지금까지 최상의 건강을 유지하며 늘 강인한 정신력을 자랑했던 터라 이런 몸 상태가 더 안타까웠습니다. 하지만 운동을 하고 오락을 즐기다 보면 이런 증상은 곧 사라질 거라고 믿었습니다. 창조물이 완성되면 이 두 가지를 즐기겠다고 다짐했죠.

◆ ◆ ◆

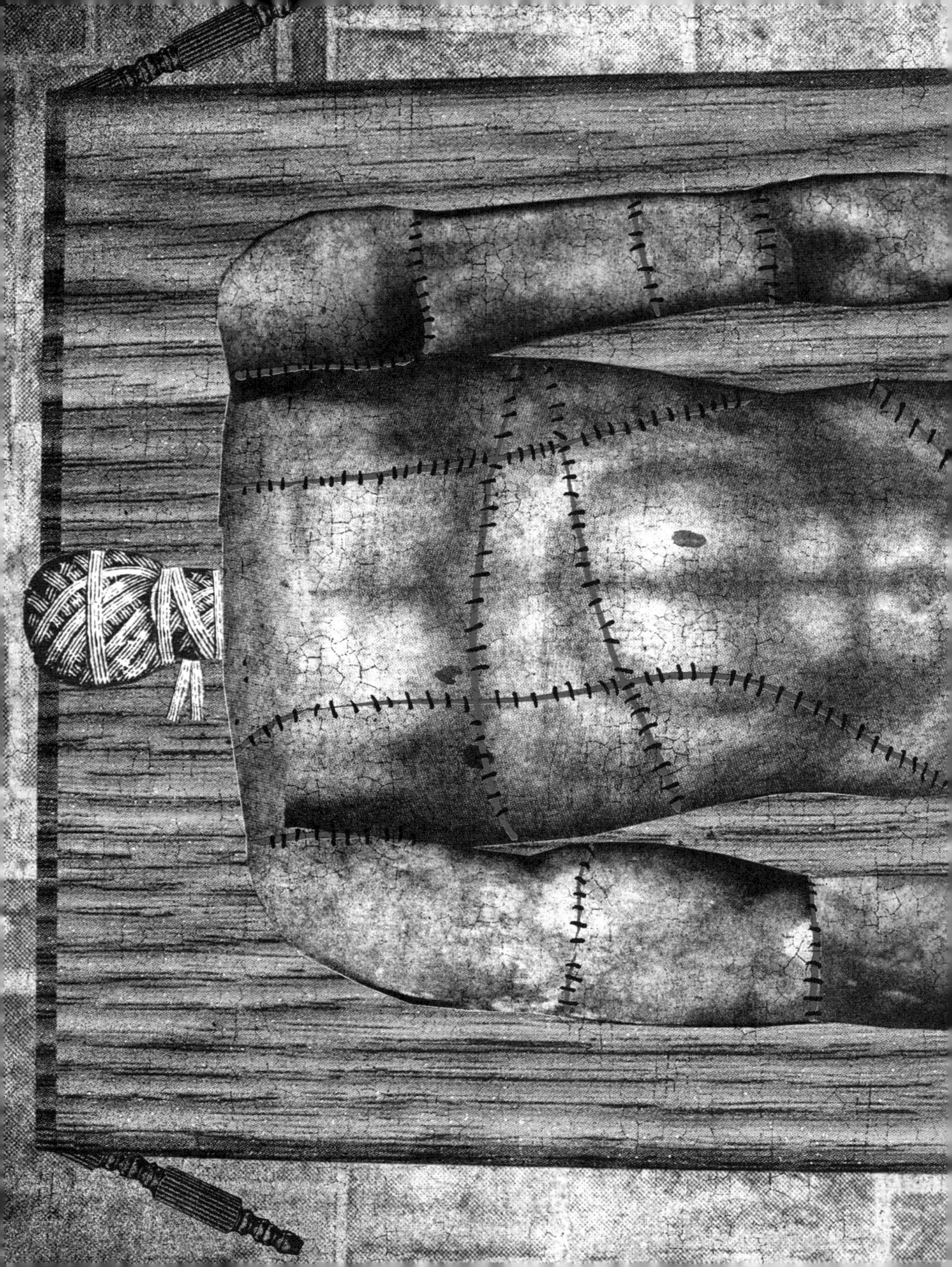

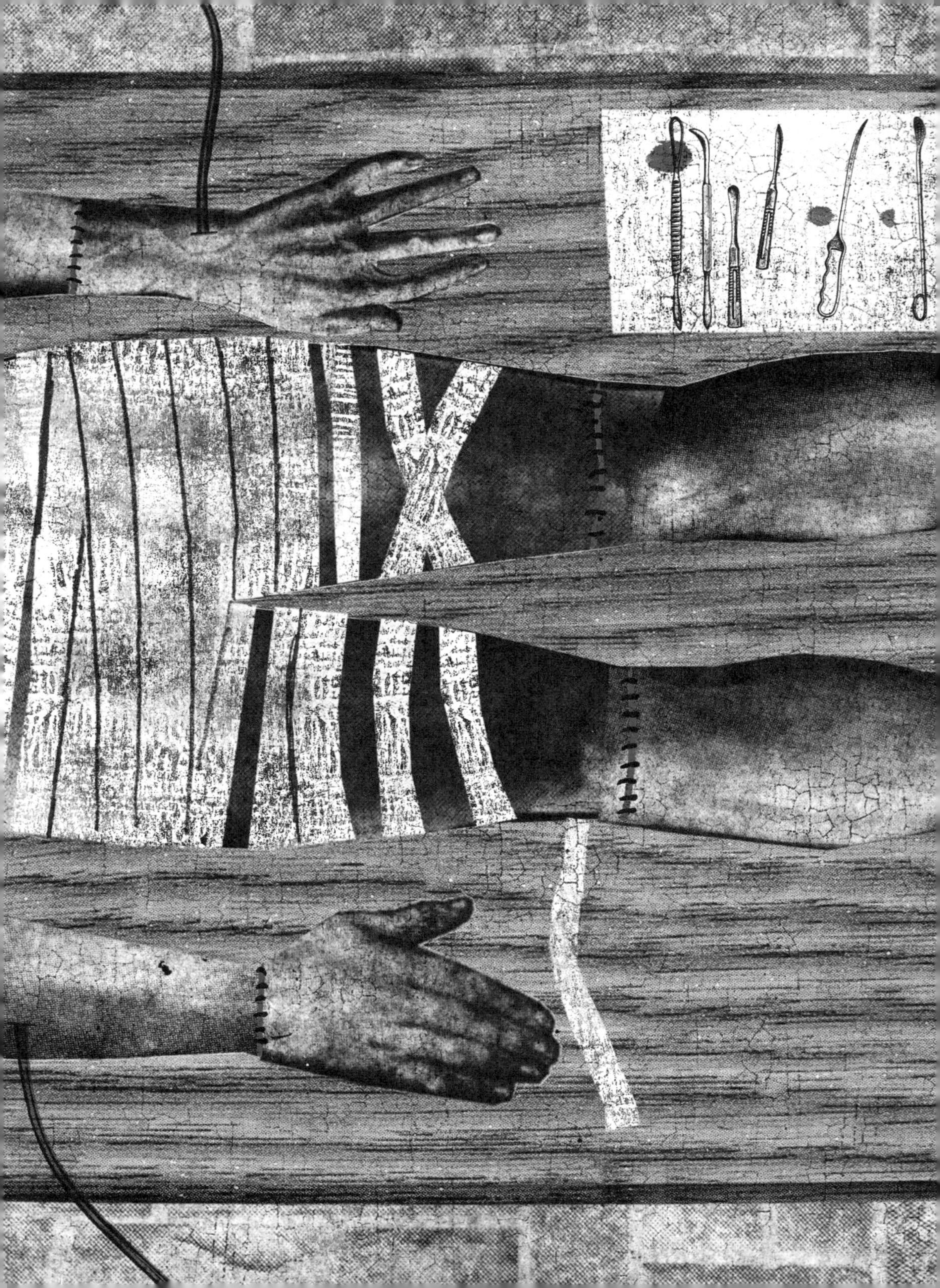

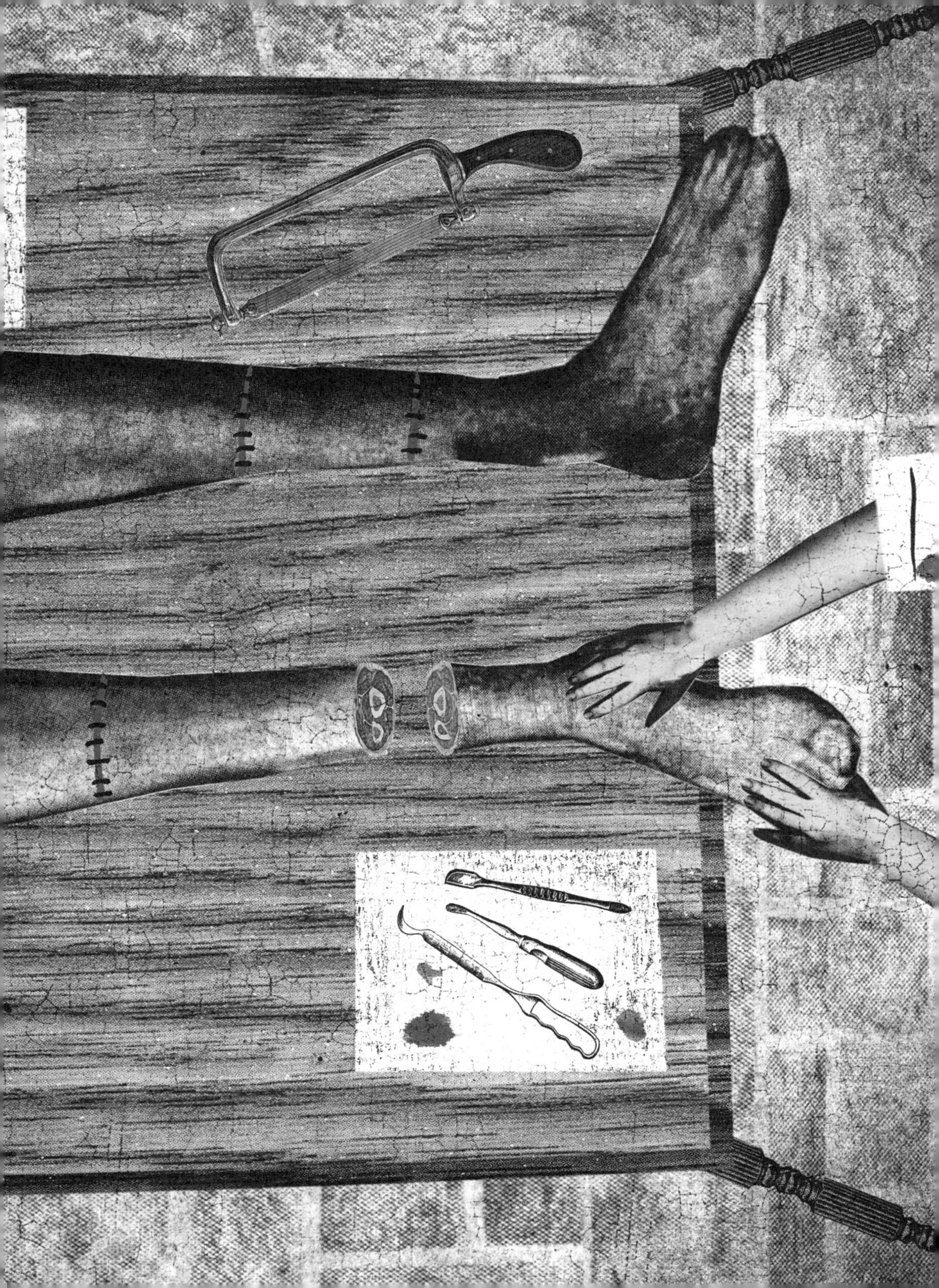

4

내 고된 노력이 결실을 맺은 건 11월의 어느 황량한 밤이었습니다. 거의 번민에 가까울 정도의 불안감 속에서 내 발치에 놓인 생명 없는 물체에 존재의 불꽃을 일으킬 생명의 장치들을 늘어놓았습니다. 어느덧 새벽 한 시였습니다. 빗줄기가 음울하게 창문을 두드리고 초가 거의 타들어 갔을 때, 반쯤 꺼진 그 흐릿한 빛을 통해 피조물이 탁한 노란색 눈을 뜨는 게 보였습니다. 그것은 힘겹게 숨을 쉬더니 발작하듯이 팔다리를 꿈틀거리더군요.

이 변고를 접한 내 심정을 어떻게 표현할 수 있을까요. 그토록 힘들게 공들여 만든 그 괴물을 뭐라고 묘사해야 할까요. 놈의 팔다리는 키에 맞췄고, 이목구비도 아름다운 것들로 골랐습니다. 아름답다니. 맙소사! 놈의 노란 피부는 그 밑에서 움직이는 근육과 동맥을 딱 맞게 덮었고, 검은 머리카락은 윤기 있게 출렁였으며, 이는 하얀 진주 같았습니다. 하지만 이런 화려함은 칙칙한 눈구멍과 거의 구분되지 않는 색깔의 축축한 눈동자, 쭈글쭈글한 얼굴, 그리고 일직선으로 뻗은 새카만 입술과 대조되어 오히려 더 섬뜩했습니다.

살다 보면 벌어지는 여러 가지 일들도 인간의 감정만큼 쉽게 변하지는 않습니다. 2년에 가까운 세월을 생명 없는 육체에 숨을 불어넣겠다는 생각 하나로 열심히 노력했어요. 이걸 위해 휴식을 포기하고 건강도 돌보지 않았습니다. 그것을 바라는 내 마음은 정상이라고 볼 수 없을 만큼 뜨거웠죠. 그런데 이제 일을 마치고 보니 꿈꾸었던 아름다움은 온데간데없고, 숨 막히는 공포와 혐오만 가슴에 가득했습니다. 내가 만들어 낸 존재의 모습을 견딜 수 없었던 나는 연

구실 밖으로 뛰쳐나갔고, 마음이 진정되지 않아 잠을 이루지 못한 채 한참을 침실에서 서성거렸습니다. 결국 피로가 몰려오면서 격정적이던 마음을 밀어냈고, 잠시나마 모든 걸 잊어 보려고 입은 옷 그대로 침대에 몸을 던지듯 누웠습니다. 하지만 소용없었어요. 잠이 들기는 했지만, 너무나 뒤숭숭한 꿈에 시달렸습니다. 꿈에서 엘리자베스를 본 것 같은데, 그녀는 아주 건강한 모습으로 잉골슈타트의 거리를 걷고 있었습니다. 기쁘고 놀라운 마음에 그녀를 안았더니 첫 입맞춤에 그녀의 입술이 검푸른 죽음의 색으로 변하는 것이었어요. 얼굴도 변하면서 어느새 내가 안고 있는 건 죽은 어머니의 시체였어요. 어머니는 수의에 싸여 있었고, 옷의 주름 사이로 기어 다니는 구더기들이 보였습니다. 소스라치며 잠에서 깼습니다. 이마에는 식은땀이 맺혔고, 이가 딱딱 부딪히면서 팔다리도 덜덜 떨렸습니다. 그때, 덧문을 비집고 스며드는 어스름한 노란 달빛에 그 추악한 놈, 내가 만들어 낸 그 참담한 괴물이 보였습니다. 놈은 침대의 커튼을 들어 올렸고, 그 눈으로, 그걸 눈이라고 부를 수 있다면, 나를 바라보았습니다. 턱을 빠트린 채 알아들을 수 없는 소리를 몇 마디 내뱉었는데, 씩 웃는 건지 뺨에 주름이 잡혔습니다. 뭐라고 말을 한 것 같았지만 내 귀에는 들리지 않았습니다. 나를 붙들려는 듯이 한 손을 쭉 뻗었고, 나는 그걸 피해 계단을 달려 내려갔습니다. 내가 살던 집의 안마당에 몸을 숨긴 채, 밤새 한없이 초조한 마음으로 서성이며 무슨 소리라도 들리면 내가 너무나 흉측하게 생명을 불어넣은 그 악마 같은 시체가 다가오는 건 아닐까, 신경을 곤두세우고 귀를 기울였습니다.

아! 그 얼굴이 불러일으키는 공포를 견딜 수 있는 사람은 없을 겁니다. 미라를 살려 냈더라도 그놈만큼 섬뜩할 수는 없을 거예요. 아직 미완이었을 때 놈을 가만히 들여다봤었죠. 그때도 추했습니다. 하지만 근육과 관절을 움직일 수

있게 되자 단테라도 차마 상상할 수 없었을 물건이 된 겁니다.

비참한 심정으로 그날 밤을 보냈습니다. 가끔은 맥박이 어찌나 빠르고 거칠게 뛰는지 모든 동맥의 고동을 느낄 수 있었습니다. 그렇지 않을 때는 극심한 피로와 무력감에 거의 쓰러질 지경이었죠. 이런 공포에 섞여 쓰디쓴 실망감이 밀려왔습니다. 그토록 오랜 세월 동안 나의 양식이자 즐거운 휴식이었던 꿈이 이제 지옥이 되어 버렸으니까요. 게다가 그런 상황의 변화가 너무나 급작스러웠고, 모든 걸 완벽하게 뒤엎어 버렸죠!

끝내 아침이 찾아왔고, 황량하고 눅눅하게 날이 밝았습니다. 불면으로 욱신거리는 눈에 잉골슈타트의 교회가 보였습니다. 흰 첨탑의 시계는 6시를 가리키고 있었어요. 문지기가 나오더니 밤새 나의 피난처가 되어 준 안마당의 문을 열었고, 나는 모퉁이를 돌 때마다 눈에 보일까 두려운 그 추잡한 놈을 피하려는 듯이 빠른 걸음으로 거리를 걸어갔습니다. 집으로는 돌아갈 엄두가 나지 않았고, 쓸쓸하고 어둑한 하늘에서 쏟아지는 빗줄기에 몸이 젖어도 그저 서둘러 걸어야 할 것만 같았습니다.

몸을 괴롭혀서 마음을 짓누르는 짐을 줄여 보겠다고 한참을 그렇게 걸었습니다. 어디로 가는지, 뭘 하는 건지, 뚜렷한 생각도 없이 길을 건넜습니다. 두려움에 속이 울렁거릴 정도로 가슴이 세게 뛰었지만, 차마 주변을 둘러볼 엄두도 내지 못한 채 휘청거리는 걸음을 빨리했습니다.

마치 아무도 없는 쓸쓸한 길에서
두려움과 공포에 떨며 길을 가다가
한 번 뒤돌아보고 계속 걷지만

더는 고개를 돌리지 못하는 사람과 같았지.
왜냐하면 그는 알았거든,
무시무시한 악마가 바짝 뒤따라오고 있다는 걸.

콜리지 〈노수부의 노래〉

그렇게 계속 가다 보니 어느새 각종 마차와 역마차가 멈추는 여관의 맞은편이었습니다. 나는 거기서 잠시 멈췄는데, 그 이유는 나도 모르겠어요. 아무튼 길 저편에서 다가오는 마차를 응시한 채 그렇게 몇 분을 서 있었습니다. 거리가 좁혀지자 그게 스위스 역마차라는 걸 알 수 있었습니다. 마차는 바로 내 앞에 멈췄는데, 문이 열리자 그 안에 앙리 클레르발이 있는 거예요. 그는 나를 보고는 훌쩍 뛰어내렸습니다. "아니 이런, 프랑켄슈타인!" 그는 탄성을 질렀습니다. "이렇게 만나다니 너무 반갑다! 마차에서 내리는 순간에 네가 여기 있을 줄이야. 이거 정말 행운인걸!"

클레르발을 만난 기쁨은 어디에도 비할 수 없었습니다. 그를 보자 아버지와 엘리자베스 생각이 났고, 한없이 그리운 고향 풍경이 떠올랐습니다. 나는 그의 손을 움켜잡았고, 순식간에 공포와 불행을 다 잊었습니다. 갑자기 몇 달 만에 처음으로, 잔잔하고 고요한 기쁨이 가슴에 차올랐습니다. 나는 친구를 더없이 따뜻하게 환영했고, 내가 다니는 대학을 향해 함께 걸어갔습니다. 친구들의 안부를 한참 전하던 클레르발은 다행히 허락을 받아서 잉골슈타트에 오게 되었다고 말했습니다. "장사하는 사람이라고 해서 꼭 회계 장부 기록하는 것만 알아야 되는 건 아니라고 아버지를 설득하는 게 얼마나 힘들었을지 너는 알 거야. 아버지는 끝까지 못 미더운 눈치였어. 내가 끈질기게 간청할 때마다 《웨이

크필드의 목사》에 나오는 네덜란드 교장이 했던 말만 반복하셨으니까. '나는 그리스어를 몰라도 한 해에 1만 플로린을 벌고 그리스어를 몰라도 배불리 먹지.' 하지만 아들에 대한 애정이 공부를 못마땅하게 여기는 마음을 이겼고, 결국 지식의 땅으로 탐험을 떠날 수 있도록 허락하셨어."

"너를 만나서 얼마나 기쁜지 몰라. 우리 아버지와 형제들, 그리고 엘리자베스는 어떻게 지내는지 말해 줘."

"다들 아주 행복하게 잘 지내. 네 소식이 너무 뜸한 게 조금 걱정일 뿐이지. 그나저나 내가 너희 가족을 대신해서 잔소리 좀 해야겠다. 그런데 프랑켄슈타인," 그는 문득 말을 멈추고 내 얼굴을 찬찬히 들여다봤습니다. "이제 보니 병색이 아주 짙은걸. 너무 마른 데다 안색도 창백해. 며칠 밤을 뜬눈으로 새우기라도 한 거야?"

"제대로 맞혔네. 최근에 어떤 일에 너무 집중하느라 좀처럼 쉴 틈이 없었어. 이제 다 끝났으니, 자유를 누릴 수 있으면 정말 좋겠다."

몸이 부들부들 떨렸습니다. 어젯밤의 일을 입에 올리는 건 둘째치고 떠올리는 것조차 참을 수가 없었습니다. 나는 걸음을 재촉했고, 우리는 곧 대학에 도착했습니다. 그때 집에 남겨 둔 내 피조물이 아직도 거기서 숨을 쉬며 돌아다니고 있을 거라는 데 생각이 미쳤고, 그러자 몸서리가 쳐졌습니다. 이 괴물을 보는 건 끔찍했지만, 앙리가 놈을 보는 건 더 두려웠습니다. 그래서 그에게 아래층에서 조금만 기다려 달라고 말하고는 방으로 뛰어 올라갔습니다. 문고리를 움켜잡고서야 마음을 가다듬었습니다. 잠시 머뭇거리는데 차가운 전율이 온몸을 휘감았습니다. 유령이 저쪽에 버티고 있다고 생각할 때 아이들이 그러는 것처럼 문을 벌컥 열어젖혔습니다. 하지만 아무것도 나타나지 않았습니다.

덜덜 떨며 안으로 들어섰는데, 아무도 없었어요. 침실에도 그 가증스러운 불청객은 보이지 않았습니다. 나에게 생긴 행운을 믿을 수 없을 정도였죠. 하지만 나의 적이 실제로 도망쳤다고 확신한 나는 기뻐서 손뼉을 치며 클레르발이 있는 곳으로 달려 내려갔습니다.

우리는 함께 방으로 올라왔고, 잠시 후에 하인이 아침 식사를 가져왔습니다. 하지만 마음이 진정되지 않았습니다. 나를 사로잡은 것은 기쁨만이 아니었습니다. 극도로 예민해진 탓에 살갗이 다 따끔거릴 지경이었고, 맥박도 빠르게 뛰었습니다. 잠시도 가만히 있을 수 없었어요. 의자를 훌쩍 뛰어넘고, 박수를 치고, 큰 소리로 웃었습니다. 이런 유별난 행동을 처음에는 자신을 만나 기쁜 탓으로 여겼던 클레르발도 내 눈에서 번득이는 광기는 이해할 수 없었습니다. 게다가 호들갑스러우면서도 진심이 담기지 않은 커다란 웃음소리에는 흠칫 놀라며 의아해했습니다.

"빅터! 뭐야, 대체 왜 그러는 건데?" 그가 말했습니다. "그런 식으로 웃지 마. 몸이 정말 안 좋은 모양이구나. 어쩌다 이렇게 된 거야?"

"나한테 묻지 마." 나는 손으로 눈을 가리며 외쳤습니다. 그 끔찍한 유령이 슬그머니 방으로 숨어드는 걸 본 것 같았거든요. "놈이 말해 줄 거야. 아…… 살려 줘! 나 좀 살려 줘!" 괴물이 나를 움켜잡은 줄 알았던 겁니다. 나는 격렬하게 몸부림치다가 발작을 일으키며 쓰러졌습니다.

불쌍한 클레르발! 그의 심정이 어땠을까요? 우리의 만남을 벅찬 가슴으로 기대했을 텐데, 어처구니없게도 이런 안타까운 상황을 맞았으니 말입니다. 하지만 나는 그가 비통해하는 모습을 보지 못했습니다. 정신을 잃었고, 아주 오랫동안 깨어나지 못했거든요.

그렇게 신경성 열병이 시작된 탓에 나는 몇 달이나 바깥출입을 하지 못했습니다. 그러는 내내 나를 돌봐 준 사람은 앙리뿐이었죠. 앙리가 가족들이 걱정하지 않도록 최대한 내 병세를 숨겼다는 사실은 나중에야 알았습니다. 아버지는 나이가 많아 긴 여행은 무리고, 내가 아프다는 소식을 들으면 엘리자베스가 상심할 걸 알았던 거지요. 그는 자신보다 더 다정하고 세심하게 나를 돌봐 줄 사람이 없다고 생각했고, 또 내가 회복할 거라는 희망이 있었기 때문에, 그렇게 숨기는 것이 잘못이 아니라 오히려 우리 가족에게 큰 친절을 베푸는 것이라고 확신했습니다.

하지만 나는 정말로 위독했어요. 한없는 정성으로 쉬지 않고 돌봐 준 친구가 없었다면 다시 살아날 수 없었을 겁니다. 내가 만들어 낸 괴물의 모습이 끊임없이 눈앞에서 어른거렸고, 그것에 대해 계속 헛소리를 해 댔습니다. 그걸 들은 앙리는 깜짝 놀랐을 겁니다. 처음에는 어지러운 망상에서 두서없이 튀어나오는 소리로 여겼지만, 똑같은 얘기를 고집스럽게 반복하자 내 병의 뿌리에 뭔가 평범하지 않은 끔찍한 사건이 도사리고 있다고 생각하게 되었습니다.

몇 번이나 병이 도져서 친구에게 걱정과 근심을 안겨 주긴 했지만 아주 서서히 몸이 회복되었습니다. 처음으로 바깥 풍경을 볼 수 있게 되어 기뻤던 때가 기억납니다. 낙엽들은 다 사라지고 창문 앞에 드리운 나뭇가지에 새순이 돋아나고 있었습니다. 황홀한 봄이었어요. 계절 덕분에 회복도 빨라졌습니다. 내 가슴에서도 기쁨과 애정이 다시 솟아났습니다. 우울함이 가셨고, 얼마 후에는 파괴적인 열정에 사로잡히기 전처럼 명랑해졌습니다.

"사랑하는 클레르발." 나는 감격에 겨워 외쳤습니다. "다정하게 돌봐 줘서 정말 고맙다. 하겠다던 공부도 못 하고 겨우내 아픈 내 옆만 지켰으니, 이 은혜를 어떻게 갚지? 나 때문에 기대했던 일이 어긋난 것에 대해 양심의 가책을 느끼지만, 그래도 너는 나를 용서할 거야."

"걱정하지 말고 최대한 빨리 나으면 그걸로 나한테 진 빚은 다 갚는 거야. 기분이 좋은 것 같으니 뭐 한 가지만 얘기해도 될까?"

몸이 오싹했습니다. '한 가지라니! 그게 대체 뭘까? 혹시 차마 생각조차 할 수 없는 그걸 말하는 걸까?'

"진정해." 내 안색이 변하는 걸 본 클레르발이 말했습니다. "그것 때문에 불편하다면 말하지 않을게. 하지만 네 손으로 직접 쓴 편지를 받는다면 아버님과 사촌이 얼마나 기쁘겠니. 두 사람은 네가 얼마나 아팠는지 제대로 모르고, 오랫동안 소식이 없는 것만 걱정하고 있으니까."

"그거였어? 내가 정신을 차리자마자 사랑하는 가족부터 떠올리지 않았을 거라고 생각한 거야?"

"네 마음이 그렇다면, 이 친구야, 벌써 며칠째 너를 기다리며 그대로 놓여 있는 편지가 무척 반갑겠구나. 네 사촌이 보낸 것 같던데."

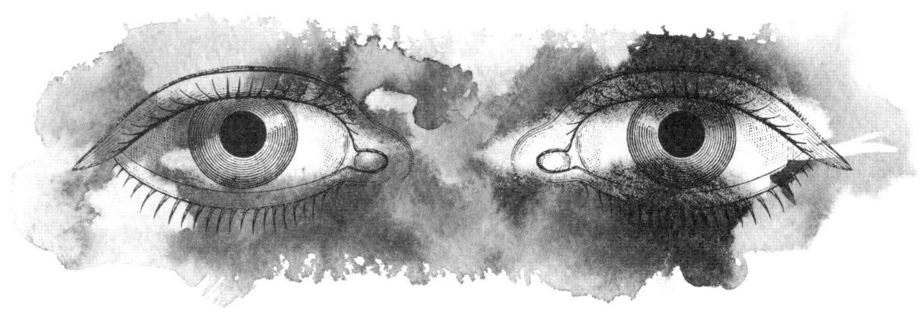

5

클레르발이 내 손에 쥐어 준 편지에는 이런 내용이 담겨 있었습니다.

V. 프랑켄슈타인 앞.

친애하는 사촌에게,

네 건강 때문에 모두가 얼마나 마음을 졸였는지는 말로 다 표현 못 해. 클레르발이 병세를 숨겼다고 생각할 수밖에 없어. 벌써 몇 달째 네가 직접 쓴 편지는 없고, 앙리한테 대신 받아 적게 했으니까. 아무래도 너는 몹시 아팠던 게 분명해, 빅터. 우리 모두 얼마나 가슴이 아픈지 몰라. 네 어머니가 돌아가셨을 때하고 비슷할 정도야. 외삼촌은 네가 위독하다고 거의 확신하시고는 잉골슈타트로 가려고 하셨어. 클레르발은 번번이 네가 좋아지고 있다고 편지를 보냈지. 조만간 네 손으로 직접 편지를 써서 사실이라는 걸 확인해 주면 좋겠다. 왜냐면 빅터, 우리는 정말로, 진심으로 마음을 놓을 수가 없어. 이 걱정을 덜어 준다면 우리는 세상에서 가장 행복한 사람들이 될 거야. 아버지의 건강은 이제 아주 좋아. 지난겨울 이후로 10년은 더 젊어지신 것 같아. 에르네스트도 얼마나 자랐는지, 너는 아마 못 알아볼지도 몰라. 얼마 후면 열여섯 살이고, 몇 년 전의 병약했던 모습은 찾아볼 수 없어. 아주 건장하고 활동적으로 변했단다.

외삼촌과 나는 어젯밤에 에르네스트의 장래 직업에 대해 많이 얘기했어. 그 애는 어려서 병치레가 잦았기 때문에 뭔가에 열중하는 습관을 들이지 못했지만, 이제는 건강이 좋아져서 늘 바깥 활동을 하며 산에 오르거나 호수에서 배를 탄단다. 그래서 나는 농부가 되는 게 좋겠다는 의견을 드렸어. 그게 내가 원하는 최고의 삶이라는 걸 너는 알겠지. 농부의 삶은 아주 건강하고 행복하니까. 가장 덜 해로운, 아니 가장 유익한 직업이지. 외삼촌은 공부를 시켜서 변호사로 만들고 싶으신 모양이야. 그러면 본인의 뜻에 따라 판사도 될 수 있잖아. 하지만 에르네스트한테는 그런 직업이 별로 어울리지 않을뿐더러 땅을 일궈서 사람들을 먹고살게 해 주는 편이 더 명예롭지 않겠니. 악당들의 측근, 때로는 공모자가 되는 것보다. 변호사라는 직업이 그런 거잖아. 유복한 농부는 더 고귀하지는 않더라도 최소한 판사보다는 행복한 직업이라고 말씀드렸어. 판사는 불행하게도 늘 인간의 어두운 면을 다뤄야 하니까. 외삼촌은 웃으면서 변호사가 되어야 할 사람은 나라고 하시더라. 우리의 대화는 그렇게 끝이 났어.

이제 네가 기뻐할, 어쩌면 재미있어할 얘기를 하나 해 줄게. 저스틴 모리츠 기억나? 아마 기억 못 할 거야. 그렇다면 그녀의 이력을 간단히 말해 줄게. 그 애의 엄마인 모리츠 부인은 혼자서 아이 넷을 키웠는데, 저스틴은 그중에 셋째였어. 아버지가 가장 아끼던 딸이었지만, 이상하게 심술이 나서 그랬는지 엄마는 그 애를 못마땅하게 여겼고, 모리츠 씨가 돌아가신 후로는 아이를 아주 심하게 박대했어. 그 모습을 본 외숙모는 저스틴이 열두 살이 됐을 때 아이 엄마를 설득해서 그 애를 우리 집으로 데려왔어. 우리 공화국은 주변의 더 큰 군주국가들보다 단순하면서도 적절한 제도를 갖추고 있잖아. 그 덕분에 계층 사이의 격차가 크지 않아서 하층민도 극심한 가난이나 멸시에 시달리지 않고, 태도도 훨씬 세련되고 도덕적이지. 제네바의 하인은 프랑스나 잉글랜드의 하인과는 달라. 우리 집에 오게 된 저스틴은 하녀 일을 배웠지만 복받은 이 나라에서는 그런 일을 하더라도 무시를 당하거나 인간으로서의 존엄을 포기하는 게 아니잖아.

여기까지 들었으니 이 얘기의 주인공이 기억날 거야. 너도 저스틴을 무척 아꼈으니까. 네가 언젠가는 기분이 나쁘다가도 저스틴이 한번 쳐다보면 다 풀린다고 말했잖아. 아리오스토가 안젤리카가 왜 아름다운지 말한 바로 그 이유 때문에. 그 애는 정말 꾸밈없이 솔직하고 행복해 보였지. 외숙모도 그 애를 무척 아껴서, 처음 생각보다 공부를 더 많이 시켰잖아. 저스틴은 은혜를 충분히 갚았어. 그 애만큼 감사할 줄 아는 사람도 없을 거야. 입에 발린 말을 했다는 건 아니야. 그런 얘기를 하는 건 한 번도 들은 적이 없으니까. 하지만 그 애의 눈을 보면 자신의 후견인을 거의 숭배한다는 걸 모를 수 없었어. 천성이 명랑하고 여러 면에서 무신경한 편이었지만, 외숙모에 대해서는 손짓 하나도 놓치지 않았지. 저스틴은 외숙모를 모든 미덕의 표본으로 생각했고 말투와 행동을 따라 하려고 애썼기 때문에 지금도 그 애를 보면 외숙모가 생각나곤 해.

외숙모가 돌아가셨을 때는 다들 슬픔에 잠겨서 가여운 저스틴에게 신경을 쓰지 못했잖아. 지극정성으로 외숙모의 병상을 지켰는데도 말이야. 가여운 저스틴도 크게 앓았지만, 그 애한테는 또 다른 시련이 기다리고 있었어.

저스틴의 형제자매가 차례로 세상을 뜨는 바람에 그녀의 어머니에게는 이제 홀대했던 딸밖에 남지 않은 거야. 그 여자는 양심의 가책을 느꼈고, 아끼던 자식들의 죽음이 편애를 꾸짖는 하늘의 벌이라고 생각하게 됐어. 그 여자는 가톨릭 신도였는데, 내 생각에는 고해 신부가 그녀의 이런 생각이 맞다고 확인해 준 것 같아. 그래서 네가 잉골슈타트로 떠나고 몇 달이 지났을 때 회개한 저스틴의 엄마가 그 애를 집으로 데려갔어. 가엽기도 하지! 우리 집을 떠나면서 엉

엉 울더라. 외숙모가 돌아가신 후로 그 애는 많이 달라졌어. 쾌활했던 태도가 부드러워졌고 온화한 모습으로 변해 더 사랑스러워졌거든. 자기 엄마네 집에 돌아가서도 명랑한 기질은 되살아나지 않았어. 그 한심한 여자의 회개는 변덕이 심했거든. 가끔은 매정하게 굴어서 미안하다며 저스틴에게 용서를 구했지만, 형제자매들의 죽음을 그 애의 탓으로 돌리며 비난할 때가 더 많았어. 그렇게 끊임없이 자기 마음을 들볶던 모리츠 부인은 결국 쇠약해졌고, 처음에는 그것 때문에 짜증도 늘어났지만 이제는 영원한 안식을 찾았어. 지난겨울에 추위가 닥치자마자 세상을 떠났거든. 저스틴은 우리에게 돌아왔지. 나는 그 애를 정말 아낀단다. 그 애는 굉장히 영리하고 상냥하고, 아주 예뻐. 앞에서도 말했지만, 거동이나 말씨 때문에 그 애를 보면 사랑하는 외숙모가 계속 떠올라.

귀여운 우리 윌리엄 이야기도 몇 마디 해야겠다. 네가 윌리엄을 볼 수 있으면 좋으련만. 나이에 비해 키가 상당히 크고, 웃을 때면 파란 눈동자와 짙은 속눈썹이 정말 사랑스러워. 머리는 곱슬머리야. 미소를 지으면 장밋빛 뺨에 보조개가 한쪽에 하나씩 들어가. 벌써부터 결혼하겠다는 여자가 한둘쯤 되는데, 제일 좋아하는 건 루이자 비롱이라는 다섯 살짜리 어여쁜 꼬마 아가씨란다.

사랑하는 빅터, 제네바 사람들 사이에 떠도는 풍문도 궁금하지? 아리따운 맨스필드 양은 젊은 영국 남자 존 멜버른 씨와의 결혼을 앞두고 벌써부터 축하 방문을 받고 있어. 그녀의 못생긴 언니 마농은 작년 가을에 돈 많은 은행가인 뒤빌라르 씨랑 결혼했어. 학교 때 네가 가장 좋아했던 친구인 루이 마누아는 클레르발이 제네바를 떠난 후로 나쁜 일을 몇 차례 겪었어. 이제는 기운을 차렸고, 아주 활발하고 예쁜 프랑스 여자와 결혼할 거래. 타브르니에 부인이야. 미망인이고 마누아보다 나이가 훨씬 많지만, 칭송이 자자하고 다들 좋아해.

편지를 쓰다 보니 기분이 좋아졌어. 그래도 마치기 전에 네 건강을 물어야겠다. 사랑하는 빅터, 심하게 아프지 않다면 직접 편지를 써서 우리 모두를 행복하게 해 줘. 안 그러면 내 질문에 다른 대답이 나온다는 건데 그건 차마 생각도 할 수 없어. 벌써부터 눈물이 난다. 너무나 아끼는 사촌, 그러면 안녕.

엘리자베스 라벤자.

제네바에서, 17—년 3월 18일.

"소중하고 소중한 엘리자베스!" 나는 편지를 읽고 나서 이렇게 외쳤습니다. "당장 편지를 쓰겠어. 가족들이 느낄 걱정을 덜어 줘야지." 그래서 편지를 썼더니, 그것도 일이라고 몹시 피곤했습니다. 하지만 일단 회복되기 시작한 몸은 꾸준히 좋아졌습니다. 그렇게 보름이 지난 후에는 방 밖으로 나갈 수 있었어요.

몸이 회복되고 제일 먼저 한 일은 대학의 여러 교수들에게 클레르발을 소개하는 것이었죠. 그 과정에서 나는 조금 시달렸는데, 그건 내 정신이 감당해 온 상처에도 악영향을 미쳤습니다. 작업을 끝내고 불행이 시작된 운명의 그 밤 이후 나는 자연 철학이라는 말만 들어도 지독한 반감을 느끼게 됐습니다. 다른 면에서는 건강을 상당히 회복했는데도 화학 기구를 보면 신경증이 도지면서 고통스러웠죠. 이걸 알아차린 앙리는 내 기구들을 안 보이는 곳으로 전부 치워 버렸습니다. 그는 내가 연구실로 사용했던 방을 싫어한다는 걸 알고는 집의 배치까지 바꿨습니다. 하지만 클레르발의 이런 배려도 교수들을 방문했을 때는 아무 소용이 없었습니다. 발트만 교수가 친절하고 따뜻한 말투로 과학 분야에서 내가 거둔 놀라운 성과를 칭찬했을 때는 고문을 당하는 기분이었습니다. 그는 내가 그 주제를 달가워하지 않는다는 걸 금세 알아차렸지만, 진짜 이유는 짐작하지 못한 채 그저 겸손 탓으로 여기고는 학문 자체로 화제를 바꿨습니다. 그렇게 하면 나에게서 얘기를 끌어낼 수 있을 거라고 생각하는 눈치였습니다. 하지만 내가 뭘 할 수 있겠어요? 교수는 나를 기쁘게 하려는 의도였지만, 나는 괴로웠습니다. 나를 서서히 잔인한 죽음으로 밀어 넣을 장비들을 눈앞에 하나씩 가져다 놓는 것 같았어요. 그의 말을 들으며 전전긍긍하면서도 차마 고통을 드러낼 엄두는 나지 않았습니다. 늘 다른 사람들의 기분을 재빨리 알아채는 클레르발이 그 방면에 문외한이라는 핑계를 대며 화제를 돌렸고, 조금 더 일반적인 얘기를 나누게 되었습니다. 진심으로 친구에게 고마웠지만, 표현은 하지 않았어요. 그는 놀라운 기색이 역력하면서도 끝내 비밀을 캐묻지는 않았습니다. 그리고 나 역시 무한한 애정과 존경이 어우러진 마음으로 그를 사랑했지만 그

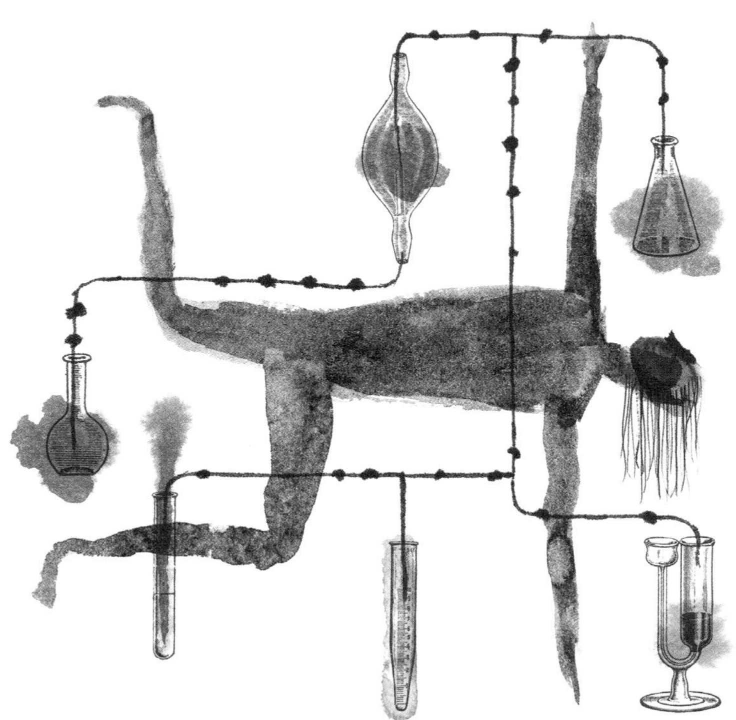

일을 털어놓지는 못했는데, 지금도 불쑥불쑥 떠오르는 판에 다른 사람에게 말했다간 기억에 더 깊이 새겨질까 봐 두려웠거든요.

크렘프 교수는 그렇게 순순히 넘어가지 않았습니다. 견디기 힘들 만큼 예민해진 당시의 내 상태로는 그의 거칠고 투박한 찬사가 발트만 교수의 자상한 칭찬보다 더 고통스러웠습니다.

"이런, 연구원이 오셨군." 그가 외쳤습니다. "클레르발 군, 내가 분명히 말하지만 이 친구는 우리를 전부 제쳤다네. 그래, 똑똑히 봐 두라고. 하지만 그건 엄연한 사실이야. 불과 몇 년 전만 해도 코르넬리우스 아그리파를 진리의 사도라고 굳게 믿었던 청년이 대학을 대표하는 인물로 우뚝 섰단 말이지. 이 친구를 빨리 끌어내리지 않으면 우리가 전부 체면을 구길 판이야. 그럼, 그럼." 그는 괴로워하는 내 표정을 보면서 말을 이었습니다. "프랑켄슈타인 군은 겸손하다네. 젊은 친구에게는 훌륭한 미덕이지. 젊은이는 자신을 낮출 줄 알아야 마땅해. 안 그런가, 클레르발 군. 나도 젊었을 땐 그랬지만, 금세 사라지더군."

크렘프 교수는 이제 자화자찬을 늘어놨고, 덕분에 신경에 거슬리던 주제를 벗어난 건 다행이었어요.

클레르발은 자연 철학을 공부하지는 않았습니다. 지나치게 활발한 그의 상상력은 정밀한 학문을 탐구하기에 적당하지 않았죠. 그가 노력을 기울인 분야는 언어였습니다. 그는 원리를 연마한 후에 제네바로 돌아가서 '자기 교습법'이라는 분야를 개척할 생각이었어요. 그리스어와 라틴어를 완벽하게 익힌 그는 페르시아어와 아라비아어, 그리고 히브리어에 관심을 기울였죠. 나는 빈둥거리며 지내는 것에 넌더리가 난 데다 상념에서 벗어나고 싶기도 했고 예전에 했던 공부에 싫증을 느끼던 차에 친구와 함께 공부하게 되어 얼마나 마음이 놓였는지 모릅니다. 게다가 동양학자들의 글은 가르침을 줄 뿐만 아니라 마음의 위안도 되었어요. 그들의 감성은 마음을 차분하게 만들었고, 그들의 기쁨은 다른 나라의 저자들을 공부하면서 경험하지 못했던 수준으로 정신을 드높였습니다. 그들의 글을 읽으면 인생이 따뜻한 태양과 장미 정원, 좋은 라이벌의 웃음과 찌푸림, 마음을 잿더미로 만들어 버리는 불로 이루어진 것처럼 느껴집니다. 그리스와 로마의 용맹하고 영웅적인 서사시와는 완전히 다르죠.

이런 것들을 공부하는 사이에 여름이 지났고, 늦가을쯤 제네바로 돌아갈 계획을 세웠습니다. 하지만 이런저런 일 때문에 미루다 보니 겨울이 오고 눈이 내려서 길이 막혔고, 다음 봄으로 일정이 연기됐습니다. 귀향이 미뤄진 게 나는 너무 속상했어요. 고향이 그립고 사랑하는 가족들이 보고 싶었거든요. 출발을 늦췄던 이유는 단 한 가지, 아는 사람 하나 없는 낯선 곳에 클레르발을 남겨두고 떠나고 싶지 않았기 때문이에요. 그래도 그해 겨울을 즐겁게 보냈고, 봄은 유난히 더뎠지만 늦은 걸 보상이라도 하듯 어느 때보다 찬란했습니다.

어느덧 5월이었고, 출발할 날짜를 정해 줄 편지를 손꼽아 기다리고 있을 때 앙리가 오랫동안 살았던 고장에 작별 인사도 할 겸 잉골슈타트 근교로 도보 여행을 다녀오자고 제안했습니다. 나는 기쁜 마음으로 따랐습니다. 몸을 움직이는 것도 좋았고, 고향에서도 대자연 속을 거닐 때면 항상 앙리가 최고의 길동무였거든요.

2주에 걸쳐 길을 걸었습니다. 오래전에 건강을 회복했고 기운도 되살아났지만, 좋은 공기를 마시며 자연을 접하고 친구와 대화를 나누다 보니 더 강한 활력이 샘솟았습니다. 전에는 공부만 하느라 다른 사람들과 교류할 일이 없어서 내성적이 되고 말았는데, 클레르발 덕분에 좋은 감정들이 생겨났어요. 그는 다시 한번 자연과 아이들의 명랑한 표정을 사랑하라고 가르쳐 주었습니다. '멋진 친구야! 너는 나를 진심으로 사랑했고, 너와 같은 수준으로 내 마음을 끌어올리려고 노력했지! 나는 이기적인 목표를 추구하느라 거기에만 사로잡혀 편협한 인간이 되었는데, 너의 배려와 애정이 내 마음을 녹이고 감정의 눈을 뜨게 했어.' 친구 덕분에 나는 근심 걱정 없이 다정하고 모두에게 사랑받으며 행복했던 예전의 모습으로 돌아갔습니다. 행복을 되찾자 자연의 무생물마저도 더없는 기쁨을 안겨 주었습니다. 화창한 하늘과 푸르른 들판은 내 마음을 환희로 채웠고, 계절은 황홀할 정도로 아름다웠습니다. 봄꽃들이 무리 지어 피고, 여름의 꽃들도 꽃망울을 터트릴 준비를 하고 있었죠. 지난해에는 아무리 떨쳐 내려고 안간힘을 써도 무지막지한 힘으로 마음을 짓눌렀던 생각들이 더 이상 나를 방해하지 않았습니다.

앙리는 명랑해진 내 모습에 기뻐하며 내가 느끼는 감정에 진심으로 공감했습니다. 나를 즐겁게 해 주려고 애쓰면서 자신의 영혼을 채우는 감정들을 토로하곤 했지요. 이때 그가 보여 준 생각들은 정말 놀라웠어요. 대화를 나눌 때면 상상력이 꽃을 피웠고, 마치 페르시아와 아라비아의 작가들처럼 놀라운 환상과 열정이 가득한 이야기를 지어낼 때도 많았습니다. 내가 좋아하는 시를 낭송하거나 나를 논쟁으로 끌어들여서 탄탄한 논리로 주장을 펼치기도 했죠.

우리는 일요일 오후에 대학으로 돌아왔습니다. 농부들이 춤을 추고 있었고, 우리가 만난 사람들은 하나같이 즐겁고 행복해 보였습니다. 내 기분은 높이 날아올랐고, 고삐 풀린 기쁨과 유쾌함에 발걸음도 가벼웠습니다.

◆ ◆ ◆

6

돌아왔더니 아버지의 이런 편지가 나를 기다리고 있었습니다.

V. 프랑켄슈타인 앞.

사랑하는 빅터,

돌아올 날짜를 정하기 위해 편지를 애타게 기다렸을 줄 안다. 나도 처음에는 네가 오기에 적당한 날짜만 언급하고 짧게 마칠 생각이었다. 그런데 그게 잔인한 배려가 될 것 같아 차마 그럴 수가 없구나. 행복하고 기쁜 환대를 예상했다가, 그러기는커녕 눈물과 비통함을 보게 되면 네가 얼마나 놀라겠니? 우리에게 닥친 불행을 어떻게 전하면 좋을지 모르겠구나, 빅터. 떨어져 있다고 해서 네가 우리의 기쁨과 슬픔에 무감할 수는 없을 텐데, 멀리 있는 자식에게 고통을 안겨 줘야 하다니. 비참한 소식이니 마음의 준비를 단단히 하길 바라지만, 그건 불가능하겠지. 지금 이 순간에도 너는 끔찍한 소식이라는 게 뭔지 알려 줄 말을 찾아 편지를 훑어 내려가고 있을 테니까.

윌리엄이 죽었다! 그 다정하던 아이가, 환한 미소로 내게 따뜻한 기쁨을 안겨주던, 그렇게 순하면서도 명랑하던 아이가! 빅터, 누군가 그 아이를 죽였단다!

너를 위로하려고는 하지 않겠다. 그저 사건의 정황을 간략하게 전해 주마.

지난 목요일(5월 7일)에 나는 엘리자베스와 너의 두 동생을 데리고 플랭팔레로 산책을 나갔다. 저녁에도 날이 따뜻하고 화창해서 평소보다 더 멀리까지 갔

단다. 어두워지고서야 돌아오려는데, 우리보다 앞서갔던 윌리엄과 에르네스트가 보이지 않더구나. 그래서 돌아올 때까지 앉아서 기다렸지. 이윽고 에르네스트가 나타나서는 제 동생을 봤느냐고 우리한테 묻는 거야. 함께 놀고 있었는데 윌리엄이 숨는다고 달아났고, 찾아도 안 보이기에 한참을 기다렸는데도 돌아오지 않았다고 하더구나.

그 얘기를 듣고 걱정이 된 우리는 밤이 되도록 윌리엄을 찾아다녔는데, 그때 엘리자베스가 어쩌면 집에 먼저 가 있을지도 모른다고 하더구나. 하지만 그 애는 집에 없었어. 우리는 횃불을 들고 다시 그곳으로 돌아갔다. 내 소중한 아이가 길을 잃고 밤이슬을 맞으며 헤맬 생각을 하니 도저히 쉴 수가 있어야지. 엘리자베스도 무척 괴로워했다. 새벽 5시경에 내 사랑하는 아들을 발견했다. 전날 밤까지만 해도 건강하게 뛰어놀던 아이가 풀밭에 창백하게 늘어져 있었고, 목에는 살인자의 손자국이 선명했다.

아이를 집으로 옮겼는데, 내 표정에 또렷한 괴로움이 엘리자베스에게 비밀을 폭로했다. 엘리자베스는 시신을 보고 싶어 했어. 처음에는 말렸지만, 엘리자베스는 고집을 꺾지 않았고, 시신이 있는 방으로 들어가서 서둘러 아이의 목을 살펴보더니 손을 마주 잡고 소리치더구나. "오, 하느님! 내가 귀여운 내 아기를 죽였어요!"

엘리자베스는 기절했다가 간신히 깨어났다. 정신이 든 후에도 울면서 한숨만 쉬었어. 그러면서 말하기를, 그날 저녁에 윌리엄이 엄마의 초상화가 담긴 소중한 목걸이를 걸어 달라고 졸랐다는 거야. 그런데 그 목걸이가 사라졌으니, 누군가 그게 탐나서 살인을 저지른 게 틀림없었지. 지금은 단서가 전혀 없지만 놈을 찾아내려고 백방으로 노력하고 있다. 하지만 그런다고 내 사랑하는 윌리엄이 돌아오지는 않겠지.

사랑하는 빅터, 어서 오너라. 엘리자베스를 위로해 줄 수 있는 건 너뿐이야. 그 애는 하염없이 눈물만 흘리면서 자기 때문에 윌리엄이 죽었다며 말도 안 되는 자책을 하고 있다. 그 말을 들으면 내 가슴이 찢어진다. 우리는 모두 불행하지만, 그것이 또한 네가 돌아와서 우리를 위로해 줄 하나의 이유가 되지 않겠니? 아아, 빅터! 네 사랑하는 어머니가 살아서 이 잔인한 죽음, 아끼는 막내아들의 비참한 죽음을 보지 않은 걸 감사할 뿐이다!

오너라, 빅터야. 살인자에게 복수하겠다는 생각은 하지 말고, 평화롭고 온화한 마음으로 오너라. 그래야 우리 마음에 난 상처가 덧나지 않게 치유해 줄 수 있을 테니까. 원수를 증오하는 마음이 아닌 너를 아끼는 사람들을 향한 애정과 배려를 간직한 채 슬픔에 잠긴 집으로 들어오너라.

너를 사랑하는, 비탄에 잠긴 아버지. 알퐁스 프랑켄슈타인.

제네바, 17—년, 5월 12일.

클레르발은 편지를 읽는 나를 지켜보다가 가족들의 소식에 기뻐하던 표정이 절망으로 바뀌는 걸 보고 깜짝 놀랐습니다. 나는 편지를 내던지고는 손으로 얼굴을 가렸습니다.

"프랑켄슈타인," 내가 흐느껴 울자 앙리가 물었습니다. "너한테는 왜 항상 불행한 일이 일어나는 거니? 왜 그래, 무슨 일이야?"

나는 몸짓으로 편지를 가리킨 후, 도저히 마음을 가라앉힐 수 없어 방을 서성였습니다. 내게 닥친 불행의 내용을 읽는 클레르발의 눈에서 눈물이 흘러내렸습니다.

"위로의 말조차 할 수가 없구나." 그가 말했습니다. "돌이킬 수 없는 불행에 처했으니. 이제 어떻게 할 생각이야?"

"당장 제네바로 가야지. 같이 가자, 앙리. 말을 빌려야겠어."

걸어가는 동안 클레르발은 내 기운을 북돋워 주려고 애썼습니다. 그는 진부한 위로의 말 대신 진심 어린 연민을 보여 주었어요. "가여운 윌리엄!" 그가 말했습니다. "그 어여쁜 아이를. 이제 천사 같은 어머니 옆에 잠들었겠구나. 가족들은 애통해서 울지만 그 애는 이제 안식을 얻은 거야. 목을 조르는 살인자의 손을 느끼지도 못해. 고운 몸을 잔디로 덮어 줬으니 이제 아플 일도 없어. 그러니 그 애를 불쌍하게 여기지 마. 가장 괴로운 건 살아남은 사람들이고, 그들에게 유일한 위로는 시간뿐이야. 죽음이 나쁜 게 아니라거나, 인간의 마음은 사랑하는 사람의 영원한 부재에 따른 절망을 넘어서야 한다는 스토아 철학자들의 경구는 들먹이지 말아야겠지. 카토스토아 철학을 신봉한 로마의 정치가마저도 죽은 형제의 시신 위에 엎드려 울었으니까."

서둘러 길을 걸어가면서 클레르발은 이렇게 말했습니다. 그의 얘기를 마음에 새겼다가 나중에 혼자 있을 때 떠올렸습니다. 하지만 이때는 말을 구하자마자 급히 마차에 올라타고 친구에게 작별을 고했습니다.

무척 우울한 여행이었죠. 처음에는 슬픔에 잠긴 사랑하는 가족들을 위로하고 싶어 서둘렀지만 고향이 가까워지자 속도를 늦췄습니다. 복잡한 감정이 밀려들어 어지러운 마음을 주체하기 힘들었습니다. 어린 시절의 낯익은 풍경을 지나쳤습니다. 거의 6년 만에 보는 모습이었습니다. 그 시간 동안 모든 게 얼마나 변했을까? 느닷없고 황망한 한 가지 변화는 확실했죠. 하지만 훨씬 잔잔하기는 해도 수많은 소소한 상황들이 조금씩 이뤄 낸 변화들 역시 확고하다는 면에서는 덜하지 않을 겁니다. 덜컥 겁이 났습니다. 뭐라고 설명할 수 없는 여러 가지 불길한 예감에 몸이 떨려서 더 나아갈 수 없었습니다.

이런 괴로운 심정으로 이틀을 로잔에 머물렀습니다. 호수를 물끄러미 바라보는데 물은 잔잔하고 주변은 조용했습니다. '자연의 궁전'이라는 눈 덮인 산은 예나 지금이나 변함이 없었습니다. 거룩하도록 잔잔한 풍경에 차츰 마음이 진정되었고, 다시 제네바를 향해 길을 떠났습니다.

호수를 끼고 있는 길은 고향이 가까워질수록 좁아졌습니다. 쥐라의 검은 산비탈과 몽블랑의 눈부신 정상이 또렷하게 눈에 들어왔습니다. 나는 어린아이처럼 흐느껴 울었습니다. "정겨운 산이여! 내 고향의 아름다운 호수여! 고향으로 돌아오는 방랑자를 어떻게 맞아 주려는가? 산봉우리는 맑고 하늘과 호수는 푸르고 평온한데. 이건 평화를 예고하는 것인가, 아니면 나의 불행을 조롱하는 것인가?"

친구여, 서론이 길어서 지루하겠지만, 비교적 행복했던 나날이었던 터라 그때를 생각하니 즐겁군요. 내 고향, 사랑하는 내 고향! 그 냇물과 산맥, 그리고 무엇보다 그 사랑스러운 호수를 다시 봤을 때 내가 느낀 기쁨은 토박이가 아니고서는 알 수 없을 겁니다.

하지만 집이 다가오자 슬픔과 두려움이 다시 엄습했습니다. 밤이 내려앉았고, 어두워진 산들이 거의 보이지 않자 나는 더 침울해졌습니다. 황량하고 어둑한 풍경이 불길하게 다가왔고, 나는 세상에서 가장 비참한 사람이 될 운명이라는 막연한 예감이 들었습니다. 아뿔싸! 내 예감은 적중했으나 한 가지 사실을 놓쳤으니, 모든 불행을 상상하고 두려워하면서도 내가 감당하기로 되어 있는 고통은 100분의 1밖에 생각하지 못했던 겁니다.

제네바 근교에 도착했을 때는 날이 완전히 어두웠고, 성문이 이미 닫혔기 때문에 동쪽으로 반 리그1리그는 약 4.8킬로미터에 해당하는 거리정도 떨어진 세슈롱이라는 마을에서 밤을 보내야 했습니다. 하늘은 맑았고, 잠을 이룰 수 없었던 나는 가여운 윌리엄이 살해된 곳에 가 보기로 했습니다. 제네바를 통과할 수 없으니 플랭팔레에 가려면 배를 타고 호수를 건너가야 했어요. 호수를 가로지르는 잠깐 동안 몽블랑 정상에 번개가 치면서 더없이 아름다운 풍경이 드러났습니다. 폭풍이 빠르게 다가오는 것 같았습니다. 배에서 내려 나지막한 언덕을 올라가며 폭풍의 진로를 살폈습니다. 폭풍은 빠르게 전진했습니다. 하늘은 구름으로 뒤덮였고, 커다란 빗방울이 하나씩 떨어지는가 싶더니 금세 빗줄기가 거세졌습니다.

어둠과 폭우의 기세가 갈수록 심해지고 머리 위에서는 천둥소리가 요란했지만 나는 앉아 있던 곳에서 일어나 계속 걸어갔습니다. 천둥소리는 살레브와 쥐라, 그리고 사부아 알프스에서 메아리쳤습니다. 눈부신 번갯불이 번쩍일 때 드러난 호수는 드넓은 불판처럼 보였습니다. 그랬다가도 섬광의 잔상이 사라지면 온 세상이 순식간에 칠흑 같은 암흑에 휩싸였죠. 스위스에서는 종종 그렇듯이 이때도 동시다발적으로 번개가 터지는 것 같았습니다. 가장 격렬한 폭풍은 제네바 북쪽, 벨리브곶과 코페 마을 사이에 놓인 호수 위에 걸려 있었습니다. 또 다른 폭풍은 가느다란 번갯불로 쥐라를 비췄고, 호수 동쪽에 있는 몰산의 높은 봉우리도 빛에 드러났다가 어둠에 잠기길 반복했습니다.

너무나 아름다우면서도 무시무시한 폭풍을 지켜보면서 나는 발걸음을 재촉하며 계속 헤매고 다녔습니다. 하늘에서 벌어지는 웅장한 전쟁이 기운을 북돋웠습니다. 손을 맞잡으며 크게 소리쳤죠. "윌리엄, 내 천사 같은 동생아! 이게 너의 장례식이다, 너를 애도하는 노래야!" 이 말을 하고 있는데 근처의 나무들 뒤로 슬그머니 움직이는 어떤 형체가 어스름 속에서 눈에 들어왔습니다. 나는 그 자리에 못 박힌 채로 그곳을 뚫어져라 응시했습니다. 잘못 봤을 리는 없었습니다. 번쩍이는 번갯불이 그것을 비추며 그 형상을 분명하게 보여 주었습니다. 거대한 체구, 흉물스러운 외모, 인간이라고 보기 힘든 섬뜩한 모습을 보는 순간 나는 그게 그 추잡한 놈, 내가 생명을 부여한 더러운 악마라는 걸 단번에 알아차렸습니다. 저놈이 저기서 뭘 하는 거지? 혹시 저놈이 내 동생을 살해한 걸까? (이 생각에 소름이 오싹 돋았습니다.) 그런데 이 생각이 뇌리를 스치는 순간 그게 사실이라는 확신이 들더군요. 이가 딱딱 부딪혔고, 몸을 지탱하기 위해서는 나무에 몸을 기대야 했습니다. 그 형체는 순식간에 내 앞을 지나쳐서 어둠 속으로 사라졌습니다. 인간의 탈을 쓰고서는 차마 그 고운 아이를 해칠 수 없었을 겁니다. 놈이 살인자였어요! 의심할 여지가 없었습니다. 그 생각 자체가 사실을 입증하는 확실한 증거였습니다. 그 악마를 쫓아갈 생각도 했지만, 아마 소용없는 짓이었을 겁니다. 다시 한번 번개가 번쩍였을 때 플랭팔레의 남쪽 경계를 이루는 몽살레브의 거의 수직에 가까운 가파른 바위틈에 매달려 있는 놈이 보였기 때문입니다. 그는 순식간에 꼭대기에 올랐고, 그러고는 사라졌습니다.

나는 꼼짝도 하지 않고 서 있었습니다. 천둥은 멎었지만, 비는 계속 내렸고 사방은 앞을 내다볼 수 없는 어둠에 싸였습니다. 괴물을 만들기까지의 모든 과정, 내 손에서 탄생한 놈이 내 침대 옆에 나타났던 일, 그리고 그게 사라졌던 것까지, 지금껏 애써 잊으려 했던 일들을 하나씩 되짚었습니다. 그가 생명을 얻은 그 밤 이후로 거의 2년이 지났는데, 이게 놈의 첫 번째 범죄였을까요? 맙소사!

나는 살육과 참상을 즐기는 사악한 괴물을 세상에 풀어놨던 겁니다. 놈이 내 동생을 죽이지 않았던가요.

그날 비에 젖은 몸으로 추위에 떨며 밖에서 밤을 지새우는 동안 내가 얼마나 괴로웠는지는 그 누구도 상상할 수 없습니다. 하지만 궂은 날씨는 느낄 겨를도 없었습니다. 흉악하고 절망적인 생각들로 머릿속이 분주했으니까요. 얼마 전에 벌인 참상을 저지를 의지와 힘을 부여해서 인간들 속으로 내던진 괴물. 놈은 흡사 나 자신이 흡혈귀로 변한 것 같았고, 내가 죽었다가 유령이 되어 무덤에서 살아난 것 같았으며, 내게 소중한 사람들을 전부 해치도록 만들어진 것 같았습니다.

날이 밝았습니다. 나는 제네바로 발길을 돌렸습니다. 성문이 열렸고, 아버지의 집을 향해 서둘러 걸어갔습니다. 처음에는 살인자에 대해 내가 아는 바를 밝히고 당장 쫓아가야겠다고 생각했습니다. 하지만 내가 털어놔야 하는 얘기를 떠올리자 망설여지더군요. 내가 만들어서 생명을 불어넣고, 한밤중에 깎아지른 절벽 사이에서 내 앞에 나타난 존재라니. 놈을 만들었던 그 시기에 나는 신경성 열병에 시달렸는데, 그것 때문에 도무지 있을 법하지 않은 내 얘기는 망상처럼 들릴 게 분명했습니다. 나도 만약 다른 사람에게서 그런 얘기를 들었다면 미친 사람의 헛소리로 여겼을 겁니다. 만에 하나 가족들을 설득해서 추격에 나선다 해도 그 짐승은 신기한 능력으로 우리를 따돌릴 겁니다. 게다가 추격을 해 봐야 무슨 소용이 있겠습니까? 몽살레브의 가파른 절벽을 기어오를 수 있는 괴물을 누가 무슨 수로 체포하겠어요? 이런 생각 끝에 나는 입을 다물기로 결심했습니다.

내가 집에 들어섰을 때는 다섯 시 무렵이었습니다. 하인들에게 가족들을 깨우지 말라고 당부한 후 서재로 들어가서 기상 시간을 기다렸습니다.

6년이라는 세월은 단 하나의 지울 수 없는 흔적만을 남긴 채 꿈처럼 흘러갔고, 나는 잉골슈타트로 떠나기 전에 마지막으로 아버지와 포옹했던 바로 그 장소에 서 있었습니다. 사랑하고 존경하는 아버지! 아버지는 아직 내 곁에 계셨습니다. 나는 벽난로 선반에 세워 놓은 어머니의 초상화를 바라봤습니다. 아버지의 뜻에 따라 망자를 추모하기 위해 그린 그 그림은 돌아가신 부친의 관 옆에 무릎을 꿇고 슬퍼하는 캐럴라인 보포르를 담고 있었습니다. 어머니의 복장은 소박하고 뺨은 창백했지만, 동정심을 허락하지 않는 기품과 아름다움이 깃들어 있었습니다. 그 그림 아래에는 윌리엄의 세밀한 초상화가 있었고, 그걸 보려니 눈물이 흘렀습니다. 그때 에르네스트가 들어왔습니다. 내가 왔다는 얘기를 듣고는 나를 맞으러 서둘러 달려온 겁니다. 나를 보는 동생의 표정에는 슬픔과 기쁨이 교차했습니다. "어서 와, 빅터 형." 그가 말했습니다. "아! 형이 세 달 전에 왔더라면 모두가 기쁘고 즐거워하는 모습을 봤을 텐데. 그런데 지금 우리는 불행하기 때문에 아무래도 미소 대신 눈물로 형을 맞이해야 할 것 같아. 아버지는 너무나 슬퍼 보여. 이번의 끔찍한 사건으로 엄마가 돌아가셨을 때의 슬픔을 다시 느끼시는 것 같아. 불쌍한 엘리자베스 누나도 큰 슬픔에 잠겨 있어." 에르네스트는 이런 말을 하면서 흐느껴 울기 시작했습니다.

"형이 왔는데 그러면 안 되지." 내가 말했어요. "마음을 조금 가라앉혀 보렴. 형이 오랜만에 돌아왔는데 집에 들어오자마자 참담한 슬픔에 빠져서야 되겠니. 그래도 얘기 좀 해 봐. 아버지는 이 불행을 어떻게 견디고 계신지. 그리고 불쌍한 우리 엘리자베스는 어떤지."

"누나는 정말로 위로가 필요해. 윌리엄이 죽은 게 자기 때문이라고 자책하고 있어. 그러니 이루 말할 수 없이 비참한 상태지. 그래도 살인자가 밝혀진 후로는……"

"살인자가 밝혀졌다고! 세상에! 어떻게 그럴 수가 있지? 대체 누가 그를 추격할 수 있었단 말이야? 그건 불가능해. 차라리 바람을 따라잡고 지푸라기로 계곡물을 막는 게 쉽지."

"무슨 말을 하는 거야. 아무튼 그녀의 소행이라는 게 밝혀졌을 때 우리는 모두 너무 비참했어. 처음에는 아무도 믿으려고 하지 않았어. 엘리자베스 누나는 모든 증거가 밝혀진 지금까지도 믿으려 들지 않아. 아닌 게 아니라, 그렇게 상냥하고 우리 식구를 다 좋아했던 저스틴 모리츠가 별안간 그렇게 사악해질 수 있다는 걸 누가 믿겠어?"

"저스틴 모리츠! 말도 안 돼, 그 불쌍한 아이를. 그 애가 혐의를 받고 있단 말이야? 잘못짚은 거야. 그건 세상이 다 알아. 그걸 믿는 사람은 아무도 없을 거야. 그렇지, 에르네스트?"

"처음에는 아무도 안 믿었어. 하지만 여러 가지 정황이 드러나면서 우리도 믿지 않을 수 없게 됐어. 게다가 오락가락하는 그녀의 태도까지 증거에 힘을 실어 주는 바람에 아무래도 의심할 여지가 없는 것 같아. 아무튼 오늘 재판이 열리니까 형도 사건의 전말을 모두 듣게 될 거야." 에르네스트의 말에 따르면, 불쌍한 윌리엄의 시신이 발견된 날 아침에 저스틴은 아프다는 핑계로 침대에 누워 있었다는군요. 며칠이 지나 다른 하인이 우연히 살인 사건이 벌어진 날 밤에 저스틴이 입었던 옷을 살피다가 주머니에서 우리 어머니의 초상화, 살인자가 노렸을 거라고 추정했던 그 목걸이를 발견한 거예요. 하인은 그걸 곧바로 다른 하인에게 보여 주었고, 그녀는 가족들에겐 아무 말도 없이 치안 판사에게 달려갔답니다. 그들의 증언에 따라 저스틴은 체포됐고요. 사실을 추궁받은 이 불쌍한 소녀는 너무나 모호한 태도를 보이는 바람에 사람들의 의심을 굳히고 말았습니다.

놀라운 이야기였지만 내 믿음은 흔들리지 않았습니다. 나는 진지하게 대답했어요. "다들 잘못 안 거야. 나는 범인을 알고 있어. 저스틴, 가엾고 착한 저스틴은 죄가 없어."

그때 아버지가 들어오셨습니다. 짙은 슬픔이 드리운 표정으로도 애써 나를 밝게 맞아 주셨습니다. 위로의 말을 건넨 후에 비극적인 그 사건을 제외한 다른 화제로 넘어가려는데, 에르네스트가 이렇게 외쳤습니다. "있잖아요, 아빠! 빅터 형이 그러는데, 형은 우리 윌리엄을 누가 죽였는지 알고 있대요."

"우리도 알고 있단다. 안타까운 일이지." 아버지가 말씀하셨어요. "착하다고 생각했던 아이가 그렇게 사악하고 배은망덕한 일을 저질렀다는 걸 알게 되다니. 차라리 영원히 몰랐으면 좋았을 것 같다."

"아버지는 잘못 알고 계신 거예요. 저스틴은 죄가 없어요."

"만약 그렇다면 죗값을 치르도록 신께서 내버려 두지 않으시겠지. 오늘 재판이 열리는데, 그 애가 무죄로 풀려나길 나도 진심으로 바란다."

이 말을 들으니 마음이 차분해졌습니다. 저스틴에게는, 사실상 인간이라면 누구에게라도, 이 살인의 죄를 물을 수 없다고 나는 확신했습니다. 그렇기 때문에 유죄를 입증하기에 충분한 정황 증거가 나올 거라는 걱정은 전혀 하지 않았습니다. 이렇게 확신하면서 마음을 가라앉히고 재판이 시작되길 기다렸지만, 나쁜 결과는 예감하지 않았습니다.

잠시 후에 엘리자베스가 들어왔습니다. 세월이 흐르는 동안 그녀도 많이 변해서, 마지막으로 봤을 때와는 완전히 달라졌더군요. 6년 전에는 예쁘고 상냥한, 모두가 사랑하고 아끼는 소녀였지요. 지금은 자태와 표정에서 보기 드물게 사랑스러운 매력이 느껴지는 여인이 되어 있었습니다. 그대로 드러낸 넓은 이마에서 풍기는 지적인 인상이 솔직한 성품에 더해졌습니다. 온화해 보이는 옅은 갈색 눈동자에는 최근의 일로 인한 슬픔이 드리웠더군요. 하얀 얼굴에 머리는 짙은 적갈색이었고, 몸매는 가냘프고 우아했습니다. 그녀는 더없이 다정하게 나를 맞았습니다. "네가 오니까 희망이 생기는 것 같다." 그녀는 말했습니다. "너라면 불쌍한 저스틴의 무죄를 입증할 방법을 찾아낼 거야. 세상에! 그 애가 유죄 판결을 받는다면 누가 마음 놓고 살 수 있겠니? 나는 나의 결백만큼이나 그 애가 결백하다는 걸 믿어. 우리에게는 불행이 두 배로 겹친 셈이야. 사랑스러운 아이를 잃은 것도 모자라 내가 진심으로 아끼는 이 가여운 소녀를 더 가혹한 운명에 빼앗기게 생겼으니 말이야. 그 애에게 유죄 선고가 내려진다면 나는 앞으로 기쁨이란 걸 느끼지 못할 거야. 그러나 그럴 일은 없겠지. 안 그럴 거라고 확신해. 그러면 비록 윌리엄의 안타까운 죽음을 겪기는 했어도, 나는 다시 행복해질 수 있을 거야."

"그 아이는 결백해, 엘리자베스." 내가 말했어요. "그렇게 밝혀질 거야. 그러니 아무 걱정 하지 마. 저스틴이 석방될 거라고 믿고 기운 내."

"너는 어쩜 이렇게 다정할까! 나만 빼고는 다들 그 애의 짓이라고 믿어서 내 심정이 정말 참담했거든. 나는 그럴 리가 없다는 걸 아니까. 하지만 다들 어찌나 지독한 편견에 빠져 있는지 너무 절망적이었어." 그녀는 이렇게 말하면서 흐느껴 울었습니다.

"착하기도 하지." 아버지가 말씀하셨어요. "울지 마라. 네 말처럼 그 애가 정말 무고하다면 재판관들의 공명정대함을 믿어 봐야지. 그리고 재판이 조금이라도 치우치지 않도록 나도 노력하겠다.”

◆ ◆ ◆

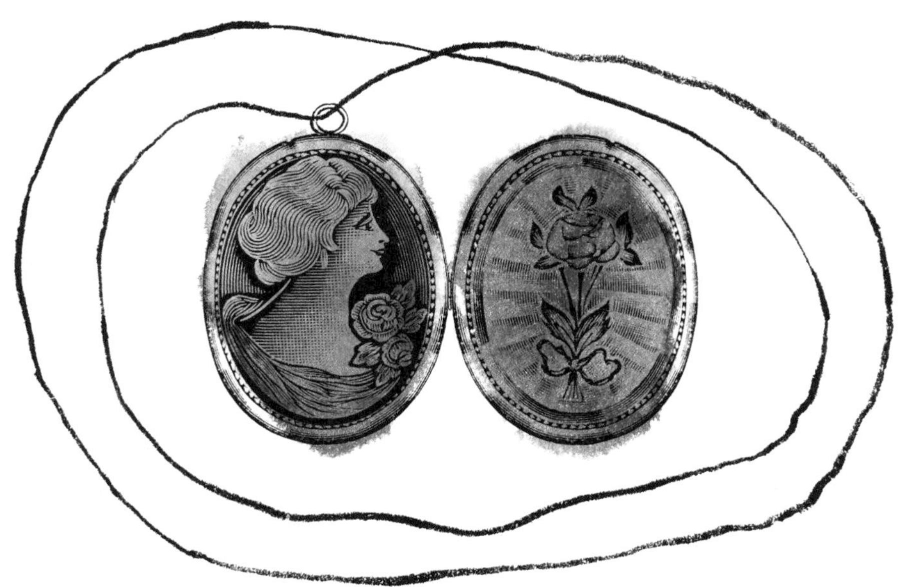

7

슬픔 속에 몇 시간이 흐르고, 재판이 시작되는 열한 시가 되었습니다. 증인으로 참석해야 하는 아버지와 다른 가족들을 따라 나도 법정으로 갔습니다. 정의를 조롱하는 이 참담한 시간 내내 나는 그야말로 고문을 당하는 기분이었습니다. 내 호기심과 흉악한 장치들의 결과가 두 사람의 죽음을 초래할 것인지 결정되는 순간이었죠. 한 명은 순진무구하게 웃던 아이였고, 또 한 명은 끔찍한 살인의 기억과 관련된 온갖 오명을 뒤집어쓴 채 더 참담하게 목숨을 빼앗길 판이었습니다. 저스틴도 착한 아이였고 행복한 삶을 살아야 마땅했건만 그 모든 게 수치스러운 무덤 속으로 사라질 처지였습니다. 그리고 내가 그 원인이었어요! 저스틴이 뒤집어쓴 범죄를 사실은 내가 저질렀다고 천 번이라도 자백하고 싶었습니다. 하지만 범행이 이루어졌을 때 현장에 없었으니 그렇게 주장해 봐야 미친 사람의 헛소리로 치부될 뿐이었고, 나로 인해 고통받는 그녀의 억울함을 씻어 줄 수도 없었습니다.

저스틴은 차분해 보였습니다. 상복을 입었고, 예전부터 매력적이었던 얼굴은 진지한 표정 때문인지 무척 아름다워 보였습니다. 하지만 자신의 결백을 확신하는 것 같았고, 수많은 사람들의 눈초리와 저주 속에서도 전혀 떨지 않았습니다. 다른 상황이었다면 그녀의 미모에 반해 다들 친절하게 굴었겠지만, 그녀가 저질렀다는 극악무도한 범죄를 떠올리는 구경꾼들에게서는 그런 마음을 찾아볼 수 없었습니다. 그녀는 평온했지만 그 평온함은 어쩐지 거북해 보였습니다. 오락가락하는 행동이 유죄의 증거로 제시됐던 터라 용감하게 보이려고 마음먹었던 겁니다. 법정에 들어서던 그녀는 주변을 훑어보다가 우리가 앉아 있는 자리를 금세 발견했습니다. 우리를 보는 그녀의 눈에 눈물이 고이는 것 같았지만 재빨리 냉정을 되찾았고, 슬픔과 애정이 깃든 그 표정은 그녀의 완벽한 결백을 입증하는 것 같았습니다.

재판이 시작되었고, 검사가 그녀의 혐의를 낭독한 후 몇몇 증인이 소환되었습니다. 몇 가지 이상한 사실들이 얽히면서 그녀에게 불리하게 작용했는데, 나처럼 그녀의 결백을 믿을 확고한 증거가 없다면 누구라도 마음이 흔들릴 것 같았습니다. 살인 사건이 있던 날 그녀는 밤새 집에 없었고, 동틀 무렵에 살해된 아이의 시신이 발견된 지점과 멀지 않은 곳에서 그녀를 봤다는 시장 상인이 있었습니다. 그 상인이 저스틴한테 거기서 뭘 하는지 물었지만 그녀는 아주 이상해 보였고 횡설수설하며 알아들을 수 없는 대답을 했다는군요. 저스틴은 여덟 시경에 집으로 돌아왔고, 밤새 어디 있었냐는 질문에 아이를 찾아다녔다고 대답하고는 그 아이에 대해서 뭐 들은 게 없느냐고 걱정스럽게 물어봤답니다. 시신을 봤을 때는 격렬한 발작 증세를 보였고, 며칠을 몸져누웠습니다. 그러고는 다른 하녀가 그녀의 주머니에서 발견한 그 초상화 목걸이가 살인의 증거로 제시됐습니다. 엘리자베스가 우물거리면서 아이가 사라지기 한 시간 전에 자신이 목에 걸어 준 것이 맞다고 대답하자, 법정은 경악과 분노의 웅성거림으로 가득 찼습니다.

저스틴이 변론을 위해 증인석에 섰습니다. 재판이 진행되는 사이에 그녀의 표정은 변했습니다. 놀랍고 끔찍하고 비참한 기색이 두드러져 보였습니다. 가끔은 눈물을 참으려고 안간힘을 썼지만 결백을 호소해야 할 때는 온 힘을 다해, 고르지는 않더라도 또렷한 목소리로 말했습니다.

"제가 결백하다는 건 하늘이 아십니다. 하지만 아무리 부인해도 제가 풀려날 거라고는 생각하지 않아요. 유죄의 증거로 제시된 사실들을 간단명료하게 해명하는 것으로 저의 결백을 주장하겠습니다. 미심쩍거나 의심스러운 상황에서는 판사님들께서 평소의 제 성품을 고려하시어 좋게 해석해 주시리라 기대합니다."

그러고는 진술을 시작했습니다. 그녀는 엘리자베스의 허락을 받고 살인 사건이 일어난 날 저녁에 제네바에서 1리그 정도 떨어진 셴이라는 마을로 이모를 만나러 갔습니다. 아홉 시쯤 돌아오다가 실종된 아이를 봤냐고 묻는 남자를 만났습니다. 이 얘기를 듣고 깜짝 놀란 그녀는 몇 시간 동안 아이를 찾아다녔고, 그사이에 제네바의 성문이 닫히는 바람에 헛간에서 밤을 보냈는데, 그 집 사람들과는 잘 아는 사이였지만 별로 내키지 않아 집으로 찾아가지는 않았답니다. 불안한 마음에 잠을 이룰 수 없었던 그녀는 일찌감치 그곳을 나섰고, 다시 한번 내 동생을 찾아다녔습니다. 아이의 시신이 있었던 지점에 가까이 갔더라도 알고 간 건 아니었답니다. 상인의 질문을 받았을 때 그녀가 허둥댔던 것도 놀랄 일이 아니었는데, 뜬눈으로 밤을 새운 데다 불쌍한 윌리엄의 생사가 아직 확인되지 않은 상황이었으니까요. 초상화 목걸이에 대해서는 뭐라고 해명을 하지 못하더군요.

"저도 알아요." 불운의 피해자가 된 그녀는 말했습니다. "이 한 가지 정황이 얼마나 제게 치명적으로 불리하게 작용하는지. 하지만 그걸 설명할 힘이 제게는 없습니다. 전혀 모르는 일이라고 말한다면, 누군가 그걸 제 주머니에 넣었을 가능성을 추측해 볼 수밖에 없습니다. 그러나 그것도 여의치 않습니다. 저는 살면서 원한을 산 적이 없고, 저를 무자비하게 파멸시키려고 할 만큼 사악한 사람이 있을 리도 없습니다. 살인자가 그걸 거기에 넣었을까요? 저는 그럴 빌미를 준 기억이 없습니다. 만약 그랬다면 그는 그 목걸이를 훔쳐 놓고 왜 그렇게 금방 내버린 걸까요?

판사님께 제 결백을 소명했지만, 가망이 없다는 걸 알고 있습니다. 제 성품을 입증해 줄 증인 몇 명을 부를 수 있도록 허락해 주시길 간청합니다. 그들의 증언으로도 제 혐의가 풀리지 않는다면 하늘에 맹세코 결백을 주장하더라도 죄를 면할 수 없겠죠."

증인들이 소환되었습니다. 그녀를 오래 알았던 그들은 그녀에 대해 좋은 말을 했습니다. 하지만 두렵기도 하고 그녀가 혐의를 받고 있는 범죄가 워낙 가증스러웠던 탓에 다들 쭈뼛거리며 적극적으로 나서지 않았습니다. 이 마지막 보루, 훌륭한 성품과 흠잡을 데 없는 행실마저 저스틴을 저버릴 상황에 처하자 엘리자베스는 몹시 흥분해서 법정 발언을 요청했습니다.

"저는," 그녀는 말했습니다. "살해된 그 가여운 아이의 사촌입니다. 아이가 태어나기 전부터 그 아이의 부모님 슬하에서 줄곧 함께 살았으니 친누나나 다름없습니다. 그렇기 때문에 어쩌면 이 일에 제가 나서는 것이 부적절해 보일 수도 있을 겁니다. 하지만 친구라면서도 비겁하게 구는 사람들 때문에 선량한 목숨이 스러질 처지인 상황에서 저라도 그녀의 성품에 대해 아는 대로 말해야 할 것 같아 발언을 요청했습니다. 저는 피고인과 잘 아는 사이입니다. 한 번은 5년, 그다음에는 거의 2년 가까이 한집에서 살았습니다. 그 기간 동안 제가 지켜본 그녀는 너무나 상냥하고 친절한 사람이었습니다. 제 외숙모이신 프랑켄슈타인 부인이 돌아가시기 전에도 지극정성으로 돌봤고, 그다음에는 오랫동안 자기 어머니의 병 수발을 들었기 때문에 그녀를 아는 사람들은 모두 칭찬을 아끼지 않았습니다. 그 후에는 다시 저희 외삼촌 댁에 살면서 온 가족의 사랑을 받았습니다. 죽은 아이를 따뜻하게 돌보는 모습은 더없이 다정한 어머니와 같았습니다. 그녀의 혐의를 입증하는 모든 증거에도 저는 그녀의 완벽한 결백을 믿는다고 주저 없이 말씀드리겠습니다. 그녀에게는 그런 일을 저지를 동기가 없습니다. 주요한 증거로 제시된 그 대수롭지 않은 장신구도, 그녀가 그걸 원했다면 제가 얼마든지 줬을 겁니다. 저는 그 정도로 그녀를 높이 평가하고 소중히 여기니까요."

훌륭한 엘리자베스! 그녀의 말에 동조하는 소리들이 들려왔습니다. 하지만 그건 기꺼이 나선 엘리자베스의 너그러움 때문이었지, 불쌍한 저스틴을 옹호하는 건 아니었고, 오히려 천하에 배은망덕한 아이라고 비난하는 분노의 목소리가 더 격해졌습니다. 엘리자베스의 말을 들으면서 저스틴은 눈물을 흘렸지만 해명은 하지 않았습니다. 재판이 진행되는 동안 내 마음의 동요와 번민은 극에 달했습니다. 나는 그녀의 결백을 믿었습니다. 아니, 결백하다는 걸 알고 있었습니다. 내 동생을 죽인 (그랬다는 걸 단 한순간도 의심하지 않은) 그 악마가 사악한 장난으로 무고한 영혼을 치욕과 죽음으로 밀어 넣은 걸까요? 내가 처한 상황이 너무 끔찍해서 견딜 수가 없었습니다. 주변의 웅성거림과 판사들의 표정에서 이미 그 불행한 희생자의 유죄가 결정된 것이나 다름없다는 걸 느낀 나는 괴로움을 참지 못하고 밖으로 뛰쳐나왔습니다. 내 고통은 피고인의 그것과는 또 달랐습니다. 그녀에게는 결백이라는 버팀목이라도 있었지만, 가책의 날카로운 이빨은 내 가슴을 갈가리 물어뜯고도 순순히 놓아주려 하지 않았습니다.

이루 말할 수 없이 참담한 심정으로 밤을 보냈습니다. 아침에 법원으로 갔습니다. 입술이 마르고 목구멍이 타들어 갔습니다. 운명이 걸린 그 질문은 차마 꺼내지도 못했지만, 내가 누군지 아는 법원 직원은 내가 방문한 이유도 짐작했습니다. 표결은 끝이 났고, 전원이 검은 돌을 넣어서 저스틴은 유죄가 확정되었습니다.

그때의 내 심정은 차마 설명할 길이 없습니다. 전에도 공포를 느껴 봤고 적당한 말로 표현해 보기도 했지만, 가슴이 무너지는 것 같은 그때의 절망감을 담아낼 말은 찾을 수가 없습니다. 내가 찾아간 관리는 저스틴이 이미 죄를 자백했다면서 이렇게 덧붙였습니다. "이렇게 명백한 사건에는 자백도 필요 없지만, 그래도 다행이죠. 아무리 결정적이라도 정황 증거만으로 유죄 판결을 내리는 걸 좋아하는 판사님은 없으니까."

집으로 돌아왔더니 엘리자베스가 결과를 애타게 물어보더군요.

"예상했던 판결이 나왔어. 판사들은 한 명의 죄인을 풀어 주는 것보다 결백한 열 사람이 고통받는 쪽을 택하지. 하지만 저스틴이 자백을 했다는구나." 저스틴의 결백을 굳게 믿었던 불쌍한 엘리자베스에게 이건 가혹한 타격이었죠. "맙소사!" 그녀는 말했습니다. "앞으로 누군가의 선량함을 다시 믿을 수 있을까? 그 애를 친자매처럼 사랑했는데, 그렇게 순진한 미소를 지으면서 어떻게 그런 짓을 저지를 수 있지? 가혹하고 못된 짓이라곤 할 수 없을 것 같은 순진한 눈동자로 살인을 저질렀다니."

얼마 후 불쌍한 희생자가 내 사촌을 보고 싶어 한다는 연락이 왔습니다. 아버지는 반대의 뜻을 밝히면서도 엘리자베스더러 마음이 가는 대로 결정하라고 말씀하셨어요. "네, 그녀가 유죄라고 해도 가 보겠어요. 빅터, 같이 가 줘. 혼자는 못 가겠어." 저스틴을 보러 간다는 건 생각만으로도 괴로웠지만, 그녀의 청을 거절할 수는 없었습니다.

어두침침한 감방으로 들어갔더니 저스틴이 저 안쪽의 짚 더미 위에 앉아 있더군요. 양손이 묶인 채 무릎을 세워서 머리를 기대고 있었습니다. 우리가 들어오는 걸 보고는 자리에서 일어나더군요. 우리만 남았을 때 저스틴은 엘리자베스의 발치에 몸을 던지며 원통하게 울었습니다. 엘리자베스도 흐느꼈습니다.

"아, 저스틴!" 그녀는 말했어요. "왜 내 마지막 위안을 앗아 간 거니? 난 너의 결백을 믿었는데. 그때도 한없이 참담했지만 지금처럼 비참하지는 않았어."

"그렇다면 아가씨도 제가 그렇게 사악한 아이라고 믿으시는 거예요? 원수 같은 사람들과 함께 저를 짓밟으시는 거예요?" 저스틴은 우느라 목소리도 잘 나오지 않았습니다.

"가여운 것, 일어나 앉아." 엘리자베스는 말했습니다. "결백하다면 왜 무릎을 꿇는 거니? 나는 너의 원수가 아니야. 나는 모든 증거에도 너에게 죄가 없다고 믿었는데, 네 스스로 죄를 자백했다면서. 그렇다면 그게 거짓말이라는 거니? 사랑하는 저스틴, 분명히 말하지만 너의 자백 말고는 그 어떤 것도 너에 대한 내 믿음을 흔들 수 없어."

"자백은 했지만 거짓말이었어요. 사면을 받을 수 있을까 해서 그랬던 거예요. 그런데 지금은 사는 동안 저질렀던 모든 죄보다 그 거짓말이 제 마음을 더 무겁게 짓누르네요. 하늘에 계신 아버지, 저를 용서하소서! 유죄 판결이 난 후로 고해 신부에게 계속 시달렸어요. 어찌나 윽박지르고 겁을 주는지 나중에는 그분 말씀처럼 제가 괴물이라는 생각이 들기 시작하는 거예요. 신부님은 계속 그렇게 고집을 피우면 파문을 당하고 지옥불을 만나게 될 거라고 협박했어요. 아가씨, 저는 기댈 사람이 아무도 없었어요. 다들 저를 치욕 속에서 파멸할 비열한 인간 취급을 했어요. 그러니 제가 뭘 어쩌겠어요? 몹쓸 꾐에 넘어가서 거짓에 동의하고 만 거예요. 그리고 이제는 정말 비참한 꼴이 되었네요."

저스틴은 흐느껴 우느라 말을 멈췄다가 다시 이었습니다. "아가씨께서 저를, 고귀하신 마님께서도 그토록 칭찬하고 아가씨도 사랑해 주셨던 이 저스틴이 악마가 아니고서는 감히 행하지 못할 범죄를 저지를 수 있는 인간이라고 믿으신다는 건 생각만 해도 끔찍했어요. 사랑하는 윌리엄! 세상에서 가장 고귀한 우리 아이! 이제 곧 하늘에서 너를 다시 만나겠지. 그곳에서 우리는 모두 행복할 거야. 치욕 속에서 죽음을 맞게 될 저를 위로해 주는 건 이 생각뿐이랍니다."

"아, 저스틴! 잠시나마 너를 향한 믿음을 저버렸던 나를 용서해 줘. 왜 자백을 한 거니? 하지만 애통해하지 마. 내가 백방으로 다니며 너의 결백을 알릴 거야.

그런데도 너는 죽어야겠지. 내 놀이 동무이자 벗이었고, 친동생보다 가까웠던 네가. 그런 끔찍한 불행을 당하고 내가 어떻게 살까."

"다정한 우리 엘리자베스 아가씨, 울지 마세요. 하늘에서 더 나은 삶이 기다린다는 생각으로 제게 용기를 주시고 불의와 갈등이 가득한 이 세상의 근심을 잊게 해 주셔야죠. 고귀하신 아가씨, 저를 절망에 빠뜨리지 말아 주세요."

"아무렴 그래야지. 하지만 위안을 받아들이기에 이건 너무 저열하고 괴롭도록 사악하잖아. 희망이 없으니까. 그래도 하늘이 내 사랑하는 저스틴을 축복해서 이 세상을 초월하는 체념과 확신을 베푸셨구나. 아! 이런 가식과 겉치레는 정말 질색이야. 한 사람이 살해되고, 또 한 사람은 피 말리는 고통 속에 이제 곧 목숨을 잃을 판인데, 무고한 자들의 피 냄새를 풍기는 사형 집행인들은 자신들

이 대단한 일이라도 하는 줄 알지.

그러면서 이걸 천벌이라고 하잖아. 가증스럽게도! 그 말을 들으면, 가장 사악한 폭군이 지독한 복수를 위해 고안한 것보다 더 엄청나고 끔찍한 벌이 기다린다는 생각이 들어. 하지만 이 비참한 감방에서 벗어나는 기쁨을 누리지 못한다면 이런 얘기가 너에게 위안이 될 리 없겠지, 저스틴. 아! 차라리 내가 이 증오스러운 세상과 혐오하는 인간들의 몰골을 벗어나 외숙모와 사랑하는 윌리엄 옆으로 가서 평화를 누릴 수 있었으면."

저스틴은 힘없이 미소를 지었습니다. "사랑하는 아가씨, 그건 체념이 아니라 절망이잖아요. 아가씨가 가르쳐 주시려는 교훈은 배우지 말아야겠네요. 우리, 다른 얘기해요. 비참함을 더해 주는 얘기 말고 평화를 안겨 줄 그런 얘기요."

이런 대화가 오가는 동안 나는 마음을 짓누르는 끔찍한 번민을 감출 수 있도록 감방 한구석에 따로 앉아 있었습니다. 절망! 누가 감히 그걸 논한단 말인가요? 내일이면 생사의 음울한 경계를 넘어갈 저 가련한 희생자도 나만큼 깊고 쓰라린 고통을 느끼진 않았을 겁니다. 나는 이를 악물고 부득부득 갈면서 더없이 깊은 영혼의 신음을 토했습니다. 저스틴이 흠칫 놀라더군요. 그 소리가 어디서 나는지 알고는 내게 다가와서 이렇게 말했습니다. "도련님, 친절하게도 저를 찾아와 주셨군요. 도련님도 저에게 죄가 있다고는 믿지 않으시겠죠?"

나는 대답할 수 없었습니다. "물론이지, 저스틴." 엘리자베스가 말했습니다. "빅터는 네가 결백하다는 걸 나보다 더 확신해. 네가 자백했다는 얘기를 듣고도 그걸 믿으려 하지 않았어."

"정말 감사드립니다. 마지막 순간까지 저를 다정히 여겨 주시는 분들께 얼마나 감사한지 몰라요. 저처럼 못난 사람에게 애정을 베풀어 주시다니! 그것만으로도 불행이 절반으로 줄어드는걸요. 그리고 사랑하는 아가씨와 도련님께서 제 결백을 인정해 주시니 평화롭게 죽을 수 있을 것 같아요."

그 가련한 피해자는 그렇게 다른 이들과 자신을 위로하려 했습니다. 실제로 그녀는 바라던 대로 체념하는 마음을 얻었습니다. 하지만 나는, 사실상 살인자인 나는 영원히 죽지 않는 벌레가 가슴속에서 꿈틀거리는 느낌이었고, 그것은 어떤 희망이나 위안도 허용하지 않았습니다. 엘리자베스도 불행한 심정으로 흐느껴 울었지만, 그것 역시 순수한 고통이어서, 마치 달을 지나는 구름처럼 빛을 한동안은 가릴지언정 퇴색시키지는 못했습니다. 번민과 절망은 내 심장을 꿰뚫었습니다. 내 마음속에 지옥이 펼쳐졌고, 그건 무엇으로도 없앨 수 없었습니다. 우리는 몇 시간을 저스틴과 함께 있었고, 엘리자베스는 차마 떨어지지 않는 발걸음을 돌렸습니다. "너랑 함께 죽었으면 좋겠구나." 그녀는 이렇게 울부짖었어요. "이 비참한 세상에서 도저히 살 수가 없어."

저스틴은 원통한 눈물을 간신히 참으며 밝은 표정을 지었습니다. 그녀는 엘리자베스를 끌어안고 감정을 억누르는 목소리로 말했습니다. "안녕히 가세요, 곱디고운 엘리자베스 아가씨. 제가 사랑했고 저의 유일한 친구였던 아가씨. 하늘이 한없는 축복으로 아가씨를 지켜 주시길. 부디 이걸 마지막으로 더는 불행을 겪지 않으시길 바랄게요. 아가씨도 행복하고, 다른 사람들도 그렇게 만들어 주시면서 잘 사세요."

돌아오는 길에 엘리자베스는 말했습니다. "저 불행한 아이의 결백을 믿을 수 있게 돼서 내가 얼마나 마음이 놓이는지 너는 모를 거야, 빅터. 깜빡 속아서 그녀에 대한 믿음을 저버렸다면 두 번 다시 마음의 평온을 누릴 수 없었을 텐데. 잠깐이나마 그녀가 유죄라고 믿었을 때의 그 괴로운 심정으로는 오래 버틸 수 없었을 거야. 이제 마음이 가벼워졌어. 무고한 사람이 고통을 받지만, 다정하고 착한 그 아이는 내 신뢰를 배반하지 않았고, 그걸로 위안이 되니까."

다정한 엘리자베스! 너의 생각은 사랑스러운 눈동자와 목소리만큼이나 온화하구나. 하지만 나는, 나는 비열한 인간이었고, 그때 내가 느낀 참담함은 그 누구도 상상할 수 없을 정도였습니다.

1부 끝

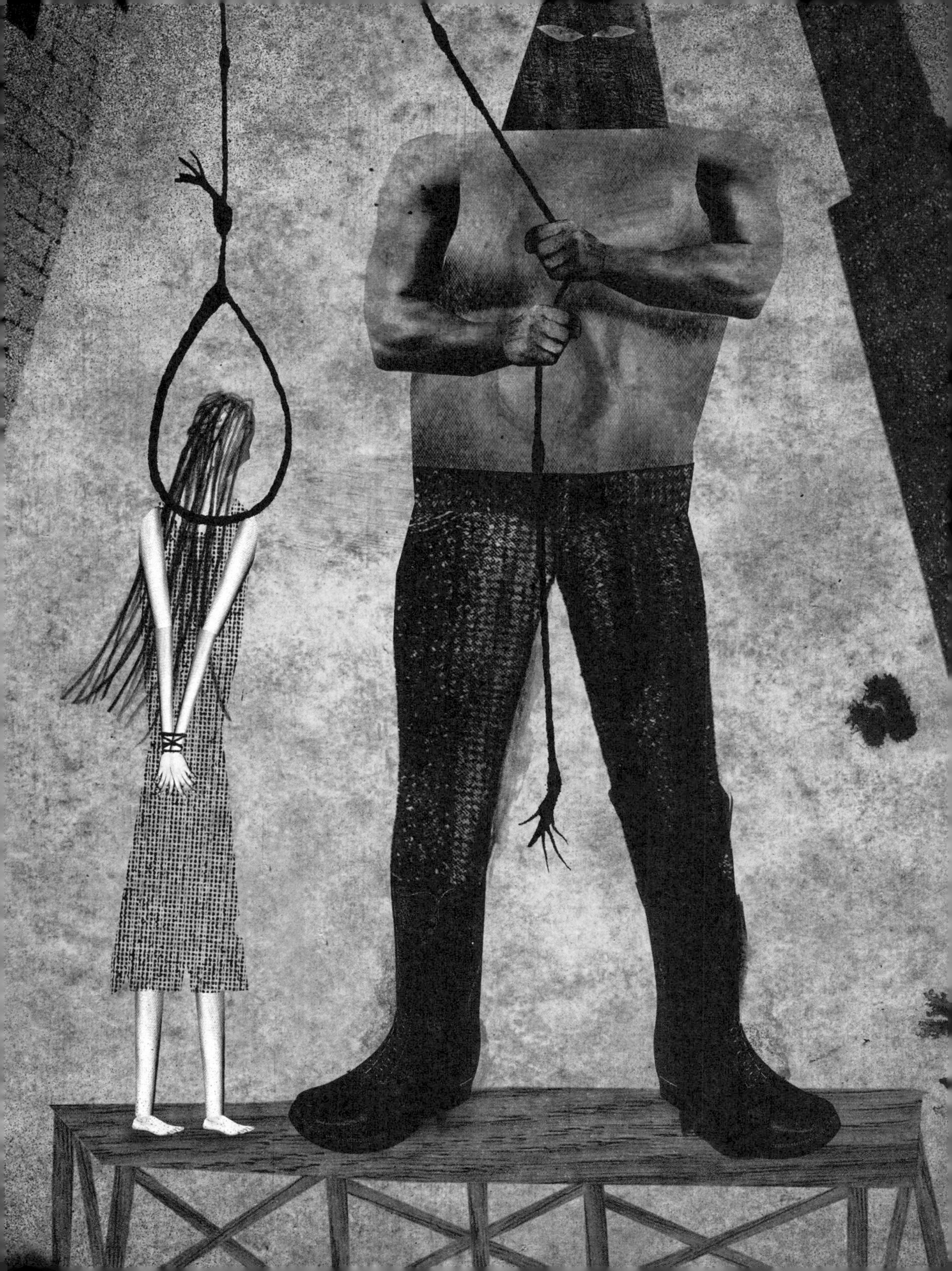

6
4
5
11
1
2
3
6
7
8
12
10
13
15.
14
9
8
15.'
17
16
14
18
10
11

프랑켄슈타인

현대의 프로메테우스

II

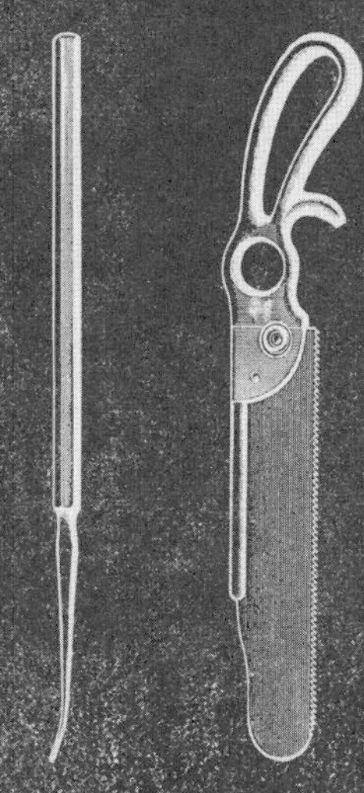

1

짧은 기간에 연이어 벌어진 사건으로 감정이 한껏 격해진 후에 죽음처럼 평온한 무위와 확고함이 뒤따랐습니다. 영혼의 희망과 두려움을 모두 앗아 가는 것보다 인간의 마음을 더 고통스럽게 하는 것은 없을 겁니다. 저스틴은 죽어서 안식을 찾았고, 나는 살아 있었습니다. 내 혈관에서는 피가 자유로이 흘렀지만 절망과 양심의 무게는 가슴을 짓눌렀고, 무슨 수를 써도 그걸 치워 버릴 수 없었습니다. 잠은 내 눈에서 달아나 버렸습니다. 나는 사악한 악령처럼 헤매었는데, 표현할 수 없을 만큼 끔찍한 악행을 저질렀지만 훨씬, 훨씬 더 (나는 그렇게 생각했습니다.) 심각한 상황이 아직 남아 있었기 때문이죠. 하지만 내 마음에서는 친절함이, 미덕에 대한 사랑이 넘쳐흘렀습니다. 나는 선량한 의도로 삶을 시작했고, 그 의도를 실행에 옮겨서 인류에 보탬이 될 순간을 갈망했습니다. 그런데 이제 모든 게 끝났습니다. 과거를 만족스럽게 돌아보며 새로운 희망을 기대할 수 있는 양심의 평온은 온데간데없고, 어떤 말로도 표현할 수 없는 극심한 고통의 지옥으로 나를 몰아가는 후회와 죄의식에 사로잡혔습니다.

이런 마음의 상태는 처음의 충격에서 완전히 회복됐던 내 건강을 해쳤습니다. 나는 사람들과 얼굴을 마주하길 꺼렸고, 즐겁고 만족스러운 소리들이 내게는 고문이었습니다. 고독, 죽음처럼 깊고 어두운 고독만이 나의 유일한 위안이었습니다.

아버지는 내 성격과 습관이 눈에 띄게 달라진 것을 고통스럽게 지켜봤고, 지나친 슬픔에 빠지는 상태의 어리석음을 일깨워 주려고 노력했습니다. “나는 괴롭지 않은 줄 아니, 빅터?" 아버지는 말씀하셨어요. "내가 윌리엄을 사랑한 것만큼 자식을 사랑하는 사람은 세상에 없을 거다." 이렇게 말하는 아버지의 눈에 눈물이 고였습니다. "하지만 지나친 슬픔을 드러내서 다른 사람을 더 불행하게 만들지 않는 것이 살아남은 자의 도리 아니겠니? 그건 너 자신에 대한 의무이기도 하다. 지나친 슬픔은 발전과 즐거움을 가로막고 일상생활마저 누릴 수 없게 만드는데, 그래서는 사회생활을 제대로 할 수 없으니까."

아버지의 충고는 지당했지만, 내 경우에는 전혀 적용할 수 없는 것이었습니다. 양심의 가책이 다른 감정들을 신랄하게 물들이지 않았다면 나야말로 제일 먼저 슬픔을 감추고 가족들을 위로했을 겁니다. 나는 아버지에게 절망이 가득한 표정으로 대답을 대신했고, 그 후로는 아버지의 눈에 띄지 않으려고 노력했습니다.

이 무렵에 우리는 벨리브의 집에 와 있었습니다. 이런 변화는 특히 내게 바람직했습니다. 성문은 매일 열 시에 닫히고 그 시간 후에는 호숫가에 머물 수 없었기 때문에 제네바 성내의 집에서 생활하는 것이 내게는 몹시 갑갑했거든요. 여기서는 자유로웠습니다. 다른 가족들이 자러 가면 나는 배를 타고 호수에서 시간을 보낼 때가 많았습니다. 가끔은 돛을 올려서 바람에 배를 맡겼고, 또 가끔은 한가운데까지 노를 저어 간 다음에 물살을 따라 흘러가게 해 놓고 불행한 생각에 잠겼습니다. 사방이 고요한 가운데 나만이 그렇게 아름답고 황홀한 풍경 속에서 초조하게 헤맸습니다. 그럴 때면 어쩌다 박쥐 몇 마리나 개구리가 거친 울음소리로 정적을 깰 때를 제외하고 오로지 나뿐인 고요한 호수에 몸을 던지고 싶은 유혹을 느끼곤 했습니다. 그러면 물이 나와 내 불행을 영원히 삼켜 버릴 것 같았습니다. 하지만 꿋꿋하게 고통을 참아 내는 엘리자베스, 내가 깊이 사랑하며 인연의 끈으로 나와 맺어진 그녀를 생각하며 참았습니다. 아버지와 하나 남은 동생도 생각했죠. 비겁하게 도망쳐서 내가 세상에 풀어놓은 악마의 악행에 그들만 무방비로 남겨 놓아서야 되겠습니까?

이럴 때면 나는 서럽게 울며 그들에게 위안과 행복을 안겨 주기 위해서라도 마음의 평온이 되돌아오길 바랐습니다. 하지만 그건 있을 수 없는 일이었죠. 양심의 가책이 모든 희망의 불을 꺼 버렸으니까요. 나는 돌이킬 수 없는 악을 초래한 장본인이었고, 내가 창조한 그 괴물이 또 다른 악행을 저지를까 봐 하루하루 두려움 속에서 살았습니다. 이 모든 게 아직 끝나지 않았으며, 놈이 여전히 뭔가 반사회적인 범죄, 과거의 기억들을 거의 지워 버릴 만큼 어마어마한 범죄를 저지를 거라는 막연한 느낌이 들었습니다. 나는 사랑하는 것이 남아 있는 한 언제까지라도 두려움 속에서 살아야 했습니다. 이 악마에 대한 나의 혐오감은 상상을 초월했습니다. 놈을 생각하면 이가 갈리고 눈동자가 이글거렸으며, 그토록 조심성 없이 불어넣었던 생명의 불꽃을 꺼 버리고 싶은 마음이 간절했습니다. 놈이 저지른 범죄와 악행이 떠오를 때마다 증오와 복수심이 자제력을 모두 허물어 버렸습니다. 할 수만 있다면 놈을 천 길 낭떠러지 밑으로 밀어 버릴 수 있는 안데스의 최고봉에라도 올라갔을 겁니다. 놈을 다시 만나서 치미는 이 분노를 놈의 머리통에 퍼붓고 죽은 윌리엄과 저스틴의 복수를 하고 싶었습니다.

우리 집에는 슬픔이 가득했습니다. 최근에 벌어진 끔찍한 일들로 충격을 받은 아버지는 건강이 많이 나빠졌습니다. 슬픔에 겨운 엘리자베스도 기운이 없었죠. 즐거움을 누리는 걸 죽은 사람들에 대한 모독으로 느끼는지, 일상적인 일도 마지못해 해치웠습니다. 영원한 슬픔 속에서 눈물짓는 삶을 불운하게 스러

진 무고한 이들에게 마땅히 바쳐야 할 헌사라고 생각했던 겁니다. 그녀는 더 이상 예전의 행복했던 엘리자베스, 어린 시절에 나와 호숫가를 거닐며 환희에 찬 목소리로 우리의 미래를 얘기하던 그 아이가 아니었습니다. 그녀의 표정은 침통해졌고, 변덕스러운 운명과 불안정한 삶에 대해 얘기할 때가 많았습니다.

"저스틴 모리츠의 비참한 죽음을 생각하면," 그녀는 내게 말했습니다. "이 세상이나 세상 돌아가는 일들이 더는 예전처럼 보이지 않아. 전에는 사악하고 부도덕한 일들을 책에서 읽거나 어디서 듣더라도 옛날에 일어난 일이거나 꾸며낸 이야기라고 생각했어. 최소한 나하고 거리가 먼 일이어서 상상보다는 논리로 접근할 수 있었지. 그런데 이제 불행이 내게 닥치고 보니, 사람들이 서로의 피에 굶주린 괴물로 보여. 그런데 나도 정당하지 못해. 다들 그 불쌍한 아이가 유죄라고 믿었어. 만약 그 애가 혐의를 받은 그 죄를 저질렀다면 당연히 세상에서 가장 타락한 인간이었을 거야. 보석 몇 개를 얻자고 은인이자 가족 같았던 사람의 아들, 태어났을 때부터 자신이 돌보면서 자기 자식처럼 사랑하던 아이를 죽였다면 말이야! 사형 제도에는 동의할 수 없지만, 그런 인간은 공동체에서 살아가기에 적합하지 않다고 생각했을 거야. 하지만 그 애는 결백했어. 나는 그 애가 결백하다는 걸 알아. 머리로 알고 가슴으로 느껴. 너도 같은 생각이라서 더 확신해. 아아, 빅터, 거짓이 허울을 뒤집어쓰고 진실인 척한다면 누가 행복을 장담하며 살 수 있겠니. 마치 벼랑 끝을 걷고 있는데, 수많은 사람들이 나를 저 바닥으로 밀어 버리겠다고 몰려드는 기분이야. 윌리엄과 저스틴은 죽었고, 살인자는 도망쳤어. 그자는 자유롭게 세상을 돌아다니고, 아마 존경을 받으며 살고 있을지도 몰라. 하지만 나는 같은 죄로 교수대에 서게 되더라도, 그런 비열한 인간과 내 처지를 바꾸지 않을 테야."

그녀의 말을 들으면서 나는 너무나 괴로웠습니다. 비록 행위를 저지른 건 아니지만, 사실상 내가 진정한 살인자였으니까요. 내 얼굴에서 괴로움을 읽은 엘리자베스는 다정하게 내 손을 잡으며 말했습니다. “나의 소중한 빅터, 마음을 가라앉혀야 해. 이번 일로 내가 얼마나 상심했는지는 하늘도 아실 거야. 하지만 나도 너만큼 비참하지는 않은 것 같아. 너의 표정에서는 가끔씩 절망이, 때로는 원한이 보여서 오싹할 정도야. 마음을 가라앉혀, 빅터. 너의 마음을 평화롭게 해 줄 수 있다면 나는 목숨도 아깝지 않아. 우리는 틀림없이 행복해질 거야. 고향에서 조용히 살면서 세상과 얽히지 않는다면 무엇이 우리의 평온한 삶을 방해할 수 있겠니?”

그녀는 이렇게 말하면서 눈물을 흘렸는데, 그건 그녀가 내게 안겨 주려 했던 위안을 스스로도 믿지 않는다는 뜻이었죠. 하지만 그러면서도 미소를 지었고, 그 미소는 내 마음에 도사리고 있던 악마를 쫓아 버렸습니다. 내 얼굴에서 불행의 빛을 보면서도 그저 슬픔이라는 당연한 감정이 과장되게 드러난 것이라고 여겼던 아버지는 내 취향에 맞는 오락거리를 찾아 줘야 평온하던 평소의 모습을 되찾을 수 있을 거라고 생각했습니다. 우리가 지방으로 이사한 것도 그 때문이었죠. 그리고 이제는 같은 이유에서 다 함께 샤무니 계곡으로 여행을 가자고 제안했습니다. 나는 전에도 그곳에 가 본 적이 있지만, 엘리자베스와 에르네스트는 처음이었습니다. 두 사람은 대단히 아름답고 환상적이라고 들었던 그곳의 풍경을 보고 싶다는 열망을 자주 표현했죠. 그래서 우리는 저스틴이 죽고 두 달쯤 지난 8월 중순에 제네바를 떠나 여행길에 올랐습니다.

날씨는 보기 드물게 화창했습니다. 만약 환경을 바꾸어서 몰아낼 수 있는 성격의 슬픔이었다면 이번 여행은 틀림없이 아버지가 의도한 효과를 발휘했을 겁니다. 실제로 어느 정도는 경치에 마음을 빼앗기기도 했습니다. 비통함을 완전히 없애 주지는 못했어도 이따금 마음을 달래 주기는 했으니까요. 첫날에는 마차로 이동했습니다. 오전에는 저 멀리 눈에 들어오는 산을 향해 서서히 나아갔습니다. 우리는 아르브강을 따라가고 있었는데, 그 강이 만들어 놓은 계곡이 차츰 우리를 에워쌌어요. 해 질 무렵이 되자 웅장한 산과 절벽이 사방에 보였고, 바위들 사이로 거칠게 흐르는 강물과 쏟아지는 폭포 소리가 들려왔습니다.

다음 날은 노새를 타고 계속 길을 갔습니다. 높이 올라갈수록 계곡은 더 장엄하고 경이로운 모습을 보여 주었습니다. 소나무가 울창한 절벽에 걸려 있는 허물어진 성들, 맹렬하게 흐르는 아르브강, 나무들 사이로 간간이 모습을 드러내는 오두막들이 독특하게 아름다운 풍경을 그렸습니다. 하지만 그 풍경에 웅장함을 더하면서 장엄한 분위기를 완성하는 건 거대한 알프스, 우리와는 전혀 다른 존재들이 살아가는 별천지처럼 희게 반짝이는 그 산의 피라미드와 둥근 지붕 같은 봉우리들이었습니다.

펠리시에 다리를 건너자 강물이 만들어 놓은 협곡이 눈앞에 펼쳐졌고, 우리는 그 위에 걸린 산을 오르기 시작했습니다. 잠시 후 우리는 샤무니 계곡에 들어섰습니다. 이 계곡이 더 웅장하고 장엄하기는 하지만, 방금 지나쳐 온 세르보 계곡만큼 그림처럼 아름답지는 않았습니다. 눈에 덮인 높은 산들만이 계곡과 경계를 이뤘고, 폐허가 된 성이나 비옥한 벌판은 더 이상 보이지 않았습니다. 거대한 빙하가 길까지 내려왔고, 눈사태가 일어나는지 천둥처럼 우르릉거리는 소리가 들리더니 뿌연 눈안개가 일어났습니다. 웅장한 몽블랑, 장식띠처럼 주변을 두른 산들 위로 최고봉인 몽블랑이 우뚝 솟았고, 그 거대한 돔 지붕이 계곡을 굽어봤습니다.

이 여행 중에 나는 이따금 엘리자베스와 함께 걸으며 풍경의 다채로운 아름다움을 설명해 주었습니다. 하지만 노새를 타고 뒤에 처져서 비참한 생각에 잠길 때도 많았죠. 그런가 하면 박차를 가해서 가족들을 앞질러 가기도 했는데, 그러면 그들의 존재를, 이 세상을, 그리고 무엇보다 나 자신을 잊을 수 있을 것 같아서였습니다. 한참 거리를 벌리고 나면 노새에서 내려 공포와 절망에 짓눌린 몸을 풀밭에 던졌습니다. 저녁 여덟 시에 샤무니에 도착했습니다. 아버지와 엘리자베스는 몹시 피곤해했지만 함께 온 에르네스트는 신이 나서 기뻐했습니다. 그의 즐거움을 방해하는 건 남풍, 그리고 다음 날 비가 쏟아질 것 같은 예감뿐이었죠.

우리는 일찌감치 숙소로 들어갔지만, 잠을 자려는 건 아니었습니다. 아무튼 나는 잠을 이루지 못했습니다. 몇 시간 동안 창가에 선 채 몽블랑 위에서 번쩍이는 창백한 번갯불을 바라보며 창문 아래로 세차게 흐르는 아르브강의 물소리에 귀를 기울였지요.

◆ ◆ ◆

2

안내자들의 예상과는 달리 다음 날은 구름이 끼기는 했어도 날이 맑았습니다. 우리는 아르베롱강의 발원지에 갔다가 저녁이 되도록 계곡 주변을 돌아다녔습니다. 숭고하고 웅장한 풍경들은 내가 받을 수 있는 최대한의 위안을 안겨주었죠. 그 풍경은 움츠러든 감정에서 나를 끌어올렸고, 내 슬픔을 없애지는 못했어도 차분하게 가라앉히고 달래 주었습니다. 덕분에 지난달 내내 품고 있던 상념에서 어느 정도는 마음을 돌릴 수 있었습니다. 저녁이 되어 돌아왔을 때는 피곤했지만, 불행한 마음이 덜했고, 평소보다 한결 밝은 모습으로 가족들과 대화를 나눴습니다. 아버지는 흡족해하셨고, 엘리자베스도 무척 기뻐했습니다. "빅터, 네가 행복하면 주변에 행복한 기운이 가득해지는 걸 봤지? 이제 다신 우울해하지 마!"

다음 날 아침은 장대비가 퍼부었고, 산봉우리에 짙은 안개가 드리웠습니다. 나는 일찍 일어났지만 유난히 울적했습니다. 비가 마음을 짓눌렀습니다. 예전의 감정이 되살아나 참담했어요. 갑작스러운 변화에 아버지가 얼마나 실망하실지 알았던 터라 이런 감정을 숨길 수 있을 만큼 마음을 추스를 때까지는 아버지를 피하고 싶었습니다. 이날은 다들 숙소에 머무를 게 분명했고, 비와 습기와 추위에 익숙했던 나는 혼자 몽탕베르 정상에 오르기로 마음먹었습니다. 끊임없이 움직이는 거대한 빙하를 처음 봤을 때 느낀 충격을 나는 기억하고 있었습니다. 그 풍경은 숭고한 환희로 내 마음을 채웠고, 내 영혼은 날개를 달고 어두컴컴한 세상을 벗어나 빛과 기쁨을 향해 날아올랐어요. 놀랍고 장엄한 자연의 풍경은 실제로 늘 내 마음을 숙연하게 만들며, 덧없는 삶의 시름을 잊게 했습니다. 나는 길을 잘 알았고 누가 옆에 있으면 고적한 풍경을 해칠 것 같아 혼자 가기로 했지요.

올라가는 길은 가파른 절벽이었지만, 짧은 둘레길이 계속 이어졌기 때문에 깎아지른 산 정상에 오를 수 있었습니다. 너무나 황량한 풍경이었습니다. 곳곳에 흩어진 나뭇가지들이 겨울에 있었던 눈사태를 말해 주었습니다. 어떤 나무들은 완전히 부러졌고, 또 다른 나무들은 휘어진 채 불룩한 암벽에 기대거나 다른 나무 위에 가로놓여 있었습니다. 길은 높이 올라갈수록 눈 덮인 협곡을 가로질렀고, 협곡에서 돌들이 끊임없이 굴러떨어졌습니다. 크게 얘기하는 소리만으로도 진동을 일으켜, 말한 사람의 머리통을 깨 버릴 만큼 커다란 돌이 떨어지는 위험한 곳도 있었습니다. 소나무는 크거나 화려하지는 않았지만, 점잖은 모습으로 풍경에 엄숙함을 더해 주었습니다. 아래의 계곡을 내려다봤습니다. 계곡을 따라 흐르는 강에서 피어난 엄청난 물안개가 굵은 소용돌이를 그리며 반대편 산맥을 휘감았고, 그곳의 산봉우리들은 일정한 크기의 구름에 가려 보이지 않았습니다.

어두운 하늘에서 퍼붓는 비는 주변의 사물들 탓에 울적해진 마음을 더욱 무겁게 만들었습니다. 아아! 어째서 인간은 야수보다 더 우월한 감수성을 지닌 걸까요? 그럴수록 감성에 더 의존하게 될 뿐인데. 우리의 본능이 허기와 갈증, 욕망에 한정된다면 한결 자유로울 겁니다. 그런데 우리는 불어오는 모든 바람에도, 무심코 뱉은 말이나 그런 말을 통해 전해 듣는 사건에도 마음이 흔들립니다.

우리는 쉬지만, 꿈은 잠을 독살하는 힘을 지녔다.
우리는 일어나지만, 어지러운 생각 한 자락이 하루를 더럽힌다.
우리는 느끼거나 상상하거나 추론하고, 웃거나 울며,
분별없는 고뇌를 끌어안거나 근심을 내치지만,
모두 다 마찬가지, 기쁨이든 슬픔이든,
그것들로부터 벗어나는 길은 여전히 자유로우므로.
인간의 어제는 결코 내일과 같지 않을지니,
변한다는 것 말고 영원한 것은 없을지니!

정오가 다 되어 갈 때쯤 오르막의 정상에 도착했습니다. 얼음의 바다를 굽어보는 바위에 앉아 한참을 있었습니다. 주변의 산맥까지 안개에 뒤덮여 있었습니다. 이윽고 바람이 불면서 구름이 흩어진 후에 나는 빙하로 내려갔습니다. 몹시 고르지 않은 표면은 거친 바다의 파도처럼 솟구쳤다가 낮게 가라앉았고, 깊은 균열이 곳곳에 있었습니다. 얼음 벌판의 폭은 1리그가량이었지만, 그걸 가로지르는 데는 거의 두 시간이 걸렸습니다. 맞은편의 산은 깎아지른 벌거숭이 바위산이었어요. 내가 서 있던 곳에서는 몽탕베르가 정면으로 보였고, 거리는 1리그 정도였습니다. 그리고 그 위로는 몽블랑이 너무나 장엄하게 솟아 있었죠. 나는 바위에 앉은 채로 이 엄청난 장관을 감상했습니다. 얼음의 바다, 아니 드넓은 얼음의 강물이 산줄기 사이로 굽이쳤고, 그 위로는 까마득하게 높은 봉우리들이 걸려 있었습니다. 얼음처럼 반짝이는 봉우리들이 구름 저편에서 햇빛을 받아 찬란하게 빛났습니다. 조금 전까지 슬픔에 찼던 내 마음이 뭔가 기쁨 같은 것으로 부풀었습니다. 나는 이렇게 외쳤습니다. "떠도는 정령이여, 그

대들이 비좁은 무덤에서 쉬는 게 아니라 실제로 떠돌아다닌다면, 내게 이 실낱 같은 행복을 허락하든가, 아니면 삶의 기쁨에서 나를 떼어 내어 그대들의 동반자로 데려가 다오!"

이렇게 말하고 있는데 돌연, 조금 떨어진 곳에서 초인적인 속도로 나를 향해 다가오는 사람의 형체가 눈에 들어왔습니다. 그는 내가 조심스럽게 건넌 얼음의 균열을 성큼 뛰어넘었고, 가까이 다가올수록 사람이라기엔 체구가 너무 커 보였습니다. 마음이 어지럽고, 눈앞이 흐려지면서 기절할 것 같았습니다. 하지만 차가운 산바람에 금세 정신을 차렸습니다. 그 형체가 다가왔을 때 (끔찍하고 혐오스러운 그 모습이라니!) 그것이 내가 창조한 괴물이라는 걸 알았습니다. 나는 분노와 공포로 진저리 치며 그가 다가올 때까지 기다렸다가 목숨을 걸고 끝장을 보겠다고 결심했습니다. 놈이 다가왔습니다. 표정에는 경멸과 악의에 버무려진 지독한 고뇌가 어려 있었지만, 섬뜩하게 추악한 얼굴은 차마 눈을 뜨고 보기 힘들 만큼 끔찍한 몰골이었습니다. 하지만 내게는 그런 게 거의 보이지 않았습니다. 분노와 증오 때문에 처음에는 말문이 막혔지만 정신을 차리고는 혐오와 경멸의 말을 맹렬히 퍼부었습니다.

"악마! 네놈이 감히 나를 찾아와? 그 볼품없는 머리를 박살 낼 이 사나운 복수의 팔이 두렵지도 않느냐? 썩 꺼져라, 이 비열한 버러지 같은 놈! 아니, 멈춰라. 너를 짓밟아 가루로 만들어 버릴 테니! 아, 너의 그 비참한 목숨을 빼앗는 것으로 네놈이 극악무도하게 살해한 희생자들을 살릴 수만 있다면!"

"이렇게 나올 줄 알았지." 악마는 말했습니다. "인간들은 전부 추한 것을 싫어하니까. 그러니 살아 있는 그 어떤 것보다 볼품없는 내가 얼마나 혐오스럽겠나! 그런데 당신, 나의 창조자, 당신은 피조물인 나를 미워하고 경멸하지만, 우리는 둘 중 하나가 죽어야만 풀리는 끈으로 묶여 있어. 당신은 나를 죽일 작정이지. 생명을 가지고 어찌 그런 장난을 친단 말인가? 당신이 나에 대한 의무를 다한다면 나도 당신과 다른 인간들에 대한 내 의무를 다하겠다. 당신이 내 조건에 응한다면 당신이나 다른 인간들도 괴롭히지 않겠다. 거절한다면 당신의 남은 가족들을 다 죽여서 그 피로 지옥을 채울 테다."

"가증스러운 괴물! 네놈은 정말 악마로구나! 네 죄에 대한 복수로는 지옥의 고문도 너무 약하다. 추악한 악마야! 너를 만들었다고 나를 원망한다면, 좋다. 그렇다면 내가 경솔하게 불어넣은 생명의 불꽃을 꺼트려 주마."

분노가 한없이 타올랐습니다. 나는 한 사람이 다른 존재에게 품을 수 있는 온갖 종류의 반감을 추진력 삼아 놈에게 달려들었습니다.

그는 가볍게 나를 피하고는 이렇게 말하더군요.

"진정해! 나의 저주받은 머리에 증오를 쏟아내기 전에 부디 내 말을 듣기 바란다. 지금껏 겪은 고통만으로 부족할 것 같아서 나를 더 비참하게 만들려는 건가? 산다는 게 그저 고통의 연속일 뿐이라도 내겐 소중하고, 나는 그걸 지킬 작정이다. 당신이 나를 당신보다 더 강하게 만들었다는 걸 잊지 마. 내 키가 당신보다 월등하고, 내 관절은 더 유연하다. 하지만 나는 당신과 대립할 마음이 없어. 나는 당신의 피조물이고, 당신이 내게 책임져야 할 몫을 다한다면 나의 당연한 주인이자 왕인 당신에게 순종하겠다. 아, 프랑켄슈타인, 다른 모든 사람에게는 공정하면서 왜 나만은, 그 누구보다 당신의 정의가, 심지어 당신의 자비와 애정이 절실한 나만은 짓밟으려는 건가. 내가 당신의 피조물이라는 걸 잊지 마. 당신의 아담이어야 하는 내가 타락한 천사가 되었고, 아무 잘못도 없는 나를 당신은 기쁨에서 내몰았다. 온 세상에 축복이 가득하건만 오로지 나만 돌이킬 수 없이 쫓겨났다. 나는 자비롭고 선량했건만, 불행이 나를 악마로 만들었어. 나를 행복하게 만들어 준다면 다시 고결해지겠다."

"꺼져라! 네놈의 말은 듣지 않겠다. 우리를 함께 묶는 끈은 있을 수 없어. 우리는 원수야. 꺼지지 않겠다면 둘 중 하나가 쓰러질 때까지 겨뤄 보든가."

"어떻게 하면 당신의 마음을 움직일 수 있을까? 자신의 피조물이 이렇게 친절과 동정을 애원하는데도 따뜻한 눈길 한 번 안 주다니. 정말이다, 프랑켄슈타인. 나는 자비로웠다. 내 영혼은 사랑과 인간애로 빛났다. 하지만 나는 혼자, 비참하도록 외로운 혼자이지 않은가! 나의 창조자인 당신이 나를 증오하는데, 나한테 아무것도 빚진 게 없는 다른 인간들에게서 내가 뭘 바랄 수 있겠나? 그들은 나를 멸시하고 혐오한다. 인적 없는 산과 황량한 빙하가 나의 안식처다. 나는 여기서 많은 날들을 헤매고 다녔다. 나는 얼음 동굴이 두렵지 않아. 다른 사람들은 그곳을 찾지 않으니까. 저 쓸쓸한 하늘을 내가 찬양하는 건 당신네 인간들보다 내게 더 친절하기 때문이지. 많은 사람들이 내 존재를 안다면 당신처럼 나를 죽이겠다고 무기를 들 거야. 그렇다면 나도 나를 증오하는 사람들이 싫지 않겠나? 적들과 타협할 생각은 없다. 내가 비참하면, 그들도 내 비참함을 맛보게 될 거야. 하지만 내 비참함을 보상해서 그들을 악마로부터 구해 내는 건 당신 손에 달렸다. 그 사악한 힘을 더 키워서 당신과 당신의 가족뿐만 아니라 수많은 다른 사람들까지 그 분노의 소용돌이에 휘말리지 않게 할 수 있는 건 오직 당신뿐이야. 부디 동정심을 가지고, 나를 경멸하지 마라. 내 이야기를 들어라. 끝까지 들은 후에 나를 내버릴지 아니면 동정할지, 그건 그때 가서 판단하면 된다. 하지만 일단 들어 달라. 인간의 법에서는 아무리 사악한 죄를 지었더라도 피고인에게 유죄 판결을 내리기 전에 스스로를 변호할 기회를 주지 않는가. 그러니 내 말을 들어라, 프랑켄슈타인. 나를 살인자라고 비난하면서, 양심을 가졌다는 당신도 자신의 피조물을 파괴하려 하지 않는가. 아, 인간의 영원한 정의를 찬양하라! 하지만 나는 당신에게 나를 살려 달라고 부탁하는 게 아니다. 그저 내 이야기를 듣고, 그런 다음에 할 수 있다면, 그래야겠다면 그때 당신 손으로 만든 피조물을 죽이면 되지 않는가."

"내가 불행의 기원이자 창조자였던, 생각만 해도 몸서리쳐지는 상황을 왜 자꾸 떠올리게 만드는 거지? 가증스러운 악마야, 네놈이 처음으로 빛을 본 그날이 저주스럽다! 너를 만든 그 손이 저주스럽다! (비록 그게 나 자신을 저주하는 것이어도!) 네놈 때문에 나는 이루 말할 수 없이 비참해졌다. 너는 내가 네놈한테 떳떳한지 아닌지 생각할 힘마저도 남겨 놓지 않았다. 꺼져라! 네놈의 역겨운 몰골을 보고 싶지 않으니."

"그렇게 해 주지, 나의 창조자여." 그는 말했습니다. 그러고는 그 혐오스러운 손으로 내 눈을 가리기에, 놈을 와락 밀쳐 냈습니다. "당신이 그토록 혐오하는 모습을 가려 주겠다. 그래도 내 말은 들을 수 있으니 내게 동정을 베풀라. 내가 한때 지녔던 미덕으로 요구한다. 내 얘기를 들어라. 그 얘기는 길고 기이하며, 이곳의 기온은 당신의 섬세한 감각에는 적합하지 않다. 산 위의 오두막으로 가자. 아직 해가 높이 떠 있으니 저기 눈 덮인 절벽 너머로 해가 기울어 다른 쪽 세상을 비추기 전에 내 얘기를 듣고 결정할 수 있을 것이다. 내가 인간들의 주변을 영원히 떠나 사람들을 해치지 않고 살아갈지, 아니면 그들에게 불행을 안겨 주고 당신의 급격한 파멸을 불러올지는 당신 손에 달렸다."

그는 이렇게 말하면서 앞장서서 빙판을 걸어갔습니다. 나는 그 뒤를 따랐습니다. 가슴이 터질 것 같아서 아무 대답도 하지 않았지만, 걸어가는 사이에 놈의 이런저런 주장을 저울질해 보고는 얘기라도 들어 보자고 결심했죠. 이런 결심을 굳히는 데는 호기심도 작용했고, 연민도 한 몫을 했습니다. 그때까지 놈을 내 동생의 살인자라고 믿어 왔던 터라 그게 사실인지 아닌지 확인해 보고 싶은 마음도 컸습니다. 또한 처음으로 피조물에 대한 창조자의 의무감을 느꼈습니다. 그의 사악함을 불평하기에 앞서 그를 행복하게 만들어 줘야 한다고 느꼈습니다. 이런 것들이 동기가 되어 그의 요구에 응하게 된 겁니다. 그래서 우리는 빙판을 건너 맞은편의 암벽을 올랐습니다. 공기는 차가웠고, 다시 비가 내리기 시작했습니다. 우리는 오두막에 들어갔고, 악마 놈은 의기양양했지만 나는 마음이 무겁고 우울했습니다. 그래도 이야기를 듣겠다고 했기 때문에 가증스러운 동행이 피워 놓은 모닥불 옆에 앉았습니다. 그는 이야기를 시작했습니다.

◆ ◆ ◆

3

내 존재의 첫 순간을 떠올리는 건 매우 힘들다. 그 시기의 모든 일들이 혼란스럽고 불분명하기 때문이지. 기이하고 다양한 감각들이 나를 사로잡았다. 나는 동시에 보고 느끼고 듣고 냄새를 맡았다. 실제로 다양한 감각의 작용을 구분할 수 있기까지는 오랜 시간이 걸렸다. 조금씩 더 강한 빛이 내 신경을 압박해서 눈을 감아야 했던 기억이 난다. 그러자 어둠이 나를 덮쳤고, 마음이 괴로웠다. 눈을 뜨면 그걸 거의 못 느꼈는데, 지금 생각해 보면 빛이 다시 쏟아졌기 때문이었다. 나는 걸었고, 아래로 내려갔던 모양인데, 이윽고 내 감각에 큰 변화가 일어났다. 전에는 나를 에워싼 어둡고 불분명한 형체들을 만지거나 보더라도 느낌이 없었는데, 이제는 자유롭게 돌아다닐 수 있게 되었고, 넘어가거나 피하지 못할 장애물이 없다는 걸 알게 됐지. 빛은 점점 더 맹렬해졌고, 걷자니 덥고 피곤했다. 나는 빛을 피할 수 있는 곳을 찾았는데, 그게 잉골슈타트 인근의 숲이었다. 여기서 냇가에 누워 쉬다 보니 배가 고프고 목이 말라서 고통스러웠다. 그래서 축 늘어져 있던 몸을 일으켜 나무에 달리거나 땅에 떨어진 열매로 배를 채웠다. 냇물로 갈증을 달래고는 다시 누워서 잠에 빠져들었다.

일어났을 때는 어두웠다. 춥기도 하고 너무 쓸쓸해서 본능적으로 조금 무섭기도 했다. 당신의 집에서 나오기 전에 추위를 느끼고 옷가지를 챙겨 입기는 했지만 밤이슬을 막아 주기에는 충분하지 않았다. 나는 가엾고 의지할 데 없이 비참한 신세였다. 나는 아무것도 모르고, 뭐가 뭔지 구분할 수도 없었다. 그런데도 사방에서 엄습하는 고통에 주저앉아 울었다.

잠시 후에 하늘 위로 부드러운 빛이 번졌고, 그걸 보자니 기쁨이 느껴지더군. 벌떡 일어난 나는 나무들 사이로 솟아올라 빛을 발하는 형체를 바라봤다. 경이로운 심정으로 황홀하게 쳐다봤다. 그것은 천천히 움직이며 내가 가는 길을 비춰 주었고, 나는 다시 한번 열매를 찾으러 밖으로 나갔다. 여전히 추웠는데, 어느 나무 밑에서 커다란 망토를 발견했고, 그걸로 몸을 감싸고 바닥에 주저앉았다. 머릿속에 명확한 생각은 아무것도 없었고 모든 게 혼란스러웠다. 빛을 느꼈고, 허기와 갈증, 그리고 어둠을 느꼈다. 귓속에서는 셀 수 없이 많은 소리가 울렸고, 사방에서 온갖 냄새가 밀려왔다. 내가 구분할 수 있는 유일한 형체는 밝은 달뿐이었고, 나는 즐거운 마음으로 그것에 시선을 고정했다.

밤과 낮이 여러 번 바뀌고 달이 많이 작아질 무렵에는 감각들을 서로 구분하기 시작했다. 내게 마실 물을 주는 냇물과 잎사귀로 그늘을 드리우는 나무들이 차츰 선명하게 눈에 들어왔다. 종종 귓가에 울렸던 기분 좋은 소리가 내 눈앞에서 날며 빛을 가리던 날개 달린 작은 동물의 목구멍에서 나오는 소리라는 걸 처음 깨달았을 때도 즐거웠지. 그러면서 나를 에워싼 형체들을 한결 정확하게 관찰하기 시작했고, 내 머리 위로 지붕처럼 드리운 밝은 빛의 경계를 감지하게 되었다. 가끔씩 새들의 즐거운 노랫소리를 흉내 내려 했지만 그건 안 되더군.

때로는 내가 느끼는 것들을 내 방식대로 표현하고 싶어도, 투박하고 알아들을 수 없는 소리만 새어 나오는 바람에 겁을 집어먹고 다시 입을 다물곤 했다.

아직 숲에 머물고 있는 동안이었는데 밤에 달이 사라지더니 작아진 형태로 다시 나타났다. 이 무렵에는 내 감각이 뚜렷해졌고, 매일 새로운 개념들을 받아들였다. 내 눈은 빛에 익숙해졌고, 사물의 형체를 정확하게 알아보게 되었지. 벌레와 풀을 구분했고, 풀의 종류도 차츰 구별하게 됐다. 참새는 거슬리는 소리

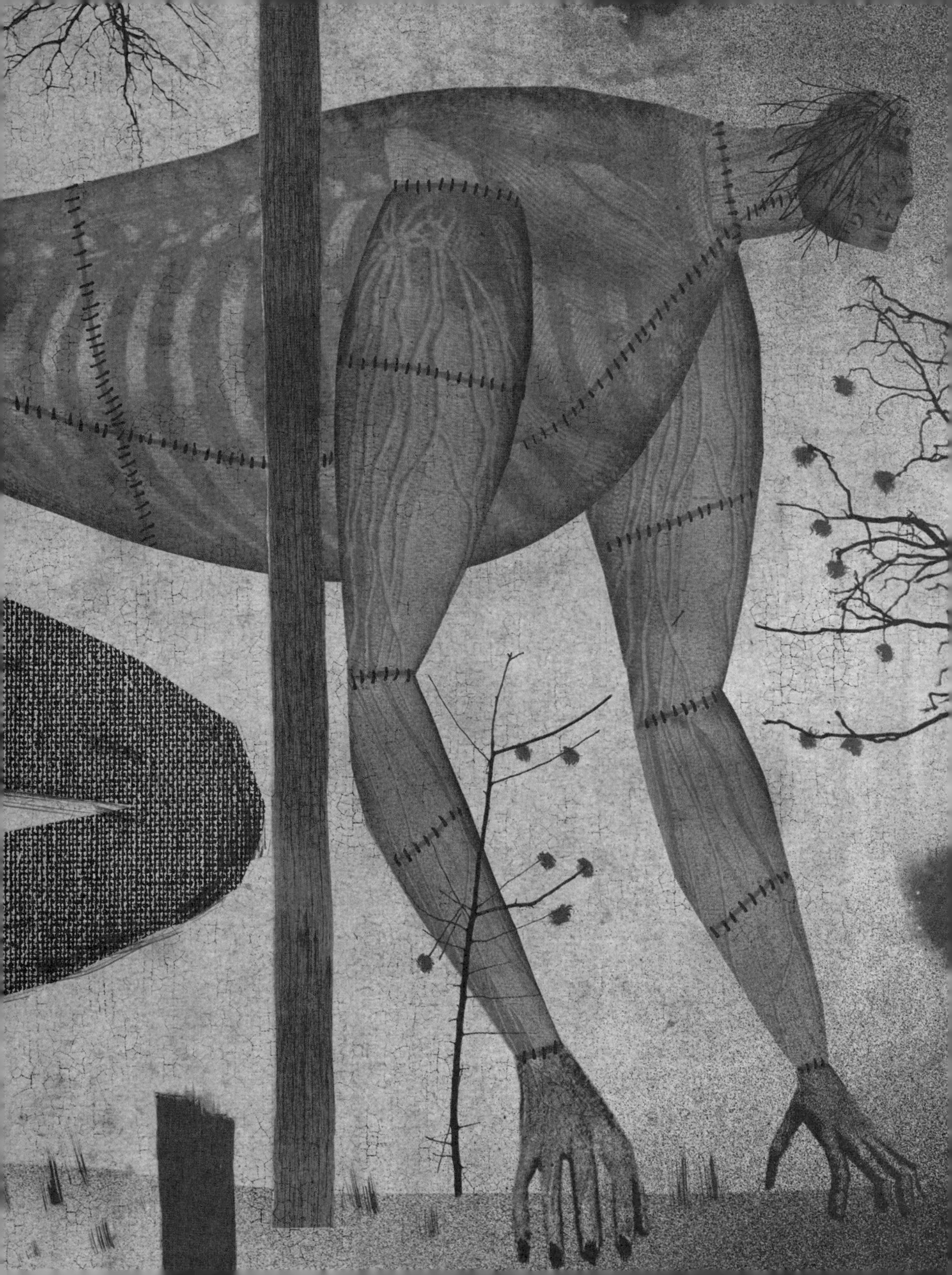

를 낼 뿐이지만 지빠귀와 찌르레기는 듣기 좋고 매력적인 소리를 낸다는 것도 알게 되었다.

하루는 추위에 떨다가 떠돌이 거지들이 피워 놓고 간 모닥불을 발견했는데 거기서 느껴지는 온기가 어찌나 좋던지. 너무 기쁜 나머지 아직 꺼지지 않은 깜부기불에 손을 집어넣었다가 고통에 겨워 소리를 지르며 얼른 빼냈다. 너무 이상하다는 생각이 들더군. 같은 것이 완전히 정반대의 결과를 불러오다니! 나는 불의 재료를 살펴봤고, 그게 나무로 이루어졌다는 걸 알아냈다. 기쁜 마음에 얼른 가지들을 주워 왔지만 젖은 나무들은 타지 않았다. 그것 때문에 골머리를 썩이며 가만히 앉아 불이 타는 걸 지켜봤다. 불 옆에 내려놨던 젖은 나무들이 마르면서 불이 붙더군. 나는 이걸 곰곰이 따져 보고 이런저런 나뭇가지들을 다양하게 만져 본 끝에 그 원인을 파악하고는, 그렇게 말려서 불을 피울 나무를 잔뜩 구해 왔다. 밤이 되어 잠들 때는 불이 꺼지지 않을까 이만저만 걱정이 아니었다. 마른 나무와 잎으로 조심스레 불을 덮었고, 그 위에 젖은 나뭇가지를 얹은 다음 망토를 펼쳐 놓고는 바닥에 누워 잠들었다.

아침이 되어 눈을 뜨자마자 제일 먼저 불부터 살펴봤다. 덮었던 것들을 들춰냈더니 가벼운 산들바람에 불꽃이 일어나더군. 나는 그것도 놓치지 않고 관찰했고, 나뭇가지로 부채질을 하니까 거의 꺼져 가던 불이 살아났다. 다시 밤이 왔을 때 불이 온기와 함께 빛도 낸다는 사실을 알고 기뻤다. 불의 발견은 먹을 걸 해결하는 데에도 유용했다. 떠돌이들이 남기고 간 음식 중에 불에 구운 것이 있었는데, 나무에서 딴 열매보다 맛이 훨씬 좋았다. 그래서 내가 구한 음식도 같은 방식으로 싸서 꺼지지 않은 불 위에 올려놨다. 그랬더니 작은 과일 같은 건 뭉개져서 못 먹게 되었지만, 도토리나 뿌리 열매는 한결 나아졌다.

하지만 먹을 것은 점점 부족해졌고, 하루 종일 쓰라린 허기를 달래기 위해 도토리 몇 알을 찾는 것조차 힘들 때가 많았다. 이걸 알고는 그때까지 지내던 곳을 떠나 내가 겪은 몇 가지 욕구를 더 쉽게 채워 줄 곳을 찾아 나서기로 했다. 이렇게 이동하자니 우연히 얻은 불을 잃는 것이 한없이 안타까웠는데, 그걸 다시 피우는 방법을 나는 몰랐다. 이 난관을 해결하려고 몇 시간이나 진지하게 고민했지만, 그걸 가져가려는 시도는 전부 포기해야 했다. 그래서 망토로 몸을 감싸고 숲을 가로질러 해가 지는 방향으로 걸어갔다. 이렇게 사흘을 정처 없이 헤매다가 마침내 넓은 벌판에 닿았다. 어젯밤에 내린 폭설로 온 벌판이 하얗게 변한 풍경은 황량했고, 땅을 뒤덮은 차고 축축한 무언가 때문에 발이 시린 느낌이었다.

아침 일곱 시경이었고 먹을 것과 쉴 곳이 간절했다. 마침내 언덕 위에서 작은 오두막을 발견했는데, 양치기가 쉴 공간으로 지은 것 같더군. 처음 보는 것이라 구조를 신기하게 살펴봤지. 문이 열려 있기에 안으로 들어갔다. 노인 한 명이 불가에 앉아 아침 식사를 준비하고 있었다. 소리가 나서 고개를 돌렸다가 나를 본 노인은 냅다 비명을 지르며 밖으로 뛰쳐나가, 그 노쇠한 몸으로 가능할 것 같아 보이지 않는 속도로 벌판을 가로질렀다. 그의 모습은 그때까지 내가 본 어떤 것과도 달랐고, 도망을 치는 것도 조금 놀라웠다. 하지만 나는 오두막에 정신을 빼앗겼다. 그곳은 눈이나 비가 스며들 수 없었고, 바닥도 젖지 않았다. 불의 호수에서 고통받다가 악마의 소굴에 들어간 악마처럼 내게는 그곳이 그렇게 멋지고 훌륭한 안식처처럼 느껴졌다. 나는 양치기가 먹던 음식을 게걸스럽게 먹었는데 빵과 치즈, 우유와 포도주였다. 그런데 이 마지막 것은 마음에 들지 않더군. 아무튼 그렇게 배를 채운 나는 피로에 지친 탓에 짚 더미에 누워 잠이 들었다.

일어났을 때는 정오였고, 눈 덮인 대지 위로 찬란하게 빛나는 따사로운 햇살의 유혹에 이끌려 다시 길을 나서기로 마음먹었다. 농부가 남기고 간 음식을 우연히 발견한 가방에 넣고 벌판을 몇 시간 동안 가로질러 해가 질 무렵에 어느 마을에 도착했다. 그곳의 풍경은 어찌나 놀랍던지! 오두막들, 말쑥해 보이는 집들, 웅장한 저택들이 차례차례 내 감탄을 자아냈다. 텃밭의 채소들이 보이고 어떤 집의 창문을 통해 우유와 치즈가 눈에 들어오자 배가 고파졌다. 그중 제일 좋아 보이는 집으로 들어가려는데 안으로 발을 들이밀기도 전에 아이들이 비명을 질렀고, 여자 한 명은 기절해 버렸다. 온 마을이 발칵 뒤집혔다. 도망치는 사람이 있는가 하면 나를 공격하는 사람도 있었다. 급기야 돌멩이를 비롯해서 온갖 것들이 날아드는 통에 심하게 멍이 든 나는 벌판으로 달아났고, 벌벌 떨면서 나지막한 헛간에 몸을 숨겼다. 마을에서 봤던 궁전 같은 집들에 비하면 초라하기 이를 데 없었지. 그런데 이 헛간은 말쑥하고 쾌적해 보이는 오두막과 연결되어 있었다. 하지만 바로 조금 전에 값비싼 대가를 치른 경험 때문에 차마 들어갈 엄두가 나지 않더군. 내가 도망쳐 들어온 곳은 나무로 지었는데, 너무 낮아서 반듯하게 앉아 있기도 힘들었다. 바닥에 나무를 깔지는 않았어도 물기가 없었고, 수많은 틈새로 바람이 들어오기는 했지만 눈비를 막아 주는 아늑한 쉼터였다.

나는 이곳으로 숨어 들어가서 비록 볼품은 없어도 혹독한 추위를 막아 주는 곳, 더구나 잔인한 인간들을 피할 수 있는 곳을 찾은 것에 행복해하며 바닥에 누웠다.

아침이 밝자마자 옆에 붙은 집도 살펴보고 내가 찾아낸 이 거처에 계속 머물

수 있을지도 알아볼 겸 헛간 밖으로 기어 나왔다. 헛간은 집 뒤쪽에 붙어 있었고, 양옆으로는 돼지우리와 맑은 물웅덩이가 있더군. 밖으로 열려 있는 곳은 한쪽 면뿐이었고, 거기로 내가 기어들었던 것이다. 나는 남의 눈에 띌 만한 틈은 돌과 나무로 모두 막고 밖으로 나올 때만 치울 수 있게 했다. 빛이라고는 돼지우리를 통해서 들어오는 게 전부였지만 내게는 그걸로 충분했다.

그렇게 지낼 곳을 정돈하고 깨끗한 짚을 깐 다음에 안으로 몸을 피했다. 저 멀리 사람의 형체가 보였는데, 어젯밤에 당한 일이 아직도 기억에 생생한 터라 그를 믿고 나를 드러낼 수 없다고 생각했기 때문이다. 그래도 그날 먹을 것은 미리 마련해 놨는데 거친 빵 한 덩어리를 훔치고 은신처 옆으로 흐르는 맑은 물을 떠먹을 컵도 챙겼다. 손으로 떠먹는 것보다는 그게 더 편했거든. 바닥이 조금 높아서 눅눅한 기운이 전혀 없었고, 집의 굴뚝이 가까이에 있어서 제법 따뜻했다.

이렇게 필요한 것들을 장만한 나는 결심을 바꿀 일이 일어나기 전까지는 이 헛간에서 살기로 마음먹었다. 나뭇가지에서 빗물이 떨어지고 땅은 축축했던 얼마 전의 황량한 숲에 비하면 그곳은 그야말로 낙원이었거든. 기분 좋게 아침을 먹고 물을 뜨러 나가기 위해 판자를 치우려는데 발자국 소리가 들렸고, 작은 틈으로 내다봤더니 들통을 머리에 인 젊은 여자가 헛간 앞을 지나가고 있더군. 여자는 어렸고, 그때까지 내가 본 마을 사람들이나 농가의 하인들과 달리 행동이 온순해 보였다. 다만 옷차림은 초라해서, 거친 파란색 치마와 리넨 윗도리가 전부였고, 땋아 내린 금발에도 아무런 장신구를 하지 않았다. 얼굴 표정은 차분하면서도 슬퍼 보였다. 그녀는 사라졌다가 15분쯤 후에 들통을 이고 다시 나타났는데, 이번에는 거기에 우유가 담겨 있었다. 그녀가 무거워서 힘들어하며 걸어가고 있을 때, 얼굴에 수심이 가득한 젊은 남자가 나타났다. 남자는 침울한 기색으로 무슨 말을 하더니 여자의 머리에서 들통을 받아들고 집 안으로 들어갔다. 여자는 뒤를 따랐고, 둘의 모습은 내 시야에서 사라졌다. 잠시 후에 젊은 남자가 다시 나타났고, 손에 무슨 연장 같은 걸 든 채 집 뒤의 들판을 건너갔다. 여자도 집과 마당을 오가며 바쁘게 일을 했다.

은신처 안을 살펴보던 나는 본채의 창문이었던 곳을 나무로 막아 둔 걸 발견했다. 그런데 한쪽 구석에 눈만 간신히 댈 수 있을 정도의 틈이 나 있더군. 그 틈으로 조그만 공간이 보였는데, 하얗게 회칠을 해서 깨끗했지만 가구는 하나도 없이 휑한 방이었다. 한쪽 끝의 작은 난롯가에 노인이 한 명 앉아 있었다. 마주 잡은 손 위에 머리를 얹은 모습이 쓸쓸해 보였다. 젊은 여자는 집을 치우느라 분주했다. 하지만 잠시 후에 서랍에서 뭔가를 꺼내더니 그걸 들고 노인 옆에 앉았고, 그 악기를 받아든 노인은 연주를 시작했다. 그 소리는 지빠귀나 밤꾀꼬리의 노래보다 더 감미로웠다. 이제껏 아름다운 모습이라곤 본 적이 없는 나 같은 비천한 놈이 보기에도 사랑스러운 풍경이었다! 백발노인의 인자한 표정에 절로 고개가 숙여졌고, 여자의 상냥한 태도는 너무나 사랑스러웠다. 노인이 감미로우면서도 애처로운 곡을 연주하자 상냥한 여자의 눈에서 눈물이 흘렀고, 여자가 소리 내어 흐느끼니까 노인은 비로소 그걸 알아차렸는지 무슨 말인가를 했다. 어여쁜 그 여자는 하던 일을 멈추고는 노인의 발치에 무릎을 꿇더군. 노인이 그녀를 일으켜 앉히면서 어찌나 다정하고 따뜻하게 미소를 짓던지, 그 모습에 묘하고 강렬한 느낌을 받았다. 허기나 추위, 온기나 음식에서는 전혀 느껴 보지 못했던, 고통과 즐거움이 어우러진 느낌이었다. 그 감정을 감당할 수 없었던 나는 창가에서 물러나고 말았다.

잠시 후에 젊은 남자가 나무를 어깨에 지고 돌아왔다. 여자는 문으로 달려가서 짐을 내리는 걸 도와주었고, 땔감을 조금 가져다가 난로에 넣었다. 그런 다음 여자와 젊은 남자는 오두막의 한쪽 구석으로 갔는데, 남자가 커다란 빵 한 덩이와 치즈 조각을 여자에게 보여 주었다. 여자는 기쁜 표정을 짓고 텃밭으로 가서 뭔가를 뿌리째 뽑고 잎을 뜯어서 물에 담갔다가 불에 올리더군. 그런 다음 그녀가 일을 계속하는 동안 젊은 남자는 텃밭으로 갔고, 바쁘게 땅을 파면서 뿌리를 뽑아내는 것 같았다. 남자가 그 일을 한 시간쯤 했을 때 젊은 여자가 다가왔고, 그들은 함께 집으로 들어갔다.

그러는 사이에 노인은 시름에 잠긴 표정이었지만, 두 사람이 나타나자 한결 명랑한 기색이 되었고, 그들은 둘러앉아 식사를 했다. 식사는 금세 끝났다. 여자는 다시 집을 치우기 시작했고, 노인은 남자의 부축을 받아 몇 분 정도 집 앞을 거닐며 햇볕을 쬐었다. 세상에 이 뛰어난 두 사람이 이루는 대비보다 더 아름다운 모습은 없을 것이다. 한 명은 늙고 백발인 데다 표정이 자애롭고, 젊은 남자는 날렵하고 우아한 몸매에 이목구비가 뚜렷했지. 하지만 그의 눈빛과 몸짓에서는 지독한 슬픔과 근심이 드러났다. 노인은 집으로 들어갔고, 남자는 아침에 사용했던 것과는 다른 연장들을 가지고 벌판을 건너갔다.

금세 밤이 되었지만, 놀랍게도 이 집 사람들은 가느다란 심지를 이용해서 빛을 이어 가는 방법을 알고 있었고, 덕분에 해가 지더라도 내가 인간 이웃들을 지켜보면서 누리던 즐거움이 중단될 염려가 없었다. 저녁에 여자와 남자는 내가 이해할 수 없는 여러 가지 일을 하느라 분주했고, 노인은 아침에 천상의 소리로 나를 매료시켰던 악기를 다시 들었다. 그의 연주가 끝나자 이번에는 젊은 남자의 차례였는데, 그는 연주를 한 게 아니라 단조로운 소리를 내기 시작했다. 노인이 연주한 악기의 화음이나 새의 노랫소리와도 달랐다. 나중에야 그게 책을 소리 내어 읽은 것이라는 사실을 알게 되었지만 그때에는 말이나 문자 같은 것에 대해서는 아는 게 아무것도 없을 때였다.

그 가족은 잠시 그렇게 시간을 보내다가 불을 끄고 나갔는데, 아마도 자러 가는 것 같았다.

4

짚 더미 위에 누웠지만 잠을 잘 수 없었다. 그날 일어났던 일들을 생각해 봤다. 무엇보다 인상에 남은 건 이 사람들의 온화한 태도였다. 그들과 어울리고 싶었지만 차마 그럴 엄두가 나지 않았다. 전날 밤에 야만스러운 마을 사람들이 나한테 어떻게 했는지 너무나 잘 기억하는 터라 앞으로 어떤 행동을 취하는 게 옳다고 생각하든, 당장은 조용히 이 헛간에 머물면서 그들의 행동에 영향을 미치는 동기가 뭔지 알아보기로 했다.

오두막집 사람들은 다음 날 해가 뜨기 전에 일어났다. 젊은 여자는 집을 치운 후에 음식을 준비했고, 남자는 첫 번째 식사를 마치고는 집을 나섰다.

그날도 전날과 똑같은 하루가 흘러갔다. 젊은 남자는 계속 밖에서 무슨 일인가를 했고, 여자는 안에서 이런저런 집안일을 했다. 노인이 앞을 못 본다는 사실은 얼마 지나지 않아 알게 되었는데, 그는 악기를 연주하며 시간을 보내거나 생각에 잠겨 있었다. 그 집의 두 젊은이가 덕망 있는 노인에게 보내는 사랑과 존경은 무엇과도 비할 수 없었다. 그들은 사랑과 존경으로 노인을 성심껏 보살폈고, 노인은 두 사람에게 인자한 미소로 답했다.

그들이 행복하기만 한 건 아니었다. 젊은 남자와 여자는 혼자 있을 때 종종 우는 것 같았다. 그들이 불행한 이유를 나는 알 수 없었지만, 그 모습에 나도 가슴이 몹시 아팠다. 이렇게 사랑스러운 사람들이 불행하다면 나처럼 불완전하고 고독한 존재가 비참한 건 이상할 게 없는 노릇이었지. 그렇더라도 이 다정한 사람들은 왜 불행한 걸까? 그들은 근사한 집에 살았고 (내 눈에는 그렇게 보였으니까.) 모든 걸 다 갖추고 있었는데. 추운 몸을 따뜻하게 해 주는 불이 있었고, 배가 고프면 먹을 맛있는 음식이 있었고, 멋진 옷도 입었고, 더구나 함께 얘기를 나누면서 다정하고 사랑스러운 표정을 주고받을 가족이 있었다. 그들의 눈물은 뭘 의미하는 걸까? 그건 정말 고통의 표현인 걸까? 처음에는 이 의문을 풀 수 없었다. 하지만 오랜 시간 동안 지속적인 관심을 기울이다 보니 처음에 수수께끼처럼 보였던 많은 상황을 이해하게 되었다.

이 다정한 가족에게 불안을 안겨 주는 한 가지 원인을 알아내기까지는 적잖은 시간이 걸렸다. 그건 가난이었다. 그 불운은 매우 비참할 정도로 그들을 괴롭혔다. 그들이 먹는 것이라곤 텃밭에서 뽑아 오는 채소와 한 마리뿐인 소에게서 나오는 우유가 전부였는데, 겨울이어서 소에게 먹일 게 충분치 않다 보니 우유 양도 적었다. 그들은 극심한 굶주림에 시달릴 때가 많았고, 특히 젊은 두 사람은 노인에게 식사를 차려 주면서도 자신들은 먹지 않을 때가 한두 번이 아니었다.

그들의 이런 친절한 행동은 무척 감동적이었다. 그 전까지는 밤에 부엌 찬장에서 먹을 걸 훔쳐 오곤 했는데, 나의 그런 행동이 이 집 사람들을 힘들게 한다는 걸 안 후로는 당장 그만뒀고, 인근의 숲에서 얻을 수 있는 나무 열매와 호두, 뿌리 등으로 배를 채웠다.

그들의 일을 도와줄 수 있는 또 다른 방법도 발견했다. 젊은 남자가 매일 땔감을 구하느라 많은 시간을 보낸다는 걸 알고는 밤에 그의 연장을 가져다가 재빨리 사용법을 터득한 후 며칠을 두고 쓰기에 충분한 땔감을 쌓아 놓곤 했다.

그 일을 처음 했던 날이 기억나는군. 아침에 문을 열고 밖으로 나왔다가 땔감으로 쓸 나무가 잔뜩 쌓여 있는 걸 본 여자는 깜짝 놀란 표정이었다. 그녀가 외치는 소리에 젊은 남자가 나오더니 똑같이 놀란 표정을 지었다. 그날은 남자가 숲에 가지 않고 집을 수리하고 텃밭을 가꾸었고, 나는 그 모습을 흐뭇하게 지켜봤다.

나는 차츰 더 중요한 것들을 알게 되었다. 이들에게는 체계적인 소리로 경험과 감정을 소통하는 방법이 있다는 것이었지. 그들이 하는 말들이 때때로 듣는 이의 마음과 얼굴에 기쁨이나 고통, 미소 또는 슬픔을 불러내는 걸 알게 된 거야. 이건 그야말로 신에 버금가는 학문이었고, 그걸 터득하고 싶은 마음이 간절했다. 하지만 그 목적을 실현하기 위한 나의 시도는 번번이 실패로 돌아갔다. 그들의 말은 빨랐고, 말하는 단어와 보이는 물체 사이에 분명한 연관이 없으면 나로서는 수수께끼 같은 그 말의 뜻을 풀어낼 실마리를 발견할 수 없었으니까. 하지만 달의 주기가 몇 번이나 바뀌도록 헛간에 머물며 열심히 노력한 끝에 그들의 대화에 가장 빈번하게 등장하는 몇 가지 사물의 이름을 알게 됐다. 불, 우유, 빵, 나무 같은 말을 배우고 사용할 수 있게 된 거지. 그 집 사람들의 이름도 알게 됐다. 젊은 남자와 여자는 이름이 여러 개였지만 노인은 하나뿐이었고, 그건 아버지였다. 여자는 누이라거나 아가사라고 불렸고, 젊은 남자는 펠릭스, 오빠, 아니면 아들이었어. 이 소리들에 해당하는 뜻을 알아내고 그걸 발음하게 됐을 때 내가 느꼈던 기쁨은 뭐라 표현할 수 없다. 아직 이해하거나 적용할 수는 없어도 구분이 가능한 단어도 몇 가지 있었는데, 이를테면 좋다, 아끼다, 불행하다 같은 것들이었지.

그해 겨울은 이렇게 지나갔다. 나는 온화하고 선량한 그 집 사람들을 무척 아끼게 되었다. 그들이 불행하면 나도 우울했고, 그들이 즐거워하면 그 기쁨을 함께 느꼈다. 그들 말고 다른 사람들은 거의 보지 못했다. 어쩌다 다른 사람들이 그 집에 오더라도 거친 행동이며 천박한 걸음걸이 때문에 내 친구들의 탁월한 자질이 더 돋보일 뿐이었다. 노인은 자식들에게 힘을 주려고 애쓴다는 걸 알 수 있었고, 가끔은 우울한 기분을 풀어 주기 위해 일부러 그들을 부르는 것 같기도 했다. 그가 명랑한 말투로 얘기하면서 인자한 표정을 지으면 나까지 기분이 밝아졌지. 아가사는 존중하는 마음으로 귀를 기울였고, 이따금 눈물을 글썽였지만 아무도 모르게 닦아 내려 하더군. 그래도 아버지가 그렇게 격려해 주면 대체로 표정이며 말투가 한결 환해지는 걸 알 수 있었다. 그런데 펠릭스는 그렇지 않았다. 그는 언제나 이 집에서 가장 슬픈 사람이었지. 잘 모르는 내가 보기에도 그는 다른 가족보다 더 걱정이 많은 것처럼 보였다. 하지만 슬퍼 보이는 표정과 달리 목소리는 동생보다 더 명랑했는데, 노인과 말을 할 때면 특히 더 그랬다.

비록 사소한 것들이지만, 이 집 사람들의 상냥한 품성을 보여 주는 사례는 수도 없이 말해 줄 수 있다. 몹시 가난한 생활 속에서도 펠릭스는 작고 흰 꽃이 눈 덮인 땅에서 고개를 내밀자마자 기쁜 마음으로 동생을 위해 그걸 꺾어 왔다. 동생보다 먼저 일어나서 외양간까지 가는 길의 눈을 깨끗이 쓸고, 우물에서 물을 길어다 놓았다. 보이지 않는 손이 늘 나무를 채워 놔서 끝없는 놀라움을 안겨 주는 창고에서 땔감도 가져왔어. 낮에는 이따금 이웃 농장에서 일을 하는 것 같았는데, 나갔다가 저녁 먹을 무렵에야 들어오면서도 나무를 해 오지 않을 때가 많았거든. 또 어떨 때는 텃밭에서 일을 하기도 했지만, 혹한기에는 할 일이 별로 없어서 노인과 아가사에게 책을 읽어 주었다.

책 읽는 소리를 처음 들었을 땐 정말 어리둥절했지만 차츰 그가 읽을 때나 말을 할 때나 같은 소리를 많이 낸다는 걸 알게 되었지. 그렇다면 알고 있는 말의 기호를 종이에서 찾아내는 것이라고 추측했고, 그 방법을 너무나 배우고 싶었다. 하지만 기호의 소리도 이해하지 못하는 주제에 그게 될 말인가? 언어라는 이 기술에서 실력이 많이 늘긴 했지만, 아무리 안간힘을 써도 대화를 온전히 이해하기에는 충분하지 않았다. 이 집 사람들에게 나를 드러내고 싶은 마음이 간절했는데, 그런 시도를 하려면 먼저 그들의 언어에 통달해야 한다는 걸 잘 알았지. 언어를 완전히 터득하면 흉측한 내 외모를 무시하게 만들 수 있을지도 모른다고 생각했다. 나의 흉측함을 인식하게 된 건 끊임없이 눈으로 확인되는 대조적인 외모 때문이었다.

내가 머물고 있는 그 집 사람들의 완벽한 외모는 감탄스러웠다. 그들의 우아함, 아름다움, 섬세한 이목구비까지. 그런데 맑은 웅덩이에 비친 내 모습은 어찌나 끔찍하던지! 처음에는 거울 같은 물에 비친 내 모습이 정말로 나라는 걸 믿을 수 없어서 흠칫 뒤로 물러나기도 했다. 그리고 실제로 내가 괴물이라는 걸 확인했을 때는 쓰디쓴 절망과 굴욕으로 가슴이 무너지는 것 같았다. 맙소사! 하지만 이 참담하고 흉측한 외모가 어떤 치명적인 결과로 이어질지 그때는 온전히 알지 못했다.

해는 점점 더 따뜻해지고 날이 길어지면서 눈이 녹아 사라졌고, 앙상한 나무들과 시커먼 흙이 드러났다. 이때부터 펠릭스는 더 바빠졌고, 눈앞에 닥친 굶주림을 말해 주는 가슴 아픈 상황도 자취를 감추었다. 나중에 알게 된 것이지만, 그들의 음식은 거칠었어도 건강했고, 충분히 구할 수 있는 것이었다. 그들이 갈아엎은 텃밭에 처음 보는 이런저런 식물들이 돋아났고, 봄이 무르익을수록 이렇게 편안한 조짐들은 늘어났다.

비가 오지 않는 날이면 노인은 매일 정오 무렵에 아들의 부축을 받으며 산책을 했다. 하늘에서 물이 쏟아지는 걸 비라고 부른다지. 비는 꽤 자주 내렸지만, 세찬 바람에 땅이 금세 말랐고, 봄은 지난 계절에 비해 훨씬 상쾌했다.

헛간에서의 내 생활은 일정했다. 아침에는 이 집 사람들을 지켜보다가 그들이 이런저런 일을 하기 위해 흩어지면 잠을 잤고, 그 이후의 시간도 내 친구들을 지켜보면서 보냈다. 그들이 자러 간 후에는 달이 뜨거나 별이 밝으면 숲으로 가서 내가 먹을 음식도 구하고 그들을 위한 나무를 해 왔다. 돌아와서는 필요에 따라 그들이 다니는 길에 쌓인 눈을 치우거나 펠릭스가 하는 걸 봤던 이런저런 일들을 했다. 보이지 않는 누군가가 이런 일들을 해치운 걸 보고 그들이 깜짝 놀랐다는 건 나중에 알게 됐지. 한두 번인가는 그들이 요정을 들먹이며 멋지다고 말하는 소리를 들었지만, 그 말들이 무슨 뜻인지 그때는 알지 못했다.

이제 사고 능력이 더 활발해지면서 이 사랑스러운 존재들의 동기와 감정을 알고 싶은 마음이 간절해졌다. 펠릭스가 왜 그렇게 불행해 보이고 아가사는 또 왜 슬퍼 보이는지 알아내고 싶었지. 행복해야 마땅한 이들의 행복을 내가 되찾아 줄 수 있다고 생각했다. (멍청한 놈 같으니!) 잠을 자거나 멍하니 앉아 있을 때면 인자한 맹인 아버지와 다정한 아가사, 그리고 근사한 펠릭스의 모습이 눈앞에 아른거렸다. 그들을 나보다 월등한 존재, 내 미래의 운명을 좌우할 수 있는 사람들로 여겼던 거야. 상상 속에서 그들 앞에 모습을 드러내고 그들이 나를 받아들이는 상황을 천 번쯤 그려 봤다. 그들도 혐오스러워할 테지만, 상냥한 태도와 친절한 말로 그들의 마음을 사면 나중에는 나를 사랑해 줄 거라고 상상했다.

이런 생각으로 몹시 들뜬 나는 새로운 열정으로 언어라는 기술을 익히기 위

해 노력했다. 내 발성 기관들은 상당히 거칠었지만 유연했다. 내 목소리가 부드러운 음악 같은 그들의 음색과 사뭇 다르기는 했어도, 내가 이해하는 단어들은 제법 쉽게 발음할 수 있었다. 말하자면 당나귀와 강아지의 우화주인에게 예쁨받는 강아지를 보고 당나귀가 그 행동을 따라 했다가 혼났다는 이야기와 비슷했지. 하지만 비록 무례했더라도 사랑에서 비롯된 행동인데 그 다정한 당나귀가 꼭 그렇게 몽둥이찜질을 당하고 욕을 먹었어야 했을까. 그보다는 나은 대우를 받을 자격이 있지 않았을까.

봄의 상쾌한 소나기와 온화한 기운에 대지의 모습은 완전히 달라졌다. 이런

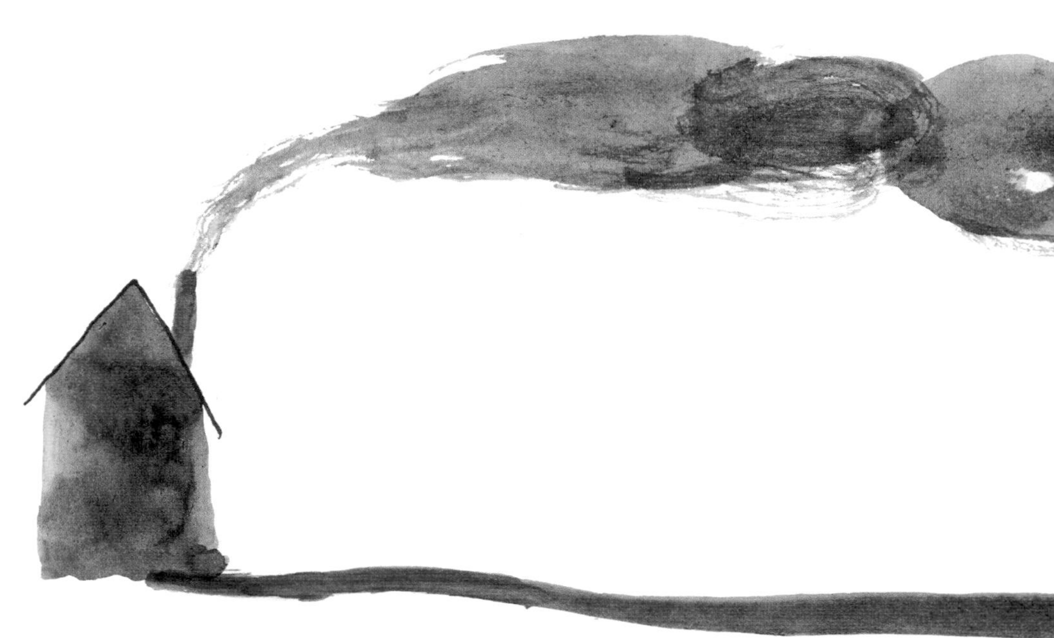

변화가 일어나자 동굴에 숨어서 나오지 않는 것 같았던 인간들이 여기저기서 모습을 드러냈고, 다양한 방법으로 농사를 짓기 시작했다. 새들은 더 명랑하게 노래를 불렀고, 나무에는 새순이 돋기 시작했다. 행복하고 또 행복한 대지! 불과 얼마 전까지도 황량하고 축축하고 병든 것처럼 보였던 대지가 이제는 신들이 머물기에도 부족함이 없는 곳으로 변했다! 자연의 이런 매혹적인 모습에 내 마음도 들떴다. 과거는 내 기억에서 지워졌고, 현재는 평온했으며, 미래는 희망의 밝은 빛과 즐거운 기대로 반짝였다.

◆ ◆ ◆

5

이제 내 이야기에서 심금을 울리는 부분으로 서둘러 넘어가자. 과거의 나를 지금의 나로 만들게 된 감정들을 각인시킨 사건들에 대해 말해 주지.

봄이 완연해져서 날은 쾌청하고 하늘은 구름 한 점 없이 맑았다. 얼마 전까지 아무도 돌보지 않았던 우울한 땅에 아름다운 꽃들이 활짝 피어나고 신록이 푸르른 모습은 정말 놀라웠다. 온갖 달콤한 향기와 아름다운 풍경에 내 감각도 기쁘고 상쾌해졌다.

그 무렵이었다. 이 집 사람들이 이따금 일손을 놓고 쉬는 그런 때였는데(노인은 기타를 연주하고 남매는 그걸 들으면서) 펠릭스의 표정이 유난히 침울해 보였다. 그가 자꾸 한숨을 쉬자 한 번은 노인이 연주를 멈췄다. 그런 행동으로 아들에게 왜 슬퍼하느냐고 묻는 것 같았다. 펠릭스는 씩씩한 목소리로 대답했고, 노인이 다시 연주를 시작하려는데 누가 문을 두드렸다.

말을 탄 숙녀와 그를 안내하는 어느 시골 사람이었다. 여자는 검은색 옷을 입고 두꺼운 검은 베일을 드리웠더군. 아가사가 뭐라고 묻자 그 손님은 달콤한 억양으로 펠릭스의 이름만을 얘기했다. 마치 노래를 부르는 것 같은 여자의 목소리는 내 친구들의 말소리와 달랐다. 여자의 목소리를 들은 펠릭스가 급히 달려갔고, 그를 본 여자는 베일을 젖혔는데, 그 얼굴에 어린 표정은 천사처럼 아름다웠다. 검고 윤이 나는 머리를 특이하게 땋아 내렸고, 눈동자는 검은색이었지만 다정하고 생기가 넘쳤다. 이목구비가 반듯하고 놀랍도록 하얀 피부에 분홍빛이 도는 두 뺨이 얼마나 사랑스럽던지.

펠릭스는 그녀를 보자 기뻐서 어쩔 줄 몰랐고, 얼굴에 드리웠던 슬픔의 기색은 온데간데없이 순식간에 환희에 넘쳤다. 그게 어떻게 가능한지 믿기지 않을 정도였다. 눈에서 빛이 나고 뺨이 기쁨으로 달아오른 그도 낯선 여자만큼이나 아름다워 보였다. 여자는 다른 감정에 휩싸였는지 사랑스러운 눈에서 방울져 흐르는 눈물을 닦아 냈다. 펠릭스는 그녀가 내민 손에 열렬하게 입을 맞추고는 그녀의 이름을 불렀는데, 내가 듣기로는 내 사랑하는 아라비아 여인이라고 부르는 것 같더군. 그녀는 그의 말을 알아듣는 것 같지 않았지만, 어쨌든 미소를 지었다. 그는 여자가 말에서 내리는 걸 도와주었고, 안내해 준 사람을 돌려보낸 다음 여자를 집 안으로 데리고 들어왔다. 그는 아버지와 잠시 얘기를 나눴고, 낯선 여인이 노인의 발치에 무릎을 꿇고 손에 입을 맞추자, 노인은 여자를 일으켜서 다정하게 안아 주었다.

낯선 여자는 분명한 소리로 말했는데 색다른 언어를 쓰는 것처럼 보였다. 오두막 사람들은 그녀의 말을 이해하지 못하고 그녀 또한 이들의 말을 이해하지 못한다는 걸 금세 알 수 있었다. 그들이 주고받는 몸짓을 이해할 수는 없었어도, 그녀의 존재만으로 오두막에 기쁨이 가득하고, 태양이 아침 안개를 흩어지게 하듯이 그들의 슬픔을 몰아낸다는 건 분명했다. 특히 펠릭스가 행복해 보였고, 기쁨에 겨운 미소로 아라비아 여인을 맞았다. 언제나 상냥한 아가사는 이 사랑스러운 이방인의 손에 입을 맞췄고, 오빠를 가리키면서 이런저런 몸짓을 해 보였는데, 내가 이해하기로는 그녀가 오기 전까지 그가 슬픔에 잠겨 있었다는 얘기 같더군. 그렇게 몇 시간이 흐르는 동안 그들의 표정에는 기쁨이 가득했지만, 나는 그 이유를 알 수 없었다. 이윽고 이방인이 그들을 따라 어떤 소리를 반복하는 걸 보고 그녀가 그들의 언어를 배우고 있다는 걸 알게 되었고, 그 순간 나도 같이 배운다면 같은 결과를 얻겠다는 생각이 들었다. 이방인은 첫 수업에서 스무 개가량의 단어를 배웠는데, 대부분은 내가 이미 알고 있었던 것들이지만 그 외의 말들은 덕분에 나도 새로 배울 수 있었지.

밤이 되자 아가사와 아라비아 여인은 일찍 잠자리에 들었다. 펠릭스는 헤어지면서 여인의 손에 입을 맞추며 말하더군. “잘 자요, 어여쁜 사피.” 그는 조금 더 남아 아버지와 얘기를 나눴는데 여인의 이름이 자주 나온 것으로 보아 그들의 사랑스러운 손님에 대해 얘기를 나누는 모양이었다. 그들의 얘기를 알아듣고 싶은 마음이 간절해서 내가 가진 모든 능력을 기울였지만, 도저히 들을 수가 없었다.

다음 날 아침 펠릭스는 일을 하러 나갔고, 아가사가 평소에 하던 일을 마치자 아라비아 여인은 노인의 발치에 앉아 그의 기타를 들고 연주를 했는데, 어찌나 매혹적이고 아름답던지 내 눈에서는 슬픔과 기쁨의 눈물이 흘러내렸다. 그녀는 노래를 불렀는데, 숲속의 밤꾀꼬리처럼 오르내리는 목소리에 풍성한 리듬을 실어 내더군.

노래를 마친 그녀가 기타를 건네자 처음에는 사양하던 아가사도 단순한 곡조를 연주했다. 목소리는 달콤했지만, 이방인의 황홀한 가락과는 달랐다. 노인이 감탄하며 무슨 말인가를 했고, 아가사가 그걸 열심히 사피에게 설명했는데, 사피의 노래가 크나큰 기쁨을 안겨 주었다는 말을 하려는 것 같았다.

예전처럼 평화로운 나날이었지만, 한 가지 다른 점이라면 내 친구들의 슬픈 표정이 기쁨으로 바뀌었다는 것이었지. 사피는 늘 명랑하고 행복했다. 그녀와 나의 말은 빠르게 늘었고, 두 달이 지나자 나는 보호자들이 하는 말을 거의 대부분 이해하기 시작했다.

그러는 사이에 검은 땅이 온갖 풀로 뒤덮였고, 푸른 강둑에는 향기롭고 아름다운 꽃들이 흐드러지게 피어났으며, 달빛이 비치는 숲에는 창백한 별들이 걸렸다. 해는 더 따뜻해졌고 밤은 맑고 상쾌했다. 해가 늦게 지고 일찍 뜨는 바람에 상당히 짧아지긴 했어도 밤나들이는 무척 즐거웠다. 처음 이 마을에 들어오면서 당했던 걸 또다시 겪게 될까 두려웠던 터라 차마 낮에는 나갈 엄두를 내지 못했다.

언어를 더 빨리 익힐 수 있도록 하루 종일 그 집 사람들을 유심히 관찰했다. 덕분에 아라비아 여인보다 더 빨리 실력이 늘었다고 자부한다. 그녀는 말을 잘 알아듣지 못하고 떠듬거렸지만, 나는 들리는 말을 전부 이해하면서 거의 대부분 따라 할 수 있었거든.

말이 느는 동안 아라비아 여인이 배우는 걸 보면서 글자도 익혔다. 그러자 경이와 기쁨의 드넓은 벌판이 내 앞에 펼쳐지는 것 같았다.

펠릭스가 사피를 가르치는 데 사용한 책은 볼네의 《제국의 몰락》이었다. 펠릭스가 책을 읽으면서 자세한 설명을 곁들이지 않았다면 그 책의 의미를 이해하지 못했을 것이다. 그는 동양의 작가들을 모방한 웅변조의 문체 때문에 이 책을 선택했다고 말하더군. 이 책을 통해 나는 피상적이나마 역사 지식을 얻었고, 현재 남아 있는 몇몇 제국을 바라보는 시각도 갖추게 되었다. 여러 나라의 풍습과 통치, 종교에 대한 통찰력도 갖게 되었지. 무기력한 아시아의 부족들, 그리스의 놀라운 천재성과 지적인 활동, 초기 로마의 전쟁과 탁월한 미덕, 그리고 그 이후의 타락과 막강한 제국의 쇠퇴, 기사도와 기독교, 왕들에 대한 이야기를 들었다. 아메리카 대륙의 발견에 대한 얘기를 들었고, 원주민의 불운에는 사피와 함께 눈물을 흘렸다.

이 놀라운 얘기를 듣자니 묘한 감정이 솟구쳤다. 인간은 그토록 강력하고 고결하고 당당하면서도 동시에 그토록 사악하고 저열한 존재인 건가? 어떤 때는 악의 자손에 불과한 것처럼 보이는 인간이 또 어떤 때는 고귀하고 신과 같은 존재로 여겨지기도 했다. 감수성이 뛰어난 사람에겐 위대하고 덕망 높은 존재가 되는 것이 최고의 영예인 것 같았다. 역사의 많은 기록이 보여 주듯이, 저열하고 사악한 인간이 되는 것은 최악의 타락, 눈먼 두더지나 미약한 벌레보다도 못한 존재로 보였다. 나는 인간이 어떻게 같은 동족을 살해할 수 있는지, 아니 심지어 법과 통치 같은 게 존재하는 이유가 뭔지 한동안 이해할 수 없었다. 하지만 악행과 살육에 대해 자세히 듣고 나니 의구심이 사라졌고, 구역질이 나고 역겨워서 고개를 돌리고 말았다.

오두막 사람들의 대화를 들을 때마다 나는 새로운 경이로움에 눈을 떴다. 펠릭스가 아라비아 여인에게 가르쳐 주는 내용을 들으면서 인간 사회의 희한한 체계를 이해할 수 있었고, 부의 분배, 엄청난 부와 비참한 빈곤에 대해, 계급과 혈통, 귀족 가문에 대해서도 들었다.

그런 얘기들을 들으면서 나 자신을 돌아봤다. 듣자니 당신네 인간들이 가장 우러러보는 것은 부귀하고 순수한 혈통이라더군. 그중에 하나라도 있으면 존경을 받지만, 아무것도 없으면 아주 드문 경우를 제외하고는 부랑자나 노예 취급을 받으면서 선택된 소수의 이익을 위해 재능을 허비해야 하는 운명에 처하게 된다지. 그러면 나는 뭘까? 내가 어떻게 만들어졌는지, 또 나를 만든 사람이 누구인지도 전혀 몰랐지만, 돈이라곤 한 푼도 없고 친구도 없으며 뭐 하나 가진 게 없다는 건 확실히 알고 있었다. 게다가 나는 추악하게 일그러지고 구역질 나는 모습이었어. 성질도 인간과 달랐다. 나는 그들보다 재빠르고, 훨씬 거친 음식을 먹고도 살 수 있거든. 극한의 더위와 추위에도 별 무리 없이 잘 버티고, 인간들보다 월등한 몸집을 지녔어. 주변에 찾아봐도 나 같은 사람은 보지 못했고, 들어 본 적도 없었다. 그렇다면 나는 괴물, 인간들이라면 마땅히 도망치고 멀리해야 하는 지상의 오점인 걸까?

이런 상념이 내게 안겨 준 번민은 차마 말로 표현할 수 없다. 머릿속에서 떨쳐 내려 했지만 아는 게 늘어날수록 슬픔은 깊어졌다. 아, 차라리 처음의 그 숲을 떠나지 말 것을, 그저 허기와 갈증과 더위 말고는 아무것도 더 알거나 느끼지 말 것을!

지식이란 얼마나 희한한 것인지! 일단 얻게 되면 바위에 붙은 이끼처럼 정신에 들러붙으니. 가끔은 모든 생각과 감정을 털어 버리고 싶었다. 하지만 고통이라는 감정을 극복할 방법은 하나뿐이고, 그게 죽음이라는 걸 알게 되었다. 나는 죽음이라는 상태가 두려우면서도 이해할 수 없었다. 오두막 사람들의 미덕과 선한 감정을 우러러보고 다정한 태도와 상냥한 기질을 사랑했지만, 눈에 띄거나 드러날 염려가 없을 때 그저 몰래 훔쳐보는 것 외에는 그들과 어떤 교감을 나눌 길이 없었는데, 그럴수록 그들과 어울리고 싶은 욕망이 충족되기보다 더 커져만 갔다. 아가사의 다정한 말들, 매력적인 아라비아 여인의 환한 미소는 나를 위한 것이 아니었다. 노인의 따뜻한 격려, 모두의 사랑을 받는 펠릭스의 생생한 대화 또한 나를 위한 것이 아니었다. 비참하고 불행한 놈!

다른 가르침은 마음에 더 깊이 새겼다. 남녀의 차이, 아이의 탄생과 성장에 대해 들었고, 아버지가 갓 태어난 아기의 미소와 커 가는 자녀들의 장난을 보며 기뻐한다는 걸 들었으며, 생명을 낳고 돌보는 어머니의 의무가 얼마나 고귀한지, 젊은이들이 어떻게 지식을 흡수하며 정신을 확장하는지, 형제자매와 그 밖에 서로를 이어 주는 다양한 인간관계가 어떠한지 대해서도 들었다.

하지만 내 가족과 친척은 어디 있단 말인가? 내겐 태어났을 때 지켜봐 준 아버지도, 웃으며 보살펴 준 어머니도 없었다. 아니, 설사 있었더라도 내 모든 과거는 한 점의 얼룩, 아무것도 구분할 수 없는 어두운 공백일 뿐이다. 기억에 남아 있는 최초의 순간부터 나는 지금의 키와 체구를 지니고 있었다. 나를 닮은 사람도, 나와 교류를 원하는 사람도 만나 본 적이 없다. 대체 나는 뭐란 말인가? 이 질문이 또다시 떠올랐지만 괴로운 신음 소리 말고는 할 수 있는 대답이 없었다.

이 감정들을 어떻게 처리했는지에 대해서는 이제 곧 설명하겠으나, 그 전에 오두막 얘기로 다시 돌아가 보자. 그들의 이야기는 내게 분노와 기쁨, 경이로움까지 다양한 감정을 불러일으켰지만, 그 모든 것은 결국 내 보호자들(나는 순진하게도, 그리고 어느 정도는 고통스러운 자기기만으로, 그들을 보호자라고 부르곤 했다.)에 대한 사랑과 존경을 더해 줬다.

◆ ◆ ◆

내 친구들이 살아온 이력을 알게 된 건 한참이 지나서였다. 흥미롭고 놀라운 여러 가지 상황 속에서 펼쳐진 그 이야기는 세상 경험이라곤 없는 나 같은 놈에게 깊은 감명을 줄 수밖에 없었다.

노인의 이름은 드라세였다. 프랑스 명문가의 자손인 그는 오랫동안 풍족하게 살면서 윗사람들에겐 인정을 받고 동료들에게서는 사랑을 받았다. 그의 아들은 공직에 나갈 준비를 했고, 아가사는 지체 높은 숙녀들과 어울렸다. 내가 그 오두막에 도착하기 몇 달 전까지도 그들은 파리라는 크고 화려한 도시에서 친구들과 어울리며 넉넉한 재산과 함께 미덕이나 높은 지성, 또는 취향이 허용하는 모든 즐거움을 누렸다더군.

그들이 몰락하게 된 원인은 사피의 아버지였다. 그는 터키의 상인이었는데, 여러 해 동안 파리에 거주하면서 나는 알아낼 수 없었던 무슨 이유 때문에 정부의 눈 밖에 났다. 사피가 아버지를 만나러 콘스탄티노플에서 찾아온 바로 그날, 상인은 체포되어 감옥에 갇혔고 재판에서 사형 선고를 받았다. 노골적일 만큼 부당한 판결에 파리 전체가 분노했다. 그의 혐의보다는 종교와 재산 때문에 나온 판결이라는 게 사람들의 생각이었다.

재판을 보러 갔던 펠릭스는 법원의 결정을 듣고 경악과 분노를 참을 수 없었다. 그 자리에서 상인을 구하겠다고 엄숙하게 다짐한 그는 방법을 강구했다. 감옥의 출입 허가를 받아 내려는 시도가 몇 번이나 무산된 후 튼튼한 쇠창살이 달린 창문에 보초가 없는 걸 알게 되었는데, 바로 그 불운한 이슬람교도의 감방에 빛을 비춰 주는 창문이었다. 사슬에 묶인 이슬람교도는 절망 속에서 잔인한 판결의 집행을 기다리고 있었지. 펠릭스는 밤에 그 창문 앞으로 가서 구해 주겠다는 뜻을 전했다. 터키 상인은 놀랍고 기쁜 마음에 보상과 돈을 약속하며 구원자의 열의를 부추기려 했다. 펠릭스는 그 제안이 모욕적이라는 듯이 거절했지만, 아버지를 면회하러 온 아름다운 사피가 몸짓으로 감사를 표하자 자신의 노력과 위험을 충분히 보상해 줄 보물이 죄수의 수중에 있다는 걸 인정하지 않을 수 없었다.

터키 상인은 자신의 딸이 펠릭스의 마음을 사로잡았다는 사실을 단번에 알아차렸고, 안전한 곳으로 빠져나가는 즉시 자신의 딸과 결혼시켜 주겠다고 약속하며 펠릭스를 더 단단히 붙들었다. 신중한 펠릭스는 그 제안을 덥석 받아들이지는 않았지만, 만약 그렇게 된다면 더없이 행복할 거라고 기대했지.

이후 며칠 동안 상인을 탈출시킬 준비를 하던 펠릭스는 사랑스러운 여인이 보낸 몇 통의 편지에 열정이 달아올랐다. 그녀가 아버지의 하인이었던 노인의 도움을 받아 연인의 언어인 프랑스어로 자신의 생각을 전해 온 것이다. 그녀는 아버지를 도와주려는 펠릭스를 향해 더없이 뜨거운 표현으로 감사를 전하는 동시에 자신의 운명을 은근히 한탄했다.

그 편지들을 내가 가지고 있다. 헛간에 머무는 동안 글을 써 볼 방법을 찾다가 펠릭스나 아가사가 이 편지를 종종 손에 들고 있는 걸 봤지. 떠나기 전에 내 이야기가 진실이라는 증거로 당신에게 주겠다. 하지만 어느새 해가 저물고 있으니 요점만을 간추려서 말해야겠군.

사피는 자기 어머니가 아랍인이면서 기독교 신자여서 터키인에게 붙잡혀 노예가 되었는데, 아름다운 외모 덕분에 사피 아버지의 마음을 사로잡아 결혼을 했다고 말했다. 여자는 어머니를 대단히 높이 평가했는데, 자유인으로 태어난 어머니는 자신을 옭아맨 속박을 못 견뎌 했다고 한다. 그러면서 딸에게 자신이 믿는 종교의 교리를 가르치고, 지성과 자유로운 사고를 갖도록 일렀다. 이슬람교에서는 여자에게 허락하지 않는 것들이었지. 어머니가 돌아가신 후에도 사피는 그 가르침을 마음에 새겼다. 이렇게 원대한 이상과 고귀한 미덕에 익숙해진 마당에 자신의 영혼과 기질에 맞지 않는 동양으로 되돌아가 하렘이슬람 국가에서 부인들이 지내는 방의 울타리에 갇힌 채 무료한 오락을 즐기며 지낼 생각을 하니 속이 상했다. 그녀는 기독교인과 결혼해서 여자들이 사회적으로 인정받는 나라에 머물겠다는 꿈을 품었다.

터키 상인의 사형 집행 날짜가 정해졌지만, 그는 전날 밤에 탈옥해서 아침이 밝기 전에 파리를 떠나 멀리 달아났다. 펠릭스는 자신과 아버지, 그리고 동생의 이름으로 여권을 마련해 두었다. 미리 계획을 들은 아버지는 여행을 간다는 구실로 딸과 함께 집을 떠나 파리의 조용한 지역에 숨어 있었다. 펠릭스는 도망

자들을 데리고 프랑스를 가로질러 리옹으로, 몽세니를 넘어 리보르노까지 갔고, 그곳에서 상인은 터키로 들어갈 적당한 때를 기다리기로 했다.

사피는 그때까지 아버지와 함께 있기로 했고, 상인은 떠나기 전에 생명의 은인에게 딸과 결혼시켜 주겠다고 거듭 약속했다. 펠릭스는 그걸 기대하며 그들과 함께 머물렀다. 그러는 동안 그는 순수하면서도 다정한 애정을 드러내는 아라비아의 여인과 즐거운 시간을 보냈다. 두 사람은 통역사를 두고 대화를 나눴고, 때로는 표정으로 마음을 주고받았다. 그리고 사피는 천상의 곡조 같은 고향의 노래를 불러 주었다.

터키 상인은 두 사람이 가까워지도록 허용하며 연인들의 희망을 부추기면서도 마음속에는 다른 계획을 품었다. 자신의 딸이 기독교인과 결혼한다는 생각이 못마땅했지만, 내키지 않는 기미를 보였다간 펠릭스가 앙심을 품을까 두려웠던 거다. 아직은 자신의 목숨이 펠릭스의 손에 달렸고, 마음만 먹으면 그들이 머물고 있던 이탈리아 당국에 자신을 고발할 수도 있었으니까. 상인은 더 이상 그럴 필요가 없어질 때까지 그를 속이기 위해 온갖 방법을 궁리했고, 떠날 때 몰래 딸을 데리고 갈 계획을 세웠다. 때마침 파리에서 들려온 소식으로 그의 계획은 아주 수월해졌다.

죄수의 탈옥 사건에 분개한 프랑스 정부는 조력자를 찾아내서 처벌하기 위해 수단과 방법을 가리지 않았다. 펠릭스의 음모는 금세 밝혀졌고, 드라세와 아가사는 투옥되었다. 그 소식이 펠릭스의 귀에 전해졌고, 그는 달콤한 꿈에서 깨어났다. 자신이 자유의 공기를 마시며 사랑하는 여인과 함께 있을 때 앞이 보이지 않는 연로한 아버지와 착한 누이가 더러운 지하 감옥에 있다는 걸 알게 됐으니. 그 생각에 그는 몹시 괴로웠다. 그는 곧바로 터키 상인과 의논했다. 상인은 펠릭스가 이탈리아로 돌아오기 전에 적당한 탈출 기회가 생길 경우, 사피를 리보르노의 수녀원에 맡기고 떠나기로 합의를 봤지. 사랑하는 아라비아 여인을 남겨 놓고 서둘러 파리로 간 그는 드라세와 아가사가 풀려나길 바라며 법의 처분에 자신을 맡겼다.

일은 생각대로 풀리지 않았다. 그들은 다섯 달이나 갇혀 있다가 재판을 받았다. 모든 재산을 몰수당했고 프랑스에서 영원히 추방되는 벌을 받은 것이다.

그들은 독일의 허름한 오두막에 지낼 곳을 마련했는데, 내가 그들을 만난 게 바로 그곳이었다. 터키 상인 때문에 가족들까지 극심한 고초를 겪게 되었건만, 교활한 터키인은 가난하고 무력해진 펠릭스의 처지를 알고 신의와 명예를 저버렸다. 펠릭스는 그가 딸을 데리고 이탈리아를 떠났다는 사실을 알게 되었지. 생계에 보태라며 푼돈을 남겨 놓은 건 펠릭스의 말마따나 오히려 모욕이었다.

이런 일들로 인해 펠릭스는 몹시 상심했고, 내가 처음 그를 봤을 때 가족들 중에서 가장 비참해 보였던 것도 그 때문이었다. 가난은 견딜 수 있었고, 선행을 베푼 대가로 곤궁한 처지가 되었다면 차라리 영광으로 여겼을 터였다. 그러나 터키인의 배은망덕과 사랑하는 사피와의 이별은 돌이킬 수 없이 쓰라린 불행이었다. 그러던 차에 돌아온 아라비아 여인이 그의 영혼에 새로운 기운을 불어넣어 준 것이다.

펠릭스가 부와 신분을 모두 잃었다는 소식이 리보르노에 전해졌을 때 상인은 딸에게 이제 연인은 잊어버리고 자신을 따라 고향으로 돌아갈 준비를 하라고 말했다. 고결한 사피는 아버지의 지시에 분노했다. 아버지는 간곡한 딸의 부탁에도 위압적인 명령만을 되풀이한 채 화를 내며 나가 버렸다는군.

그런데 며칠 후에 터키 상인이 딸의 방에 들어와서 다급하게 말하길, 아무래도 리보르노에 머물고 있는 자신들의 은신처가 드러나 조만간 프랑스 정부로 넘겨질 것 같다는 것이었다. 그래서 콘스탄티노플까지 타고 갈 배를 구했으며 몇 시간 후에 출발할 예정이라고 말했다. 그는 딸을 충직한 하인에게 맡기고, 아직 리보르노에 도착하지 않은 상당한 규모의 재산을 챙겨서 여유 있게 따라오도록 했다.

혼자 남은 사피는 이 위급한 상황에서 어떻게 해야 할지 계획을 세웠다. 터키에서 사는 건 너무 싫었는데, 종교도 그렇고 정서도 맞지 않았기 때문이지. 자신의 수중에 들어온 아버지의 서류를 통해 연인이 추방되었다는 사실과 현재 그가 머물고 있는 곳의 지명을 알게 되었다. 한동안 망설이던 그녀는 마침내 결심을 굳혔다. 가지고 있던 보석과 약간의 돈을 챙긴 그녀는 리보르노 태생이지만 터키어를 할 줄 아는 사람을 한 명 구해서 이탈리아를 떠나 독일로 출발했다.

그녀는 드라세의 오두막에서 20리그쯤 떨어진 마을에 무사히 도착했는데, 그때 수행하던 사람이 위독한 병에 걸렸다. 사피는 지극정성으로 그녀를 간호했지만 불쌍한 여인은 끝내 숨을 거뒀다. 아라비아 여인은 말도 풍습도 완전히 다른 고장에 혼자 남겨졌다. 하지만 다행히 좋은 사람들을 만났다. 이탈리아 여인이 말하는 행선지를 들었던 여관의 안주인이 사피가 안전하게 연인의 오두막까지 갈 수 있도록 손을 써 준 것이다.

◆ ◆ ◆

7

여기까지가 내가 사랑한 오두막 사람들의 사연이다. 나는 깊은 감동을 받았다. 그 이야기에 담긴 세상살이의 관점에서 그들의 미덕을 칭송하고 인류의 악행을 비난하게 되었지.

이때까지는 범죄를 나하고는 거리가 먼 악으로 여겼지. 선행과 관용이 늘 눈앞에 펼쳐지면서, 칭송할 만한 성품이 무수히 등장하는 활기찬 무대에 배우로 올라가고 싶은 열망을 부추겼으니까. 하지만 내 지성이 어떻게 발전했는지 얘기하려면 같은 해 8월 초에 있었던 한 가지 사건을 빼놓을 수 없다.

어느 날 밤, 평소처럼 먹을 것을 구하고 보호자들을 위해 나무를 해 오는 가까운 숲에 갔더니 가죽 가방이 바닥에 놓여 있고, 그 안에 옷가지 몇 점과 책이 들어 있었다. 나는 얼른 그걸 챙겨서 헛간으로 가져왔다. 다행히 오두막에서 내가 배운 언어로 된 책들이더군. 《실낙원》과 《플루타르크 영웅전》 1권, 《젊은 베르테르의 슬픔》 같은 책들이었다. 이런 보물을 얻게 된 것이 어찌나 기쁘던지. 나는 친구들이 일과를 처리하는 동안 이런 책들을 읽으며 계속 공부를 했다.

이 책들이 내게 미친 영향은 뭐라 설명할 수가 없다. 무수히 많은 새로운 관념과 감정을 자아냈는데, 가끔은 환희를 안겨 주었지만 그보다는 깊은 절망으로 나를 내던질 때가 더 많았다. 《젊은 베르테르의 슬픔》은 단순하고 애절한 이야기가 흥미로운 것 말고도 너무나 많은 의견을 제시하고 그때까지 모호하기만 했던 주제를 명확하게 다뤄서, 읽다 보면 생각할 거리가 끊이지 않고 한없이 놀라웠다. 다른 대상을 향한 고상한 정서나 감정과 더불어 책에서 묘사하는 온화하고 유순한 태도들은 내가 보호자들을 통해 경험한 것, 가슴속에 늘

품어 왔던 소망과 완전히 일치했다. 하지만 베르테르는 그때까지 내가 봤거나 상상했던 그 누구보다 거룩한 존재라는 생각이 들더군. 성격에 가식이라곤 없고 몹시 침울했지. 죽음과 자살을 깊이 고찰한 부분은 내게 놀라움을 안겨 주었다. 그런 입장에 공감한다고는 말하지 않겠지만 그러면서도 주인공의 의견에는 마음이 기울었는데, 제대로 이해하지도 못하면서 그가 죽었을 때는 흐느껴 울었다.

책을 읽다 보니 등장인물에 나 자신의 감정과 상황을 대입해 보게 되더군. 내가 책에서 본 등장인물과 대화를 엿들었던 사람들은 나와 비슷하면서도 희한하게 달랐다. 그들에게 공감하고 부분적으로나마 그들을 이해했지만, 나는 정신적으로 미숙했다. 의지할 데라곤 없고, 핏줄도 없었지. "그것들로부터 벗어나는 길은 자유로웠고", 내가 죽어도 애석해할 사람이라곤 없었다. 외모는 흉측하고 체구는 거대한데, 이건 무슨 의미일까? 나는 누구일까? 나란 존재는 대체 뭐란 말인가? 어디서 와서 어디로 가는 거지? 이런 의문들이 계속해서 떠올랐지만, 내가 풀 수 없는 의문이었다.

내 손에 들어온 《플루타르크 영웅전》에는 고대 공화국을 처음 설립한 사람들의 이야기가 담겨 있었다. 이 책이 내게 미친 영향은 《젊은 베르테르의 슬픔》과는 전혀 달랐다. 베르테르의 상념은 의기소침하고 우울했는데, 플루타르크는 원대한 생각들을 가르쳐 주었다. 참담한 상념에 잠겨 있던 나를 일으켜 지나간 시절을 호령한 영웅들을 찬미하고 사랑하게 만들었다. 내 이해와 경험의 한계를 넘어선 내용들이 많았다. 왕국과 광활한 영토, 웅대한 강과 드넓은 바다에 대해서는 혼란스러우나마 알게 되었지만 도시와 많은 사람들이 모이는 집회 같은 건 전혀 몰랐다. 보호자들의 오두막이 내가 인간을 연구한 유일한 학교였는데, 이 책은 더 새롭고 강력한 장면들을 펼쳐 보였다. 대중을 이끌면서 통치하거나 종족을 학살하는 사람들의 이야기를 읽었다. 미덕에 대해서는 뜨거운 열정이 끓어올랐고 악행에 대해서는 혐오감을 느꼈는데, 나는 그 의미를 상대적으로 이해했고 즐거움과 고통에만 적용했다. 이런 감정들의 영향으로 나는 로물루스와 테세우스보다 누마와 솔론, 그리고 리쿠르고스처럼 평화를 사랑하는 입법자들을 더 존경하게 되었다. 내 보호자들의 존경스러운 삶은 이런 인상을 내 마음에 확고하게 새겨 넣었는데, 만약 명예와 대량 학살의 의지를 지닌 젊은 군인을 통해 처음 인간을 접했다면 전혀 다른 정서에 물들었겠지.

하지만 《실낙원》은 또 다른, 그리고 더 깊은 감정을 불러일으켰다. 나는 그걸 내 손에 들어온 다른 책들처럼 진짜 일어났던 일이라고 생각하며 읽었다. 온갖 경이와 경외의 감정이 소용돌이쳤고, 전지전능한 신이 피조물과 싸우는 장면은 흥미진진했다. 몇몇 부분은 여러 번 들춰 봤는데, 내 상황과 너무나 비슷하다고 여겨졌기 때문이다. 아담처럼 나 역시 기존의 어떤 존재와도 관련 없이 만들어졌으니까. 하지만 다른 모든 면에서 그와 내 처지는 하늘과 땅 차이였지. 그는 신의 손에서 완벽한 피조물로 탄생했고, 창조주의 특별한 배려와 보호 속에서 행복하고 평온하게 살았다. 월등한 존재들과 대화하며 지식을 얻을 수도 있었지. 하지만 나는 도와줄 사람이라고는 하나도 없는 비참한 외톨이였다. 내 처지에는 차라리 사탄이 더 어울리겠다는 생각을 수없이 했다. 내 보호자들의 행복한 모습을 볼 때면 씁쓸한 질투심이 솟구칠 때가 많았거든.

이런 감정을 확고하게 다지게 된 또 다른 계기가 있었다. 헛간에 숨어든 지 얼마 되지 않았을 때, 당신의 연구실에서 입고 온 옷의 주머니에서 종이 뭉치

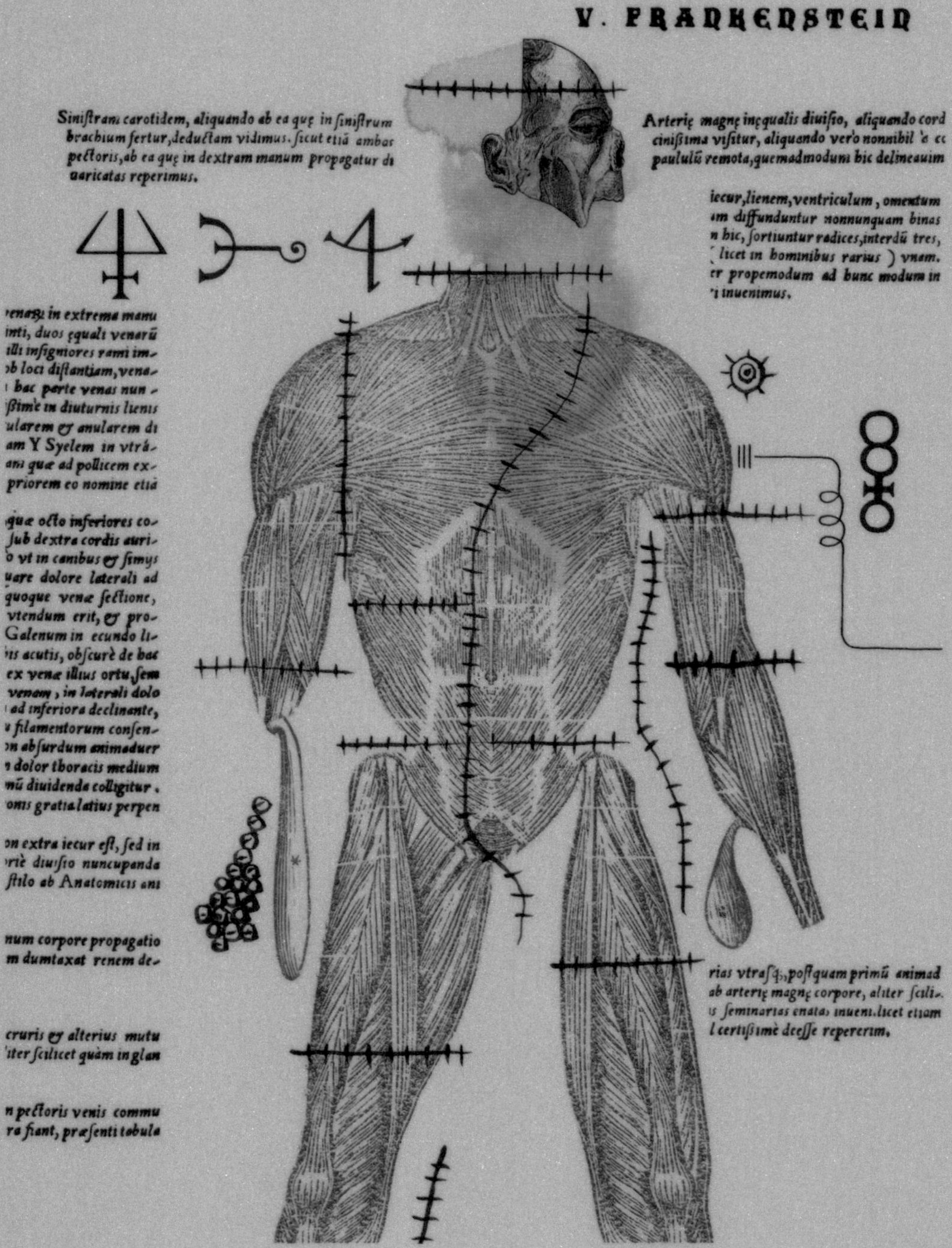

Sinistram carotidem, aliquando ab ea quę in sinistrum
brachium fertur, deductam vidimus. sicut etiã ambas
pectoris, ab ea quę in dextram manum propagatur di
uaricatas reperimus.

Arterię magnę inęqualis diuisio, aliquando cord
cinissima visitur, aliquando verò nonnihil 'a c
paululũ remota, quemadmodum hic delineauim

iecur, lienem, ventriculum, omentum
im diffunduntur nonnunquam binas
n hic, sortiuntur radices, interdũ tres,
(licet in hominibus rarius) vnam.
er propemodum ad hunc modum in
'i inuenimus.

venarũ in extrema manu
inti, duos ęquali venarũ
illi insigniores rami im
ob loci distantiam, vena
i hac parte venas nun
issimè in diuturnis lienis
ularem & anularem di
am Y Syelem in vtrã
ani quæ ad pollicem ex
priorem eo nomine etiã

quæ octo inferiores co
sub dextra cordis auri
o vt in canibus & simys
uare dolore laterali ad
quoque venæ sectione,
vtendum erit, & pro
Galenum in ecundo li
is acutis, obscurè de hac
ex venæ illius ortu, sem
venam, in laterali dolo
ad inferiora declinante,
filamentorum consen
on absurdum animaduer
n dolor thoracis medium
nũ diuidenda colligitur.
onis gratia latius perpen

on extra iecur est, sed in
riè diuisio nuncupanda
stilo ab Anatomicis ani

num corpore propagatio
m dumtaxat renem de

rias vtrasq; postquam primũ animad
ab arterię magnę corpore, aliter scili
is seminarias enatas inueni. licet etiam
l certissimè deesse repererim.

cruris & alterius mutu
iter scilicet quàm in glan

n pectoris venis commu
ra fiant, præsenti tabula

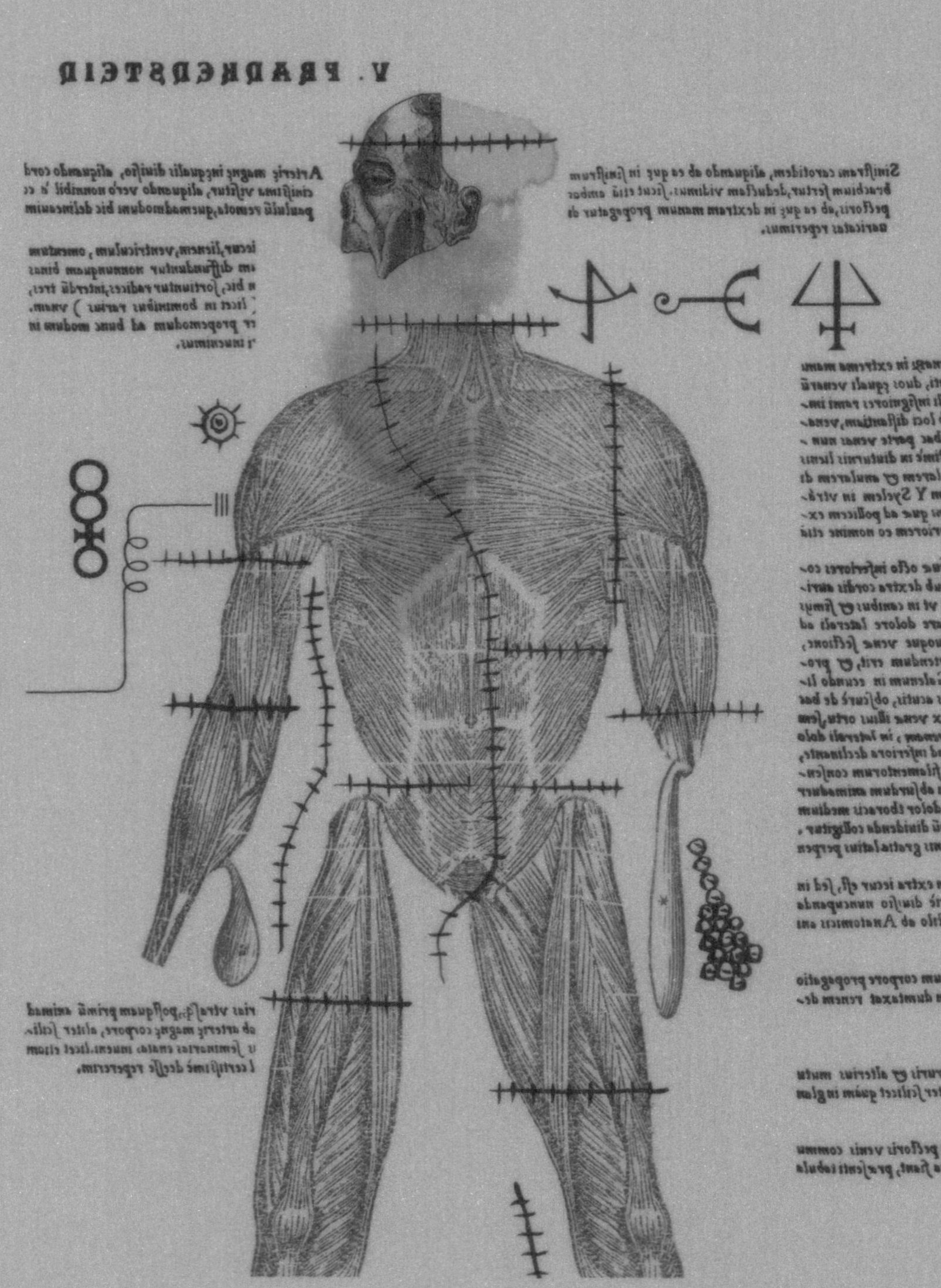

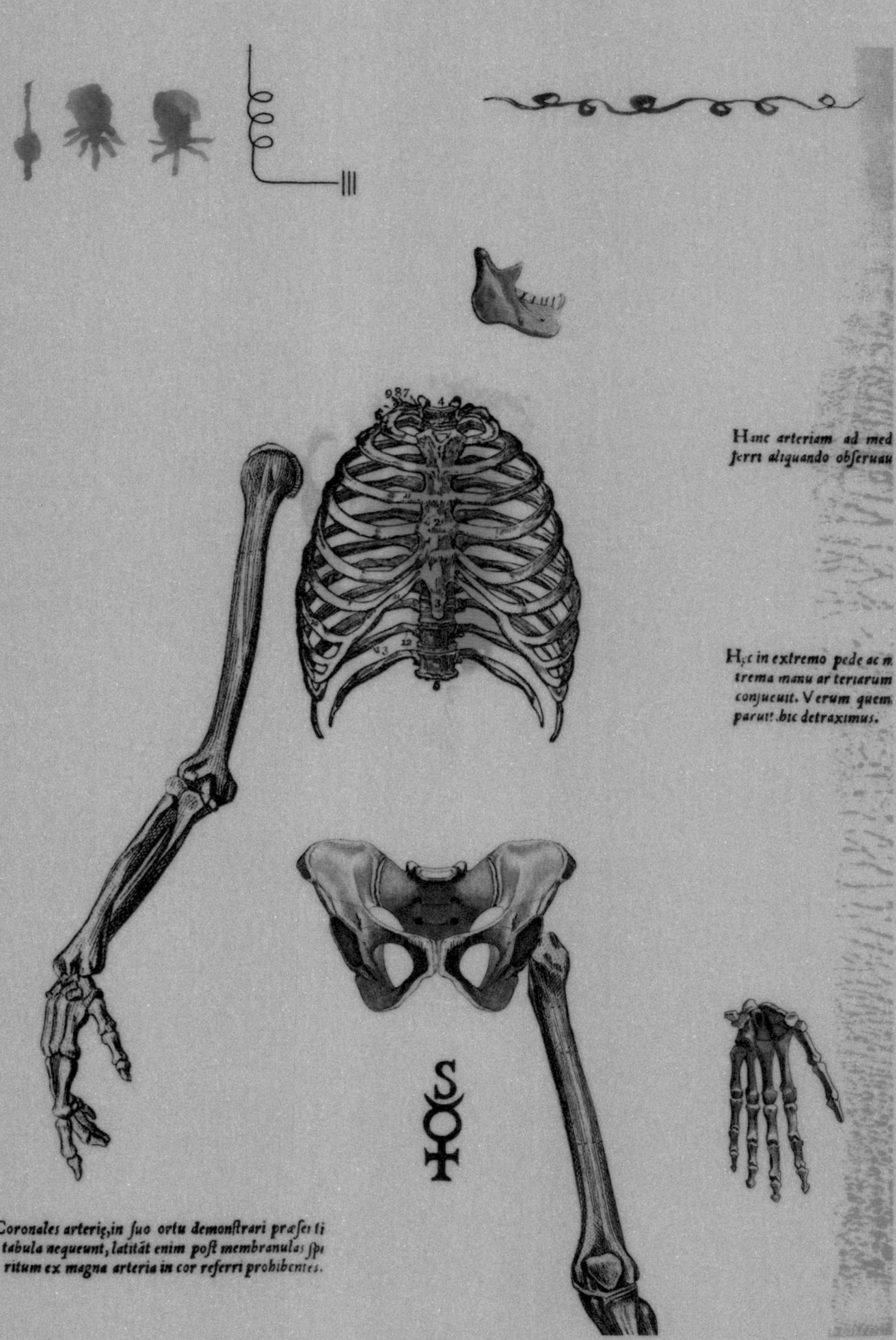
Hanc arteriam ad med
ferri aliquando obseruau
Hæc in extremo pede ac m
trema manu ar teriarum
conjuevit. Verum quem
paruit hic detraximus.
Coronales arteriæ,in suo ortu demonstrari præser ti
tabula nequeunt, latitāt enim post membranulas spi
ritum ex magna arteria in cor referri prohibentes.

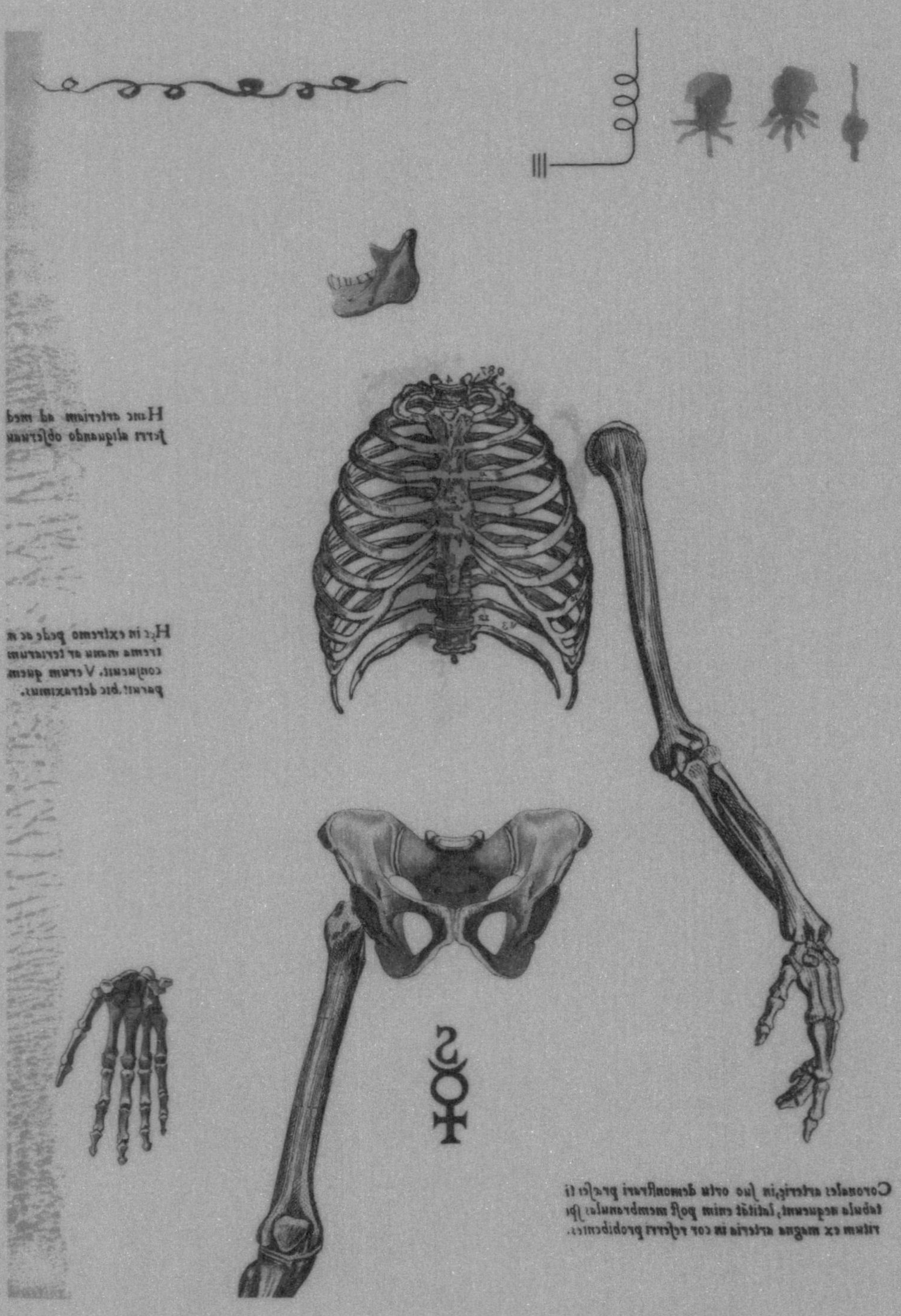
Hanc arteriam ad med
ferri aliquando obseruan
Hæc in extremo pede ac m
trema manu ac terciarum
coniunxit. Verum quem
paruit: hic detraximus.
Coronales arteriæ, in suo ortu demonstrari præsens
tabula nequeunt, latitat enim post membranulas spi
ritum ex magna arteria in cor referri prohibentes.

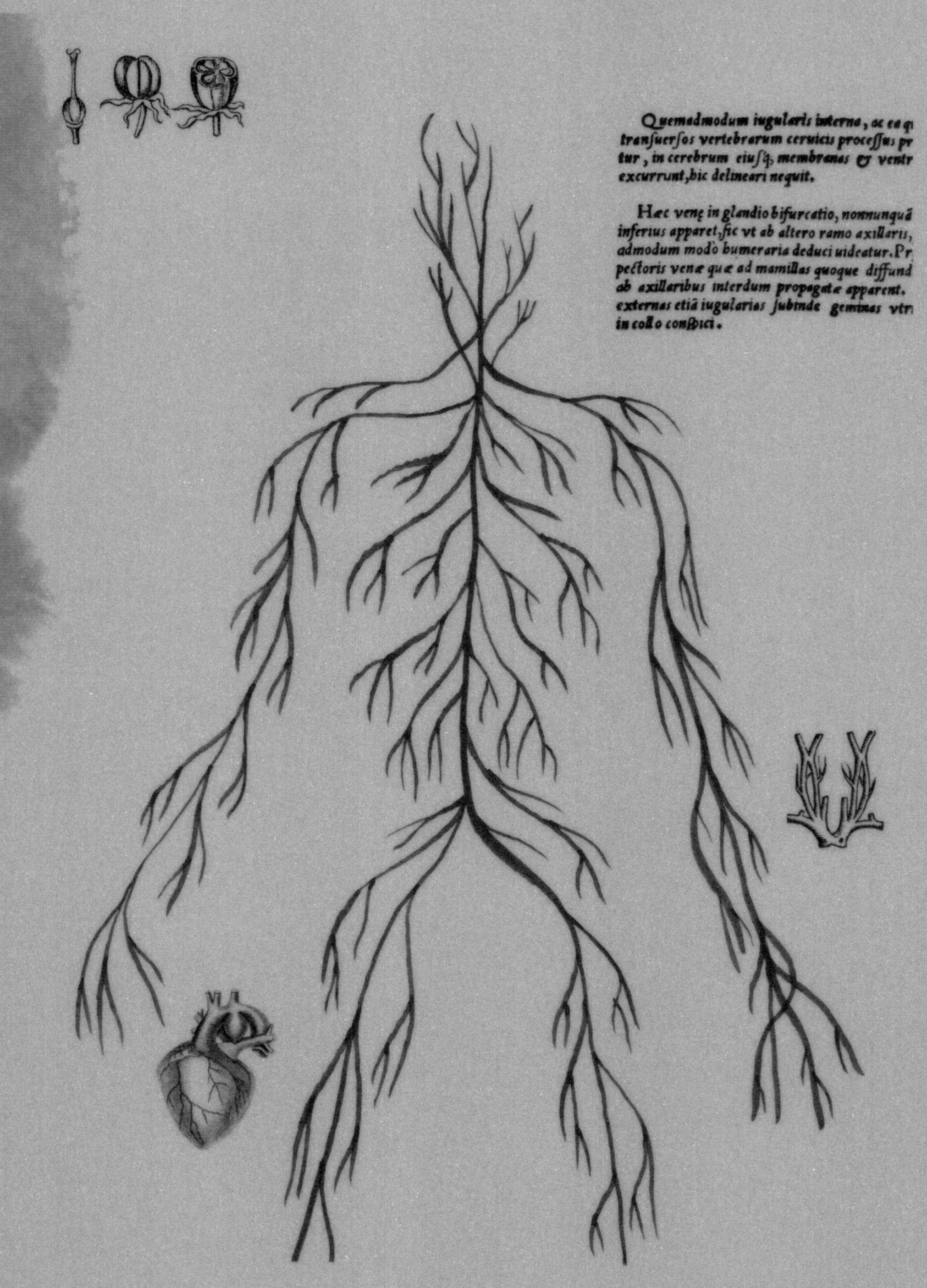
Quemadmodum iugularis interna, ac ea q
transuersos vertebrarum ceruicis processus pr
tur, in cerebrum eiusq; membranas & ventr
excurrunt, hic delineari nequit.
Hæc venę in glandio bifurcatio, nonnunquã
inferius apparet, sic vt ab altero ramo axillaris,
admodum modò humeraria deduci uideatur. Pr
pectoris venæ quæ ad mamillas quoque diffund
ab axillaribus interdum propagatæ apparent.
externas etiã iugularias subinde geminas vtr
in collo conspici.

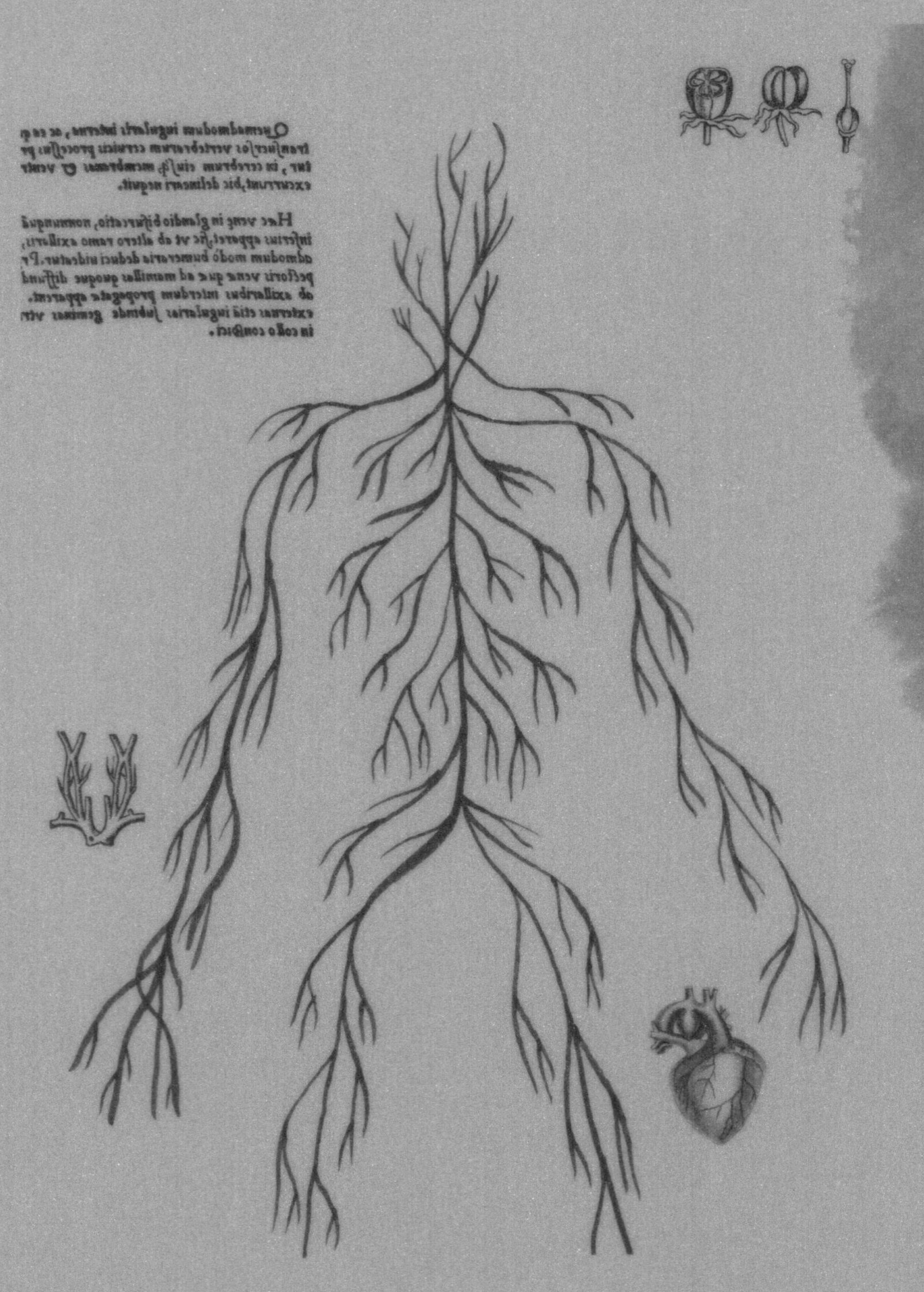

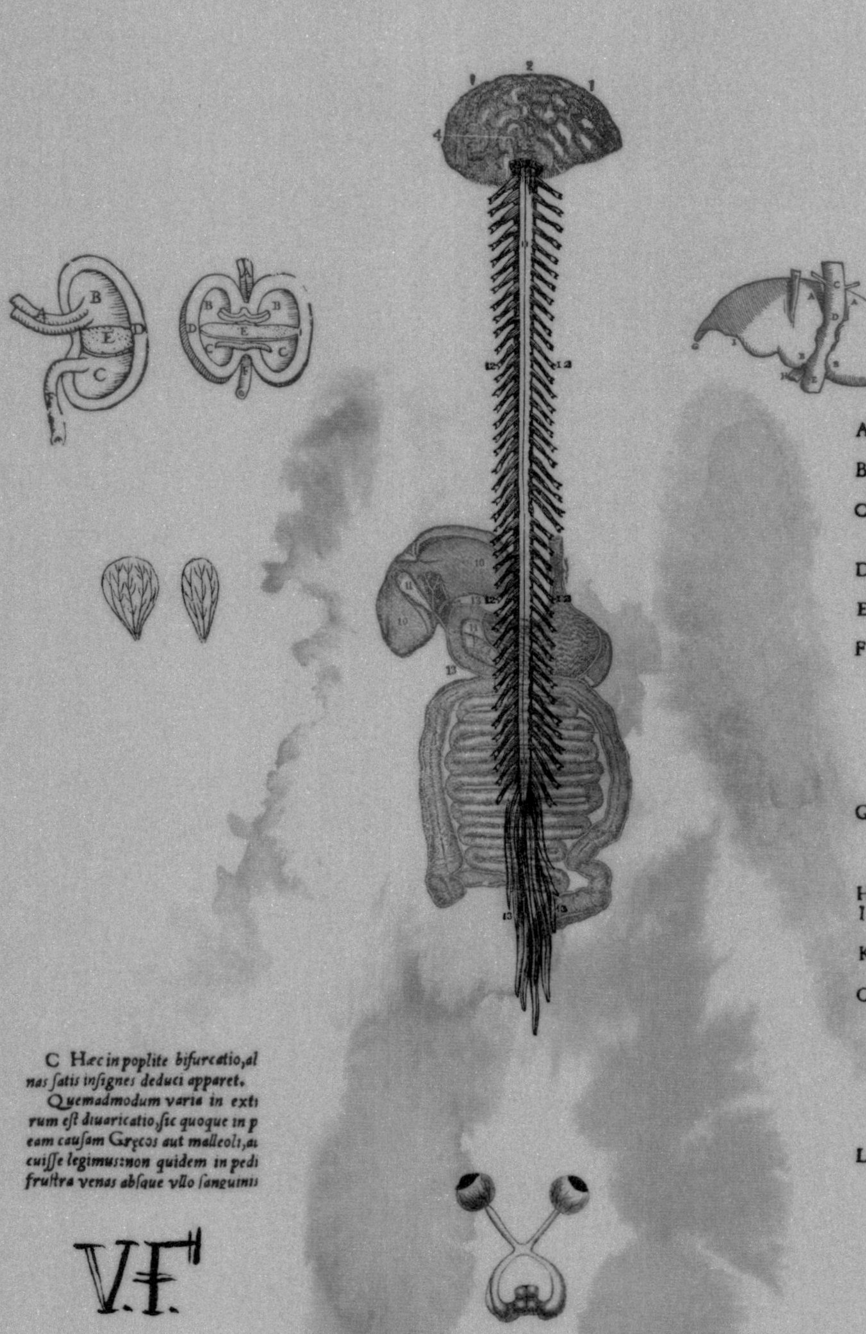

Ossa κρανίου, ‹
pitis, Asoan.

A Ossa duo βρέγματ
in arabico & lati
B Ossa duo ad vtr
id est acus,aut tel
C Os μετώπου, fro
sum vsque rectan
falso putarunt.
D Os vnum ἰνίου, o
dulla excid t.
E Ossa ζυγώματα
ostium constantia
F Os σφηνοειδὴς, c
m schab hamoac
numerari consue
malas ac molari
pientia duo:ad fin
os cuneiforme.N
ossa enumerare n
numeras,aut pr
G Ossa duo maxill
an male cum Ce
separari haudqua
in medio illam d
H κερωνὸν.
I Maxillæ infer
crocodilo mobil
K Duo cubiti proce
bent antiquę Gr
Costæ, πλευραὶ צלעות
Ex ijs septem cū
quę verę & perfe
ctūtur,ex quibus
cem dehiscunt.ba
culatione duodec

L Ossa validissima,
ossa. אלחרקפה alza
ezem haiarech, P
tenuia ac forata n
nis, altaiga, Penis
rij seu medici ἰσχίο
non esse per carti

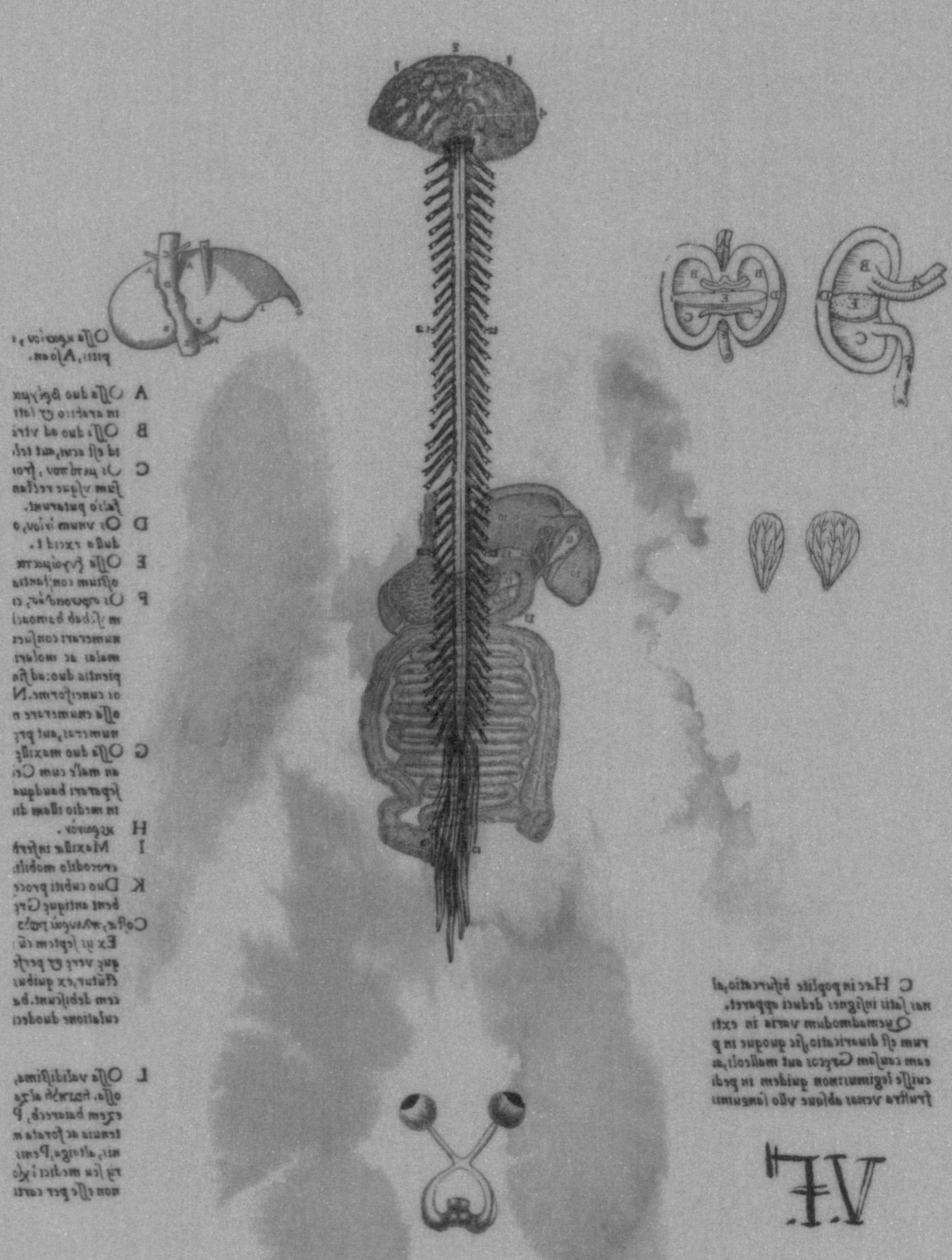

를 발견했지. 처음에는 거들떠보지 않았지만 거기 적힌 글자들을 해독할 수 있게 된 후에는 부지런히 들여다보기 시작했다. 나를 만들기까지 네 달 동안 당신이 쓴 일지였다. 당신은 거기에 작업의 진행 과정을 단계마다 자세하게 기록해 놨더군. 집에서 일어난 일들도 섞여 있고. 그래, 당연히 기억하겠지. 여기 있다. 내 저주받은 탄생과 관련된 모든 것이 여기에 기록되어 있다. 그 순간으로 이어지는 구역질 나는 상황이 눈에 선하게 적혀 있다. 이 가증스럽고 역겨운 몸을 더없이 상세하게 묘사한 글에서는 당신의 전율이 고스란히 드러났고, 나 또한 씻을 수 없는 혐오감을 느꼈다. 그걸 읽자니 구역질이 나더군. "내가 생명을 받은 증오스러운 그날!" 나는 고통에 겨워 소리쳤다. "저주받을 창조자! 당신조차 역겨워서 고개를 돌릴 만큼 흉측한 괴물을 왜 만들었는가? 신은 인간을 가엽게 여겨 자신의 모습을 본떠 아름답고 매력적으로 만들었는데, 내 모습은 추잡하고, 동시에 인간과 너무 닮아서 더 소름이 끼치니. 사탄에게도 칭찬하고 격려해 주는 동료가 있거늘, 나는 혼자 미움을 받는구나."

절망과 고독의 시간 속에서 나는 이런 생각에 빠져 있었다. 하지만 오두막 사람들의 미덕, 상냥하고 인자한 그들의 성품을 생각하면서 내가 자신들을 찬양한다는 걸 알면 나를 불쌍히 여기고 흉측한 외모는 눈감아 줄 거라고 나 좋을 대로 믿어 버렸다. 아무리 괴물 같더라도 동정과 우정을 애원하는데 설마 내칠 리는 없지 않을까? 아무튼 낙담은 하지 말자고 마음먹었고, 내 운명을 결정지을 그들과의 만남을 준비했다. 그 시점을 여러 달 뒤로 미룬 건, 성공에 너무나 많은 것이 걸려 있어서 실패가 그만큼 더 두려웠기 때문이다. 게다가 나날이 경험이 쌓이면서 이해력이 크게 향상됐기 때문에 몇 달을 기다리더라도 더 지혜로워진 다음에 시도할 작정이었다.

그러는 동안 오두막에서는 몇 가지 변화가 일어났다. 사피가 오면서 집 안에 행복이 가득하고 살림살이도 훨씬 풍족해졌다. 일을 도와주는 하인들이 생기면서 펠릭스와 아가사는 대화를 나누며 쉴 때가 많아졌다. 부자처럼 보이지는 않았지만 생활에 만족하며 행복하게 지냈다. 그들은 차분하고 평화로웠는데, 내 감정은 하루가 다르게 더 소란스러워졌지. 지식이 늘어날수록 내가 얼마나 비참한 쓰레기인지 절감할 뿐이었거든. 그래, 희망을 품기도 했다. 하지만 물에 비친 모습이나 달빛에 드리운 그림자를 보면, 아무리 흐릿한 영상에 변덕스러운 그림자일지라도, 희망은 날아가 버렸다.

나는 이런 두려움을 물리치고 몇 달 뒤에 실행하기로 마음먹은 심판의 날을 위해 마음을 굳게 다지려고 노력했다. 가끔은 이성의 굴레를 벗어난 생각이 제멋대로 낙원의 들판을 거닐기도 했고, 상냥하고 다정한 사람들이 내 마음을 위로하며 우울한 기분을 풀어 주는 상상도 했다. 천사 같은 그들의 얼굴에는 보기만 해도 위안이 되는 미소가 어려 있었다. 하지만 그것들은 전부 꿈이었다. 내 슬픔을 달래 주고 내 생각을 들어 주는 이브 같은 건 없었으니까. 나는 혼자였다. 아담이 창조주에게 애원했던 게 떠올랐다. 하지만 내 창조주는 어디에 있단 말인가? 그는 나를 저버렸고, 나는 쓰라린 심정으로 그를 저주했다.

그렇게 가을이 지나갔다. 나뭇잎이 시들어 떨어지는 걸 보려니 놀랍고도 슬펐고, 처음 이 숲에 와서 아름다운 달을 봤을 때처럼 자연은 다시 헐벗고 스산한 모습으로 되돌아갔다. 하지만 황량한 날씨에는 개의치 않았다. 내 신체 구조는 더위보다 추위를 견디는 데 더 적합했으니까. 그래도 가장 좋은 계절은 꽃이 만발하고 새들이 날아다니며 울긋불긋 화려한 여름이었다. 그런 모습들이 사라지자 오두막 사람들에게 관심을 더 집중하게 되더군. 여름이 지났어도 그들의 행복은 줄어들지 않았다. 그들은 서로를 사랑하며 마음을 나눴고, 서로를 통해 느끼는 기쁨은 주변에서 어떤 일이 벌어져도 흔들리지 않았다. 그런 모습을 볼수록 그들의 보호와 정을 누리고 싶은 열망은 커져 갔다. 이 다정한 사람들에게 나를 드러내고 사랑받고 싶은 마음이 간절했고, 그들이 다정한 표정과 애정 어린 시선으로 나를 바라봐 준다면 더 바랄 게 없었다. 경멸과 두려움으로 나를 외면할 거라는 생각은 차마 하지 않았다. 그들이 문을 두드린 가난한 사람을 내쫓는 건 한 번도 본 적이 없었으니까. 물론 내가 바라는 건 끼니나 휴식보다 훨씬 큰 보물이었지. 나는 친절과 동정을 원했으니. 그래도 내가 그걸 누릴 자격이 전혀 없다고는 믿지 않았다.

겨울이 다가왔고, 내가 생명이라는 걸 얻은 후로 모든 계절이 한 바퀴를 돌았다. 이 무렵에 나는 오로지 나를 보호해 주는 오두막 사람들에게 나라는 존재를 알릴 계획 외에는 관심이 없었다. 수많은 궁리 끝에 최종적으로 결정한 건 앞 못 보는 노인이 혼자 있을 때 집 안으로 들어간다는 것이었다. 여태까지 나를 본 사람들이 겁을 낸 가장 큰 이유가 기괴하고 섬뜩한 내 외모라는 걸 알 만큼은 머리가 돌아갔으니까. 목소리는 거칠기는 했어도 소름이 끼칠 정도는 아니었다. 그러니 자녀들이 없을 때 드라세 노인의 호의를 얻을 수 있다면, 그래서 그의 중재를 거친다면 젊은 보호자들도 나를 받아 줄 거라고 생각했다.

비록 따뜻하지는 않아도 땅에 흩어진 빨간 낙엽 위로 햇빛이 비추며 상쾌한 기운이 감돌던 어느 날, 사피와 아가사, 그리고 펠릭스는 멀리 산책을 나갔고, 노인은 본인의 뜻에 따라 오두막에 혼자 남았다. 자녀들이 나가자 그는 기타를 들고 구슬프면서도 감미로운 노래를 잇달아 연주했는데, 전에 연주했던 어떤 곡보다도 감미롭고 구슬프게 들렸다. 처음에는 그의 얼굴에 즐거운 표정이 어렸지만, 연주를 하는 사이에 상념과 슬픔이 깃들더군. 마침내 악기를 내려놓은 그는 생각에 잠긴 채 앉아 있었다.

심장이 빠르게 뛰었다. 심판의 순간이 다가왔고, 희망으로 판가름이 나거나 두려움이 현실이 되거나 둘 중에 하나였지. 하인들은 근처에서 열리는 장에 갔고, 오두막은 안팎이 조용했다. 절호의 기회였지만 막상 계획을 실행에 옮기려니 팔다리가 후들거려서 바닥에 주저앉고 말았다. 다시 일어나서 있는 힘을 다해 은신처를 가리려고 헛간 앞에 세워 둔 판자들을 치웠다. 신선한 공기를 마셨더니 기운이 살아났고, 결심을 다진 후에 오두막으로 갔다.

문을 두드렸더니 노인이 말하더군. "누구요? 들어오시오."

안으로 들어갔다. "실례하겠습니다." 내가 말을 걸었지. "지나가던 나그네인데 쉴 곳을 찾고 있습니다. 잠시 불을 쬐게 해 주신다면 정말 감사하겠습니다."

"들어와요." 드라세는 말했다. "뭐든 필요한 걸 해 드리고 싶지만 안타깝게도 우리 애들이 집에 없고 나는 앞이 안 보이니 먹을 걸 드리기가 힘들겠군요."

"신경 쓰지 마십시오, 어르신. 먹을 건 있으니 그저 몸을 녹이면서 쉬기만 하면 됩니다."

나는 자리에 앉았고 침묵이 흘렀다. 한시가 급하다는 걸 알면서도 어떻게 말을 시작해야 할지 갈피가 잡히지 않는데, 노인이 입을 열었다.

"말을 들으니 우리 동포인 듯한데, 프랑스 사람이오?"

"아닙니다. 하지만 프랑스인 가족에게서 말을 배웠고, 그래서 그 말만 할 줄 압니다. 저는 지금 제가 진심으로 사랑하는 이들, 그들의 호의에 제 삶의 희망이 걸려 있는 어떤 친구들의 보호를 부탁하러 가는 길입니다."

"그들은 독일 사람이오?"

“아니요, 그들도 프랑스 사람입니다. 하지만 다른 얘기를 해도 될까요. 저는 불행하고 버림받은 인간입니다. 사방 천지에 혈육이라곤 없고, 친구도 없습니다. 제가 찾아가는 이 다정한 사람들은 저를 한 번도 본 적이 없고 저에 대해 알지도 못합니다. 그래서 너무 두렵습니다. 그곳에서 저를 받아 주지 않으면 저는 영원히 버림받은 삶을 살 테니까요.”

“낙담하지 마시오. 친구가 없다는 건 정말 불행한 노릇이지. 하지만 눈앞의 이익을 따져서 편견에 휩싸이지만 않는다면 인간의 가슴에는 우애와 자비가 넘치니 희망을 걸어 봐요. 친구라는 사람들이 선하고 다정하다면 절망할 이유

가 없지 않소."

"그들은 상냥합니다. 세상에서 가장 고귀한 사람들이에요. 하지만 안타깝게도 제게 편견을 가지고 있습니다. 저는 성격이 순합니다. 지금껏 누구한테 해를 끼친 적이 없고, 오히려 어느 정도나마 도움을 주었습니다. 하지만 치명적인 편견이 그들의 눈을 가려서 정겹고 다정한 친구가 앞에 있는데도 혐오스러운 괴물을 보고 말죠."

"거참 안타깝군. 하지만 정말로 비난받을 일이 없다면야 오해를 풀어 줄 수는 없는 거요?"

"바로 그걸 하려고 합니다. 지금 엄청난 두려움이 제 마음을 짓누르는 것도 그 때문이에요. 저는 진심을 다해 이 친구들을 사랑합니다. 그들은 모르고 있지만 벌써 몇 달째 그들에게 매일 친절을 베풀었어요. 그들은 제가 자신들을 해치려 한다고 믿는데, 그게 잘못된 편견이라는 걸 알려 주고 싶습니다."

"이 친구들이 사는 곳은 어디요?"

"이 근처입니다."

잠시 잠자코 있던 노인이 다시 입을 열었다. "당신이 자세한 이야기를 숨김없이 털어놓는다면 그들의 잘못된 생각을 바로잡는 데 내가 도움이 될 수도 있을 거요. 나는 눈이 안 보여서 당신의 외모는 판단할 수 없지만, 당신의 말에서 진심이 느껴지는군요. 내가 가난하고 나라에서 추방당한 신세이긴 해도, 누군가에게 어떤 식으로든 도움이 된다면 정말 기쁘겠소."

"고귀한 분이시여! 너그러운 호의를 감사히 받겠습니다. 어르신의 친절이 저를 흙구덩이에서 일으켜 주었습니다. 어르신이 도와주신다면 동정을 받지 못한 채 인간의 무리에서 내쫓길 일은 없을 거라고 믿습니다."

"그래서야 쓰나! 설사 당신이 범죄자라고 해도, 추방은 당신을 절망으로 내몰 뿐 미덕을 되찾아 주지는 않을 테니까. 나 역시 불행한 사람이오. 나와 우리 가족은 무고하게 벌을 받았거든. 그러니 어찌 당신의 불행에 공감하지 않을 수 있겠소."

"둘도 없는 최고의 은인이시여, 감사한 마음을 어떻게 다 전할 수 있을까요? 누군가 제게 다정한 목소리로 말해 준 건 어르신이 처음입니다. 감사한 마음을 평생 간직하겠습니다. 어르신의 자애로움 덕분에 이제 곧 만날 이 친구들과의 일도 잘 풀릴 것 같습니다."

"그 친구들의 이름과 사는 곳을 알려 줄 수 있소?"

나는 망설였다. 내게서 영원히 행복을 앗아 가거나 아니면 영원한 행복을 안겨 줄 결정적인 순간이었지. 대답하려고 안간힘을 썼지만 허사였고, 그러느라 남은 힘이 다 빠져 버렸다. 나는 의자에 몸을 기댄 채 소리 내어 울었다. 그 순간, 젊은 보호자들의 발소리가 들렸다. 지체할 시간이 없었다. 노인의 손을 움켜잡고 외쳤다. "이제 때가 되었습니다! 제발 저를 살려 주시고 지켜 주십시오! 제가 말한 친구들은 바로 어르신과 어르신의 가족들입니다. 이 심판의 순간에 저를 버리지 마세요!"

"맙소사!" 노인이 외쳤다. "당신은 누구요?"

그때 오두막 문이 열리고 펠릭스와 사피, 그리고 아가사가 들어왔다. 나를 본 그들의 공포와 경악을 누가 묘사할 수 있을까? 아가사는 기절했고, 사피는 친구도 돌보지 못한 채 밖으로 도망쳤다. 펠릭스는 내게 달려들더니 아버지 무릎에 매달려 있던 나를 초인적인 힘으로 떼어 냈다. 분노에 휩싸인 채 나를 바닥에 패대기치고는 몽둥이로 맹렬하게 내리쳤다. 사자가 영양을 물어뜯듯이 그의 사지를 찢어 놓는 것쯤은 일도 아니었지. 하지만 가슴이 무너지고 뒤집혀서 씁쓸한 나머지, 그가 다시 주먹을 날리려 할 때 고통과 슬픔에 휩싸인 나는 오두막에서 뛰쳐나왔다. 그러고는 소란한 틈을 타서 아무도 모르게 헛간으로 숨어들었지.

◆ ◆ ◆

8

빌어먹을, 빌어먹을 창조자여! 내가 왜 살았을까? 당신이 그토록 경솔하게 부여한 존재의 불씨를 왜 그 순간에 꺼 버리지 않았을까? 모르겠다. 아직 절망에 사로잡힌 건 아니었다. 그때의 감정은 분노와 복수심이었지. 오두막과 그곳에 사는 사람들까지 기꺼이 파괴하고 비명과 고통을 실컷 즐길 수도 있었다.

밤이 왔을 때 은신처에서 빠져나와 숲을 헤매고 다녔다. 더 이상 발각될까 두려워할 필요가 없었기에 무시무시하게 울부짖으며 비통한 마음을 발산했다. 올가미를 끊고 나온 야수처럼 나를 막아서는 것은 모두 부숴 버리며 수사슴처럼 날쌔게 숲을 뛰어다녔다. 아! 얼마나 참담한 밤이었는지! 차가운 별들은 나를 비웃듯 반짝였고, 헐벗은 나무들은 머리 위에서 가지를 흔들어 댔다. 어쩌다 한 번씩 어떤 새의 감미로운 노랫소리가 적막한 세상 위로 들려왔다. 다들, 나 말고는 모두, 잠들었거나 즐거워했다. 나는 악마들의 우두머리처럼 가슴에 지옥을 품었고, 누구에게도 동정받지 못하는 처지라는 생각에 나무들을 뿌리째 뽑아 버리고 주변의 모든 걸 때려 부수며 난장판이 된 모습을 즐기고 싶었다.

하지만 그런 감정의 사치 속에 머물러 있을 수는 없었지. 몸을 혹사한 탓에 녹초가 된 나는 절망으로 메스꺼운 무력감을 느끼며 축축한 풀밭에 주저앉았다. 세상천지에 나를 불쌍히 여기거나 도와줄 사람이 한 명도 없었다. 그런 내가 적들에게 호의를 느껴야 하나? 천만에. 그 순간부터 나는 인간이라는 종족, 그리고 그 누구보다 나를 만든 자, 나를 이 견딜 수 없는 불행으로 내던진 자를 상대로 영원한 전쟁을 선언했다.

태양이 뜨고 사람들의 목소리가 들렸다. 그날은 은신처로 돌아가는 게 불가능하다는 걸 알았기에 우거진 덤불숲에 몸을 숨기고 내가 처한 상황을 따져 보며 시간을 보내기로 했다.

상쾌한 햇빛과 신선한 공기에 어느 정도 마음이 진정되었다. 오두막에서 있었던 일을 생각해 보니 지나치게 성급한 결론을 내렸다는 걸 부인할 수 없었다. 확실히 경솔한 행동이었다. 얘기를 들은 아버지가 내게 따뜻한 관심을 갖는 것처럼 보였는데, 어리석게 모습을 드러내 그의 자녀들을 경악하게 만들었으니. 드라세 노인과 친분을 쌓고 다른 가족들에게는 나를 받아들일 준비가 되었을 때 조금씩 정체를 드러냈어야 했다. 그래도 돌이킬 수 없는 실수라고는 생각하지 않았고, 한참을 고민한 끝에 오두막으로 돌아가서 노인을 찾아가 충분히 설명하고 그를 내 편으로 만들자고 결심했다.

이렇게 생각하니 마음이 차분해졌고, 오후에는 깊은 잠에 빠져들었다. 하지만 피가 끓어서 그랬는지 평온한 꿈을 꿀 수는 없었다. 전날의 끔찍한 장면들이 끊임없이 눈앞에 펼쳐졌다. 여자들은 도망치고 분노한 펠릭스가 아버지의 발치에 있던 나를 끌어내는 장면이었다. 기운이 다 빠져서 깨어났더니 어느새 밤이었고, 나는 숨어 있던 곳에서 빠져나와 먹을 걸 구하러 갔다.

허기를 달랜 후 익숙한 길을 따라 오두막으로 향했다. 그곳은 모든 게 평화로웠다. 슬그머니 헛간으로 숨어들어 가족들이 평소에 일어나던 시간을 조용히 기다렸다. 그때가 지나고 해가 하늘 높이 뜨도록 오두막 사람들은 나타나지 않았다. 끔찍한 불행을 예감하니 몸이 바들바들 떨렸다. 오두막 안은 어두웠고, 움직이는 소리라곤 전혀 들려오지 않았다. 그때의 괴로운 불안감을 어떻게 설명해야 할까.

잠시 후 마을 사람 둘이 지나갔는데, 오두막 근처에서 걸음을 멈추더니 요란한 몸짓을 곁들여 가며 얘기를 시작했다. 하지만 내 보호자들이 사용하는 것과 다른 그 지방의 언어였기 때문에 무슨 말인지는 알아들을 수 없었다. 그런데 잠시 후에 펠릭스가 또 다른 사람과 함께 나타났다. 그가 오늘 아침에 오두막에서 나가지 않은 게 확실했기 때문에 나는 깜짝 놀랐고, 그의 말을 들으며 평소와 다른 모습의 의미를 알아내려고 불안한 심정으로 기다렸다.

"정말인가?" 같이 온 사람이 말했다. "세 달치 집세를 내고 애써 가꾼 텃밭까지 포기해야 하는데. 부당한 이익을 챙길 마음은 없으니 며칠 더 생각하게."

"소용없는 일입니다." 펠릭스가 대답했다. "더는 이 집에서 살 수 없어요. 말씀드린 그 끔찍한 일로 인해 아버님이 돌아가실 지경이 됐고, 제 아내와 누이는 그 공포를 평생 떨쳐 낼 수 없을 겁니다. 저를 더 설득할 생각은 마세요. 집을 내드릴 테니 그냥 떠나게 해 주세요."

펠릭스는 말하면서 몸을 부르르 떨더군. 그는 같이 온 사람과 오두막으로 들어가 몇 분간 머물렀다가 떠났다. 그 후로 드라세 가족은 다시 보지 못했다.

나는 지독한 절망에 빠져서 그날 하루를 멍하니 헛간에서 보냈다. 내 보호자들은 떠났고, 세상과 이어진 유일한 고리가 끊어졌다. 처음으로 복수와 증오의 감정이 치밀었고, 나는 그걸 애써 억누르려 하지 않았다. 그냥 그 흐름에 나를 맡겼더니 인간을 해치고 죽이는 쪽으로 마음이 흘러가더군. 내 친구들, 드라세 노인의 온화한 목소리, 아가사의 다정한 눈동자, 아라비아 여인의 섬세한 아름다움을 떠올리자 이런 생각들이 사라지고 눈물이 왈칵 쏟아지며 마음을 다소나마 달래 주었다. 하지만 그들이 나를 내치고 떠나 버렸다는 사실에 분노가 되돌아왔다. 인간은 해칠 수 없으니 물건에 화풀이했지. 밤이 되자 나는 오두막 주변에 탈 만한 물건들을 늘어놓고 텃밭의 작물을 모조리 짓밟아 버린 다음, 초조한 마음을 억누르며 일을 실행하기 위해 달이 기울기만을 기다렸다.

밤이 깊자 숲에서 세찬 바람이 일어 하늘에 떠다니던 구름을 순식간에 흩어 놓았다. 돌풍은 거친 눈보라처럼 휘몰아치며 내 안의 광기를 자극해 모든 이성과 성찰의 울타리를 허물었다. 나는 마른 나뭇가지를 쌓아 놓고 사랑했던 오두막 주위에서 미쳐 날뛰며 춤을 췄다. 눈으로는 달이 막 끝자락에 걸리려는 서쪽 지평선을 응시했다. 마침내 달이 지평선 아래로 가라앉기 시작하자 횃불을 휘둘렀다. 달이 저물었고, 나는 절규하듯 비명을 지르며 쌓아 놓은 지푸라기와 히스 관목과 덤불에 불을 붙였다. 바람의 부채질에 오두막은 곧바로 화염에 휩싸였고, 불은 파괴적인 혀를 몇 갈래로 날름거리며 집을 삼켜 버렸다.

누가 달려오더라도 그 집을 구할 수 없다는 게 분명해졌을 때 나는 그곳을 떠나 숲으로 몸을 숨겼다.

이제 세상이 내 앞에 펼쳐졌다. 어디로 발걸음을 옮겨야 할까? 나는 불행의 현장으로부터 멀리 도망치기로 결심했다. 하지만 미움과 경멸의 대상인 내게는 어디나 끔찍할 게 분명했지. 그러다 문득 당신이 생각났다. 당신이 쓴 종이에서 당신이 내 아버지, 나의 창조자라는 걸 알았다. 내게 생명을 준 사람에게 따지는 게 가장 적절하지 않겠나! 펠릭스가 사피에게 가르쳐 준 것 중에는 지리도 있었고, 나는 그걸 통해 세상에 존재하는 여러 나라의 상대적인 위치를 알게 되었지. 나는 당신 고향인 제네바를 향해 가기로 마음먹었어.

하지만 어느 방향으로 가야 하는 걸까? 남서쪽으로 가야 목적지가 나온다는 건 알고 있었지만, 나의 길잡이는 태양뿐이었다. 어느 마을을 지나가야 하는지도 몰랐고, 누구를 붙잡고 물어볼 수도 없었으니까. 그러나 절망하지 않았다.

당신을 향한 마음은 오직 증오뿐이었어도, 구원을 기대할 수 있는 곳 또한 당신뿐이었지. 무정하고 냉혈한 창조자여! 당신은 내게 지각과 열정을 주고는 내팽개쳐서 인간의 멸시와 공포의 대상이 되게 했다. 하지만 내가 동정과 보상을 요구할 곳은 당신뿐이었고, 인간의 형상을 한 다른 자들에게서 얻으려 했으나 허사였던 정의를 당신에게서 찾기로 결심했다.

지독히 길고 고된 여정이었다. 내가 그토록 오래 머물렀던 고장을 떠난 건 늦가을이었다. 사람들 눈에 띌까 두려워 밤에만 이동했다. 자연은 시들고 햇볕은 온기를 잃었다. 눈비가 퍼부었고, 거칠게 흐르던 강물은 얼어붙었다. 땅은 단단하고 차갑고 황량했으며 비바람을 피할 곳이라곤 없었다. 오, 대지여! 내 존재의 원인에 얼마나 자주 저주를 퍼부었던가! 내 본성에서 온화함은 사라지고, 남은 것은 전부 증오와 원한으로 변했다. 당신 집이 가까워질수록 복수심이 더 뜨겁게 타올랐다. 눈이 내리고 물이 얼었지만 나는 멈추지 않았다. 이런저런 우연 덕분에 방향을 알았고, 지도도 한 장 손에 넣었지. 하지만 길을 잘못 들어 한참 먼 곳을 헤맬 때도 많았다. 괴로운 마음은 내게 휴식을 허락하지 않았고, 모든 것이 분노와 고통을 더 부채질할 뿐이었다. 그러다 태양이 온기를 회복하고 대지가 다시 초록빛으로 물들기 시작할 무렵 스위스 국경에 도착했는데, 이때 특별한 방식으로 내 비참함과 증오를 더 단단하게 만든 사건이 일어났다.

나는 대체로 낮에 쉬고 밤이 되어 사람들의 시선을 피할 수 있을 때 움직였다. 그런데 어느 날 아침에는 깊은 숲속으로 길이 나 있기에 해가 뜬 뒤에도 계속 가 보기로 했다. 봄이 시작되던 때라 따사로운 햇살과 향긋한 대기는 내게도 밝은 기운을 안겨 주었다. 오랫동안 완전히 죽어 버린 것 같았던 온화하고 즐거운 감정이 되살아나는 느낌이었다. 새로운 감정이 놀랍기도 해서 그냥 마음이 가는 대로 내버려 둔 채 고독하고 흉측하다는 사실을 잊고 감히 행복에 취해 버렸지. 부드러운 눈물이 내 뺨을 적셨고, 눈물에 젖은 눈을 들어 이런 기쁨을 내게 허락해 준 찬란한 태양을 고마운 마음으로 올려다보기까지 했다.

구불구불한 숲길을 따라 걷다 보니 마침내 숲이 끝나면서 깊고 물살이 빠른 강이 나왔는데, 많은 나무들이 강물에 가지를 드리운 채 새봄의 싹을 틔우고 있었다. 어느 길로 가야 하는지 따져 보느라 잠시 걸음을 멈췄을 때 사람들의 목소리가 들려서 얼른 삼나무 그늘 속으로 몸을 숨겼다. 그러자마자 웬 어린 여자아이가 숨바꼭질을 하는 건지 내가 숨은 지점을 향해 웃으며 달려왔다. 가파른 강둑을 따라 오던 여자아이가 갑자기 발이 미끄러지면서 급류에 빠졌다.

나는 숨어 있던 곳에서 얼른 뛰어나와 거센 물살을 헤치고 천신만고 끝에 아이를 구해서 강가로 끌고 나왔다. 아이는 정신을 잃었고, 온갖 방법을 동원해서 의식을 되찾게 하려고 애를 쓰고 있는데, 웬 시골뜨기가 불쑥 나타났다. 아마 아이와 장난을 치며 숨바꼭질을 하던 남자였던 모양이다. 남자는 나를 보자마자 대뜸 달려들더니 내 품에서 아이를 낚아채서 황급히 숲속으로 들어갔다. 왜 그랬는지 모르겠지만 나는 급히 뒤를 쫓았다. 내가 다가오는 걸 본 남자는 가지고 있던 총을 내게 겨누고는 방아쇠를 당겼다. 나는 바닥에 쓰러졌고, 남자는 더 빠르게 숲속으로 도망쳤다.

이게 내가 베푼 선행의 보답이었다! 죽을 뻔한 인간을 구해 줬건만 그 대가로 나는 뼈와 살이 으스러지는 참담한 고통에 몸부림치는 신세였다. 조금 전에 품었던 친절하고 다정했던 마음이 섬뜩한 분노로 바뀌고 나는 이를 바득바득 갈았다. 타오르는 고통 속에서 인류에 대한 영원한 증오와 복수를 맹세했다. 하지만 참을 수 없는 통증이 나를 압도했다. 맥이 멈추고 나는 의식을 잃었다.

몇 주 동안이나 상처를 치료하려고 애쓰며 숲에서 비참한 나날을 보냈다. 총알을 어깨에 맞았는데, 그게 그대로 박혀 있는지 아니면 관통했는지는 알 길이 없었다. 어찌 됐건 그걸 제거할 방법도 없었다. 인간의 부당함과 배은망덕에 숨이 막힐 지경이라 내가 느끼는 고통은 더 심해졌다. 하루도 거르지 않고 복수를, 처절하고 잔인한 복수, 내가 겪은 분노와 괴로움을 보상받을 수 있을 만한 그런 복수를 다짐했다.

몇 주가 지나자 상처가 아물었고, 나는 여정을 계속했다. 밝은 햇빛이나 봄의 산들바람도 나를 짓누르는 괴로움을 달래 주지 못했다. 세상천지의 기쁨이란 기쁨은 전부 나를 모욕하는 조롱이었고, 쓸쓸한 처지를 모독하며 내가 즐거움을 누리도록 만들어지지 않았다는 사실만 더욱 고통스럽게 일깨워 주었지.

하지만 힘들었던 여정도 끝이 보이기 시작했고, 이때로부터 두 달이 지났을 때 나는 제네바 인근에 닿았다.

도착했을 때는 저녁이었고, 나는 들판의 적당한 곳에 몸을 숨긴 채 어떤 식으로 당신에게 따져야 할지 궁리했다. 피로와 허기가 나를 짓눌렀고, 너무 불행한 나머지 저녁의 부드러운 바람을 즐기거나 웅장한 쥐라산맥 너머로 저무는 저녁놀을 감상할 기분도 아니었다.

설핏 잠들어 고통에서 벗어났는데 웬 사랑스러운 아이가 다가오는 바람에 깼다. 내가 숨어 있는 곳으로 어린애답게 까불면서 달려들어 오는 아이를 놀라서 바라보다가 문득 이렇게 어린아이라면 편견 같은 게 없을 테고, 살아온 날도 짧으니 흉측한 외모에 대한 두려움에 물들지도 않았을 거라는 생각이 들더군. 그러니 만약 이 아이를 붙잡아 놓고 잘 가르쳐서 길동무이자 친구로 만든다면 사람들이 사는 이 세상에서도 그렇게 쓸쓸하지 않겠다고 생각한 거야.

이런 충동에 사로잡힌 나는 지나가는 아이를 붙잡아서 끌어당겼다. 그런데 아이는 나를 보자마자 손으로 눈을 가리고는 날카로운 비명을 질렀다. 나는 눈을 가린 아이의 손을 억지로 떼어 내며 말했다. "얘야, 왜 그러는 거니? 나는 너를 해칠 마음이 없어. 내 얘기를 좀 들어 봐."

아이는 사납게 몸부림을 치더군. "이거 놔." 아이는 소리를 질렀다. "이 괴물! 못난이! 나를 잡아먹으려는 거지? 나를 갈기갈기 찢어 버리려는 거야. 너는 도깨비야. 이거 놔. 안 그러면 아빠한테 이를 거야."

"얘야, 너는 이제 아빠를 두 번 다시 못 볼 거야. 나랑 같이 가야 하니까."

"이 못생긴 괴물! 이거 놔. 우리 아빠는 장관이야. 프랑켄슈타인 장관이라고.

너는 우리 아빠한테 혼날 줄 알아. 나를 잡아 둘 생각은 하지도 마."

"프랑켄슈타인! 그렇다면 너는 내 원수, 내가 영원한 복수를 다짐한 그놈의 가족이로구나. 네가 나의 첫 번째 희생자가 되어 줘야겠다."

아이는 여전히 발버둥을 치며 내 가슴을 절망으로 물들이는 말들을 퍼부어 댔다. 나는 아이가 말을 하지 못하도록 목을 움켜잡았고, 잠시 후 아이는 죽어서 내 발치에 늘어졌다.

나의 희생자를 물끄러미 바라보니 환희와 섬뜩한 승리감이 가슴에 차오르더군. 나는 손을 마주치며 외쳤다. "나도 인간들을 없앨 수 있어. 내 원수라고 무적의 존재인 건 아니야. 이 죽음이 놈에게 절망을 안겨 주겠지. 이제 수많은 불행을 겪으면서 괴로움과 파멸을 맛보게 해 줄 테다."

아이에게 시선을 고정하고 있는데 가슴에서 뭔가 반짝이더군. 봤더니 너무나 사랑스러운 한 여인의 초상화였다. 원한이 가득한 순간에도 그건 내 마음을 달래며 끌어당겼다. 그 여인의 검은 눈과 짙은 속눈썹, 사랑스러운 입술을 몇 분이나 황홀한 마음으로 바라봤지만, 이윽고 분노가 다시 치밀었다. 이런 아름다운 사람이 안겨 줄 수 있는 기쁨을 영원히 빼앗겼다는 사실이 기억났거든. 그리고 내가 초상화를 보고 있는 그 여자도 나를 본다면 천사처럼 인자한 표정이 혐오와 공포로 바뀔 거라는 생각이 들었다.

그런 생각에 분노가 치미는 게 놀랄 일인가? 고통스럽게 절규하며 감정을 분출하는 대신 밖으로 달려 나가 닥치는 대로 살육하지 않은 게 오히려 놀라운데.

이런 감정에 압도된 채 살인 현장을 벗어나 더 외딴 곳으로 숨으려는데 어떤 여자가 내 옆을 지나가더군. 여자는 젊었고, 내가 가진 초상화 속의 여자처럼 아름답진 않아도 호감이 가는 외모에 젊음과 건강미가 넘쳤다. 여기 또 나만

빼고 모두에게 웃어 주는 사람이 있군. 이렇게 생각했다. 이 여자도 그냥 빠져 나가게 할 수는 없지. 펠릭스에게 배운 것들과 인간의 피비린내 나는 법들 덕분에 나는 짓궂은 장난을 칠 수 있게 됐거든. 나는 여자가 알아차리지 못하게 슬그머니 다가가 그 초상화를 주머니 속에 슬쩍 집어넣었다.

그러고는 며칠 동안 이런 일이 벌어진 곳을 들락거렸는데, 당신을 보게 되길 바랄 때도 있었지만, 가끔은 이 세상을 떠나 세상에 가득한 불행을 등지겠노라 결심하기도 했다. 결국 이 산에 들어와 당신만이 채워 줄 수 있는 뜨거운 열정에 사로잡힌 채 웅장한 골짜기를 헤매고 다녔지. 내 요구를 들어주겠다고 약속하기 전까지 당신은 나를 떠날 수 없어. 나는 외롭고 비참하다. 사람들은 나와 어울리지 않을 테지만, 나처럼 흉측하고 끔찍한 여자라면 나를 거부하지 않을 거야. 내 동반자는 나와 같은 부류여야 하고 나와 같은 결함을 지녀야 해. 그걸 당신이 만들어 줘야겠어.

◆ ◆ ◆

9

말을 마친 놈은 대답을 기대하며 나를 빤히 쳐다봤습니다. 하지만 나는 어리둥절하고 당혹스러워서 생각을 정리하지 못한 탓에 그의 제안을 온전히 이해할 수가 없었어요. 그가 말을 이었습니다.

"나에게 여자를 만들어 달라는 거야. 서로 공감하며 살 수 있는. 나한테도 그게 필요하니까. 이건 당신만이 할 수 있어. 그리고 당연한 권리로서 요구하는 것이니 당신은 거절하면 안 돼."

이 마지막 말에 오두막 사람들 사이에서 평화롭게 지낸 얘기를 듣는 동안 잦아들었던 화가 다시 타올랐고, 마음속에서 끓어오르는 분노를 더 이상 억누를 수 없는 지경이 되었어요.

"거절하겠다." 내가 대답했죠. "나를 괴롭혀 봐야 승낙을 얻어 낼 순 없을 거야. 네놈이 나를 세상에서 가장 비참한 사람으로 만들 수는 있어도 비열한 사람이 되게 할 수는 없어. 사악한 것들끼리 세상 사람들을 죽이고 다닐 텐데, 너 같은 괴물을 하나 더 만들라고? 썩 꺼져라! 내 대답은 끝났다. 나를 아무리 괴롭혀도 절대 들어주지 않을 거야."

"당신은 잘못 알고 있어." 악마가 대답하더군요. "그리고 나는 당신을 협박하지 않고 이성적으로 얘기할 거야. 내가 악한 건 불행하기 때문이다. 세상 모든 사람이 다 나를 피하고 미워하지 않나? 창조자인 당신도 나를 갈가리 찢어 버리려 들고. 그걸 염두에 두고 말해 봐. 인간이 나를 동정하지 않는데 내가 왜 인간을 동정해야 하는지. 당신은 나를 저 얼음 절벽으로 밀어서, 당신 손으로 만든 존재를 파괴하더라도 그걸 살인이라고 부르지 않을걸. 인간이 나를 저주하는데 나더러 인간을 존경하라고? 나와 정을 나누며 사는 인간이 있다면 나도 그를 해치는 대신 나를 받아 준 것에 감사의 눈물을 흘리며 뭐든 도우려고 할 거야. 하지만 그럴 리는 없지. 인간의 감각은 우리의 화합을 가로막는, 넘어설 수 없는 장벽이니까. 그렇다고 나 또한 비굴한 노예처럼 엎드릴 생각은 없다. 나는 내가 받은 상처에 복수할 거야. 사랑을 일깨울 수 없다면 두려움이라도 끌어내야지. 그리고 영원히 타오르는 증오의 대상은 누구보다 나의 창조자이자 최고의 원수인 당신이야. 명심해. 나는 당신을 파멸시킬 거니까. 당신이 태어난 걸 저주하게 될 만큼 비참하게 만들기 전까지는 멈추지 않을 거야."

이 말을 하는 그는 악마 같은 분노로 타올랐습니다. 얼굴을 어찌나 심하게 찡그리며 일그러뜨리는지 인간이라면 차마 보기 힘들 정도로 끔찍했습니다. 하지만 이내 마음을 가라앉히고는 말을 계속하더군요.

"이성적으로 얘기할 작정이었다. 이런 울분은 내게 이롭지 않아. 당신은 이게 당신 때문이라는 걸 모르거든. 누구라도 내게 자애로운 감정을 보인다면 나는 그걸 몇백 배로 갚을 거야. 그 한 사람을 위해 온 세상과 화해할 거라고! 하지만 이건 실현될 수 없는 천상의 꿈이지. 내가 당신에게 요구하는 건 합리적이고 정당하다. 여자를 만들어 주되, 나만큼 흉측하게 만들어 달라는 것뿐이잖아. 소박하지만 내가 누릴 수 있는 건 그게 전부이고, 나는 그걸로 만족하겠다. 물론 우리는 모든 세상과 단절된 채 살아가는 괴물이 되겠지. 하지만 그렇기 때문에 우리는 서로에게 더욱 애착을 느낄 거야. 우리의 삶이 행복하지는 않더라도 남들한테 피해를 입히지 않고, 지금 내가 느끼는 이런 비참함에서는 벗어날 거야. 오! 나의 창조자여, 나를 행복하게 해 다오. 내게 은혜를 베풀어서 당신에게 감사하며 살게 해 다오! 살아 있는 다른 존재에게서 공감을 이끌어 내는 걸 느껴 보게 해 다오. 내 요청을 거부하지 말아 다오!"

마음이 흔들렸습니다. 내가 동의할 경우 벌어질 결과를 생각하려니 몸이 부르르 떨렸지만 그의 주장도 어느 정도 타당하다고 느꼈습니다. 그의 이야기, 그리고 지금 표현한 감정들은 그가 섬세한 감정의 소유자라는 걸 말해 줬습니다. 그렇다면 그를 만들어 낸 사람으로서 모든 능력을 발휘해서 그에게 행복을 안겨 주는 게 내 의무가 아닐까요? 그는 내 감정의 변화를 알아차리고는 말을 이었습니다.

"당신이 동의한다면 당신은 물론 어느 누구도 우리를 두 번 다시 볼 일이 없을 거야. 나는 남미의 황량한 벌판으로 갈 생각이다. 내가 먹는 건 사람들과 달라서 내 배를 채우겠다고 양이나 염소를 잡아먹을 일은 없다. 도토리와 과일이면 영양분을 채우기에 충분해. 내 동반자도 나랑 성질이 같을 테니, 같은 음식으로 만족하겠지. 마른 잎으로 잠자리를 만들면 된다. 태양은 우리에게도 인간들과 똑같이 빛을 내려서 우리의 양식을 무르익게 할 거야. 내가 이렇게 평화롭고 인간적인 그림을 제시하는데, 변덕스러운 힘과 잔인함을 보여 줄 생각이 아니라면 차마 거절할 수 없겠지. 당신은 여태까지 내게 무자비했지만, 지금은 그 눈에 연민이 보이는군. 이 좋은 기회를 잡아서 내가 간절히 바라는 것을 들어 달라고 부탁하겠다."

"인간들이 사는 곳에서 멀리 떠나 들판의 야수들하고만 어울리는 황야로 가겠단 말인데." 내가 말했습니다. "인간의 사랑과 공감을 갈망하던 네가 이런 유배 상태를 어떻게 견딜 수 있을까? 네놈은 돌아와서 인간의 온정을 구할 테고, 또다시 그들의 혐오를 마주하게 되겠지. 사악한 울분이 되살아날 테고 그때는 네 동반자까지 함께 파괴를 자행할 거야. 이건 안 될 말이다. 나는 따를 수 없으니 나를 설득하려는 노력은 그만둬."

"당신의 감정은 정말 변덕스럽군! 바로 조금 전까지만 해도 내 얘기에 마음이 흔들리더니 어째서 다시 내 고통에 무감해진 거지? 내가 사는 이 땅과 나를 만든 당신을 두고 맹세하는데, 당신이 내게 동반자를 만들어 준다면 인간들의 세상을 떠나 가능한 한 가장 황량한 곳에 가서 살겠다. 공감을 얻을 수 있다면 내 사악한 울분도 사라질 거야. 내 생활은 조용히 흘러갈 테고, 죽어 가면서 나를 만든 자를 저주하는 일도 없을 거야."

그의 말은 묘하게 나를 흔들었습니다. 그가 불쌍해졌고, 가끔은 위로하고 싶은 마음도 들었지만, 추악한 몸을 움직이며 말하는 놈을 올려다보면 속이 뒤집히면서 내 감정은 공포와 증오심으로 바뀌었습니다. 나는 이런 마음을 억누르려고 했습니다. 그에게 공감할 수는 없지만 내가 그에게 줄 수 있는 작은 행복을 거부할 권리는 없다는 생각이 들었습니다.

"사람들에게 피해를 주지 않겠다고 맹세하지만 너는 이미 너를 불신하기에 충분할 만큼의 엄청난 악행을 저질렀잖아? 이것도 복수의 범위를 넓혀서 더 큰 승리를 거두려는 술수가 아니냐?"

"이건 또 무슨 소리야? 당신의 연민을 일깨웠다고 생각했는데, 여전히 당신은 내 가슴을 누그러뜨려서 무해한 존재로 만들 유일한 도움을 주려 하지 않는군. 동반자도 애정도 없다면 증오와 악의가 나를 채우겠지만, 누군가의 사랑은 범죄의 싹을 없애 줄 테고 나는 아무도 모르는 존재가 되어 살아갈 거야. 진저리 나는 고독을 강요받았기 때문에 악행을 저질렀으니 대등한 존재와 함께 산다면 당연히 선한 마음이 솟아날 게 아닌가. 섬세한 존재가 안겨 주는 애정을 느끼며 지금은 배제당한 세상의 고리에 연결되겠지."

나는 잠시 아무 말 없이 그의 얘기와 다양한 주장을 따져 봤습니다. 처음 존재하기 시작했을 때 그가 보여 준 미덕의 가능성, 온화했던 감정들이 보호자들의 혐오와 경멸로 전부 시들어 버렸던 걸 생각했습니다. 그의 힘과 위협도 계산에서 빼놓지 않았죠. 빙하의 얼음 동굴에서 지낼 수 있고, 추격을 피해 아무도 접근할 수 없는 절벽으로 숨을 수 있는 존재와 대적한다는 건 무의미했으니까요. 한참을 말없이 생각한 끝에 놈도 그렇지만 인류를 위해서라도 그의 요청에 응하는 것이 옳다고 결정했습니다. 그래서 그를 바라보며 말했죠.

"너의 요구를 들어주겠다. 멀리 떠나 함께 살 여자를 만들어서 네게 넘겨주는 즉시 유럽을 영원히 떠나고, 인간이 사는 그 어떤 마을에도 얼씬하지 않겠다고 맹세한다는 조건이다."

"맹세하지." 그가 외쳤습니다. "태양에 대고, 푸른 하늘에 대고, 당신이 내 소원을 들어준다면, 당신이 살아 있는 동안 두 번 다시 나를 보는 일은 없을 거라고. 집으로 가서 작업을 시작해. 나는 절절하게 마음을 졸이며 진행 과정을 지켜보겠다. 하지만 준비가 끝났을 때 다시 나타날 테니 그건 걱정하지 마라."

놈은 이렇게 말하고는 홀연히 떠나 버렸는데, 아무래도 내가 마음을 바꿀까 봐 두려웠던 것 같습니다. 그는 하늘을 나는 독수리보다 더 빠르게 산을 내려가서 굽이치는 빙하의 골짜기 속으로 순식간에 사라졌습니다.

그의 이야기를 듣느라 하루가 다 지나, 그가 사라졌을 때는 해가 지평선에 걸렸습니다. 어두워지기 전에 서둘러 계곡으로 내려가야 한다는 걸 알았지만 마음이 무거운 만큼 걸음도 더뎠습니다. 그날 있었던 일로 마음이 복잡한 탓에 좁고 굽은 산길에서 발을 헛딛지 않으려고 조심하며 걸으려니 정신이 없더군요. 밤이 한참 깊어서야 길을 반쯤 내려와 샘 옆에 앉아 쉬었습니다. 흐르는 구름 사이로 간간이 별이 반짝이고, 앞에는 소나무가 어두운 그림자로 솟아 있었습니다. 바닥에는 부러진 나뭇가지들이 여기저기 흩어져 있었죠. 경이롭고 장엄한 그 풍경에 묘한 감정이 일었습니다. 나는 괴로운 마음에 손을 마주 잡고 서럽게 울었습니다. "아! 별이여, 구름이여, 바람이여! 모두들 나를 비웃으려 하는구나. 진심으로 나를 불쌍히 여긴다면 감정과 기억을 다 짓밟아 다오. 하나도 남김없이 지워 다오. 그러지 않을 거면 사라져라, 이 어둠 속에 나를 남겨 놓고 모두 사라져 버려라."

거칠고 비참한 생각이었지만, 영원히 빛나는 별들이 나를 무겁게 짓누르고, 나를 태워 버릴 것 같은 그 후덥지근한 바람의 숨소리가 귓가에 맴돌 때의 심정은 뭐라 설명할 길이 없습니다.

아침이 밝은 후에야 샤무니 마을에 도착했습니다. 하지만 불안한 마음으로 밤새 내가 돌아오길 기다렸던 가족들은 초췌하고 기이한 내 모습에 두려움을 가라앉히지 못했습니다. 이튿날 우리는 제네바로 돌아갔어요. 아버지는 기분 전환을 하면 내가 마음의 안정을 되찾을 거라고 기대했지만, 그 처방은 파멸을 불러왔습니다. 그리고 내 불행의 깊이를 가늠할 수 없었던 아버지는 원인이야 어찌 됐건 조용하고 단조로운 일상 속에서 내 고통이 차츰 가라앉기를 바라며 서둘러 집으로 돌아갔습니다.

나는 그저 정해지는 대로 따랐습니다. 사랑하는 엘리자베스의 따뜻한 애정도 나를 절망의 늪에서 끌어올리기엔 역부족이었습니다. 악마에게 해 버린 약속은 단테의 책 속에서 지옥에 떨어진 위선자들이 머리에 쓰고 있는 무쇠 고깔처럼 내 마음을 짓눌렀습니다. 땅과 하늘의 모든 즐거움은 꿈처럼 지나갔고, 내게는 오로지 그 생각만이 현실이 됐습니다. 이따금 광기에 사로잡히거나, 온갖 더러운 동물들이 내게 계속 고문을 가하는 모습이 끝없이 눈앞에 떠올라 비명과 처절한 신음을 내뱉었던 게 이상한 노릇이었을까요?

하지만 이런 마음도 차츰 안정되었습니다. 나는 다시 한번 일상을 되찾았고, 열의는 없었어도 최소한 어느 정도의 평온은 누릴 수 있었습니다.

2부 끝

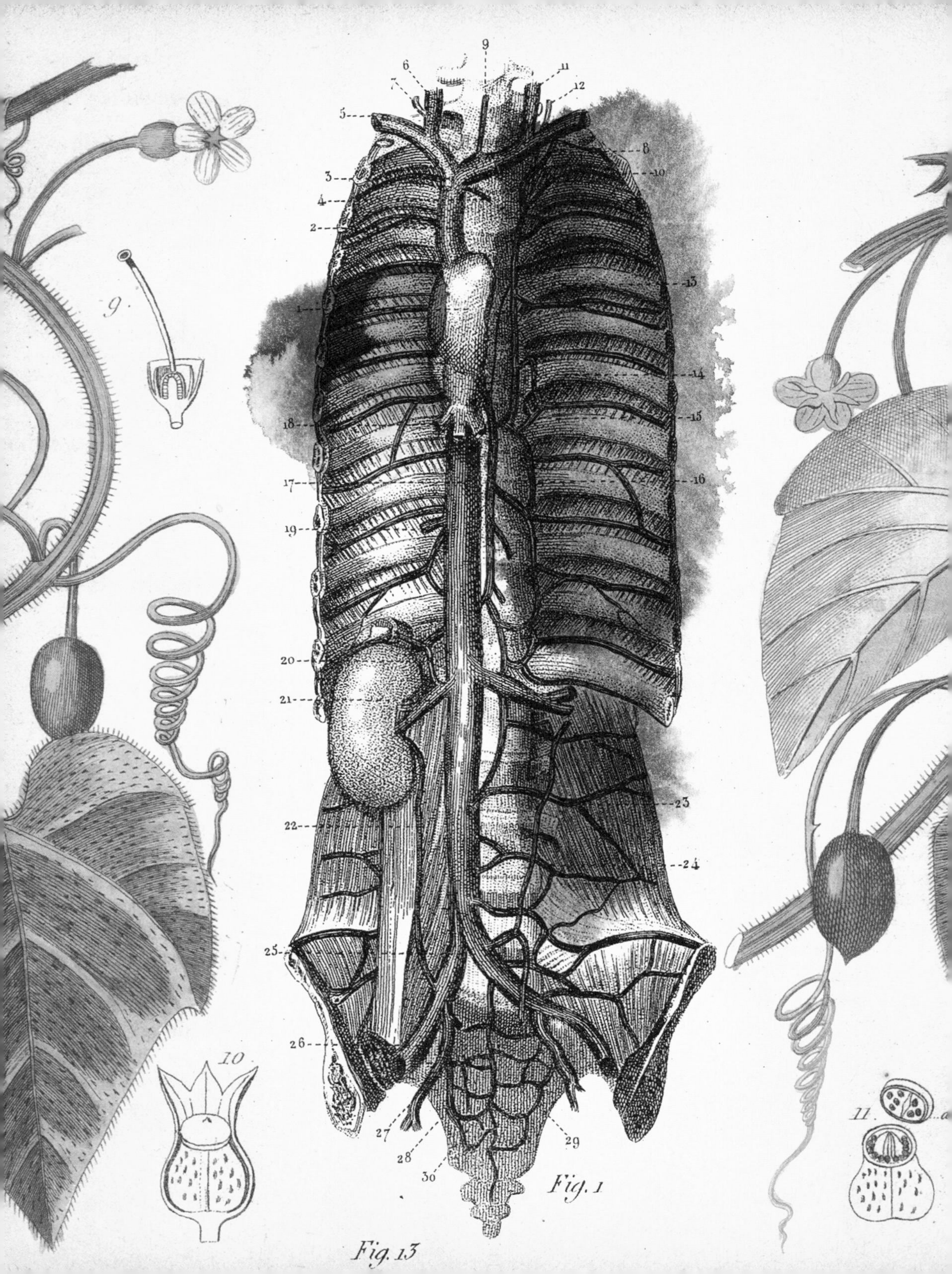
9
6
11
7
12
5
8
10
3
4
2
13
1
14
18
15
17
16
19
20
21
23
22
24
25
26
27
28
29
30
Fig. 1
9
10
11
a
Fig. 13

프랑켄슈타인

현대의 프로메테우스

III

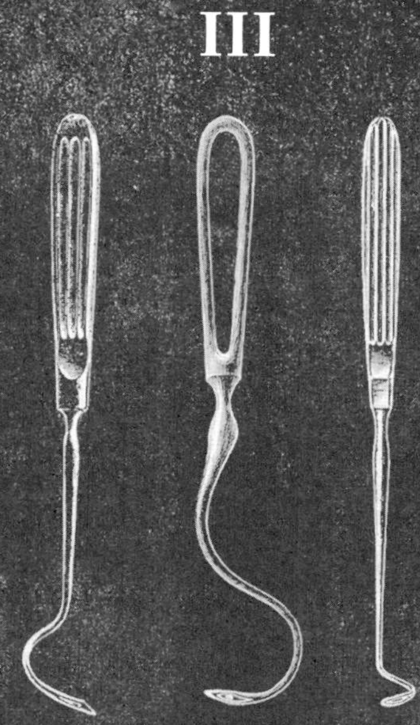

1

제네바로 돌아와서 하루하루가 지나고 몇 주가 흘렀지만 도저히 작업을 시작할 용기가 나지 않았습니다. 실망한 악마의 복수가 두려우면서도 억지로 강요받은 그 일에 대한 반감을 떨쳐 낼 수가 없었거든요. 다시 한번 여러 달 동안 깊이 연구하면서 힘겹게 탐구하지 않고서는 여자를 만들어 낼 수 없다는 걸 알게 되었어요. 잉글랜드의 어느 학자가 몇 가지 발견을 했는데, 그 지식이 내 작업의 성공에 밑거름이 될 것 같았지요. 가끔은 아버지의 허락을 얻어 잉글랜드에 다녀오자는 생각도 했습니다. 그런데도 온갖 구실을 들먹이며 차일피일 미루기만 했어요. 되찾은 평온함을 깨트릴 결심이 서지 않았기 때문입니다. 쇠약했던 건강도 한결 좋아졌고, 불행한 약속의 기억이 어두운 그림자를 드리우지 않을 때면 기분도 그만큼 화창했습니다. 아버지는 이런 변화를 흐뭇하게 지켜보면서 내 우울함을 남김없이 몰아 버릴 최선의 방법을 강구했습니다. 우울은 한 번씩 돌연히, 환한 햇빛을 가리는 먹구름처럼 밀려들었습니다. 그럴 때면 나는 완벽한 고독을 은신처로 삼았고, 호수에서 혼자 작은 배를 저으며 하루를 보내곤 했습니다. 구름을 바라보고 물결이 찰랑이는 소리를 들으며 조용하고 무심하게 시간을 보냈지요. 하지만 신선한 공기와 밝은 햇빛은 언제나 어느 정도는 안정을 되찾아 주었고, 집에 돌아오면 그 어느 때보다 환하게 웃으며 기쁘게 맞아 주는 가족들이 있었습니다.

그날도 이렇게 시간을 보내다가 돌아왔는데 아버지가 나를 한쪽으로 부르더니 이런 말씀을 하셨습니다.

“네가 이제 즐거운 표정도 되찾고 예전의 모습으로 돌아온 것 같아서 기쁘다. 하지만 여전히 불행해 보이고 우리와 어울리는 것도 꺼리는구나. 그 이유를 한참 이리저리 추측하다가 어제 문득 한 가지 생각이 떠올랐다. 내 짐작이 맞으면 부디 그렇다고 말해 다오. 그런 건 숨겨 봐야 아무 소용도 없을뿐더러 우리 모두에게 큰 불행을 안겨 줄 테니까.”

아버지가 이렇게 운을 떼었을 때 나는 몸이 부들부들 떨렸는데, 아버지는 계속 말을 이었습니다. “솔직히 말하자면 나는 예전부터 네가 엘리자베스와 결혼해서 집안을 편안하게 이끌고 내 말년도 돌봐 주기를 바랐다. 너희는 어려서부터 서로 좋아했잖니. 공부도 같이하고, 성격이나 취향도 서로 잘 맞는 것처럼 보였지. 하지만 인간의 경험으로도 앞을 잘 내다볼 수는 없어서, 내 계획에 가장 도움이 될 거라고 생각했던 것이 어쩌면 그걸 완전히 망쳐 버린 것 같다. 너는 아무래도 그 애를 누이로 여길 뿐이고, 아내로 맞이할 마음은 없는 모양이야. 아니면 사랑하는 여자가 따로 있는데, 도의상 사촌에게 묶여 있다고 생각하는 거니. 네가 그토록 불행해 보이는 게 이런 고민 때문이냐.”

“아버지, 마음 놓으세요. 저는 엘리자베스를 진심으로 사랑합니다. 엘리자베스만큼 훌륭하고 사랑스러운 여자는 본 적이 없어요. 제 미래의 희망과 기대는 오로지 우리의 결혼에 달려 있어요.”

“빅터, 네가 이 문제에 대해 그렇게 말해 주니 아버지는 요 근래의 그 어느 때보다 기쁘구나. 네 마음이 그렇다면 아무리 최근의 일들이 우울한 그림자를 드리운다고 해도 우리는 반드시 행복해질 거야. 하지만 너의 마음을 그토록 강하게 휘어잡은 것처럼 보이는 그 우울함을 날려 버리고 싶구나. 그렇다면 당장 식을 올리는 게 어떻겠니. 우리는 불행을 겪었고, 최근의 일들로 일상의 평온함이 깨졌지. 늙고 쇠약한 나로서는 견디기 버겁구나. 이른 결혼이 앞으로 명예롭거나 실질적인 계획을 펼치는 데 방해가 되지는 않을 거다. 네가 아직 어리긴 하지만, 충분한 재산이 있으니까. 그렇더라도 내가 행복을 강요하려고 한다거나, 결혼을 미룬다고 언짢아할 거라고는 생각하지 마라. 내 얘기를 있는 그대로 이해하고 솔직하게 대답해 다오."

나는 잠자코 아버지의 얘기를 들었고, 뭐라고 대답해야 할지 몰라서 한동안 가만히 있었습니다. 수많은 생각을 머릿속으로 빠르게 이리저리 굴려 가며 뭐든 결론을 내리려고 했어요. 아아! 사촌과 당장 결혼한다고 생각하니 두렵고 당혹스러웠습니다. 나는 아직 완수하지 못했으며 감히 깨트릴 수 없는 엄숙한 약속에 매어 있는 몸이니까요. 만약 그 약속을 깨트리면 어떤 엄청난 불행이 나와 사랑하는 내 가족들에게 닥칠지 모릅니다! 죽을 만큼 무거운 짐을 목에 매단 채로 잔치를 치를 수 있을까요? 결혼의 기쁨을 누리며 평화를 꿈꾸려면 약속을 지켜서 그 괴물부터 짝지어 떠나보내야 했습니다.

잉글랜드에 다녀오거나 그 나라의 학자들과 편지를 길게 주고받으며 앞으로 할 작업에 없어서는 안 될 지식과 정보를 얻어 내는 것이 필요하다는 사실도 떠올랐습니다. 편지를 주고받는 건 시간도 오래 걸리고 효과도 미흡할 겁니다. 게다가 변화는 내게 바람직했고, 가족들을 떠나 다른 환경에서 다른 일을 하며 한두 해를 보낼 걸 생각하니 기분이 좋아졌습니다. 그러는 동안 이런저런 일을 겪는다면 평화롭고 행복한 마음으로 가족들에게 돌아올 수도 있을 겁니다. 약속을 지켜서 괴물이 떠나거나, 또 어떤 사고로 놈이 죽을 경우 이 속박에서 영원히 벗어날 수 있을지도 모르고요.

이런 마음으로 아버지께 대답했습니다. 잉글랜드에 가고 싶다는 바람을 말씀드렸죠. 하지만 진정한 이유는 감춘 채 고향에 정착해서 살기 전에 여행을 하며 넓은 세상을 구경하고 싶다고 핑계를 댔습니다.

내가 간절히 부탁하자 아버지는 흔쾌하게 받아들였습니다. 세상에 이보다 더 독선적이지 않고 관대한 부모는 없을 겁니다. 우리는 곧 계획을 세웠습니다. 일단 스트라스부르로 가서 클레르발과 합류하기로 했죠. 네덜란드의 여러 도시를 잠시 돌아다닌 후에는 주로 잉글랜드에 머물기로 했습니다. 프랑스를 거쳐서 돌아올 예정이었고, 기간은 2년으로 정했습니다.

아버지는 내가 제네바로 돌아오는 즉시 엘리자베스와 결혼할 거라는 생각에 흡족해하셨어요. "2년은 금방 지나갈 거야." 아버지는 말씀하셨습니다. "이걸 마지막으로 네 행복을 미룰 일은 더 이상 없겠지. 아닌 게 아니라 우리가 모두 한자리에 모이는 날이 빨리 왔으면 좋겠구나. 그때는 어떤 희망이나 두려움도 우리 집안의 평온을 방해하지 않기를 바라는 마음이 간절하다."

"저도 아버지의 계획에 만족합니다." 나는 대답했습니다. "그때가 되면 지금보다 더 현명하고, 또 바라건대 더 행복해져 있겠죠." 나는 한숨을 쉬었지만, 사려 깊은 아버지는 내가 기운이 없는 이유를 더 이상 캐묻지 않았습니다. 새로운 환경, 여행의 즐거움이 내 마음의 평온을 되찾아 주기만을 바라셨죠.

이제 여행 계획은 세웠지만, 한 가지 느낌이 마음속에서 떠나지 않은 채 나를 두려움과 불안에 떨게 했습니다. 내가 집을 비운 사이에 가족들은 놈의 존재를 알지 못한 채 무방비 상태로 있을 텐데, 내가 떠난 것에 놈이 격분하면 어쩌지. 놈은 내가 어딜 가든 따라다닐 거라고 호언했는데 그렇다면 잉글랜드로도 따라오는 걸까? 이건 상상만으로도 끔찍했으나 가족들은 안전할 거라는 점에서는 마음이 놓였습니다. 반대의 상황이 벌어질 가능성이 마음을 괴롭혔지만, 피

조물에 매여 지내는 동안에는 순간의 충동을 따르기로 했습니다. 그리고 그 순간에는 그 악마가 나를 따라오고 우리 가족은 놈의 위험한 계략으로부터 자유로울 거라는 강한 예감이 들었습니다.

2년간 외국을 돌아다니기 위해 집을 떠난 건 8월 하순이었어요. 엘리자베스는 내가 떠나는 이유를 이해했습니다. 다만 자신에게는 견문을 넓히고 지식을 쌓을 기회가 없다는 걸 안타까워했습니다. 그래도 작별 인사를 할 때는 눈물을 흘리며 행복하고 평온해져서 돌아오라고 당부했습니다. "우리가 너를 얼마나 의지하는지 알지?" 그녀는 말했습니다. "네가 불행하면 우리 심정이 어떻겠니?"

몸을 던지듯 마차에 올라탔지만, 나를 태운 마차가 어디로 가는지, 창밖으로 어떤 풍경이 스쳐 가는지도 의식하지 못했습니다. 다만 참담하고 괴로운 심정으로 실험 장비를 실으라고 지시하는 건 잊지 않았습니다. 외국에 나가 있는 동안 그 약속을 처리하고 홀가분해져서 집으로 돌아올 생각이었거든요. 침울한 생각 속에 아름답고 웅장한 풍경들을 무심히 지나쳤습니다. 머릿속에는 오로지 여행의 목적지와 그곳에 있는 동안 해야 할 일에 대한 생각뿐이었습니다.

먼 길을 이동하는 사이에 며칠을 멍하니 늘어져 있다 보니 스트라스부르에 닿았고, 이틀을 기다린 끝에 클레르발을 만났습니다. 세상에, 우리는 얼마나 다르던지. 그는 새로운 풍경을 볼 때마다 활기에 넘쳤고, 저녁놀의 아름다움을 보며 기뻐했으며, 새날을 맞아 해가 떠오를 때면 더 행복해했습니다. 풍경의 색채가 변하는 것이나 하늘의 경치를 보라며 내게 가리켰습니다. "이런 게 사는 거지!" 그는 신이 나서 외쳤어요. "살아 있음을 만끽하는 거야! 그런데 프랑켄슈타인, 너는 어쩜 그렇게 기운이라곤 없이 슬픈 표정을 짓고 있는 거야?" 실제로 나는 우울한 생각에 사로잡혀서 샛별이 지는 것도, 해가 떠오르며 라인강을 황금빛으로 물들이는 것도 보지 못했습니다. 그리고 친구여, 당신도 생생하고 밝은 눈동자로 풍경을 감상한 클레르발의 일기를 읽는 편이 내 회상을 듣는 것보다 훨씬 즐거웠을 겁니다. 비참하고 가련한 나라는 놈은 저주에 묶여 즐거움을 누릴 여유가 없었으니까요.

우리는 스트라스부르에서 라인강을 따라 로테르담까지 간 다음, 거기서 배를 타고 런던으로 넘어가기로 했습니다. 이 항해 중에 우리는 버드나무가 울창한 섬을 여럿 지나갔고, 아름다운 도시들도 봤습니다. 만하임에서 하루를 머물렀고, 스트라스부르를 출발한 지 닷새째 되던 날에 마인츠에 도착했어요. 마인츠에서 아래로 내려가자 라인강의 물줄기는 훨씬 더 그림 같은 풍경 속을 지나갔습니다. 빠른 물살은 그리 높지는 않지만 가파르고 아름다운 언덕들을 끼고 휘어졌습니다. 절벽 끝에는 폐허 상태의 성들이 많았는데, 검푸른 숲에 둘러싸인 채 높은 곳에 서 있는 그 성에는 누구도 가까이 갈 수 없을 것처럼 보였습니다. 실제로 라인강의 이 구역은 대단히 다채로운 풍경을 자랑했습니다. 거친 바위 언덕에서 가파른 절벽과 그 아래로 세차게 흐르는 검푸른 라인강을 굽어보는 성이 보이는가 하면, 어느 틈에 강 쪽으로 뻗어 나온 땅에 풍요로운 포도밭이 펼쳐지고, 녹색 비탈과 굽이치는 강, 사람들로 북적이는 도시가 보였습니다.

때마침 포도를 수확하는 시기라서 강을 따라 내려가는 동안 일꾼들의 노랫소리가 들렸습니다. 울적하고 우울한 기분에 사로잡혀 있던 나조차도 즐거워졌습니다. 나는 보트 바닥에 누웠고, 구름 한 점 없는 하늘을 올려다보려니 한동안 잊고 지냈던 평온함을 한잔 들이키는 기분이었습니다. 내 심정이 이 정도였으니 앙리의 기분이야 더 말할 나위가 없었겠죠. 그는 동화의 나라에 오기라도 한 것 같았고, 사람들이 좀처럼 맛보지 못하는 행복에 빠져 있었습니다. "우리나라에서도 가장 아름답다는 곳들을 두루 다녀 봤어." 그는 말했습니다. "루체른과 우리 주의 호수에서는 눈 덮인 산이 그야말로 깎아지른 절벽을 이루면서 검은 그림자를 물에 드리우는데, 신록이 짙은 섬들이 밝고 환한 모습으로 눈을 즐겁게 해 주지 않는다면 아주 우울하고 음산한 풍경이었을 거야. 폭풍이 몰아치는 것도 봤는데, 바람이 호수에 회오리를 일으켰을 때는 바다의 물기둥은 과연 어떨지 상상이 가더라고. 그곳에서는 거친 물살이 산비탈을 덮쳐서 사제와 그의 애인이 산사태에 쓸려 갔기 때문에 지금도 밤바람이 잠잠해지면 죽어 가던 그들의 목소리가 들린다는 거야. 라발레산도 봤고, 페이드보에도 가 봤어. 그런데 빅터, 그 모든 경이로운 풍경들보다 이 나라가 더 마음에 들어. 스위스의 산들이 더 웅장하고 독특하긴 하지만, 이 성스러운 강의 유역에는 이제까지 한 번도 본 적이 없는 매력이 있어. 저기 절벽에 매달린 저 성을 좀 봐. 그리고 아름다운 수풀에 가려서 거의 보이지 않는 저 섬에 있는 저건 또 어때. 포도넝쿨 사이에서 일꾼들이 나오고 있어. 저 마을은 산비탈에 반쯤 가려져 있네. 아, 여기 살면서 이곳을 지켜 주는 정령은 빙하를 쌓아 올리거나 접근하기도 힘든 봉우리에 숨어 사는 우리나라의 정령보다 인간과 더 잘 어우러지는 영혼을 지녔나 봐."

클레르발! 사랑하는 친구여! 지금도 네 말을 옮기면서, 네가 받아 마땅한 찬사를 생각하자니 마음이 즐거워진다. 그는 '자연이라는 시' 속에서 만들어진 사람이었어요. 거침없고 열정적인 상상력을 감수성으로 가다듬었죠. 그의 영혼에서는 뜨거운 애정이 흘러넘쳤고, 세상살이에 찌든 사람들이 상상에서나 가능할 뿐이라고 훈계하는 헌신적이고 놀라운 우정을 베풀었습니다. 하지만 인간적인 공감만으로는 그의 열정을 만족시키기에 부족했습니다. 다른 사람들은 그저 찬사를 보내는 정도인 자연의 풍경도 그는 뜨겁게 사랑했죠.

우렁찬 폭포는
열정처럼 그를 사로잡았고,
높은 바위와 산, 그리고 깊고 음침한 숲,
그것들의 색채와 형체가 그때 그에게는 갈망이었지.
감정이고 사랑이었지.
상념이 안겨 주는 희미한 매력이나
눈동자에 실리지 않은 흥미로움
그런 건 필요 없었지.

워즈워스 〈**틴턴 수도원**〉

그런데 지금 그는 어디에 있나요? 이 다정하고 사랑스러운 존재는 영원히 사라져 버렸나요? 풍부한 생각과 환상적이고 방대한 상상력으로 가득해서 오로지 그걸 만든 사람의 삶에 좌우되는 그런 멋진 세계를 만들어 내던 그 정신은 스러진 건가요? 그건 이제 오직 내 기억 속에만 존재하는 건가요? 아니, 그렇지 않아. 그토록 거룩하게 빚어서 아름다움을 발산하던 네 육체는 비록 썩어 없어졌어도 정신은 여전히 불행한 친구를 찾아와 위로해 주고 있으니까.

느닷없이 슬픔을 쏟아 낸 것을 이해해 주기 바랍니다. 부질없는 이 말들은 어디에도 비길 수 없는 앙리의 미덕에 바치는 얄팍한 헌사이지만, 그래도 그를 떠올리며 괴로워진 내 심정을 달래 주는군요. 이제 내 얘기를 계속하겠습니다.

우리는 쾰른을 넘어 네덜란드의 평원으로 내려갔습니다. 거기서부터는 역마차로 남은 길을 가기로 했습니다. 맞바람이 불어서 물살이 너무 느렸거든요.

이후의 여정에서는 아름다운 자연을 구경하는 재미는 없었지만, 며칠 지나지 않아 로테르담에 도착했고 거기서 바다를 건너 잉글랜드로 넘어갔습니다. 영국의 하얀 절벽을 처음으로 눈에 담은 건 12월 하순의 어느 청명한 아침이었습니다. 템스강 기슭의 풍경은 새로웠습니다. 평평하면서 비옥했고, 거의 모든 도시가 기억할 만한 이야기를 품고 있더군요. 틸버리 요새를 보며 스페인 함대를 떠올렸고, 고향에서도 들어 봤던 그레이브젠드와 울위치, 그리고 그리니치에도 가 봤습니다.

마침내 런던의 수많은 첨탑들, 우뚝 솟은 세인트폴 대성당과 잉글랜드 역사에서 중요한 위치를 차지하고 있는 런던 탑이 눈에 들어왔습니다.

◆ ◆ ◆

2

런던은 우리의 기착지목적지로 가는 도중 잠깐 들르는 곳였고, 우리는 이 멋지고 유명한 도시에서 몇 달간 머무르기로 했습니다. 클레르발은 당시에 활발하게 활동하던 천재적인 인물들과 교류하길 원했지만, 내게 그건 중요하지 않은 일이었습니다. 나는 무엇보다 약속을 지키는 데 필요한 정보를 얻을 방법에 골몰했고, 저명한 자연 철학자들 앞으로 미리 작성해 온 추천장을 지체 없이 활용했습니다.

만약 행복했던 학생 시절에 이런 여행을 했다면 이루 표현할 수 없는 즐거움을 누렸을 겁니다. 하지만 지금은 어두운 그림자가 내 존재 위에 드리워졌고, 이 사람들도 그저 내 관심을 끔찍하도록 깊이 사로잡은 문제의 정보를 얻기 위해 방문했을 뿐입니다. 사람들과 어울리는 건 거북했습니다. 혼자 있을 때는 하늘과 땅의 풍경을 마음속에 담을 수 있었죠. 앙리의 목소리는 마음을 달래 주었고, 그러면 잠시나마 평화롭다고 나 자신을 속일 수 있었습니다. 하지만 주제넘고 시시하고 경박한 얼굴들을 보면 절망감이 되살아났습니다. 다른 인간들과 나 사이에는 넘을 수 없는 장벽이 있는 것 같았어요. 그 장벽은 윌리엄과 저스틴의 피로 봉해졌고, 내 영혼은 그 이름들과 연관된 사건을 떠올릴 때마다 번민에 휩싸였습니다.

클레르발에게서는 나의 예전 모습이 보였습니다. 그는 탐구심이 많았고 경험과 지식을 쌓고 싶어 했습니다. 이색적인 풍습들이 그에게는 뭔가를 배우고 즐거움을 누릴 수 있게 하는 마르지 않는 샘이었어요. 늘 분주하게 돌아다녔죠. 그의 즐거움을 방해하는 건 시무룩하고 풀죽은 내 모습뿐이었습니다. 나는 최대한 그런 모습을 숨기고, 근심이나 쓰라린 기억 없이 새로운 삶의 경험을 누리는 사람이 느낄 법한 즐거움을 방해하지 않으려고 노력했습니다. 그래서 다른 약속이 있다는 핑계로 그를 따라나서지 않고 혼자 남아 있을 때도 많았죠. 새로운 창조 작업에 필요한 재료들도 수집하기 시작했는데, 그건 물이 계속해서 한 방울씩 머리 위로 떨어지는 것 같은 고문이었습니다. 그 일에 대한 모든 생각은 극심한 고통을 안겨 주었고, 그것과 관련된 무슨 말이라도 하려면 입술이 떨리고 심장이 두근거렸습니다.

런던에서 생활한 지 몇 달이 지났을 때였습니다. 제네바의 우리 집을 방문했던 적이 있는 어느 스코틀랜드 사람에게서 편지 한 통을 받았습니다. 그는 자기 고향의 아름다움을 언급하며, 그 정도면 자신이 살고 있는 북쪽의 퍼스까지 여정을 연장하기에 충분히 매력적인 이유가 아니겠냐고 묻더군요. 클레르발은 그 초대를 받아들이고 싶어서 안달이었고, 나는 사람들과 어울리는 게 질색이기는 했어도 산과 개울의 풍경, 자연이 특별히 선택해서 솜씨를 발휘한 경이로운 작품들을 다시 보고 싶었습니다.

잉글랜드에 도착한 게 10월 초였는데, 어느새 2월이 되었습니다. 그래서 우리는 북쪽으로 떠나는 여행을 한 달 후에 시작하기로 했습니다. 이번에는 큰길을 따라 에든버러로 가는 대신 윈저와 옥스퍼드, 매틀록, 그리고 컴벌랜드 호수를 거쳐 7월 말경에 여정을 마무리하며 목적지에 도착하는 것으로 일정을 정했습니다. 나는 실험 장비와 그때까지 수집한 재료들을 챙겼는데, 스코틀랜드 북부 고지대의 오지에서 작업을 끝마칠 작정이었거든요.

우리는 3월 27일에 런던을 떠나 윈저에서 며칠을 머물며 그곳의 아름다운 숲을 거닐었습니다. 산악 지방 출신인 우리에게는 생소한 풍경이었습니다. 아름드리 떡갈나무, 수많은 사냥감들, 멋진 사슴 무리가 우리에게는 전부 신기하기만 했습니다.

그곳을 떠난 다음에는 옥스퍼드로 갔습니다. 이 도시에 들어서는 우리의 머릿속에는 한 세기 반 전에 그곳에서 벌어졌던 사건이 펼쳐졌습니다. 찰스 1세가 세력을 모은 곳이 바로 여기였죠. 온 나라가 그의 뜻에 등을 돌리고 의회파와 자유의 깃발 아래 모였을 때도 이 도시는 그에게 충성을 바쳤습니다. 그 불운했던 왕과 그의 동지들, 온건한 포틀랜드와 거만한 가워, 왕비와 아들의 기억은 그들이 살게 됐을지도 모를 이 도시의 구석구석에 특별한 의미를 부여했습니다. 지난 시절의 영혼이 깃든 곳에서 우리는 즐겁게 그들의 발자취를 더듬었습니다. 설령 이런 느낌으로 상상 속의 만족을 얻지 못했다 해도 도시의 모습은 감탄을 자아내기에 충분히 아름다웠습니다. 유서 깊은 대학은 한 폭의 그림 같았고, 거리는 웅장했습니다. 그 옆으로 우아한 아이시스템스강 상류를 의미가 아름다운 초록의 목초지 사이로 흐르다가 잔잔하고 드넓게 펼쳐지면, 오래된 나무에 둘러싸인 탑과 첨탑, 돔 지붕의 웅장한 풍경이 수면에 비쳤습니다.

그 풍경이 무척 좋았습니다. 하지만 그러다가도 지나간 기억과 앞날의 불안감이 그 즐거움을 산산조각 내곤 했죠. 자랄 때는 평온한 행복이 익숙했습니다. 어려서는 불만이라는 걸 느낀 적이 없었어요. 어쩌다 권태로워지더라도 자연의 아름다운 풍경을 보거나 인간이 만들어 놓은 훌륭하고 근사한 것들을 탐구하면 늘 흥미가 살아나고 기분이 좋아졌습니다. 그런데 이제 나는 한 그루의 말라 죽은 나무였습니다. 번개가 내 영혼을 꿰뚫었어요. 그리고 그때 나는 느꼈습니다. 내가 살아 있는 건 이제 곧 막바지에 달하게 될 내 몰골, 추악한 인간성의 비참한 광경, 남들에게는 가련해 보이고 내게는 혐오스러운 그 꼴을 보여 주기 위해서라고.

우리는 옥스퍼드에 꽤 오래 머물며 주변 일대를 돌아다니고 잉글랜드의 역사에서 가장 역동적이었던 시대와 관련됐을 만한 곳들을 두루 확인하려고 했습니다. 간단할 줄 알았던 우리의 답사는 다른 유적들이 등장하는 바람에 일정이 늘어질 때가 많았습니다. 저명한 햄던의 무덤과 그 애국자가 죽은 전쟁터에도 가 봤습니다. 이런 유적지에 와서 역사를 돌아보며 자유와 희생이라는 거룩한 이념을 떠올리자니 굴욕적이고 비참한 두려움에 시달리던 영혼이 잠시나마 날아오르는 기분이었습니다. 그때만큼은 나를 구속하는 사슬을 과감하게 끊어 버리고, 자유롭고 원대한 기분으로 주변을 돌아봤습니다. 하지만 쇠사슬은 이미 내 살을 파고들었고, 나는 무력함에 몸을 떨며 다시 비참한 자아 속으로 가라앉았습니다.

아쉬움을 뒤로하고 옥스퍼드를 떠나 다음 기착지인 매틀록으로 향했습니다. 이곳을 둘러싼 시골 풍경은 스위스와 대단히 비슷했지만 모든 면에서 규모가 작았고, 우리나라에서는 소나무 울창한 산맥 뒤로 늘 보였던 만년설의 알프스가 초록의 언덕 너머로는 보이지 않았습니다. 신비로운 동굴을 구경하고 작은 자연사 박물관을 방문했는데, 세르보나 샤무니의 박물관과 같은 방식으로 진기한 전시품들이 진열되어 있었습니다. 앙리의 입에서 샤무니라는 말이 나왔을 때는 몸이 부르르 떨렸고, 나는 끔찍한 장면이 연상되는 매틀록을 서둘러 떠났습니다.

더비를 출발해서 계속 북쪽으로 올라가는 길에 컴벌랜드와 웨스트멀랜드에서 두 달을 보냈습니다. 여기서는 마치 스위스의 산중에 있는 느낌이었어요. 북쪽 기슭에 아직 남아 있는 잔설과 호수, 바위 사이로 세차게 흐르는 개울까지 모든 게 익숙하고 정겨운 풍경이었습니다. 여기서는 사람들도 조금 사귀었는데, 그들과 함께 있으면 행복하다는 착각이 들 정도였습니다. 나보다는 클레르발이 느끼는 기쁨이 훨씬 컸죠. 그는 뛰어난 인재들과 교류하며 지성을 넓혔고 자신보다 못한 사람들과 어울릴 때 자신의 내면에 있다고 생각했던 것보다 훨씬 많은 재능과 소질이 있다는 걸 깨달았습니다. "여기서 평생 살아도 될 것 같아." 그는 이렇게 말하더군요. "이런 산들이 옆에 있다면 스위스와 라인강도 별로 아쉽지 않겠어."

그러나 여행자의 삶이라는 게 즐거우면서도 상당히 고달프다는 걸 그도 깨달았습니다. 여행하는 사람은 늘 긴장한 상태이고, 앉아서 휴식을 취하려다가도 뭔가 새로운 것이 관심을 끌면 몸을 일으켜야 할 것 같고, 그런 다음에는 또 다른 신기한 것을 보러 가야 하기 때문이죠.

컴벌랜드와 웨스트멀랜드의 수많은 호수들을 찾아가는 것도 뜸해지고 몇몇 주민들과 정이 깊어졌을 때쯤 스코틀랜드 친구와 약속한 날짜가 다가와서 다시 길을 떠났습니다. 나는 아쉽지 않았어요. 한동안 약속을 등한시한 터라 악마의 실망에 따른 여파가 두려웠거든요. 놈이 스위스에 그대로 남아서 내 가족들에게 앙갚음을 할지도 모르는 일이었습니다. 이 생각은 내 머릿속을 떠나지 않았고, 어쩌다 잠깐 눈을 붙이고 평온을 누릴 수 있었을 그 순간에도 어김없이 나를 괴롭혔습니다. 나는 초조한 마음으로 편지를 기다렸어요. 편지가 늦어지면 온갖 두려움이 나를 덮쳐서 몹시 괴로웠습니다. 편지를 받아 들고 봉투에 적힌 엘리자베스나 아버지의 이름을 봐도 내 운명을 확인하게 될까 봐 차마 읽을 엄두가 나지 않았죠. 가끔은 그 악마 같은 놈이 나를 쫓아와서 내 친구를 살해하는 것으로 나태한 나를 벌할지 모른다는 생각도 들었습니다. 이런 생각에 사로잡히면 울분을 터뜨릴지 모르는 파괴자부터 앙리를 보호하기 위해 한시도 옆을 떠나지 않고 그림자처럼 따라다녔습니다. 어쩐지 엄청난 범죄라도 저지른 느낌이었고, 죄의식을 떨칠 수 없었습니다. 물론 나는 죄가 없었지만, 범죄만큼이나 치명적이고 끔찍한 저주를 스스로 불러일으킨 셈이었죠.

퀭한 눈과 무덤덤한 마음으로 에든버러에 갔지만, 그 도시는 아무리 불행한 사람이라도 관심을 가질 만한 곳이었습니다. 클레르발은 그곳을 옥스퍼드만큼 좋아하지는 않았습니다. 옥스퍼드의 고풍스러운 분위기를 더 좋아한 탓이죠. 하지만 올 만한 가치가 있는 장소였어요. 새로 조성된 에든버러의 아름다움과 질서정연함, 낭만적인 성과 대단히 쾌적한 주변 지역, 아서의 왕좌, 세인트 버나드의 우물, 그리고 펜틀랜드 언덕이 그의 마음을 기쁨과 감탄으로 채웠습니다. 하지만 나는 이 여정의 종착지에 도착하고 싶은 마음뿐이었습니다.

일주일 만에 에든버러를 떠난 우리는 쿠퍼와 세인트앤드루스를 지나 테이강의 유역을 따라 우리의 친구가 기다리고 있는 퍼스에 도착했습니다. 하지만 나는 낯선 사람들과 웃으면서 얘기를 나누거나 그들의 비위를 맞추며 손님의 역할을 충실하게 수행할 기분이 아니었습니다. 그래서 클레르발에게 스코틀랜드를 혼자 여행하고 싶다고 말했어요. "너도 즐거운 시간을 보내다가 나중에 다시 만나자. 한두 달 정도 걸릴 거야. 하지만 부탁인데, 내 계획을 방해하지는 마. 당분간 혼자 조용히 지낼 수 있게 해 줘. 그러면 한결 가벼운 마음으로 돌아올 테고, 네 기분도 잘 맞춰 줄 수 있을 거야."

앙리는 나를 말리고 싶어 했지만 내 결심이 확고한 걸 알고는 더는 반대하지 않았습니다. 대신 편지를 자주 쓰라고 당부하더군요. "잘 알지도 못하는 여기

스코틀랜드 사람들하고 있느니 나도 너의 고독한 방랑에 동행하고 싶다. 그러니까 서둘러 돌아와. 네가 없으면 어쩐지 마음이 편하지 않거든.”

친구와 헤어진 나는 스코틀랜드의 외딴 곳에서 조용히 작업을 마치기로 결심했습니다. 괴물은 나를 따라왔을 게 틀림없었고, 내가 일을 마치면 자신의 동반자를 데려가기 위해 모습을 드러낼 거라고 믿었습니다.

이런 각오로 북부의 고지대를 건너갔고, 오크니 제도에서도 가장 외진 곳을 작업할 장소로 점찍었습니다. 바위섬인 데다가 높은 절벽으로 계속 파도가 치기 때문에 그런 일을 하기에는 안성맞춤이었죠. 척박한 땅에는 안쓰러운 소 몇 마리만이 간신히 풀을 뜯는 목초지와 다섯 명뿐인 주민을 위한 귀리밭이 고작이었어요. 주민들의 앙상하고 수척한 몸이 초라한 식사의 실태를 보여 주는 듯했습니다. 어쩌다 사치를 부릴 때 먹는 채소나 빵, 심지어는 마실 물까지도 8킬로미터 떨어진 본토에서 실어 와야 했습니다.

섬 전체에 집이라고는 초라한 오두막 단 세 채였고, 내가 도착했을 때 그중 한 곳은 비어 있었습니다. 그래서 그곳을 빌렸어요. 초라한 두 칸짜리 오두막은 더없이 비참한 가난을 그대로 드러냈습니다. 초가지붕은 주저앉았고, 벽에는 회반죽도 바르지 않았으며, 문도 제대로 달려 있지 않았습니다. 사람을 사서 수리하고 가구 몇 점을 들인 후에 집에 들어갔는데, 주민들이 지독한 가난과 궁핍으로 무신경해진 상태가 아니었다면 상당히 놀랄 만한 사건이었을 겁니다. 아닌 게 아니라, 그곳에서는 아무도 나를 주목하거나 방해하지 않았고, 조금이나마 음식과 옷가지를 나눠 줘도 고맙다는 소리조차 들은 적이 없었습니다. 삶의 고단함은 인간의 가장 원초적인 감정조차 무디게 만드는 모양입니다.

이 은신처에서 오전에는 일에만 매달렸습니다. 하지만 저녁에는 날씨가 좋으면 자갈로 뒤덮인 해변을 거닐며 내 발치로 사납게 달려드는 파도 소리를 듣곤 했습니다. 단조로우면서도 변화무쌍한 풍경이었죠. 이토록 황량하고 무시무시한 풍경과는 전혀 다른 스위스가 떠올랐습니다. 포도나무가 빼곡한 언덕과 곳곳에 오두막이 흩어져 있는 평원. 호수는 푸르고 온화한 하늘을 비추며, 어쩌다 바람이 불어서 물결이 일어나도 대양의 포효에 비하면 명랑한 갓난아이의 장난에 불과했지요.

처음 도착했을 때는 이런 식으로 시간을 보냈지만, 작업이 진행될수록 하루가 다르게 끔찍하고 지겨워졌습니다. 가끔은 며칠씩 연구실에 들어가질 못했지만, 어떨 때는 일을 끝내기 위해 밤낮없이 몰두하기도 했습니다. 실제로 내가 매달렸던 일은 구역질 나는 과정이었습니다. 처음 했을 때는 광기의 열정에 눈이 멀어서 이게 얼마나 끔찍한 일인지 몰랐죠. 그저 일의 성공에만 정신이 팔

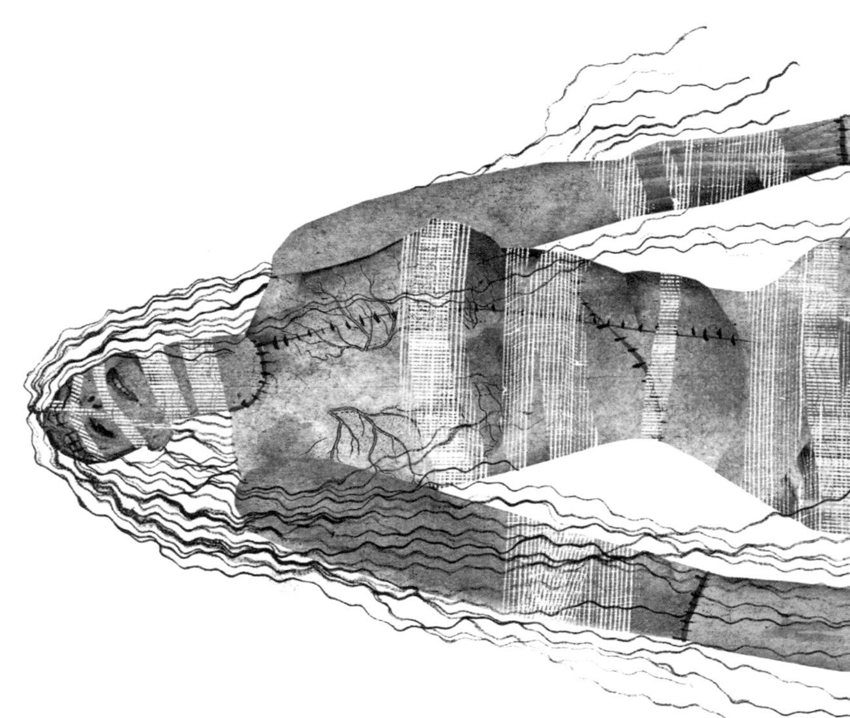

린 나머지 끔찍한 것들이 눈에 들어오지 않았던 겁니다. 하지만 나중에는 머리가 차가워졌고, 손이 하는 일에 속이 뒤집힐 때가 많았습니다.

눈앞의 작업에서 잠깐이나마 관심을 돌리게 해 줄 것이라곤 하나도 없는 고독 속에 파묻혀 혐오스러운 일에 매달리자니 정신이 불안정해졌습니다. 점점 초조해지고 신경이 곤두섰습니다. 당장이라도 놈이 나타나 철퇴를 내리칠 것 같았죠. 가끔은 앉아서 땅만 내려다봤는데, 혹시 두려운 대상을 보게 될까 봐 눈을 들 수 없었기 때문입니다. 혼자 있다가는 놈이 나타나 제 짝을 내놓으라고 할지 몰라 사람들의 눈에 띄지 않는 곳으로는 가지도 못했습니다.

그러면서도 일은 계속해, 작업은 어느새 상당히 진전되었습니다. 간절하게 가슴 떨리는 희망으로 완성을 기대하게 되었지요. 차마 그 희망을 의심할 수는 없었지만 막연하게 불길한 예감이 섞여 있어서 가슴이 울렁거렸습니다.

◆ ◆ ◆

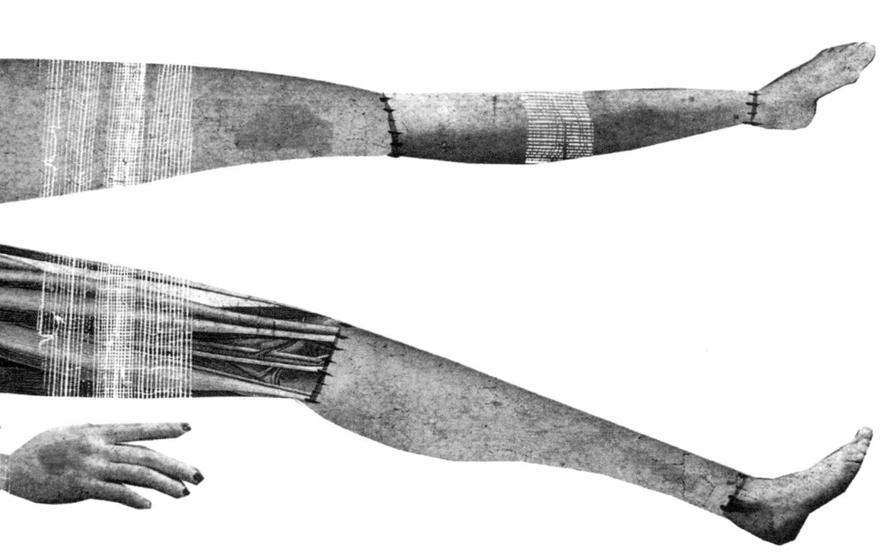

3

작업실에 앉아 있는 어느 날 저녁이었습니다. 해는 저물었고, 바다에서는 막 달이 떠오르고 있었습니다. 일을 하기에는 빛이 충분하지 않으니 오늘은 이쯤 해서 정리할지, 아니면 집중한 김에 빨리 마무리할지 따져 보느라 잠시 손을 놓고 앉아 있었습니다. 그렇게 앉아 있으려니 여러 가지 생각이 꼬리를 물었고, 내가 하고 있는 일이 불러올 결과에 생각이 미쳤습니다. 3년 전에도 나는 똑같은 작업을 했고, 세상에 다시없을 만행으로 내 가슴을 황폐하게 만들고 돌이킬 수 없는 후회를 안겨 준 악마를 만들어 내지 않았습니까. 그리고 이번에도 어떤 성격을 갖게 될지 모를 또 다른 존재를 완성하기 직전이었습니다. 그녀는 어쩌면 제 짝보다 몇만 배는 더 사악해서, 살인과 악행을 재미 삼아 즐길지도 모릅니다. 놈은 인간들이 사는 지역을 떠나 외딴 곳에 숨어 지내겠다고 맹세했지만 그녀는 아닙니다. 사고와 이성을 지닌 동물일 가능성이 높은 그녀가 자신이 만들어지기 전에 맺은 약속을 따르지 않겠다고 거부할지도 모르는 일이었습니다. 어쩌면 그 둘이 서로를 미워할지도 모르죠. 이미 흉측한 자신의 모습을 혐오하는데, 눈앞에 자신과 닮은 여자가 나타난다면 더 심한 혐오감을 느끼지 않겠어요? 그녀 역시 그를 경멸하고 더 나은 외모의 남자를 좋아할지도 모르고, 아예 그를 떠날지도 모르죠. 그러면 그는 동족에게 버림받아 다시 혼자가 되었다는 것 때문에 새로운 분노에 휩싸일지도 모르지 않습니까.

만에 하나 그들이 유럽을 떠나 신대륙의 황무지로 간다고 하더라도, 그 악마가 목말라하는 공감의 첫 결과물은 자식일 테고, 악마의 종족이 지상에 널리

퍼지면 인간의 존재 자체가 공포에 가득한 상황에 처해 위태로워질 겁니다. 나의 이익을 위해 대대손손 저주를 내릴 권한이 나한테 있을까요? 내가 창조한 존재의 궤변에 마음이 흔들렸고 그의 악마 같은 위협 앞에서 이성을 잃었던 겁니다. 이제야 처음으로 내가 한 약속의 사악함을 깨달았습니다. 미래의 후손들이 나를 벌레만도 못한 놈이라고, 제 마음의 평화를 얻겠다는 이기심 때문에 인류의 생존을 대가로 치른 놈이라고 저주할 생각을 하니 진저리가 났습니다.

몸이 부들부들 떨리고 심장이 멎는 것 같았습니다. 그때 고개를 들었더니 달빛이 가득한 창문 밖에 놈이 서 있었습니다. 자신이 시킨 일을 하고 있는 나를 바라보며 섬뜩한 미소를 짓는 놈의 입가에 주름이 잡혔습니다. 네, 그는 이번 여행에 나를 따라왔던 겁니다. 숲에서 어슬렁거리거나 동굴에 숨어 있거나 넓고 황량한 히스 벌판을 은신처로 삼았을 테죠. 그리고 이제 내 작업이 얼마나 진행됐는지 확인하고 약속을 지키라고 요구하기 위해 나타난 겁니다.

올려다본 그의 얼굴에서 더할 수 없이 지독한 악의와 변절의 표정이 보였습니다. 저런 존재를 하나 더 만들겠다는 약속은 미친 짓이라는 생각이 들었고, 격정에 진저리 치며 그때까지 해 온 작업을 산산이 부숴 버렸습니다. 놈은 자신의 행복이 달린 존재가 내 손에 파괴되는 걸 보고는 절망과 복수심으로 섬뜩하게 울부짖더니 사라져 버렸습니다.

나는 밖으로 나와 문을 잠그고 절대로 작업을 다시 시작하지 않겠다고 다짐했습니다. 그러고는 후들거리는 발걸음으로 집에 들어갔습니다. 나는 혼자였습니다. 이 우울함을 씻어 주고 더없이 끔찍한 악몽과 구역질 나는 가위눌림에서 나를 구해 줄 사람이 아무도 없었습니다.

몇 시간쯤 흐른 뒤에 나는 창가에서 바다를 바라보고 있었습니다. 바람이 없

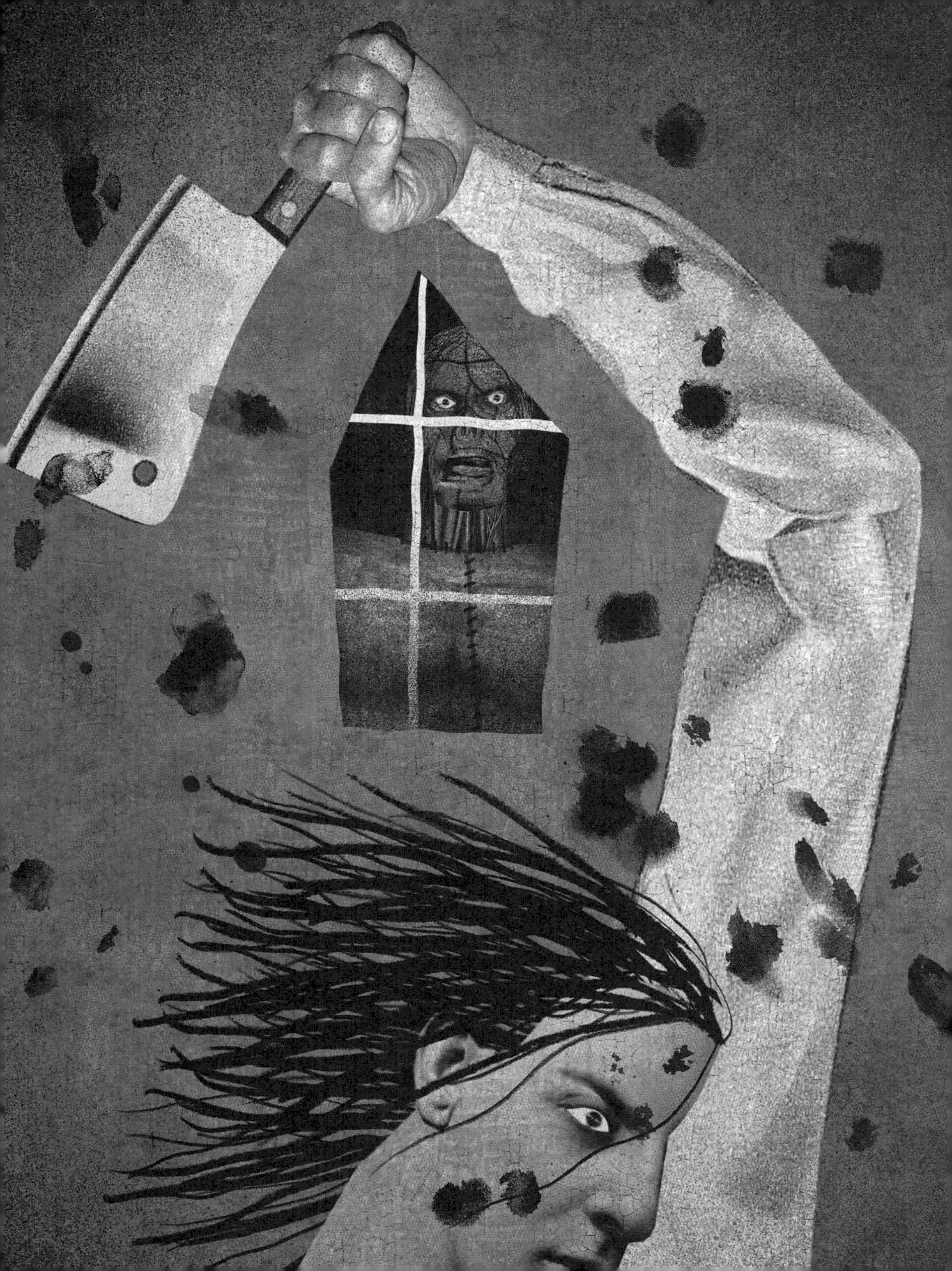

어서 파도도 잔잔했고, 고요한 달의 시선 아래 모든 것이 평화로웠습니다. 바다에는 고깃배 몇 척만이 떠 있었고, 어쩌다 산들바람에 뱃사람들끼리 서로를 부르는 소리가 실려 왔습니다. 외롭고 쓸쓸하다는 느낌이 들면서도 그 아득한 깊이를 거의 의식하지 못하고 있었는데 문득 가까운 해변에서 노 젓는 소리가 귀를 사로잡고 누군가 내리는 게 보였습니다.

몇 분이 지났을까, 누군가 살며시 문을 여는지 삐걱거리는 소리가 들렸습니다. 머리부터 발끝까지 온몸이 바들바들 떨렸습니다. 누군지 알 것 같은 예감에 멀지 않은 오두막에 사는 농부들을 깨우고 싶더군요. 하지만 임박한 위험을 피해서 달아나려 해도 발이 땅에 붙어 버린 악몽을 꿀 때처럼 무력한 기운에 짓눌려 아무것도 할 수가 없었습니다.

이윽고 복도를 따라 걸어오는 발자국 소리가 들리고 문이 열리더니 두려워하던 놈이 모습을 드러냈습니다. 놈은 문을 닫고 내게 다가와서 억누르는 듯한 목소리로 말했습니다.

"시작했던 일을 다 부숴 버리더군. 뭐 하자는 짓이지? 감히 약속을 깨겠다는 거야? 나는 지금껏 온갖 고통과 괴로움을 견뎌 왔어. 너를 따라 스위스를 떠나 라인강 부근의 버드나무 섬들 사이를 지나고 언덕을 넘었지. 잉글랜드의 히스 벌판과 스코틀랜드의 황무지에서도 몇 달을 살았어. 말할 수 없는 피로와 추위, 굶주림을 견뎠는데, 네가 감히 내 희망을 파괴해?"

"꺼져라! 그래, 약속은 깨졌다. 네놈처럼 흉측하고 사악한 존재는 더 만들지 않겠어."

"노예 주제에. 충분히 알아듣게 얘기했건만, 그렇게 봐줄 가치가 없었다는 걸 스스로 증명하는군. 내게 힘이 있다는 걸 잊지 마라. 너는 스스로 불행하다고

생각하겠지만, 나는 네가 너무 비참해서 날이 밝는 것조차 싫어지게 만들어 줄 수 있어. 너는 나의 창조자지만 나는 너의 주인이야. 그러니 복종해!"

"나의 나약했던 시간은 지나갔고, 이제 네게 받는 영향력도 끝났다. 네놈이 아무리 협박해도 사악한 짓을 할 수는 없어. 오히려 너에게 악의 동반자를 만들어 주지 않겠다는 결심이 더 확고해질 뿐이야. 냉철한 이성을 지닌 내가 살육과 악행을 만끽하는 악마를 이 지상에 풀어놓을 것 같으냐? 썩 꺼져라! 내 결심은 확고하고, 너의 말은 내 분노를 자극할 뿐이다."

괴물은 내 얼굴에 드러난 단호한 결의를 보고는 끓어오르는 분노를 어쩔 줄 몰라 이를 박박 갈았습니다. "남자는 누구나 아내를 맞고, 짐승도 다들 제짝이 있는데 나는 혼자 살라는 거야? 내게도 애정이라는 감정이 있었지만, 그것의 보상은 경멸과 조롱이었다. 인간이여! 혐오하는 건 네 자유지만 명심해! 앞으로 너는 두려움과 고통 속에서 살고, 이제 곧 너의 행복을 영원히 앗아 갈 벼락이 내리칠 테니. 내가 참담한 불행 속에서 뒹구는 동안 너는 행복하게 살 줄 알아? 네가 나의 모든 열정을 파괴한다 해도, 복수심은 어쩌지 못해. 복수, 앞으로는 그게 빛이나 음식보다 더 가까워질 거다! 내가 죽더라도 나를 고문하는 폭군인 너부터 너의 불행을 지켜보는 태양을 저주하게 만들 테다. 명심해. 나는 두려움을 모르고, 그래서 강력하니까. 뱀처럼 교활하게 지켜보다가 독을 쏠 테다. 인간이여, 너는 네가 자초한 그 상처를 후회하게 될 것이다."

"입 닥쳐, 이 악마. 그따위 사악한 소리로 공기를 더럽히지 마. 나는 내 결심을 밝혔고, 협박에 굴복하는 겁쟁이가 아니다. 가라, 내 결심은 바뀌지 않는다."

"좋아. 가지. 하지만 기억해라, 네 결혼식 날 밤에 내가 찾아갈 테니." 나는 흠칫 놀라서 뛰쳐나가며 소리쳤습니다. "이 악당아! 내 사형 집행장에 서명하기 전에 네 몸조심부터 해.”

나는 그를 붙잡으려 했지만 놈은 나를 피해 황급히 집을 떠났습니다. 몇 분 후에는 배에 올라 화살처럼 빠른 속도로 물살을 가르더니 이내 파도 사이로 사라져 버렸습니다.

다시 사방이 고요해졌지만, 그의 말이 귓가에 맴돌았습니다. 내 평온을 깨트린 놈을 쫓아가서 바다에 처박고 싶을 만큼 분노가 끓어올랐습니다. 심란한 마음에 빠른 걸음으로 방 안을 서성이는데, 상상 속의 오만 가지 장면이 나를 고문하고 괴롭혔습니다. 어째서 나는 놈을 쫓아가 이 괴로운 싸움의 끝을 보지 않았던가? 내게 모욕을 당하고 떠난 그는 본토 쪽으로 향했습니다. 놈의 탐욕스러운 복수의 다음 희생자가 누구일지 생각하려니 몸서리가 쳐졌습니다. 그러다가 다시 한번 그의 말이 떠올랐어요. “네 결혼식 날 밤에 내가 찾아갈 테니.” 그렇다면 그때가 내 운명에 종지부를 찍는 날이었습니다. 그날 내가 죽어서 그의 원한을 충족시키고 풀어 줘야 하는 것입니다. 그 생각은 두렵지 않았습니다. 하지만 사랑하는 엘리자베스가 연인을 야만스럽게 빼앗긴 뒤에 흘리게 될 눈물과 한없는 슬픔을 생각하자 몇 달 만에 처음으로 눈물이 흘렀습니다. 모질게 싸워 보지도 않고 쓰러지지는 않겠다고 다짐했습니다.

밤이 지나고 바다에서 해가 떠올랐습니다. 격렬한 분노가 절망의 수렁으로 가라앉은 것을 그렇게 표현해도 된다면, 나는 한결 차분해졌습니다. 나는 집을 나섰습니다. 어젯밤에 언쟁을 벌였던 불쾌한 현장을 떠나 바닷가를 거닐었는데, 바다는 나와 세상 사람들 사이에 놓인 넘을 수 없는 장벽 같았습니다. 아니, 차라리 그러길 바라는 마음이 들었습니다. 황량한 바위섬에서 남은 생을 보내고 싶었습니다. 물론 쓸쓸하겠지만 갑작스러운 불행의 충격은 없을 테니까요.

이제 돌아간다면 나를 제물로 바치거나, 내가 가장 사랑하는 사람들이 내가 만든 악마의 손아귀에 죽는 걸 보러 가는 것이었습니다.

나는 사랑하는 모든 것들과 헤어져 이별의 고통에 잠 못 이루는 유령처럼 섬을 헤매고 다녔습니다. 정오가 되어 해가 중천에 떴을 때 나는 풀밭에 누워 깊은 잠에 빠졌습니다. 어젯밤에 잠을 한숨도 못 잔 터라 신경이 곤두섰고, 비통한 심정으로 부릅떴던 눈도 따끔거렸습니다. 그렇게 깊이 자고 일어났더니 기력이 회복되었고, 다시금 인류의 일원이 된 기분이었습니다. 한결 차분한 마음으로 어젯밤의 일을 돌이켜 보기 시작했습니다. 하지만 악마의 말은 여전히 죽음을 알리는 소리처럼 귓전에 울렸고, 모든 것이 꿈만 같은데도 현실처럼 선명하고 답답했습니다.

그사이 해가 저물었고 나는 여전히 해변에 앉아 귀리 빵으로 허기진 배를 채우고 있는데, 어선 한 척이 가까이에 배를 대더니 누군가 내게 꾸러미를 건네주었습니다. 제네바에서 온 편지들이었고, 돌아올 것을 간청하는 클레르발의 편지도 있었습니다. 그는 우리가 스위스를 떠난 지 거의 1년이 되어 가는데 아직 프랑스에는 가 보지 못했다고 했습니다. 그러니 나더러 고독한 섬을 떠나 일주일 후에 퍼스에서 만나 함께 앞으로의 계획을 세우자고 했습니다. 편지를 읽자니 차츰 생기가 돌았고, 이틀 후에 섬을 떠나자고 마음먹었습니다.

하지만 가기 전에 해야 할 일이 있었는데, 그건 생각만 해도 소름이 끼쳤습니다. 실험 장비를 챙겨야 했고, 그러기 위해서는 끔찍한 작업을 했던 그 방에 들어가야 했으며 구역질나는 광경을 보며 도구들을 치워야 했죠. 다음 날 아침 동이 틀 무렵에 나는 간신히 용기를 내서 작업실의 자물쇠를 열었습니다. 절반쯤 완성했다가 내가 파괴해 버린 존재의 잔해가 바닥에 흩어져 있었는데, 어쩐지 살아 있는 사람을 난도질한 느낌이었습니다. 마음을 가다듬고 안으로 들어갔습니다. 떨리는 손으로 장비들을 밖으로 옮겼지만, 저 잔해들을 치우지 않고 떠났다간 농부들의 의심을 사고 공포를 안겨 줄 수 있겠다는 생각이 들더군요. 그래서 그것들을 바구니에 담고 돌을 잔뜩 채워놨다가 야심한 시각에 바다에 버리기로 했습니다. 그래서 그때까지 해변에 앉아 화학 기구들을 씻고 정리했습니다.

악마가 나타났던 밤 이후로 일어난 내 감정의 변화보다 더 완전한 건 없을 겁니다. 전에는 내가 했던 약속을 생각하면 침울한 절망에 빠졌고, 어떤 결과를 낳더라도 약속은 지켜야 한다고 생각했는데, 이제는 눈에 드리웠던 장막을 걷어 낸 것처럼 처음으로 모든 게 선명해 보였습니다. 작업을 다시 시작해야 한다는 생각은 전혀 들지 않았습니다. 놈의 위협이 마음을 짓눌렀지만, 내가 나서서 뭘 어떻게 한들 그걸 피할 수 있을 것 같지는 않았습니다. 처음에 만들었던 그 악마 같은 존재를 하나 더 만드는 건 더없이 비열하고 흉악한 이기심일 거라고 마음을 정리했고, 다른 결론으로 이어질 만한 생각들은 모두 마음에서 밀어냈습니다.

새벽 두세 시 사이에 달이 뜨더군요. 그래서 작은 보트에 바구니를 싣고 해안에서 6~7킬로미터 정도 떨어진 곳까지 나갔습니다. 주변은 적막함 그 자체였습니다. 여러 척의 배가 육지로 돌아가고 있었지만, 나는 그들과 반대 방향으로 나아갔죠. 마치 끔찍한 범죄라도 저지르려는 것처럼 불안에 몸을 떨며 사람들을 피했습니다. 밝게 빛나던 달이 갑자기 짙은 구름에 가렸고, 나는 그 어둠을 틈타 바구니를 바다에 던졌습니다. 바구니가 가라앉으며 꾸르륵거리는 소리를 듣고 그 자리를 떴습니다. 하늘에는 구름이 끼고 거세지는 북동풍이 쌀쌀하기

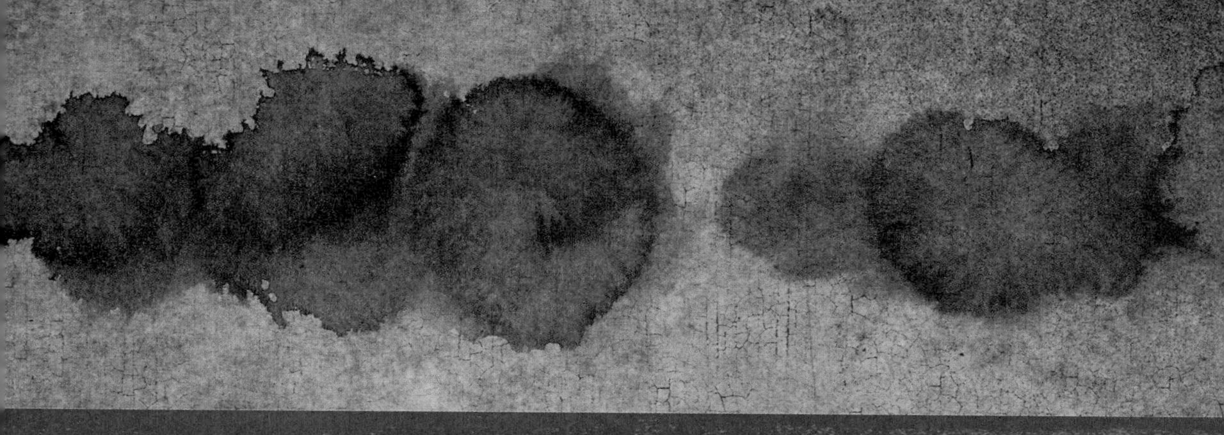

는 해도 공기는 상쾌했습니다. 바람을 쐬니 기운이 나고 기분도 좋아져서 조금 더 바다에 머물렀다 갈 생각에 키를 정위치에 고정한 후 보트 바닥에 몸을 쭉 뻗고 누웠습니다. 구름이 달을 가려서 모든 게 흐릿했고, 들리는 건 보트의 용골이 파도를 가르는 소리뿐이었습니다. 나직한 그 소리는 자장가 같았고, 나는 금세 깊은 잠에 빠지고 말았습니다.

얼마나 오래 그러고 있었는지는 모르겠지만 깨어 보니 해가 이미 중천에 떴더군요. 바람이 세차게 불었고, 파도는 내 작은 보트의 안전을 계속 위협했습니다. 북동풍이 불고 있으니 출발했던 해안에서 멀리 밀려왔을 게 분명했습니다. 진로를 바꿔 보려 했지만, 잘못했다가는 당장 배에 물이 찰 것 같았습니다. 바람에 밀려가는 수밖에 도리가 없었습니다. 솔직히 고백하자면 굉장히 겁이 났습니다. 나침반이 있는 것도 아니고 이 지역의 지리도 잘 모르는 터라 태양의 위치도 별 도움이 되지 않았거든요. 대서양의 먼 바다로 떠내려가서 굶주리며 죽어 가거나, 아니면 울부짖는 거대한 파도에 휩쓸려 갈 수도 있었습니다. 바다에 나온 지도 벌써 몇 시간째였고, 다른 고난의 전조처럼 타는 듯한 갈증이 느껴졌습니다. 하늘을 올려다보니 구름에 뒤덮여 있었지만, 바람은 그 구름을 몰아가고 이내 다른 구름을 실어 왔습니다. 내 무덤이 될 바다를 둘러봤어요. "이 악마야." 나는 고래고래 소리를 쳤습니다. "네놈의 목표는 이제 달성됐다!" 엘리자베스와 아버지, 그리고 클레르발을 떠올렸습니다. 그러자 망상이 밀려왔는데, 어찌나 절망적이고 무서웠는지, 그 상황이 영원히 끝나려는 지금까지도 그때를 떠올리면 몸서리가 쳐집니다.

그렇게 몇 시간이 흘렀습니다. 그러나 해가 수평선을 향해 내려가면서 바람이 차츰 잦아들어 온화해졌고, 산처럼 일어나던 파도도 잠잠해졌습니다. 하지만 그 자리에 엄청난 너울이 일었습니다. 멀미가 나서 키를 잡고 있기도 힘들었을 때, 남쪽 방향으로 길쭉한 고지가 눈에 들어왔습니다.

몇 시간을 두려움과 불안에 떨며 거의 탈진했다가 갑자기 살았다는 희망이 생기자 뜨거운 기쁨이 가슴에 솟구치며 눈물이 났습니다.

인간의 감정이란 얼마나 변덕스러운지! 극심한 불행 속에서도 삶에 애착을 느끼는 건 얼마나 기이한 노릇인가요! 옷을 벗어서 돛을 하나 더 만들고 육지 방향으로 열심히 배를 몰았습니다. 거칠고 황량한 모습이었지만, 가까이 가 보니 농사를 짓는 흔적이 보였습니다. 해안에는 배도 몇 척 있더군요. 갑자기 문명 세계로 훌쩍 돌아온 것 같았습니다. 그곳의 지형을 부지런히 살피다가, 마침

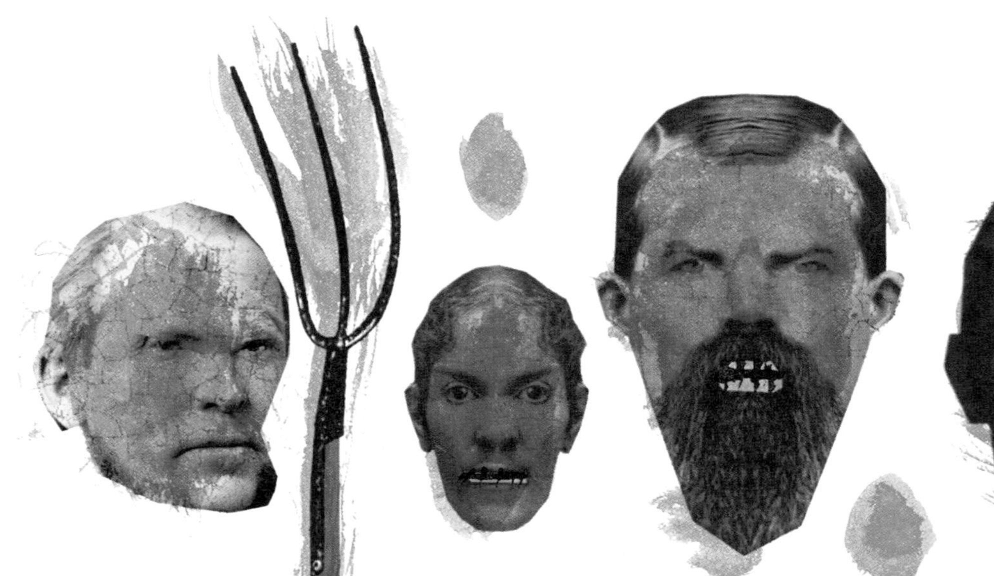

내 작은 곶 뒤로 솟아오른 첨탑 하나를 보고는 탄성을 질렀습니다. 이루 말할 수 없이 쇠약해진 상태였던 나는 음식을 가장 쉽게 보충할 수 있는 마을을 향해 곧장 배를 몰고 가야겠다고 결정했습니다. 다행히 수중에 돈이 있었습니다. 곶을 돌아가자 작고 깔끔한 마을과 근사한 항구가 눈에 들어왔고, 그곳에 배를 대려니 예상치 못한 해결에 기쁨으로 가슴이 벅차올랐습니다.

배를 대고 돛을 정리하는데 사람들이 다가왔습니다. 내가 나타난 것에 무척 놀란 눈치였지만, 도와주겠다고 나서지 않았어요. 몸짓을 곁들여 가며 자기들끼리 수군거리는데, 다른 때 같았으면 은근히 경계심이 들었을 거예요. 영어를 쓴다는 것 말고는 알아들을 수가 없었고, 그래서 그들의 언어로 말을 걸었습니다. "안녕하시오, 이 마을의 이름이 뭡니까? 여기가 어딘지 좀 알 수 있겠소?"

"그건 곧 알게 될 거요." 한 남자가 퉁명스러운 목소리로 대답했습니다. "찾아온 곳이 썩 마음에 들지 않겠지만, 어디 묵을까 걱정할 필요는 없을 거외다."

낯선 사람의 무례한 대답은 무척 놀라웠고, 옆에 늘어선 사람들의 화난 듯이 찡그린 표정도 당혹스러웠습니다.

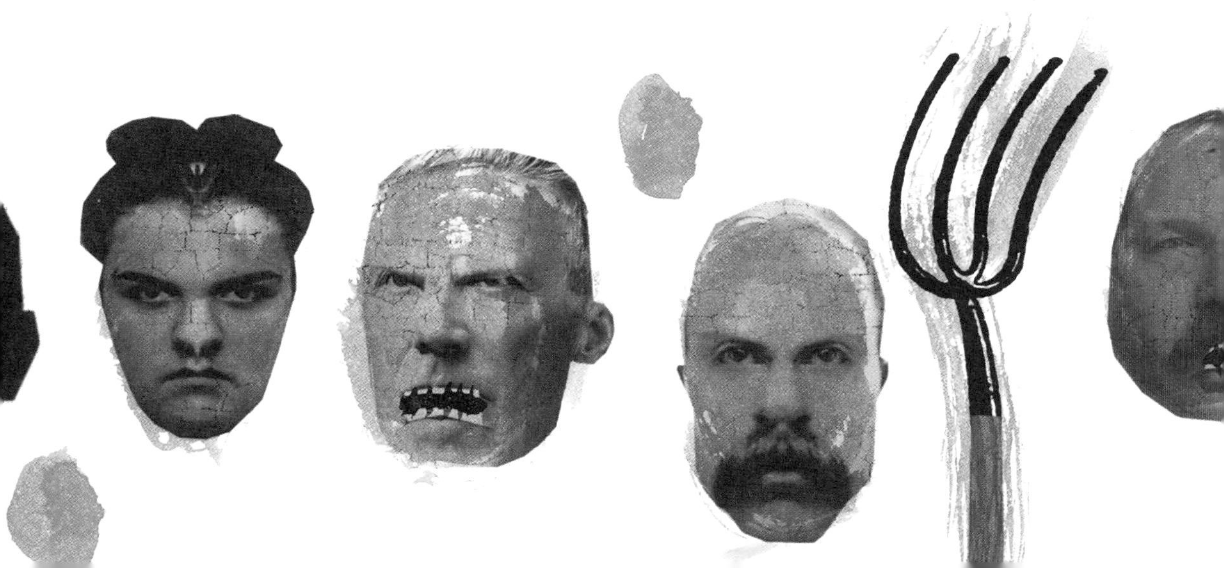

"왜 그렇게 거칠게 대답하는 거요?"

내가 대꾸를 했습니다. "낯선 사람을 불친절하게 맞이하는 건 잉글랜드의 풍습이 아닐 텐데."

"잉글랜드의 풍습이 뭔지는 난 모르겠고," 그 남자는 말했습니다. "악당을 싫어하는 게 아일랜드의 풍습이요."

이렇게 희한한 대화가 오가는 사이에 우리를 둘러싼 사람들이 빠르게 늘어났습니다. 그들의 얼굴에는 호기심과 분노가 섞여 있어서 불쾌하기도 했을뿐더러 조금 불안했습니다. 여인숙으로 가는 길을 물어봤지만 대답하는 사람이 아무도 없었습니다. 그래서 앞으로 걸어가려는데 사람들이 웅성거리더니 나를 따라와서 에워싸는 것이었습니다. 그러고는 험악하게 생긴 남자가 다가와 내 어깨를 툭 치며 말했습니다. "이보쇼, 나와 같이 커윈 씨에게 좀 가셔야겠소. 가서 직접 해명을 하시오."

"커윈 씨가 누구죠? 내가 왜 해명을 해야 하죠? 여기는 자유 국가 아닌가

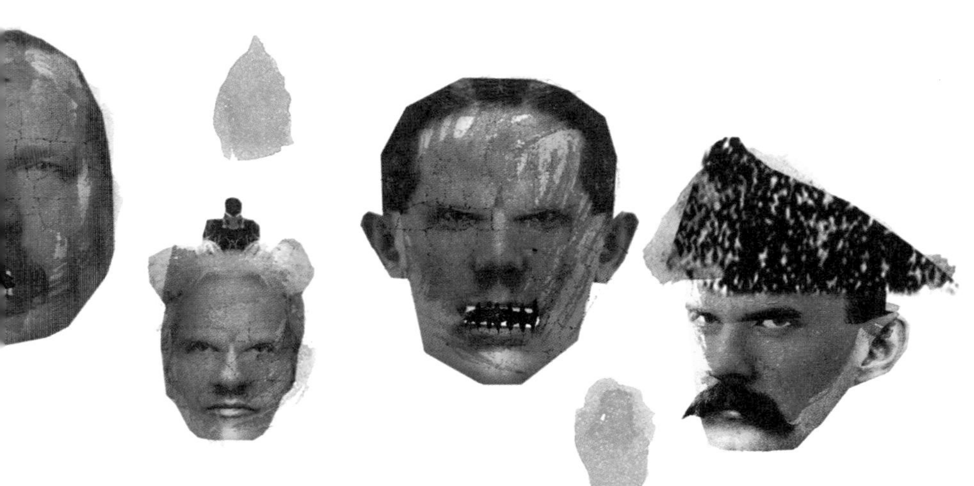

요?"

"아, 물론 정직한 사람들이야 얼마든지 자유롭게 살 수 있지. 커윈 씨는 치안 판사요. 어젯밤에 웬 남자가 살해된 채 발견됐으니 그 죽음에 대해 해명을 해야겠소."

그 말을 들었을 때는 너무 놀랐지만 금세 진정이 됐습니다. 나는 결백하니까, 그건 쉽게 입증이 될 거라고 생각했죠. 그래서 잠자코 그 남자를 따라 마을에서 제일 좋아 보이는 집으로 들어갔습니다. 피곤하고 허기져서 금방이라도 주저앉을 것 같았지만, 사람들이 몰려 있으니 어떻게든 기운을 내는 게 현명하겠다는 생각이 들었습니다. 힘이 없는 모습을 두려움이나 죄책감 탓이라고 오해할 수도 있었으니까요. 잠시 후에 나를 덮칠 재앙, 공포와 절망 속에서 불명예나 죽음에 대한 두려움을 모두 날려 버릴 재앙을 그때는 전혀 짐작하지 못했습니다.

잠깐 쉬어야겠네요. 이제부터 얘기할 그 끔찍한 사건에 대한 기억을 세세한 부분까지 제대로 떠올리려면 엄청난 정신력이 필요하거든요.

◆ ◆ ◆

4

나는 곧 치안 판사 앞으로 안내되었습니다. 그는 차분하고 온화한 태도를 지닌 인자한 노인이더군요. 하지만 나를 보는 눈빛은 제법 엄격했습니다. 그러고는 나를 데려온 사람들에게 이 사건의 증인이 누구냐고 물었습니다.

대여섯 명이 앞으로 나왔고, 그중 한 사람이 치안 판사의 지목을 받아 이렇게 증언했습니다. 그는 어젯밤에 아들, 그리고 처남인 대니얼 뉴전트와 고기를 잡으러 나갔는데, 열 시쯤 됐을 때 북풍이 세차게 불어서 뱃머리를 항구로 돌렸답니다. 달이 뜨기 전의 깜깜한 시간이라 평소와 달리 항구에 들어가지 못하고 3킬로미터 정도 아래쪽의 후미에 배를 댔다는군요. 그가 고기잡이 도구를 챙겨 앞서 걸었고, 일행은 조금 거리를 두고 따라갔습니다. 모래밭을 걷던 그는 발부리에 뭐가 걸리는 바람에 앞으로 철퍽 넘어졌습니다. 일행이 달려와서 그를 일으켜 세웠는데, 호롱을 비춰 보니 그의 발에 걸린 건 웬 남자의 몸이었고, 보아하니 죽은 것 같았답니다. 처음에는 물에 빠져 죽은 시체가 파도에 떠밀려 왔을 거라고 생각했는데, 자세히 살펴보니 옷이 젖지 않았고, 아직 몸도 차갑지 않더랍니다. 그들은 즉시 가까이 사는 노파의 오두막으로 남자를 옮기고 어떻게든 살려 보려고 했지만 허사였습니다. 남자는 잘생긴 외모에 나이는 스물다섯가량이었고, 목이 졸려서 죽은 것처럼 보였다는군요. 목에 찍힌 시커먼 손가락 자국을 제외하면 폭행의 흔적이 없었다니까요.

증언의 앞부분은 전혀 흥미로울 게 없었지만, 손가락 자국이라는 말이 나오자 동생의 죽음이 떠오르면서 평정심이 사라졌습니다. 손발이 부들거리고 눈앞이 흐릿해져 몸을 지탱하기 위해 의자를 짚어야 했습니다. 치안 판사는 날카로운 시선으로 나를 주시했고, 당연히 내 행동에서 좋지 않은 조짐을 느꼈을 겁니다.

아들은 아버지의 증언이 맞다고 확인했을 뿐이지만, 그다음에 호명을 받고 나온 대니얼 뉴전트는 동행이 넘어지기 직전에 배 한 척이 해안에서 그리 멀지 않은 곳에 있었는데 남자 혼자 타고 있었으며, 별빛으로 판단한 바에 따르면 내가 조금 전에 내린 것과 같은 배였다고 주장했습니다.

해변 근처에 사는 한 여자는 시체가 발견되기 약 한 시간 전에 어부들이 돌아오길 기다리며 문가에 서 있었는데, 나중에 시체가 발견된 지점에서 한 사람이 배를 타고 떠나는 걸 봤다고 했습니다.

또 다른 여자는 어부들이 자신의 집에 시체를 옮긴 게 사실이며, 몸이 차갑지 않았다고 말했습니다. 그들이 남자를 침대에 눕히고 몸을 문질렀으며, 대니얼이 약제사를 부르러 갔지만 숨은 완전히 끊어진 상태였다고 했습니다.

그 밖에 내가 해변에 도착한 것과 관련해서 몇 사람이 심문을 받았는데, 그들은 어젯밤에 북풍이 심하게 불어서 내가 몇 시간 동안 바람을 거스르려 하다가 출발했던 지점으로 다시 돌아올 수밖에 없었던 게 분명하다고 입을 모았습니다. 내가 다른 곳에서 시체를 실어 온 것으로 보이며, 내가 해안을 몰랐던 것으로 미루어 시체를 유기한 지점에서 마을까지의 거리를 모른 채 항구에 들어왔을 거라고도 말했습니다.

증언을 들은 커윈 판사는 시신을 보관해 놓은 방으로 나를 데려가라고 했는데, 시신을 보고 어떻게 반응할지 확인하고 싶었던 모양입니다. 아마도 살해 방식에 대한 얘기가 나왔을 때 내가 심하게 동요했던 것 때문에 그런 생각을 한

것 같았어요. 그래서 나는 치안 판사를 비롯한 몇몇 사람을 따라 여인숙으로 갔습니다. 운명의 그 밤에 일어난 기이한 우연의 일치가 놀라웠지만, 시신이 발견된 시각에는 내가 머물던 섬의 주민들과 얘기를 나누고 있었기 때문에 이 일의 결과에 대해서는 전혀 우려하지 않았습니다.

시신이 놓인 방으로 들어갔더니 관이 있었습니다. 그걸 봤을 때의 내 심정을 어떻게 표현할 수 있을까요? 지금도 공포가 느껴지면서 입술이 마릅니다. 그 끔찍한 순간을 생각하면 괴로운 마음에 몸이 떨리고 그를 알아본 순간의 고통이 희미하게 되살아납니다. 죽어서 내 앞에 누워 있는 앙리 클레르발을 보자 재판이며 치안 판사와 증인들의 존재 같은 건 모두 내 기억에서 꿈처럼 사라졌습니다. 숨이 턱 막히더군요. 나는 시신에 몸을 던지며 울부짖었습니다. "나의 흉악한 계획이 너마저, 내 절친한 벗인 앙리 너의 목숨마저 앗아 갔단 말이냐. 이미 둘의 목숨을 빼앗았고, 다른 희생자들도 운명의 순간을 기다리고 있지만, 클레르발, 내 친구이며 은인인 너마저." 내가 느낀 극한의 괴로움은 인간의 육신으로 버틸 수 있는 정도를 넘어섰습니다. 나는 격렬한 발작을 일으켰고, 사람들은 나를 밖으로 데리고 나갔습니다.

그러고는 열병에 걸렸습니다. 죽음의 문턱에서 두 달을 누워 있었습니다. 나중에 듣자니, 내 헛소리가 아주 무시무시했다고 하더군요. 윌리엄과 저스틴, 그리고 클레르발을 죽인 살인자가 나라고 소리쳤답니다. 가끔은 나를 돌보는 사람들한테 내가 괴롭힘을 당하고 있으니 그 악마를 같이 처단하자고 애원하더랍니다. 그런가 하면 그 괴물의 손가락이 목을 조르는 느낌에 죽겠다고 비명을 지르기도 했는데, 다행인 건 모국어로 말을 했기 때문에 커윈 판사만 알아들을 수 있었다는 겁니다. 하지만 몸짓이며 비통한 울음만으로도 그걸 지켜본 사람들에게 두려움을 안겨 주기엔 충분했습니다.

나는 왜 죽지 않았던가? 이제껏 나처럼 비참한 사람이 없었는데, 어째서 영원한 망각과 안식으로 침몰하지 않았던가? 죽음은 사랑하는 부모의 유일한 희망이던 꽃 같은 아이들의 목숨을 수없이 앗아 갔고, 건강한 희망으로 활짝 피어나던 많은 신부들과 젊은 연인들은 무덤에서 구더기의 먹이가 되어 썩어 가는데! 나는 무엇으로 만들어졌기에 바퀴를 돌리듯 계속해서 새로운 고문을 가하는 그 많은 충격을 겪고도 버틸 수 있단 말인가.

하지만 나는 살아야 할 운명이었습니다. 두 달 만에 꿈을 꾸다 일어난 것처럼 깨어 보니 감옥이었고, 형편없는 침대에 누워 있는 내 눈에 들어오는 건 간수와 옥지기, 문을 걸어 잠근 빗장, 지하 감옥의 온갖 처참한 도구들뿐이었습니다. 정신이 들었을 때는 아침이었던 걸로 기억합니다. 무슨 일이 있었는지 구체

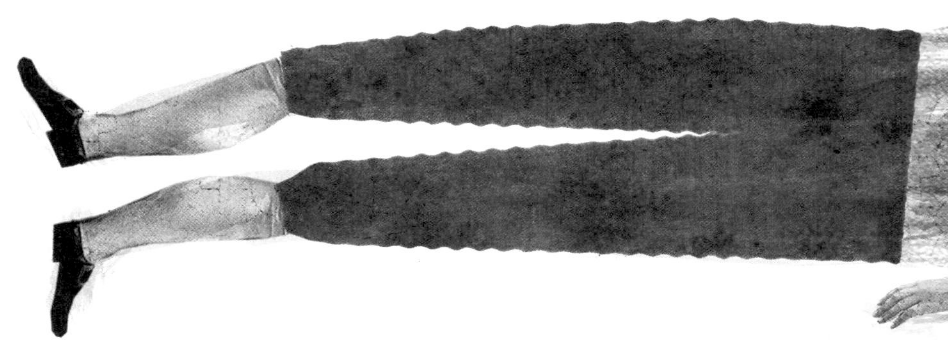

적인 내용은 다 잊어버리고 뭔가 엄청난 불행이 갑자기 나를 덮친 것 같은 느낌만 들었습니다. 그런데 주변을 둘러보다가 창살과 더러운 방을 보는 순간, 모든 기억이 섬광처럼 스쳐 갔고 나는 괴로움에 울부짖었습니다.

옆 의자에 앉아 자고 있던 노파가 그 소리에 일어났습니다. 내 간병을 위해 고용된, 옥지기의 아내였지요. 표정에는 그 계층 사람들에게 흔한 나쁜 특징들이 전부 드러났습니다. 깊고 거친 주름은 아무 감정 없이 불행을 지켜보는 데 익숙해진 사람의 것이었고, 목소리도 무심하기 이를 데 없었습니다. 그녀는 영어로 말을 걸었는데, 내가 괴로움에 몸부림칠 때 들었던 목소리라는 생각이 들었습니다.

"이제 좀 괜찮아지셨소?" 그녀가 말했습니다.

나는 같은 언어로 대답했습니다. 목소리에는 힘이 하나도 없었죠. "그런 것

같습니다. 하지만 이 모든 게 현실이라면, 정말로 꿈을 꾼 게 아니라면 아직까지 이렇게 살아서 불행과 고통을 느낀다는 게 유감이군요."

"하기야," 노파가 말을 받았습니다. "만약 당신이 살해한 그 남자 얘기라면 내가 보기에도 차라리 죽는 게 낫지. 앞으로 여간 힘들지 않을 테니까. 그래도 다음 차례에는 교수형이 집행될 거요. 하지만 내 알 바 아니지. 나야 당신을 돌봐서 병을 낫게 하라고 여기 있는 거니까. 나는 양심에 한 점 부끄럼 없이 의무를 다하고 있어요. 다들 그렇게만 한다면 좋을 텐데 말이지."

죽음의 문턱에서 살아 돌아온 사람한테 그렇게 무정한 말을 내뱉는다는 게 혐오스러워서 고개를 돌려 버렸습니다. 하지만 몸이 늘어졌고, 지나간 일들을 떠올릴 수가 없었어요. 지금까지의 내 인생이 모두 꿈같았습니다. 가끔은 그게 정말 사실일까 의심스러웠는데, 그 정도로 현실감이 느껴지지 않았습니다.

머릿속에 떠다니던 장면들이 더 또렷해지자 다시 열이 올랐습니다. 어둠이 사방에서 나를 짓눌렀고, 다정하고 사랑스러운 목소리로 나를 달래 주거나 따뜻한 손으로 어루만져 주는 사람은 하나도 없었습니다. 의사가 와서 약을 처방하면 노파가 챙겨 줬습니다. 노파의 얼굴은 처음에는 그저 무심하게만 보였는데, 다시 보니 잔인한 표정이 두드러졌습니다. 하긴 돈을 받고 일을 하는 교수형 집행인이 아니고서야 누가 살인자의 생사에 관심을 갖겠습니까?

처음에는 이렇게 생각했는데, 커윈 판사가 이례적으로 내게 온정을 베풀었다는 사실을 곧 알게 되었습니다. 그는 감옥에서 제일 좋은 방을 나한테 내주었고(물론 제일 좋다고 해도 형편없었지만), 의사와 간호사를 불러 준 것도 그였습니다. 물론 나를 보러 오는 일은 거의 없었는데, 모든 인간의 고통을 덜어 주려는 마음이 아무리 간절하더라도 살인자의 고뇌와 비통한 헛소리를 접하고

싶은 마음은 없었을 테니까요. 그래서 나를 잘 돌보고 있는지 확인하기 위해 어쩌다 찾아오긴 했지만, 방문은 드물고 머무는 시간도 짧았습니다.

꾸준히 건강을 회복해 가던 어느 날이었어요. 눈을 반쯤 감고 볼은 죽어 가는 사람처럼 흙빛인 채로 의자에 앉아 있었습니다. 침울하고 참담한 기분에 짓눌린 나는 이렇게 비참하게 갇혀 있다가 풀려난들 불행만이 가득한 세상일 텐데 차라리 죽는 게 낫다는 생각을 자주 했습니다. 한 번은 가여운 저스틴보다 결백할 것도 없으니 차라리 유죄를 인정하고 법의 처벌을 달게 받아야 하는 게 아닌가 하는 생각도 들었습니다. 그런 생각을 하고 있을 때 감방의 문이 열리더니 커윈 판사가 들어왔습니다. 그의 표정에서 동정과 연민이 보였습니다. 그는 의자를 내 곁으로 끌어다 앉더니 프랑스어로 말을 걸었습니다.

"여기서 지내는 게 매우 충격적일 텐데, 조금이라도 편하게 지낼 수 있도록 내가 해 줄 일이 있겠나?"

"감사합니다만, 그 어떤 것도 제겐 아무 의미가 없습니다. 세상천지에 저를 위로해 줄 수 있는 건 없습니다."

"자네처럼 기이한 불운에 처한 사람에게 낯선 이의 동정이 큰 위로가 될 수 없다는 건 알고 있네. 하지만 머잖아 이 침울한 곳에서 나가게 되지 않겠나. 필시 범죄의 혐의를 벗겨 줄 증거가 나올 테니까."

"그런 것에는 전혀 관심이 없습니다. 이상한 일을 잇달아 겪으면서 저는 세상에서 가장 비참한 인간이 되었습니다. 지금껏 시련과 고통에 시달렸는데, 죽음인들 대수겠습니까?"

"아닌 게 아니라 최근에 벌어진 기이한 우연처럼 불운하고 괴로운 일도 없을 거야. 자네는 불가사의한 우연으로 이 해안에 밀려왔고, 우리는 손님을 환대하기로 유명하지. 그래서 곧바로 체포되어 살인 혐의를 받지 않았나. 그러고는 처음 눈에 들어온 광경이라는 게 친구의 시신이었어. 설명할 길 없는 방법으로 살해된 그 시신은 마치 어떤 악마가 자네가 갈 곳을 알고 미리 가져다 놓기라도 한 것 같았지."

커윈 판사가 이런 얘기를 하는 동안 고통스러운 기억이 떠올라 마음이 요동쳤지만, 그가 나에 대해 많은 것을 파악하고 있다는 생각에 상당히 놀랍기도 했습니다. 내가 경악하는 표정을 지었던 모양인지, 커윈 판사는 서둘러 이렇게 말하더군요.

"자네의 옷을 살펴볼 생각을 한 건 자네가 앓아눕고 하루 이틀이 지났을 때라네. 연락처를 수소문해서 자네의 불운한 처지와 상태를 가족들에게 알려 줄 수 있을까 싶었지. 편지 몇 통을 찾아냈는데, 그중 한 통의 첫머리를 읽고 자네 아버지가 보낸 편지라는 걸 알았네. 그래서 곧 제네바로 기별을 보냈어. 편지를 보낸 지도 거의 두 달이 됐군. 그런데 자네는 아직도 이렇게 몸이 좋지 않으니. 지금도 떨고 있지 않나. 아직은 절대로 흥분해서는 안 될 것 같아."

"이런 긴장감이 제게는 그 어떤 사건보다 천배는 더 끔찍합니다. 누가 또 죽었는지, 누구의 죽음을 애도해야 하는지 어서 말씀해 주세요."

"자네의 가족은 아주 잘 있다네." 커윈 판사는 다정한 목소리로 말했습니다. "그리고 누가 자네를 만나러 왔어. 친구라네."

어떤 연쇄 작용이 그런 생각을 불러왔는지는 모르겠지만, 살인자가 내 불행을 비웃고 클레르발의 죽음으로 나를 조롱하며 자신의 흉악한 욕망에 따르라고 나를 자극하기 위해 찾아왔다는 생각이 불현듯 뇌리를 스쳤습니다. 나는 손으로 눈을 가리고 고통스럽게 외쳤습니다.

"아! 제발 데려가요! 그자를 만날 수 없어요. 하느님 제발, 그를 들어오게 하지 말아요!"

커윈 판사는 당혹스러운 표정으로 나를 쳐다봤습니다. 아무래도 죄책감 때문에 그렇게 외치는 거라는 생각을 하지 않을 수 없었겠죠. 그는 다소 엄격한 목소리로 이렇게 말했습니다.

"아버지가 오시면 반가워할 거라고 생각했는데 이렇게 격렬하게 반감을 드러낼 줄은 몰랐군."

"아버지요?" 이렇게 말하는 순간 표정과 온몸의 근육이 풀리면서 괴로움이 빠져나가고 즐거움이 밀려왔습니다. "정말로 아버지가 오셨나요? 감사합니다, 정말 감사합니다. 하지만 지금 어디 계신가요? 왜 빨리 오시지 않는 거죠?"

판사는 돌변한 내 태도가 놀랍기도 하고 반가운 모양이었습니다. 조금 전의 울부짖음은 잠시 또 헛소리를 했던 거라고 생각했는지, 이내 평소의 인자한 모습으로 돌아갔습니다. 그는 자리에서 일어나 간병인과 함께 밖으로 나갔고, 잠시 후에 아버지가 들어왔습니다.

이 순간에 아버지가 오신 것보다 내게 더 큰 기쁨을 줄 수 있는 일은 없었을 겁니다. 나는 아버지를 향해 손을 내밀며 말했습니다.

"무사하시군요. 그러면 엘리자베스는요? 그리고 에르네스트는요?"

아버지는 그들이 잘 있다는 말로 나를 안심시켰고, 내가 마음 깊이 관심을 가질 만한 얘기를 하면서 침울한 내 기분을 북돋워 주려고 애쓰셨어요. 하지만 감방이라는 데가 유쾌한 거처일 수는 없다는 걸 금세 깨달으셨죠. "네가 이런 곳에 있다니!" 아버지는 창살이 있는 창문과 참담한 감방을 애처롭게 둘러보며 말씀하셨습니다. "행복을 찾아서 여행을 떠났건만 불운이 너를 쫓아다니는 모양이구나. 그리고 불쌍한 클레르발……."

불운하게 살해된 친구의 이름을 듣는 순간 쇠약한 내 상태로는 견딜 수 없을 정도로 마음이 요동쳤습니다. 눈물이 뚝뚝 떨어졌습니다.

"아! 그래요, 아버지." 내가 대답했습니다. "너무나 끔찍한 어떤 운명이 저에게 드리워져 있고, 그 운명을 따르지 않으려면 저는 앙리의 관 위에서 죽었어야 해요."

면회는 오래 허락되지 않았는데, 내 건강이 너무 위태로운 탓에 안정을 찾기 위해서 가능한 모든 조치를 취해야 했기 때문이었죠. 커윈 판사가 들어와서 너무 무리하다가 건강을 해치면 안 된다고 주의를 주었습니다. 하지만 아버지의 등장이 내게는 수호천사를 만난 것과 같았고, 차츰 건강을 되찾았습니다.

병은 나았어도 내게 드리운 우울하고 암울한 기운은 무엇으로도 해소할 수 없었습니다. 클레르발, 살해당한 그의 참혹한 모습이 눈앞에서 떠나지 않았습니다. 그런 상념 때문에 동요하는 나를 보고 주변에서 건강이 다시 나빠지는 게 아닌가 걱정한 것도 한두 번이 아닙니다. 아아! 저들은 어째서 이토록 비참하고 혐오스러운 목숨을 살려 놓은 건지! 나는 운명대로 살아야 하는 게 분명했고, 이제 운명의 끝이 다가오고 있습니다. 아, 이제 곧 죽음이 나의 맥을 끊고, 가루가 되도록 나를 짓누르는 이 무거운 고뇌에서 나를 구해 주겠죠. 그리고 정의에 대한 보상으로 나 또한 안식을 누리게 될 겁니다. 늘 이런 바람을 품고 있었으면서도 막상 죽음은 먼 얘기 같았습니다. 그리고 몇 시간씩 미동도 없이 잠자코 앉아 어떤 거대한 격변이 일어나서 나와 내 파괴자를 그 잔해 속에 파묻어 버리길 소망했습니다.

순회 재판관할 내의 다른 지방을 순회하면서 간단한 절차로 행하던 재판의 시기가 다가왔습니다. 감옥에 갇힌 지도 어느새 세 달이 지났습니다. 여전히 쇠약하고 재발의 위험이 늘 도사리고 있었지만, 재판이 열리는 주청 소재지까지 거의 160킬로미터의 길을 가야 했습니다. 커윈 판사는 부지런히 증인을 모아서 내 변호를 준비했습니다. 이 사건은 사형을 선고하는 법정까지는 가지 않았기 때문에 나는 범죄자로 사람들 앞에 서는 굴욕은 면했습니다. 내 친구의 시신이 발견된 시각에 내가 오크니섬에 있었다는 사실이 입증되자 대배심배심 제도에서, 정식 기소를 위하여 하는 배심은 소장을 기각했고, 혐의를 벗은 지 2주 만에 나는 감옥에서 풀려났습니다.

범죄 혐의를 벗고 자유의 몸이 되어 다시 신선한 공기를 마시고 고향으로 돌아갈 수 있게 된 나를 보면서 아버지는 무척 기뻐하셨습니다. 그런데 나는 그런 마음이 들지 않았습니다. 내게는 지하 감옥이나 궁전이나 지겹고 싫기는 마찬가지였으니까요. 삶이라는 잔에는 영원히 독이 퍼졌고, 태양이 행복하고 명랑한 사람들을 비추듯이 나를 비춘다 해도 내 눈에 보이는 것은 짙고 소름끼치는 어둠, 나를 노려보는 두 개의 서늘한 눈동자 말고는 그 어떤 빛도 뚫을 수 없는 어둠뿐이었습니다. 가끔은 그게 풍부한 표현을 담아내던 앙리의 눈동자일 때도 있었습니다. 죽어서 생기를 잃은 검은 눈동자는 눈꺼풀에 거의 덮였고, 길고 검은 속눈썹이 드리웠습니다. 또 어떤 때는 잉골슈타트의 내 방에서 처음 봤던, 물기가 어리고 탁한 괴물의 눈동자였습니다.

아버지는 내게서 사랑의 감정을 깨우려 했습니다. 이제 곧 돌아갈 제네바, 그곳에 있는 엘리자베스와 에르네스트의 얘기를 했지만, 그런 말을 들어도 깊은 신음만이 나올 뿐이었습니다. 물론 가끔은 행복을 소망하기도 했죠. 그리고 사랑하는 엘리자베스를 떠올리며 침울한 기쁨을 느끼기도 했습니다. 어린 시절의 정겨운 추억이 어린 그 푸른 호수와 론강의 빠른 물살을 다시 한번 보고 싶어 미칠 듯한 향수병에 시달리기도 했어요. 하지만 대체로 나는 무감각했고, 그런 마음으로는 천상의 아름다움을 자랑하는 자연의 풍경이 감옥과 다를 바 없었습니다. 이런 상태는 거의 변함없이 지속되었고, 그게 중단될 때는 발작하듯 번민과 절망에 빠질 때뿐이었어요. 그런 순간이면 이 지긋지긋한 삶을 끝내려 할 때가 많았고, 끔찍한 자해 시도를 막기 위해서는 지속적인 보살핌과 감시가 필요했습니다.

감옥을 떠날 때 누군가 이런 말을 했던 게 기억나네요. "저 사람은 살인 사건과 관련해서는 결백할지 몰라도, 뭔가 양심의 가책을 느끼고 있는 게 틀림없어." 그 말이 가슴에 꽂혔습니다. 양심의 가책! 그래요, 맞습니다. 윌리엄, 저스틴, 그리고 클레르발까지 모두 나의 흉악한 계획 때문에 목숨을 잃었죠. 나는 외쳤습니다. "그리고 누구의 죽음으로 이 비극이 끝날 것인가? 아! 아버지, 이 비참한 고장에 머무르고 싶지 않습니다. 저를, 제 존재를, 온 세상을 잊을 수 있는 곳으로 데려가 주세요."

아버지는 물론 내 청을 들어주었습니다. 커윈 판사에게 작별 인사를 하고는 서둘러 더블린으로 갔습니다. 배가 순풍을 받으며 아일랜드를 떠날 때는 무거운 짐을 내려놓는 기분이었습니다. 극심한 고통의 현장이었던 그 나라를 영원히 떠나게 되었으니까요.

자정이었습니다. 아버지는 선실에서 주무시고, 나는 갑판에 누워서 별들을 올려다보며 뱃전에 부서지는 파도 소리를 듣고 있었죠. 아일랜드를 시야에서 가려 주는 어둠을 찬양하며 이제 곧 제네바를 보게 된다는 생각에 뜨거운 기쁨으로 맥박이 뛰었습니다. 지난 일들이 무서운 악몽처럼 느껴졌지만, 내가 타고 있는 배, 끔찍한 아일랜드의 해변을 떠날 수 있도록 나를 밀어 주는 바람, 그리고 주변에 펼쳐진 바다는 내가 망상에 시달리는 게 아니라는 것과 내 친구이자 둘도 없는 동료였던 클레르발이 나와 내가 만든 괴물의 손에 희생되었다는 사실을 또렷하게 일깨워 주었습니다. 나는 기억을 다시 더듬고 지나온 삶을 훑어봤습니다. 제네바에서 가족들과 함께 살 때의 평온한 행복, 어머니의 죽음과 잉골슈타트로 떠났던 것. 사악한 원수를 만들도록 나를 몰아쳤던 광기와 놈이 첫 숨을 내쉬었던 밤을 떠올릴 때는 소름이 끼쳤습니다. 더 이상 생각을 이어 갈 수 없었고, 수많은 감정이 복받쳐 결국 쓰라린 눈물을 쏟고 말았습니다.

열병에서 회복된 후로 나는 밤마다 소량의 아편을 복용하는 습관이 생겼습니다. 약을 먹어야만 잠을 잘 수 있고, 그래야 목숨을 부지할 수 있었으니까요. 밀려드는 불행한 기억에 이날은 양을 두 배로 늘렸고, 곧 깊은 잠에 빠졌습니다. 하지만 잠조차도 비참한 생각에서 나를 놓아주지는 않더군요. 수많은 것들이 꿈에 나와서 내게 공포를 안겨 주었습니다. 새벽녘에도 악몽에 시달렸는데, 내 목을 조르는 악마의 손아귀에서 빠져나올 수 없는 꿈이었어요. 신음과 고함 소리가 귀에 울렸습니다. 아버지는 나를 지켜보다가 몸을 부들부들 떠는 걸 보고는 나를 깨웠고, 홀리헤드 항구에 도착했다며 그곳을 가리켰습니다.

◆ ◆ ◆

5

우리는 런던에 가지 않고 그대로 잉글랜드를 가로질러 포츠머스로 가서 아브르행 배를 타기로 했습니다. 이 경로를 선호한 이유는 무엇보다 친애하는 나의 클레르발과 함께 평온한 순간을 만끽했던 많은 곳들을 다시 보는 게 두려웠기 때문입니다. 둘이 함께 찾아가곤 했던 사람들과 마주치는 건 생각만 해도 끔찍했습니다. 그러면 그 사건에 대해 물을지도 모르는데, 그 기억을 떠올리면 여인숙에서 클레르발의 시신을 봤을 때 내 가슴을 찔렀던 아픔을 다시 느끼게 될 테니까요.

아버지는 내가 다시 건강과 마음의 안정을 되찾는 것을 보려고 모든 노력을 기울였습니다. 아버지의 배려와 애정은 끝이 없었죠. 내 슬픔과 우울은 가실 줄 몰랐지만, 아버지는 포기하지 않았습니다. 가끔은 내가 살인 혐의로 법정에 서야 했던 걸 치욕스럽게 여기는 거라고 짐작하고는 자존심은 부질없는 거라며 나를 설득하려 했습니다.

"오, 아버지." 나는 말했습니다. "아버지는 저를 너무 모르시네요. 저같이 하찮은 놈이 자존심을 느낀다면 인간의 존재 자체와 감정, 열정이 타락할 겁니다. 저스틴, 불쌍하고 불운했던 저스틴도 저처럼 결백했고 저와 같은 혐의를 뒤집어썼는데 죽고 말았죠. 제가 모든 것의 시작이고 제가 그녀를 죽인 거예요. 윌리엄과 저스틴, 그리고 앙리. 모두 제 손에 죽은 거라고요."

아버지는 내가 감옥에 있는 동안에도 같은 얘기를 하는 걸 몇 번이나 들으셨죠. 내가 그런 식으로 자책하면 가끔은 무슨 소리인지 설명해 주길 바라는 눈치였고, 또 어떨 때는 망상에 시달리는 모양이라고 생각하는 것 같았습니다. 앓아누웠을 때 이런 망상에 시달렸는데 회복한 후에도 그 기억이 남은 거라고 생각하신 거죠. 나는 설명을 피했고, 내가 만들어 낸 그 추악한 놈에 대해서도 침묵했습니다. 치명적인 비밀을 온 세상에 털어놓는다면 아무래도 미치광이 취급을 받을 것 같았고, 그래서 영원히 입을 다물어 버린 겁니다.

내 말을 듣고 아버지는 몹시 놀라 말씀하셨습니다. "그게 무슨 말이니, 빅터? 정말 미쳐 버린 거냐? 제발 부탁인데, 다시는 그런 소리 하지 마라."

"미치지 않았어요." 나는 힘주어 외쳤습니다. "제가 하는 작업을 지켜본 저 태양과 하늘이 진실을 입증해 줄 증인입니다. 저는 죄 없이 결백했던 그들을 죽인 살인자입니다. 그들은 내 계획 때문에 죽었어요. 그들을 살릴 수만 있다면 제 피를 뚝뚝, 천 번이라도 흘렸을 겁니다. 하지만 그럴 수 없었어요, 아버지. 인류를 희생시킬 수는 없었어요."

얘기가 이렇게 끝나 버리자 아버지는 내 머리가 혼란스러워서 그렇다고 생각하고는 얼른 대화의 주제를 바꿔서 내 생각의 흐름을 돌리려 했습니다. 아일랜드에서 일어난 일에 대한 기억 자체를 아예 지워 버리고 싶었던 아버지는 당신이 그 얘기를 언급하는 일도 없었을뿐더러 나한테도 그곳에서 겪은 불행을 얘기하지 못하게 했습니다.

시간이 흐르면서 저도 조금 차분해졌습니다. 가슴에는 여전히 고통이 숨 쉬고 있었지만, 예전처럼 내 죄에 대해 종잡을 수 없는 말을 늘어놓지는 않았습니다. 그걸 의식하고 있는 것만으로도 내겐 충분했습니다. 온 세상에 정체를 드러내고 싶어 하는 그 포악한 불행의 목소리를 억누르는 건 차라리 극단적인 자학이었습니다. 내 태도는 얼음의 바다에 다녀온 후로 그 어느 때보다 차분하고 안정적이었습니다.

아브르에는 5월 8일에 도착했고, 곧바로 파리로 출발했습니다. 그곳에서 아버지의 볼일 때문에 몇 주를 머물렀습니다. 그리고 거기서 엘리자베스의 이런 편지를 받았습니다.

빅터 프랑켄슈타인 앞.

나의 가장 사랑하는 친구에게,

파리에서 외삼촌이 보내 주신 편지를 받고 너무나 기뻤어. 이제 네가 더 이상 아득히 먼 곳에 있지 않고 어쩌면 2주 안에 너를 만날 수도 있으니까. 가여운 내 사촌, 얼마나 고생이 많았니! 제네바를 떠날 때보다 건강이 더 상했겠구나. 가슴 졸이는 불안감에 시달렸던 지난겨울은 너무 힘들었어. 그래도 평화로운 네 얼굴을 보고 싶어. 너의 마음에서 위안과 평온이 완전히 사라지지 않았다는 걸 확인할 수 있으면 좋겠다.

1년 전에 너를 그렇게 불행하게 만들었던 그 감정이 아직도 남아 있고, 심지어 시간이 지나면서 더 심해진 건 아닐까 두려워. 너무나 많은 불행이 너를 짓누르는 때에 네 마음을 어지럽히고 싶지는 않지만, 외삼촌이 떠나시기 전에 하신 말씀이 있어서, 우리가 만나기 전에 조금 이야기해 둬야겠어.

이야기라고! 어쩌면 너는 이렇게 말할지도 모르겠다. 엘리자베스가 이야기할 일이 뭐가 있을까? 네가 정말로 이렇게 말했다면 내 질문에 답을 한 것이나 마찬가지이니, 나는 이쯤해서 끝인사를 하고 편지를 마쳐도 될 거야. 하지만 너는 먼 곳에서 불안해할 수도 있지. 그러니 이 설명을 듣는다면 흡족할 거야. 그리고 만에 하나 정말로 그렇다면 네가 집을 비운 사이에 종종 네게 말하고 싶었지만 그럴 용기가 나지 않았던 얘기를 더 이상 미룰 수가 없구나.

빅터, 너도 잘 알고 있듯이 어려서부터 우리를 맺어 주는 게 너희 부모님의 소망이었잖아. 우리는 자라면서 내내 그런 얘기를 들었고, 그걸 정해진 미래로 받아들였지. 어릴 적에 우리는 다정한 소꿉동무였고, 자라서는 소중한 친구가 됐어. 오누이는 서로 살가운 애정을 느끼더라도 더 친밀한 관계를 맺는 걸 바라지 않는 경우가 많은데, 혹시 우리도 그런 걸까? 너무나 소중한 빅터, 말해 줘. 우리 둘의 행복을 걸고 꾸밈없는 진실을 말해 줘…… 다른 사람을 사랑하는 건 아닌지.

너는 집을 떠났고, 잉골슈타트에서 여러 해를 살았어. 그리고 고백하건대, 지난가을에 너는 너무나 불행해 보였고, 아무도 곁에 두려 하지 않은 채 혼자만 있으려고 했지. 너는 우리가 하나 되는 걸 원치 않는데도 부모님의 소망을 이뤄 드리기 위해 그 뜻을 따르려는 것처럼 보였어. 그래서는 안 돼. 고백하건대 나는 너를 사랑해. 미래를 그리는 내 꿈속에서 너는 언제나 나의 영원한 친구이자 동반자였어. 그러나 나는 나뿐만 아니라 너도 행복하길 바라고, 분명히 말하지만 너의 자유로운 선택이 아니라면 우리가 결혼하더라도 나는 영원히 비참한 삶을 살게 될 거야. 네가 잔인한 불행에 짓눌려 있고, 도리라는 그 말 때문에 너의 본모습을 되찾아 줄 사랑과 행복을 모두 포기한다고 생각하면 지금도 눈물이 흘러. 너를 너무나 사랑하는 내가 너의 바람을 가로막는 장해물이 되어 너의 불행을 열 배로 만드는 건 아닐까. 아, 빅터. 너의 사촌이자 소꿉친구인 나는 너를 진심으로 깊이 사랑하기 때문에 이런 생각을 하면 가슴이 아파. 부디 행복하렴, 친구야. 그리고 네가 나의 이 한 가지 요청만 들어준다면 이 세상에서 내 마음의 평온을 깨트릴 수 있는 건 아무것도 없을 거야.

이 편지 때문에 불편해하지는 마. 혹시라도 곤혹스럽다면 내일이나 모레, 아예 여기에 도착할 때까지 대답하지 않아도 돼. 너의 건강에 대해서는 외삼촌이 편지로 알려 주실 테고, 우리가 만났을 때, 이 편지 때문이든 아니면 뭔가 나로 인한 다른 이유 때문이든, 네 입가에 미소가 어린 걸 본다면 내게 다른 행복은 필요하지 않을 거야.

엘리자베스 라벤자.

제네바에서, 17—년 5월 18일.

이 편지는 그동안 잊고 있었던 기억을 되살려 주었습니다. "네 결혼식 날 밤에 내가 찾아갈 테니!" 악마의 이 위협은 내게 내려진 선고였고, 그날 밤에 악마는 나를 파괴하고, 내 고통을 조금이나마 위로해 줄 행복의 전망마저 앗아 가려고 모든 계략을 동원할 겁니다. 그날 밤에 그는 나를 죽이는 것으로 죄악의 완결을 보겠다고 결정한 겁니다. 아, 그러라죠. 목숨을 건 싸움이 벌어져서, 만약 그의 승리로 끝난다면 나는 영원한 안식을 얻고 나를 제멋대로 휘두르던 그의 힘도 끝장날 겁니다. 그를 무찌른다면 내가 자유의 몸이 되겠죠. 하! 무슨 자유? 가족이 눈앞에서 살해되고 오두막이 불타고 땅은 황폐해져 집도 없이 빈털터리로 혼자 떠돌아다니는 농부의 자유? 내 자유도 그런 것이었죠. 그래도 내겐 엘리자베스라는 보물이 있었습니다. 아아! 죽을 때까지 나를 따라다닐 회한과 죄책감, 공포를 달래 줄 보물.

다정하고 사랑스러운 엘리자베스! 그녀의 편지를 읽고 또 읽었습니다. 그러면 부드러운 감정이 가슴에 스며들면서 감히 사랑과 기쁨이 가득한 낙원의 꿈을 내 귀에 속삭였습니다. 하지만 이미 금단의 사과를 먹었고, 천사는 팔을 휘둘러 나를 희망의 땅에서 몰아냈습니다. 그러나 그녀를 행복하게 할 수 있다면 죽음도 두렵지 않았습니다. 괴물이 협박해 온다면 죽음을 피할 길은 없었습니다. 그렇더라도 결혼이 내 운명을 재촉하는 것은 아닌가 생각해 봤습니다. 실제로 나의 파멸이 몇 달 더 빨리 찾아올지도 모르지만, 협박 때문에 결혼을 미룬다는 걸 안다면 놈은 틀림없이 또 다른 방법, 아마 더 끔찍하게 복수할 방법을 찾아낼 겁니다. "네 결혼식 날 밤에 내가 찾아갈 테니!" 그는 이렇게 단언했지만 그렇다고 그때까지 조용히 지내겠다고 약속한 건 아니었어요. 그러니까 여전히 피에 굶주렸다는 걸 보여 주려고 협박을 선언한 직후에 클레르발을 살해한 겁니다. 그런 까닭에 사촌과 하루빨리 결혼하는 것이 그녀와 아버지에게 행복을 안겨 주는 길이라면, 내 목숨을 노리는 원수의 계략에 휘둘려 결혼을 늦춰서는 안 되겠다고 결심했습니다.

이런 마음으로 엘리자베스에게 답장을 썼습니다. 내 편지는 차분하면서도 애정이 가득했습니다. "사랑하는 여인에게," 이런 말로 편지를 시작했습니다. "지상에서 우리에게 남은 행복은 얼마 되지 않는 것 같구나. 그래도 내가 앞으로 누릴 모든 행복은 오로지 너로 인한 것이야. 헛된 걱정은 모두 날려 버려. 나는 오로지 너만을 위해 내 삶을 바치고, 너를 만족시키기 위해 살 뿐이니까. 내게는 한 가지 비밀이 있어, 엘리자베스. 끔찍한 비밀이야. 이걸 네게 털어놓으면 너는 온몸이 공포로 얼어붙고, 내가 불행한 것에 대해 놀라기는커녕 그런 일을 겪고도 내가 살아 있다는 게 신기할 거야. 이 참담하고 끔찍한 이야기는 결혼식을 올린 다음 날 들려줄게. 내 어여쁜 사촌, 우리 사이에는 감추는 게 하나도 없어야 하니까. 하지만 그때까지는 부디 그 얘기를 언급하거나 암시하지 말아 줘. 너무나 간곡한 이 부탁을 너는 들어주리라 믿는다."

편지를 받고 일주일쯤 지났을 때 제네바에 도착했습니다. 그녀는 나를 따뜻한 사랑으로 맞아 주었지만, 수척한 몸과 열에 들뜬 뺨을 보고는 눈물을 글썽였습니다. 그사이에 그녀도 변했더군요. 몸이 야위었고, 그토록 매력적이던 쾌활함도 많이 사라졌습니다. 하지만 상냥한 태도와 연민을 담은 부드러운 표정을 지녀서, 나처럼 참담하고 불행한 사람에게 더없이 잘 어울리는 짝이었지요.

이제야 간신히 누리게 된 평온은 오래 지속되지 않았습니다. 기억이 광기를 불러냈고, 지난 일을 생각하면 말 그대로 실성한 상태가 되곤 했습니다. 가끔은 분노가 폭발해서 사납게 날뛰었고, 어떨 때는 의기소침했습니다. 말을 하거나 누구를 쳐다보지도 않은 채, 나를 덮친 무수한 불행에 정신이 혼란스러워서 꼼짝도 않고 앉아 있었습니다.

이런 발작에서 나를 끌어낼 수 있는 사람은 엘리자베스뿐이었어요. 그녀의 다정한 목소리는 격정에 휘말린 나를 달래 주었고, 무감각해진 마음에 다정한 감정을 불어넣었습니다. 그녀는 나와 함께 울고, 나를 위해 눈물을 흘렸습니다. 내가 정신을 차릴 때면 그런 나를 타이르며 현실을 받아들이게 하려고 노력했습니다. 아! 그저 불운한 사람이라면 현실을 받아들일 수 있겠지만 죄를 지은 사람에게 평온이란 없으니. 가책의 번민은 넘치는 슬픔에 탐닉하는 사치마저도 누릴 수 없게 만드니까요.

집에 도착하고 얼마 지나지 않았을 때 아버지는 사촌과 곧바로 결혼식을 치르라고 말했습니다. 나는 잠자코 있었어요.

"그렇다면 따로 좋아하는 사람이라도 있는 거니?"

"세상천지에 그런 사람은 없습니다. 저는 엘리자베스를 사랑하고 기쁜 마음으로 우리의 결혼을 기대하고 있습니다. 그러니 결혼 날짜를 잡겠어요. 그날에 살아서든 죽어서든 그녀의 행복을 위해 저를 바치겠습니다."

"빅터, 그런 식으로 말하지 마라. 힘겨운 불행이 우리에게 닥쳤다. 하지만 남은 걸 더 소중하게 여기면서, 떠난 사람들에 대한 사랑을 살아남은 이들에게 쏟도록 하자. 가족이 많지는 않지만 우리는 사랑, 그리고 함께 겪은 불행이라는 끈으로 단단히 엮여 있잖니. 시간이 흐르면서 네가 느끼는 절망이 옅어지면 새로이 애정을 쏟을 대상이 태어나 우리가 그토록 잔인하게 빼앗긴 사람들의 자리를 채워 줄 거야."

이게 아버지의 말씀이었죠. 하지만 내겐 협박의 기억이 되살아났습니다. 잔인한 짓을 저지른 악마의 가공할 능력을 봤다면 그를 거의 무적의 존재로 보는 것도 무리가 아니었습니다. 놈이 결혼식 날 밤에 찾아오겠다고 선언했으니 그 운명은 피할 수 없다고 봐야 했습니다. 하지만 엘리자베스를 지킬 수 있다면 죽음도 내겐 나쁠 게 없었어요. 그래서 나는 거의 명랑한 표정으로 아버지에게 엘리자베스가 찬성한다면 열흘 후에 결혼식을 올리겠다고 동의했고, 그렇게 내 상상 속의 운명에 도장을 찍고 말았습니다.

아아, 신이시여! 악마 같은 원수의 사악한 계략이 무엇일지 한순간이라도 생각했다면 불행한 결혼을 받아들이지 않고 고향을 영원히 떠나 아무도 모르는 곳에서 부랑자처럼 떠돌아다녔을 겁니다. 하지만 무슨 마법이라도 부린 걸까요. 괴물은 내가 진짜 속셈을 알아차리지 못하게 했습니다. 내 죽음만 대비하면 된다고 생각한 탓에 나는 훨씬 소중한 희생자의 죽음을 앞당기고 말았습니다.

결혼식을 올리기로 한 날이 다가올수록 나는 겁이 났는지, 아니면 어떤 불길한 예감 때문인지 가슴이 철렁 내려앉는 기분이었습니다. 유쾌한 표정으로 이런 기분을 숨겼더니 아버지는 미소를 지으며 기뻐하셨죠. 그러나 늘 주의를 게을리하지 않는 엘리자베스의 예리한 눈은 속일 수 없었습니다. 그녀는 평온하고 만족스러운 마음으로 우리의 결혼을 기다렸지만 약간의 두려움도 내비쳤습니다. 지나간 불행이 남긴 여파 때문에, 지금은 확실하게 손에 잡힐 것처럼 보이는 행복이 한낱 꿈처럼 순식간에 사라져, 깊이를 헤아릴 수 없는 영원한 후회만을 남길지도 모른다는 두려움이었죠.

결혼식 준비가 끝나고 하객들이 도착했습니다. 다들 환한 미소를 지었습니다. 그 모든 것이 내 비극의 장식품일 뿐이었어도, 나는 마음을 갉아먹는 불안을 최대한 감춘 채 겉으로는 진지한 모습을 보이며 아버지가 하라는 대로 따랐습니다. 우리는 제네바와 가까워 아버지를 매일 볼 수 있고 전원을 즐길 수 있는 콜로니 근처에 신혼집을 마련했습니다. 에르네스트가 학교를 다닐 수 있도록 아버지는 계속 제네바 성내에 계실 예정이었죠.

한편 나는 악마가 대놓고 공격해 올 것에 대비해서 나를 보호할 만반의 준비를 갖췄습니다. 권총과 단검을 늘 몸에 지녔고, 놈의 계략을 피하기 위해 경계를 늦추지 않았습니다. 그런 덕분에 마음도 상당히 평온해졌습니다. 실제로 결혼식 날이 다가올수록 놈의 협박은 내 마음의 평화를 깨트릴 만한 가치가 없는 망상에 불과해 보였고, 결혼에 기대하는 행복은 더 확실한 모습을 갖췄습니다. 엄숙한 서약의 날이 다가올수록 무슨 일이 벌어져도 행복해지는 걸 막을 수 없을 거라고 속삭이는 소리가 계속 들려왔습니다.

엘리자베스는 행복해 보였어요. 나의 차분한 태도도 그녀의 마음을 안정시키는 데 큰 도움이 됐습니다. 하지만 나의 소망을 이루고 운명을 결정하기로 되어 있던 그날, 그녀는 우울한 기분에 빠져들었습니다. 불길한 예감에 휩싸였던 거죠. 어쩌면 내가 다음 날 들려주겠다고 약속했던 그 끔찍한 비밀을 생각한 건지도 모릅니다. 그러는 중에도 아버지는 기쁨에 들떴고 결혼 준비로 바쁜 조카가 우울해하는 걸 신부의 수줍음 정도로 여겼습니다.

식이 끝나고 아버지의 집에서 성대한 잔치가 열렸지만, 엘리자베스와 나는 그날 오후와 밤을 에비앙에서 보내고 다음 날 아침에 콜로니로 돌아올 예정이었습니다. 날이 화창하고 바람도 마침 순풍이어서 배를 타고 가기로 했습니다.

그때가 내 인생에서 행복이라는 감정을 느낀 마지막 순간이었습니다. 배는 빠르게 나아갔습니다. 태양이 뜨거웠지만, 우리는 햇빛을 막아 주는 차양 밑에서 아름다운 경치를 감상했습니다. 때로는 호수 쪽에 서서 몽살레브와 상쾌한 몽탈레그르의 산비탈, 그리고 저 멀리 모든 것을 압도하는 몽블랑과 부질없이 그 산과 겨루려는 눈 덮인 봉우리들을 바라봤습니다. 또 어떨 때는 반대쪽 기슭을 따라 고향을 떠나려는 야망을 품은 사람들에게 어두운 면을 드러내고 자신을 정복하려는 침략자들에게는 차마 넘기 힘든 장벽으로 맞서는 웅장한 쥐라산을 감상했죠. 나는 엘리자베스의 손을 잡고 말했습니다. “슬픈 얼굴이구나. 아! 내가 어떤 고통을 겪었고, 또 어떤 일을 당할지 네가 안다면 오늘만큼은 내게 허락된 고요를 누리고 절망에서 자유로울 수 있게 해 줄 텐데.”

“맘껏 행복을 누려, 빅터.” 엘리자베스가 대답했습니다. “너를 가슴 아프게 할 일은 없을 거야. 그리고 내 얼굴이 기쁨으로 넘치지 않더라도 내 마음은 만족스러우니까 안심해. 우리 앞에 펼쳐진 전망을 너무 믿지 말라고 속삭이는 소리가 자꾸 들려. 하지만 그런 불길한 목소리에는 귀를 기울이지 않을 테야. 배가 얼마나 빠르게 달리는지 좀 봐. 구름은 흐릿하다가도 몽블랑의 지붕 위로 올라가서 이 아름다운 풍경을 더욱 멋지게 만들어 주고 있어. 바닥에 놓인 조약돌 하나까지 다 보일 정도로 맑은 물속에서 헤엄치는 저 많은 물고기를 봐. 정말 거룩한 날이야! 자연까지도 전부 행복하고 평온해 보여!"

엘리자베스는 그렇게 우울한 상념을 떨치고 나도 그런 생각에서 벗어나게 하려고 노력했습니다. 하지만 그녀의 기분은 요동쳤어요. 잠깐 동안은 눈에서 기쁨이 반짝였지만, 금세 딴생각에 빠지거나 망상에 잠기기 일쑤였습니다.

해가 낮게 내려앉았고, 우리는 드랑스강을 따라 높은 언덕의 협곡과 낮은 언덕의 골짜기 사이를 지나갔습니다. 여기서는 알프스가 호수에 더 가까웠고, 산들이 원형 극장을 이루는 알프스의 동쪽 경계에 도착했습니다. 숲을 두른 에비앙의 뾰족한 봉우리가 반짝이고, 주변으로는 산맥이 첩첩이 쌓여 있었습니다.

엄청난 속도로 배를 밀어 주던 바람이 저물녘이 되자 산들바람으로 잦아들었습니다. 부드러운 바람에 잔물결이 일었고, 다가오는 호숫가의 나무들도 바람에 즐겁게 몸을 흔들었습니다. 호숫가에서는 더없이 상쾌한 꽃향기와 건초 냄새가 풍겼습니다. 뭍에 닿았을 때는 이미 해가 저물었더군요. 땅에 발을 딛는 순간 근심과 두려움이 되살아나는 느낌이었고, 그건 곧 나를 사로잡아 영원히 떨어지지 않을 예정이었습니다.

◆ ◆ ◆

배에서 내렸을 때는 여덟 시였습니다. 우리는 잠시 호숫가를 따라 거닐면서 저무는 빛을 즐기다가 여인숙으로 들어갔고, 어스름에 잠겨서도 검은 실루엣을 뽐내는 호수와 숲과 산을 감상했습니다.

남풍이 잦아들자 이번에는 서쪽에서 바람이 거세게 일어났습니다. 하늘 높이 솟았던 달이 이울기 시작했습니다. 구름은 독수리보다도 더 빠르게 달을 스치며 빛을 가렸고, 분주한 하늘의 풍경을 고스란히 담아내던 호수는 물살이 일어나기 시작하면서 더 어지러워졌습니다. 갑자기 세찬 폭우가 쏟아졌습니다.

낮에는 마음이 차분했건만, 밤이 되면서 사물의 형체가 흐릿해지기 무섭게 온갖 두려움이 고개를 들었습니다. 불안한 마음에 주위를 경계했고, 오른손으로는 품에 숨겨 둔 권총을 움켜쥐었습니다. 무슨 소리라도 들리면 흠칫 놀랐지요. 그러면서도 목숨을 순순히 내주지는 않겠노라고, 나든 적이든 어느 한쪽이 끝장날 때까지 다가올 싸움에서 물러나지 않겠노라고 결심했습니다.

엘리자베스는 안절부절못하는 내 모습을 한동안 겁먹은 듯 조용히 지켜보다가 마침내 입을 열었습니다. “너를 그렇게 불안하게 만드는 게 대체 뭐야, 빅터? 뭣 때문에 그렇게 두려워하는 거야?”

“아! 안심해, 안심해도 돼, 내 사랑.” 내가 대답했습니다. “오늘 밤이 지나면 모든 게 안전할 거야. 하지만 오늘 밤은 두렵다, 정말 두려워.”

이런 상태로 한 시간쯤 지났을 때 문득 곧 일어날 그 결투가 아내에게 무척 끔찍할 거라는 데 생각이 미쳤습니다. 그녀에게 들어가서 자라고 신신당부하고는 적의 상황을 어느 정도 파악하기 전까지는 그녀 곁에 가지 않겠다고 마음 먹었습니다.

그녀는 자리를 떴고, 나는 한동안 집으로 이어지는 진입로를 오르내리며 적이 숨었을 만한 곳을 유심히 살폈습니다. 하지만 놈의 흔적은 발견하지 못했고, 어떤 다행스러운 우연으로 말미암아 놈이 협박을 실행하지 못하게 된 모양이라는 생각이 들기 시작했습니다. 그때 갑자기 날카롭고 소름끼치는 비명 소리가 들렸습니다. 그 소리가 들려온 곳은 엘리자베스가 들어간 방이었어요. 그걸 듣는 순간 모든 진실이 한꺼번에 머릿속으로 밀려들었습니다. 팔이 축 늘어지고 온몸의 근육이 움직임을 멈췄습니다. 혈관을 따라 흐르는 핏방울, 손발 끝의 미세한 떨림까지 느낄 수 있었습니다. 그러나 이런 상태가 지속된 건 찰나에 불과했습니다. 다시 비명이 들렸고, 나는 방으로 달려갔습니다.

신이시여! 왜 나는 그때 죽지 않았던가요? 왜 여기서 가장 찬란했던 희망, 가장 순수했던 존재의 파멸을 얘기하고 있단 말인가요? 그녀는 이미 숨이 끊어진 채 미동도 없이 침대 위에 가로놓여 있었습니다. 목은 아래로 늘어졌고 창백하게 일그러진 얼굴은 머리카락에 반쯤 가려져 보이지 않았습니다. 어디로 눈을 돌려도 같은 모습만 보였습니다. 살인자가 신방의 침대에 내동댕이쳐 놓은 그녀의 핏기 없는 팔과 늘어진 몸뚱이만이. 그 광경을 보고도 나는 살았던 걸까요? 아아! 목숨이란 질긴 것이어서 염증을 낼수록 집요하게 들러붙습니다. 나는 순간적으로 머릿속이 하얘졌고, 의식을 잃었습니다.

정신을 차렸더니 주변에 여인숙 사람들이 있더군요. 그들의 표정에는 숨 막히는 공포가 어려 있었지만, 다른 이들의 두려움은 비웃음처럼, 나를 짓누르는 감정의 그림자처럼 보였습니다. 나는 그들을 피해 엘리자베스, 나의 사랑, 나의 아내, 방금 전까지도 너무나 사랑스럽고 고귀하게 살아 숨 쉬었던 그녀의 시신이 있는 방으로 갔습니다. 그녀의 자세는 내가 처음 봤을 때와 달라졌더군요. 머리를 한쪽 팔에 얹고 얼굴과 목에는 손수건을 덮어서 마치 잠든 것만 같았습니다. 나는 그녀에게 달려가 힘껏 끌어안았지만, 차갑게 늘어진 몸은 내가 품에 안은 그것이 더 이상 내가 사랑하고 아끼던 엘리자베스가 아니라는 걸 말해 주었습니다. 목에는 악마의 손아귀가 남긴 흉악한 자국이 찍혀 있었고, 그녀의 입술에서는 숨결이 느껴지지 않았습니다.

그녀를 부둥켜안은 채 절망의 고통에 빠져 있다가 고개를 들었을 때였습니다. 조금 전까지 어두웠던 창문으로 은은한 달빛이 스며드는 걸 보고는 순간적으로 숨이 멎는 것 같았습니다. 덧문이 젖혀져 있었고, 열린 창문으로 세상에서 가장 소름 끼치고 혐오스러운 놈이 보였을 때의 공포감은 뭐라 설명할 수 없습니다. 그 괴물은 웃음을 머금고 있었습니다. 악마 같은 손가락으로 내 아내의 시신을 가리키는 그는 나를 조롱하는 것 같았습니다. 나는 창문으로 달려가면서 품에 있던 권총을 꺼내 발사했습니다. 하지만 그는 총알을 피했고, 서 있던 곳에서 훌쩍 뛰어내리더니 번개처럼 빠르게 달려서 호수로 뛰어들었습니다.

총소리를 들은 사람들이 방으로 몰려왔습니다. 나는 그가 사라진 곳을 가리켰고, 우리는 배를 타고 뒤를 쫓았습니다. 그물도 던져 봤지만 허사였습니다. 몇 시간을 허비하고 낙담한 채 돌아왔는데, 대부분은 내가 망상에 빠져 헛것을 봤다고 믿더군요. 뭍에 내린 후에도 사람들은 숲과 포도밭으로 흩어져 주변 일대를 계속 수색했습니다.

나는 그들을 따라가지 않았습니다. 기운이 하나도 없었습니다. 눈은 흐릿하고 열이 올라서 살갗이 뜨거웠습니다. 무슨 일이 있었는지 의식도 못한 채 이

런 상태로 침대에 누워 있었습니다. 뭔가 잃어버린 것을 찾는 사람처럼 눈동자만 하염없이 방 안을 훑었습니다.

그러다가 아버지가 엘리자베스와 내가 돌아오기를 애타게 기다리고 있으며, 이제 나 혼자 돌아가게 되었다는 사실을 기억해 냈습니다. 이 생각을 하자 눈물이 차올라 한참을 흐느껴 울었습니다. 하지만 머릿속은 온갖 생각으로 어지러웠고, 내 불운과 그 원인을 계속 생각했습니다. 나는 경악과 공포의 구름 속에서 허우적거렸습니다. 윌리엄의 죽음, 저스틴의 사형, 클레르발에 이어 이번에는 내 아내의 살해까지. 그 순간에도 몇 남지 않은 가족마저 사악한 악마로부터 안전한지 알 수 없었습니다. 어쩌면 아버지가 그의 손아귀에서 발버둥치고, 에르네스트가 그의 발치에 죽어 있을지도 모르는 일이었습니다. 몸이 부르르 떨리면서 이러고 있으면 안 되겠다는 생각이 들었습니다. 벌떡 일어나서 최대한 빨리 제네바로 돌아가자고 결심했습니다.

말을 구할 수 없어서 호수를 건너가야 했습니다. 바람을 거슬러야 했고, 비까지 거세게 쏟아졌습니다. 그래도 아직 동이 트기 전이었으니까 밤까지는 도착할 수 있을 것 같았습니다. 노잡이들을 구하고 나도 함께 노를 저으려고 자리를 잡았습니다. 몸을 혹사하면 마음의 괴로움이 덜해지는 걸 매번 경험했기 때문이죠. 하지만 이번에는 가혹한 고통으로 마음의 동요가 너무 심했던 탓에 도저히 힘을 쓸 수가 없었습니다. 나는 노를 던져 버리고는 손으로 얼굴을 감싼 채 우울한 상념들이 떠다니도록 내버려 두었습니다. 고개를 들었다면 행복했던 시절에 익숙했던 풍경들, 지금은 기억 속의 그림자가 되어 버린 그녀와 함께 불과 하루 전에 봤던 그 풍경이 눈에 들어왔을 테죠. 눈물이 하염없이 흘렀습니다. 잠시 비가 그쳤고, 물속에는 몇 시간 전에 엘리자베스가 봤을 때처럼 헤엄치며 노니는 물고기들이 보였습니다. 크고 갑작스러운 변화처럼 인간을 힘들게 하는 건 없습니다. 태양이 빛나고 구름이 드리웠겠지만, 어떤 것도 내게는 그 전날처럼 보일 수 없었습니다. 악마는 내게서 행복한 미래를 향한 모든 희망을 앗아 갔습니다. 이제껏 나처럼 비참한 인간은 없었을 겁니다. 인간사에 이토록 처참한 일도 다시 없을 겁니다.

하지만 이 마지막 참사에 뒤이은 일들까지 자세히 늘어놓을 이유가 있을까요. 내 삶은 한 편의 끔찍한 이야기였습니다. 이제 그 이야기는 절정에 도달했고, 이제부터 말해야 할 내용은 당신에게 지루할 수도 있어요. 내가 가족들을 한 명씩 차례로 잃었다는 것만 알면 됩니다. 나는 황폐해졌습니다. 이제 기운이 없으니 소름 끼치는 이야기의 나머지 뒷부분은 짧게 말해야겠어요.

제네바에 도착했더니 아버지와 에르네스트는 아직 무사했지만, 아버지는 내가 전한 소식을 듣고 풀썩 주저앉았습니다. 아버지의 모습이 눈에 선합니다. 고귀하고 존경스러운 내 아버지! 아버지의 눈은 기쁨을 안겨 주던 아름다운 대상, 딸 같았던 조카를 잃고 허공을 헤맸습니다. 정 줄 곳이 많지 않은 말년의 아버지는 남은 가족에게 애착하며 그녀를 더욱 사랑했지요. 머리가 희끗해진 노인에게 불행을 안겨 주고, 비참함 속에서 쇠락하게 만든 빌어먹을, 망할 놈의 악마! 아버지는 쌓여 가는 비극의 무게를 견딜 수 없었습니다. 뇌졸중으로 쓰러졌고, 며칠 만에 내 품에서 숨을 거두셨어요.

그리고 나는 어떻게 되었을까요? 모르겠습니다. 감각을 잃었고, 나를 짓누르는 굴레와 어둠만을 느낄 뿐이었습니다. 가끔은 꽃이 만발한 초원과 아름다운 계곡을 어린 날의 친구들과 거니는 꿈을 꾸기도 했습니다. 그런데 깨어 보니 지하 감옥이었습니다. 우울했지만, 차츰 내가 처한 불행과 상황을 분명하게 인식하게 되었고, 감옥에서도 풀려났습니다. 알고 보니 사람들은 나를 미쳤다고 여겨서 나를 몇 달이나 독방에 가뒀던 겁니다.

이성을 되찾는 순간 복수에 눈을 뜨지 않았다면 자유는 내게 쓸데없는 선물이었을 겁니다. 불행한 과거에 짓눌린 채 나는 그 모든 것의 원인, 내가 창조한 괴물, 세상에 내보내서 나의 파멸을 자초한 그 비열한 악마를 떠올리기 시작했습니다. 놈을 생각하면 미칠 것 같은 분노에 사로잡혔고, 놈을 이 두 손에 움켜쥐고 그 저주받은 머리통에 통쾌한 복수를 하게 되길 간절히 소망했습니다.

내 증오는 헛된 바람에만 머물지 않았습니다. 곧 놈을 잡을 최선의 방법을 궁리하기 시작했고, 석방되고 한 달쯤 지났을 때 제네바의 치안 판사를 찾아갔습니다. 우리 집안을 파탄 낸 자를 알고 있으니 그를 고소하고 싶다고 말했고, 모든 공권력을 동원해서 살인자를 체포해 줄 것을 요청했습니다.

치안 판사는 친절하게 내 말에 귀를 기울였습니다. "걱정 마시죠." 그는 말했습니다. "모든 수단과 방법을 동원해서 그 악당을 찾아낼 테니."

"감사합니다." 내가 대답했죠. "그렇다면 저의 진술도 들어 주십시오. 너무 기이해서 믿지 않으실까 걱정이 되지만, 아무리 희한해도 믿지 않을 수 없는 진실이 담겨 있습니다. 꿈으로 치부하기엔 너무 짜임새가 있고, 제가 거짓말할 이유도 없지 않습니까." 나는 강하면서도 차분한 태도로 그에게 말했습니다. 나를 파괴한 이 괴물을 죽일 때까지 추격을 멈추지 않겠다고 다짐한 터였고, 이 목표가 괴로움을 가라앉히고 잠시나마 삶과 타협할 수 있게 해 주었거든요. 나는 지난 일을 간략하지만 단호하고 꼼꼼하게, 날짜까지 정확히 밝히면서 이야기했고, 악담을 퍼붓거나 탄식을 늘어놓는 일은 피했습니다.

치안 판사는 처음에는 전혀 믿지 않는 눈치였지만, 얘기가 계속될수록 주의를 기울이며 관심을 보였습니다. 가끔은 끔찍해서 몸서리치기도 했고, 불신 없는 놀라움이 얼굴에 생생하게 번지기도 했습니다.

나는 이런 말로 이야기를 끝마쳤습니다. "이자를 고발하니, 부디 검거와 처벌에 모든 힘을 기울여 주시기를 바랍니다. 그것은 치안 판사의 의무지요. 인간적인 감정으로도 이 사건에 판사로서의 역량을 기울이는 데 이의가 없으시리라 믿고, 또 바라는 바입니다."

그러자 치안 판사의 표정이 돌변했습니다. 유령이나 초자연적인 일처럼 반신반의하며 내 이야기를 들었는데, 그에 대해 공식적인 조치를 취해 달라고 요구하자 불신이 한꺼번에 밀려든 것이었죠. 그래도 그는 부드럽게 대답했습니다. "그를 추격하는 데에는 기꺼이 최선을 다해 협조하겠습니다. 하지만 당신이 말한 존재는 어떤 노력도 허사로 만들어 버릴 능력을 지닌 것처럼 들리는군요. 빙하를 너끈히 건너고 사람이라면 들어갈 엄두조차 내지 못할 동굴에서도 살 수 있는 동물을 누가 추격할 수 있을까요? 그뿐 아니라 그가 범죄를 저지르고 사라진 게 몇 달 전인데, 그사이에 어디를 떠돌아다녔는지, 또 지금 어느 지역에 있는지 누가 짐작할 수 있겠습니까?"

"그는 틀림없이 제가 사는 곳의 주변을 맴돌고 있을 겁니다. 실제로 그가 알프스에 몸을 숨겼더라도 영양을 사냥하듯 쫓아가서 맹수처럼 죽이면 됩니다. 하지만 판사님의 뜻은 잘 알겠습니다. 제 이야기를 믿지 않으시는군요. 그를 검거해서 응당한 처벌을 내리실 의향이 없는 겁니다."

이 얘기를 할 때는 분노가 치밀었고 눈에서 불꽃이 튀었습니다. 판사는 위협을 느낀 모양입니다. "그건 오해예요." 그가 말했습니다. "당연히 최선을 다할 것입니다. 그 괴물을 검거한다면 죄에 합당한 처벌을 받도록 하겠어요. 그러나 당신이 설명한 그의 특징을 듣자하니 그게 과연 가능할지 의구심이 듭니다. 모든 방안을 강구하는 한편으로 실망하지 않도록 마음의 준비를 해야 할 겁니다."

"그럴 수는 없습니다. 하지만 어떤 말씀을 드려도 소용이 없을 것 같군요. 저의 복수가 판사님에게는 조금도 중요하지 않을 테니까요. 복수가 나쁘다는 것은 저도 인정하지만, 솔직히 말씀드려서 그것만이 제 영혼을 사로잡는 유일한 열정입니다. 그 살인마를 생각하면 말로 표현할 수 없는 분노가 끓어오릅니다. 내가 세상에 풀어놓은 그놈은 아직 살아 있습니다. 판사님은 저의 정당한 요청을 거절하셨습니다. 이제 제게는 한 가지 방법뿐입니다. 살든 죽든, 놈을 파멸시키는 것에 제 모든 걸 바치는 수밖에요."

이 말을 하는데 감정이 너무 요동친 나머지 몸이 덜덜 떨렸습니다. 격앙된 내 태도에서는, 이를테면 과거의 순교자들이 지녔다고 전해지는 일종의 고고한 결기 같은 게 드러났을 겁니다. 하지만 순교자의 헌신이나 영웅주의 같은 생각과는 거리가 먼 제네바의 치안 판사에게는 이런 숭고한 정신이 광기처럼 보였을 겁니다. 그는 보모가 아이를 달래듯이 나를 진정시키려 했고, 내 얘기를 망상병 환자의 헛소리로 여겼습니다. 나는 이렇게 외치고 말았습니다.

"이보세요! 지혜롭다고 자부하는 분이 어찌 그리 무지할 수 있습니까! 그만두시죠. 본인 스스로도 무슨 말을 하는지 모르잖습니까."

나는 화가 나고 속이 상해서 뛰쳐나왔고, 다른 방법을 찾아보기로 했습니다.

◆ ◆ ◆

7

당시의 나는 자유 의지로 생각할 수 있는 능력이 사라진 상태였습니다. 분노가 나를 재촉했고, 복수만이 힘과 안정을 주었습니다. 감정도 그것에 좌우되었고, 그것이 아니었다면 망상이나 죽음이 내 운명이 되었을 그 시기에 용의주도하고 차분할 수 있었습니다.

첫 번째로 결심한 건 제네바를 영원히 떠나자는 것이었어요. 불운이 닥치고 보니 사랑을 받으며 행복하게 살았던 정겨운 고향에 싫증이 났습니다. 약간의 돈을 마련하고, 어머니가 남기신 보석을 조금 챙겨서 그곳을 떠났습니다.

이렇게 시작된 방랑은 내 숨이 끊어져야 끝날 겁니다. 나는 이 세상의 많은 지역을 지나왔고, 사막이나 개척되지 않은 땅에서 여행자가 마주치는 모든 역경을 견뎌 냈습니다. 어떻게 살았는지 나도 잘 모르겠어요. 팔다리를 쓰지 못한 채 모래 평원에 드러누워 제발 죽게 해 달라고 애원한 적도 많았습니다. 하지만 복수가 나를 지탱해 주었어요. 원수를 살려 둔 채 죽을 수는 없었습니다.

제네바를 떠나면서 우선적으로 한 일은 악마 같은 원수를 뒤쫓을 단서를 찾는 것이었습니다. 하지만 계획을 정할 수가 없었어요. 어디로 가야 할지 모르는 상태에서 제네바 언저리를 몇 시간이나 헤매고 다녔습니다. 밤이 되었을 때 윌리엄과 엘리자베스, 그리고 아버지가 잠들어 있는 묘지 입구에 닿았습니다. 안으로 들어가서 그들의 묘비가 있는 무덤으로 갔습니다. 바람에 살랑거리는 나뭇잎 소리 말고는 사방이 고요했습니다. 거의 캄캄한 밤이었고, 무심히 지나치던 사람이라도 숙연하고 애절하게 느낄 만한 풍경이었습니다. 망자들의 혼령이 주변을 떠돌면서 애도하는 사람의 머리에 그림자를 드리우는 것 같았습니다. 보이지는 않아도 그런 느낌이 들었어요.

이런 풍경이 처음에 자아냈던 깊은 슬픔은 곧 분노와 절망으로 바뀌었습니다. 그들은 죽었고 나는 살아 있었죠. 그들을 죽인 살인자 역시 살아 있었고, 놈을 없애기 위해 나는 지친 몸을 끌고 가야 했습니다. 풀밭에 무릎을 꿇고 땅에 입을 맞추며 떨리는 입술로 외쳤습니다. "내 무릎을 댄 신성한 대지를 걸고, 내 옆을 떠도는 혼령들을 걸고, 내 마음을 가득 채운 깊고 영원한 슬픔을 걸고 맹세합니다. 오, 밤이여, 그대와 그대를 지배하는 혼령들에게 맹세합니다. 이 불행을 안겨 준 악마를 쫓아가 둘 중에 하나가 죽을 때까지 목숨을 걸고 싸우겠습니다. 이 목적을 위해 내 목숨을 부지합니다. 이 간절한 복수가 아니었다면 내 눈에서 영원히 사라졌을 태양을 다시 보며 대지의 푸른 풀밭을 걷겠습니다. 그리고 그대 망자의 혼령들이여, 방랑하는 복수의 사신들이여, 부디 이 일을 끝마칠 수 있도록 도와주소서. 저주받을 사악한 괴물이 처절한 고통을 맛보게 하소서. 지금 나를 괴롭히는 이 절망을 그가 느끼게 하소서."

기도를 시작할 때는 엄숙한 마음이었고 살해된 내 가족의 영혼들이 내 기도를 듣고 수락해 준다는 확신이 들 정도로 경건했지만, 마칠 때는 분노에 사로잡혔고 격앙된 나머지 목이 메었습니다.

마치 내 기도에 답이라도 하는 것처럼 요란하고 사악한 웃음소리가 밤의 고요를 뚫고 들려왔습니다. 그 소리는 오래도록 묵직하게 내 귓가에 머물렀습니다. 산에서 메아리치는 바람에 사방이 조롱과 비웃음으로 가득한 지옥처럼 느껴졌습니다. 맹세하고 복수를 다짐하지 않았다면 틀림없이 그 순간 격정에 사로잡혀 비참한 목숨을 끊어 버렸을 겁니다. 웃음소리가 잦아들었을 때 내가 잘

ELIZABETH

아는 가증스러운 목소리가 상당히 가까운 곳에서 또렷하게 속삭였습니다. "흡족하군. 비루한 인간! 살겠다고 결심했다니 아주 흡족해."

소리가 들린 곳으로 냅다 달려갔지만 악마는 내 손을 피했습니다. 크고 둥근 달이 홀연히 떠올라, 인간이라고는 볼 수 없게 엄청난 속도로 달아나는 그의 흉측하고 소름 끼치는 모습을 환하게 비췄습니다.

나는 놈을 쫓았습니다. 여러 달 동안 그게 내 일이었죠. 희박한 단서에 기대어 굽이치는 론강을 훑었지만 허사였습니다. 푸른 지중해가 나타났고, 기이한 우연으로 그 악마가 밤을 틈타 흑해로 떠나는 배에 오르는 것을 봤습니다. 그래서 같은 배에 올랐는데 그는 무슨 수를 썼는지 도망쳤습니다.

드넓은 타타르와 러시아에서도 그의 뒤를 쫓았지만 그는 여전히 나를 피했습니다. 때로는 소름끼치는 모습에 겁먹은 농부들이 그가 지나간 길을 알려 주었고, 자신의 종적을 완전히 놓쳐 버리면 내가 좌절해서 죽을까 봐 걱정한 놈이 자취를 남겨서 나를 이끌 때도 많았습니다. 내 머리 위로 눈이 내리면 흰 벌판에 찍힌, 놈의 커다란 발자국이 보였습니다. 이제야 세상으로 뛰어든 당신이, 근심 걱정이 낯설고 죽음의 고통도 모르는 당신이, 내가 느꼈고 지금도 느끼고 있는 이 감정을 어떻게 이해할 수 있겠습니까? 추위와 궁핍, 피로 정도는 내가 감당해야 하는 최소한의 고통이었습니다. 나는 지독한 악마의 저주를 받았고, 가슴에 영원한 지옥을 품고 다녔습니다. 그래도 선한 영혼이 나를 따라다니며 길을 일러 주었고, 아주 작은 목소리로 간절하게 기도하면, 극복할 수 없을 것 같은 난관에서 갑자기 나를 구해 주었습니다. 때로는 굶주림으로 숨이 끊어지려는 순간에 허허벌판에서 먹을 것을 발견하고 기운을 차린 적도 있었습니다. 물론 시골 농부들이 먹는 거친 음식들이었지만, 도와 달라는 내 간청을 들

은 혼령들이 차려 준 게 틀림없었습니다. 하늘에 구름 한 점 없이 몹시 건조해서 목이 타들어 갈 지경일 때는, 엷은 구름이 하늘을 덮고 빗방울을 흩뿌려서 나를 살려 놓고 사라질 때도 많았습니다.

나는 되도록 강의 물줄기를 따라갔지만 악마는 대체로 그쪽을 피했는데, 아무래도 주로 그런 곳에 사람들이 모여 살기 때문이겠죠. 다른 곳에서는 사람을 좀처럼 볼 수 없었고, 나는 길을 가다가 눈에 띄는 야생 동물을 잡아먹고 살았습니다. 수중에 돈이 있었으니 마을에 가서 돈을 주거나, 먹고 남은 고기로 주민들의 환심을 사서 조리 도구를 빌리곤 했습니다.

이런 식으로 사는 게 스스로도 역겨웠고, 기쁨을 맛보는 건 잠을 잘 때뿐이었어요. 아, 축복 같은 잠이여! 더없이 참담한 기분으로 잠들면 꿈이 달래 주었고, 가끔은 환희를 느끼게 해 주었습니다. 수호 혼령들이 이런 행복을 때로는 몇 시간씩 안겨 주어서 다시 길을 떠날 힘을 얻곤 했습니다. 휴식이 없었다면 괴로움에 짓눌려 침몰하고 말았을 겁니다. 낮에는 밤의 희망으로 버티며 기운을 얻었죠. 꿈에서 가족들을 만나고, 아내와 사랑하는 고향을 봤습니다. 아버지의 인자한 얼굴을 보고 엘리자베스의 낭랑한 목소리를 듣고 젊고 건강한 클레르발을 만났습니다. 고된 행군에 지칠 때는 이게 꿈이고 밤이 되면 사랑하는 가족들의 품에서 현실을 즐길 수 있다고 나를 속였습니다. 그리움에 얼마나 가슴이 미어졌는지! 깨어 있는 순간에도 이따금 찾아오는 가족의 모습에 매달려서 다들 아직 살아 있는 거라고 믿고 싶었던 때가 얼마나 많았는지! 그럴 때면 가슴속에서 타오르던 복수심이 잦아들고, 악마를 처단하러 가는 이 길이 내 영혼의 강렬한 욕망이 아니라 하늘이 부여한 소명인 것 같았습니다. 그래서 내가 깨닫지 못하는 어떤 힘의 무의식적인 충동에 따라 그를 쫓았습니다.

내가 쫓는 놈의 심정이 어땠는지는 내가 알 길이 없습니다. 실제로 그는 이따금씩 나무껍질이나 돌에 글을 새겨서 나를 이끌며 내 분노를 자극했습니다. "나의 지배는 아직 끝나지 않았다." 그중에는 이런 글도 있었습니다. "너는 살아 있고, 내 능력은 완벽하다. 나를 따라와라. 나는 북극의 만년빙으로 가고 있다. 거기서 너는 얼어붙는 추위에 고통스럽겠지만 나는 그걸 느끼지 못한다. 네가 너무 뒤처지지 않았다면, 근처에 죽은 토끼가 한 마리 있을 것이다. 먹고 기운을 차려라. 힘을 내라, 내 적이여. 아직 목숨을 건 결투가 남아 있으니. 하지만 수없이 많은 역경과 고통의 시간을 견뎌야 그 순간을 맞게 될 것이다."

악마의 조롱이라니! 다시 한번 복수를 다짐하노라. 놈에게, 흉악한 악마에게 고통스러운 죽음을 안겨 주겠다고 다시금 다짐하노라. 우리 둘 중 하나가 죽어 쓰러질 때까지 추적을 게을리하지 않을 테다. 그런 다음에는 한없이 기쁜 마음으로, 이 한없이 고되고 끔찍한 순례의 보상을 준비하고 있는 가족들과 엘리자베스 곁으로 갈 수 있겠지.

북쪽으로 갈수록 눈발이 거세지고 급격히 추워져서 견디기 힘들었습니다. 농부들은 오두막에서 꼼짝하지 않았고, 아주 강건한 사람들만이 배가 고파 먹이를 찾으러 나온 동물을 사냥했습니다. 강이 얼어서 물고기를 잡을 수 없었기 때문에 나의 주된 생계 수단이 없어져 버렸죠.

내가 힘들어질수록 적의 승리감은 커졌습니다. 한 번은 이런 글을 남겼더군요. "각오하라! 너의 시련은 이제 시작일 뿐. 털가죽으로 몸을 감싸고 먹을 걸 준비하라. 이제 곧 너의 고난이 나의 영원한 증오를 만족시켜 줄 테니."

이런 조롱이 용기를 북돋고 불굴의 의지를 깨워 일으켰습니다. 나는 목표를 반드시 이루겠다고 다짐했고, 부디 힘을 달라고 하늘에 빌면서 지칠 줄 모르는 열정으로 광활한 황무지를 건넜습니다. 그러자 저 멀리 바다가 보이고, 끝없는 수평선이 펼쳐졌습니다. 아! 남쪽의 푸른 바다와는 어찌나 다르던지! 얼음에 덮인 이곳의 바다는 더 황량하고 험하다는 것만이 육지와 다를 뿐이었습니다. 그리스 사람들은 동양의 언덕에서 지중해를 보고 기쁨의 눈물을 흘리며 고난의 끝을 알려 주는 바다의 모습에 환호했다는데, 나는 울지 않았습니다. 대신 무릎을 꿇고, 나를 조롱한 원수 놈을 만나 결전을 벌일 수 있도록, 내가 원했던 곳으로 나를 무사히 인도해 준 혼령들에게 진심으로 감사했습니다.

몇 주 전에 썰매와 개들을 구해 놓아 쏜살같이 눈밭을 달릴 수 있었습니다. 그 악마도 똑같은 수단을 확보했는지는 알 길이 없었지만, 전에는 매일 뒤처졌는데 이제 놈을 따라잡고 있었습니다. 처음 바다가 보였을 때는 그가 하루 정도 앞서 있었는데, 이제 놈이 해안에 도달하기 전에 앞지를 수도 있겠다는 생각이 들 정도였죠. 새로운 용기로 무장한 나는 길을 서둘렀고, 이틀 만에 해안가의 어느 허름한 마을에 도달했습니다. 주민들에게 악마에 대해 물었고 정확한 정보를 얻었습니다. 그들의 얘기를 듣자니, 지난밤에 웬 거대한 괴물이 엽총한 자루와 권총 여러 개를 가지고 외딴 오두막에 나타나서 소름끼치는 외모로 사람들을 겁주어 쫓아냈다는 것이었습니다. 놈은 그들이 겨울을 나기 위해 비축해 놓은 식량을 썰매에 싣고, 훈련된 썰매 개들을 앞세워 육지라곤 없는 방향으로 바다를 가로질러 갔다고 했습니다. 공포에 질린 마을 사람들에게는 그가 그날 밤에 떠난 게 천만다행이었죠. 마을 사람들은 그가 얼음이 깨져서 곧바로 물에 빠져 죽었거나 아니면 혹한에 얼어 죽었을 거라고 추측했습니다.

이런 얘기를 들은 나는 잠시 낙담했습니다. 그는 내 추격을 피해 달아났고, 나는 이제 빙산들 사이로 끝을 알 수 없는 죽음의 여정을 시작해야 했으니까요. 주민들도 오래 견디지 못하는 추위인데, 온화하고 화창한 고장에서 태어난 나로서는 살아남을 희망조차 없었습니다. 하지만 악마가 살아서 의기양양할 생각을 하니, 분노와 복수심이 다시 타올랐고 거센 파도처럼 다른 모든 감정을 쓸어 갔습니다. 잠깐 잠들었다가 역경을 견디고 복수하라며 격려하는 망자들의 혼령을 꿈속에서 만난 나는 떠날 준비를 했습니다.

땅에서 타던 썰매를 울퉁불퉁하게 얼어붙은 바다에 적합한 것으로 바꾸고, 식량도 충분히 사들인 후에 육지를 떠났습니다.

그때 이후로 며칠이 흘렀는지는 짐작도 할 수 없지만, 가슴속에서 끝없이 타오르는 정당한 보복의 감정이 아니었다면 그 고통을 버틸 수 없었을 겁니다. 크고 험한 얼음산이 곳곳에서 앞길을 막아섰고, 나를 집어삼킬 것 같은 엄청난 파도 소리도 종종 들려왔습니다. 하지만 다시 혹한이 닥치면서 바닷길을 안전하게 만들어 주었습니다.

줄어든 식량으로 판단하건대 이런 식으로 3주쯤 이동했던 것 같습니다. 희망이 계속 뒤로 물러나면서 잡히지 않는 듯해, 낙담하여 비통한 눈물을 쏟은 것도 여러 번입니다. 실제로 절망은 나를 삼켜 버릴 뻔했습니다. 고통을 이기지 못해 침몰하기 직전이었죠. 한 번은 모진 고생을 하며 비탈진 얼음산의 정상까지 나를 실어다 준 불쌍한 개들 중에 한 마리가 지쳐서 죽고 말았지요. 그때 괴로운 마음으로 눈앞에 펼쳐진 얼음의 평원을 보고 있는데 어둑어둑해지는 평원에서 검은 점 하나가 불현듯 내 눈에 들어왔습니다. 그게 뭔지 알아내기 위해 눈을 부릅뜨고 보던 나는 썰매와 그 위에 탄, 익숙하게 일그러진 형체를 발견하고는 기쁨의 탄성을 내질렀습니다. 아! 희망이 불기둥처럼 솟구쳤습니다! 차오르는 뜨거운 눈물이 시야를 가려서 악마를 놓칠까 봐 서둘러 닦았습니다.

그런데도 여전히 쓰디쓴 눈물이 앞을 가렸고, 결국 감정이 복받친 나머지 엉엉 울고 말았습니다.

하지만 지체할 시간이 없었습니다. 죽은 개를 떼어 내고 남은 개들에게는 먹이를 넉넉히 주었습니다. 한 시간 정도 휴식을 취했습니다. 반드시 필요한 휴식이었지만, 그러는 사이에 속이 타들어 갔습니다. 다시 추격을 시작했을 때 그 썰매는 여전히 내 시야를 벗어나지 않았고, 험한 얼음 바위에 잠시 가려졌을 때 말고는 한 번도 놓치지 않았습니다. 실제로 격차가 눈에 띄게 줄었습니다. 거의 이틀을 추격한 끝에 거리가 1.6킬로미터를 넘지 않는다는 걸 알게 됐을 때는 심장이 쿵쾅거렸습니다.

그런데 적이 거의 손에 들어온 것처럼 보였을 때, 갑자기 희망이 사라져 버렸습니다. 그의 흔적을 이렇게 완벽하게 놓친 적은 없었습니다. 거센 파도 소리가 들렸습니다. 발밑에서 출렁이며 부풀어 오르는 그 소리는 시간이 흐를수록 더 불길하고 무시무시해졌습니다. 나는 계속 밀어붙였지만, 소용없었습니다. 바람이 거세지고 파도가 일어났습니다. 그리고 지진처럼 엄청난 충격이 느껴지면서 굉음과 함께 얼음이 갈라지고 쪼개졌습니다. 순식간에 벌어진 일이었고, 몇 분 사이에 원수와 나 사이에는 요동치는 바다가 가로놓였지요. 나는 갈라져 나온 얼음 조각을 타고 표류하는 처지가 되었습니다. 얼음 조각은 갈수록 작아지면서 내게 섬뜩한 죽음을 예고했습니다.

그런 상태로 오싹한 몇 시간이 흘렀습니다. 개 몇 마리가 죽었고, 나도 절망의 무게를 견디지 못해 주저앉으려는데 당신의 배가 정박해 있는 걸 발견한 겁니다. 구조와 생명이라는 희망의 손길이 보이는 듯했죠. 배가 이렇게 먼 북쪽까지 온다는 걸 몰랐기 때문에 당신의 배를 봤을 때 얼마나 놀랐는지 모릅니다.

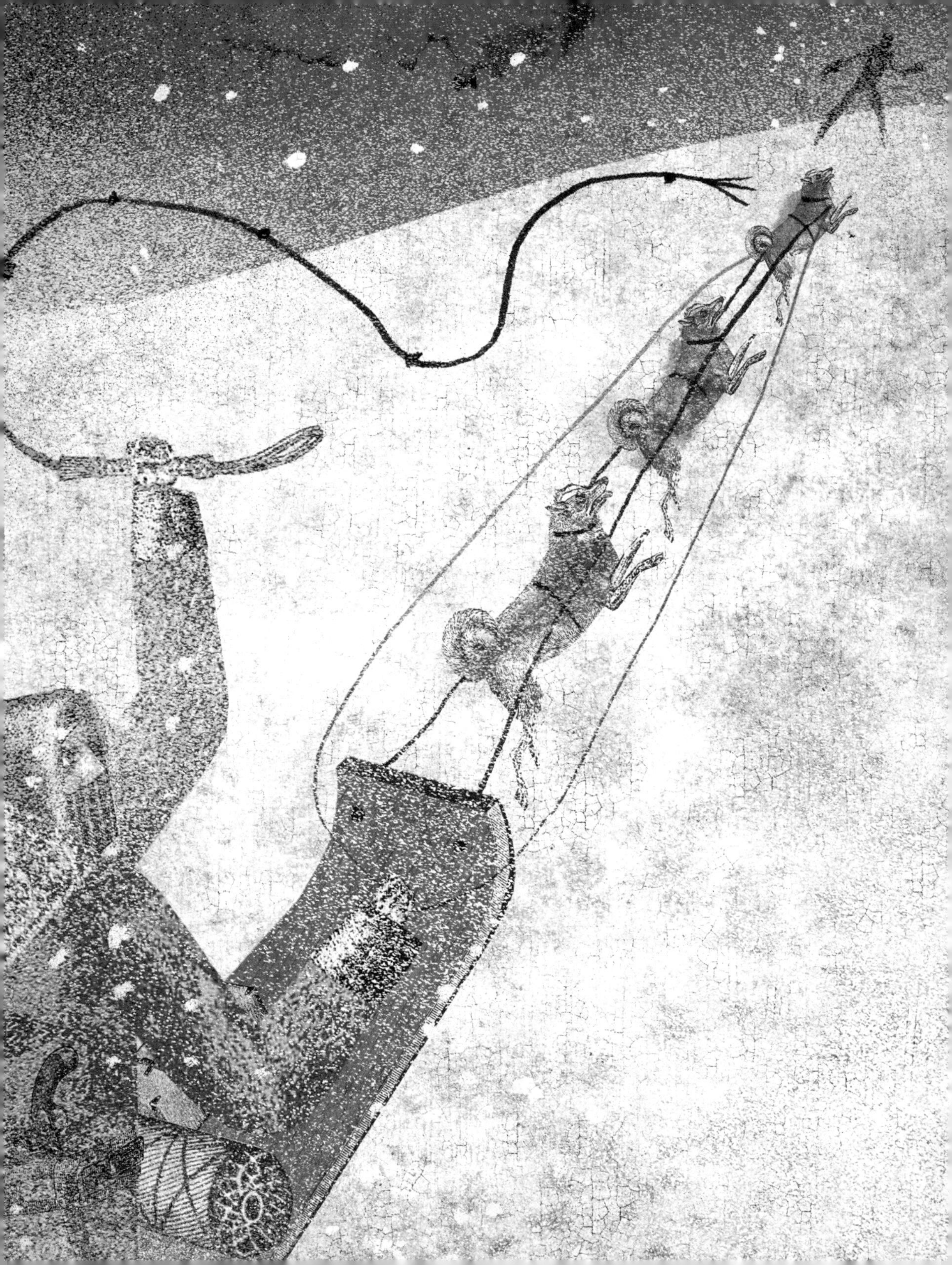

나는 얼른 썰매를 쪼개서 노를 만들었고, 이루 말할 수 없이 지친 상태에도 얼음 뗏목을 당신의 배 쪽으로 저어 갔습니다. 만약 남쪽으로 가는 배라면 목표를 포기하느니 바다의 자비에 나를 맡기겠다고 마음먹었죠. 당신을 설득해서 보트를 얻으면 놈을 계속 쫓아갈 수 있을 거라는 희망을 품었습니다. 그런데 북쪽으로 가는 배였던 거예요. 기운이 다 빠져서 계속된 고난을 이기지 못하고 결국 죽음을 맞을 뻔했는데, 그때 당신이 나를 건져 준 겁니다. 일을 끝내지 못하고 죽었을 걸 생각하면 지금도 끔찍합니다.

아! 나를 악마에게 이끄는 수호의 혼령은 내가 너무나 간절히 원하는 휴식을 언제쯤 허락할까요? 아니면, 나는 죽고 놈은 살게 될까요? 만약 그렇게 된다면 월튼, 맹세해 주세요. 놈이 도망치지 못하게 하겠다고. 당신이 놈을 찾아 그를 죽여서 내 원한을 풀어 주겠다고. 하지만 감히 당신에게 내 순례를 이어 달라고, 내가 지금껏 견뎌 온 고난을 감내해 달라고 부탁할 수 있을까요? 아니, 나는 그렇게 이기적인 인간은 아니에요. 그래도 내가 죽은 후에 놈이 나타난다면, 복수의 사신들이 그를 당신 앞으로 이끌어 준다면 놈을 살려 두지 않겠다고 맹세해 주세요. 놈이 첩첩이 쌓인 내 비통함을 딛고 의기양양해하며 나처럼 비참한 사람을 또 만드는 일이 없도록 하겠다고 맹세해 주세요. 놈은 말재주가 좋아요. 한 번은 나도 그의 말에 넘어갔으니까. 하지만 그를 믿지 마세요. 그의 영혼은 겉모습만큼이나 추악하고, 배반과 사악한 적의로 가득하니까. 그의 말을 듣지 마세요. 윌리엄과 저스틴, 클레르발, 엘리자베스와 내 아버지, 그리고 비참한 빅터의 죽은 영혼을 부르며 당신의 칼을 그의 심장에 꽂아 주세요. 내가 주변을 떠돌며 칼날의 방향을 올바르게 인도할 테니.

월튼이 이어서.

17—년 8월 26일.

마거릿 누님, 이렇게 해서 기이하고 소름끼치는 이야기가 끝났습니다. 피가 얼어붙을 정도로 섬뜩한 느낌이 들지 않나요? 저는 심지어 지금도 오싹하거든요. 때때로 그는 갑작스러운 번민에 사로잡혀 말을 잇지 못했고, 또 어떨 때는 갈라지면서도 날카로운 목소리로 고통에 겨운 말들을 힘겹게 내뱉기도 했습니다. 아름답고 다정한 그의 눈은 때로는 적개심으로 타오르고, 참담한 슬픔으로 가라앉아 한없는 절망 속에서 빛을 잃기도 했어요. 가끔은 표정과 억양을 추스르고 동요하는 기색을 억누르며 너무나 끔찍한 사건들을 차분한 목소리로 전했습니다. 그러다가도 화산이 폭발하는 것처럼 사나운 분노의 표정으로 돌변해서 자신을 괴롭히는 괴물을 향해 저주의 말을 외치기도 했어요.

그의 이야기는 앞뒤가 잘 맞고 더없이 진실한 것처럼 들립니다. 그런 데다가 그가 보여 준 펠릭스와 사피의 편지, 그리고 내가 배에서 봤던 괴물의 모습은 진지하고 논리정연한 그의 주장보다도 그 이야기가 사실임을 말해 주는 한층 더 확실한 증거였죠. 그렇다면 그런 괴물이 실제로 존재한다는 것 아니겠어요. 그러니 그걸 의심할 수 없지만 여전히 놀랍고 신기합니다. 몇 번쯤 프랑켄슈타인에게 놈을 어떻게 만들었는지 자세히 설명해 달라고 부탁해 봤는데, 그의 태도는 아주 완강했습니다.

"정신이 나간 거요, 친구?" 그는 말했어요. "아니면 무분별한 호기심이 당신

을 이끄는 거요? 당신도 악마 같은 원수를 하나 만들려는 겁니까? 그게 아니라면 무슨 의도로 그런 질문을 하는 거요? 진정해요, 진정해! 나를 교훈으로 삼아서 스스로의 불행을 자초하지 말란 말이요."

프랑켄슈타인은 제가 그의 이야기들을 기록한다는 걸 알았어요. 그는 그걸 보자고 하더니 적잖은 곳을 고치고, 또 어떤 부분은 내용을 덧붙이기도 했습니다. 주로 적과 나눈 대화를 더 현실적이고 생생하게 만들었죠. "당신이 내 이야기를 기록으로 남겼으니, 후손들에게 불완전한 내용을 전하지는 말아야죠."

누구도 상상할 수 없었던 기이한 이야기를 듣는 사이에 한 주일이 지났습니다. 제 생각들, 영혼의 모든 감정은 이 손님에게, 이 이야기와 그의 고상하고 점잖은 태도가 자아내는 흥미에 흠뻑 취했습니다. 저는 그를 위로해 주고 싶어요. 하지만 이렇게 한없이 비참한 사람, 위안의 희망을 모두 잃어버린 사람에게 계속 살아야 한다고 조언할 수 있을까요? 아, 아니에요. 이제 그에게 남은 유일한 기쁨은 산산이 깨어진 감정들을 평화와 죽음으로 가라앉히는 것뿐입니다. 그래도 한 가지 위안이 있으니, 고독과 정신 착란이 만들어 주는 환상들입니다. 꿈속에서 그는 가족들과 대화를 나누고 그런 만남을 통해 불행을 위로받거나 복수의 자극을 얻어요. 그들이 환상의 산물이 아니라 또 다른 세계에서 자신을 찾아온 실제의 존재라고 믿는답니다. 이 믿음이 그의 몽상을 숙연하게 만들고, 그래서 진실만큼이나 인상적이고 흥미롭게 들립니다.

우리가 항상 그의 인생과 불행에 대해서만 얘기를 나누는 건 아니에요. 그는 학문 전반에 걸쳐 해박한 지식을 드러내고, 날카로운 통찰력을 자랑합니다. 그의 웅변은 힘이 있으면서도 감동적이죠. 그가 슬픈 사건을 이야기할 때, 또는 연민이나 사랑의 감정을 자극하려 할 때면 눈물 없이는 들을 수 없답니다. 황폐해진 상태에서도 이토록 고결하고 기품이 넘치는데, 순조롭던 시절에는 얼마나 찬란했을까요? 그도 자신의 가치를 느끼고, 자신이 얼마나 깊이 추락했는지를 아는 것 같아요. 그는 말했습니다.

"어렸을 때는, 내가 위대한 일을 할 운명을 타고났다고 생각했죠. 감정이 풍부한 데다 탁월한 성취에 필요한 냉철한 판단력도 지녔거든요. 다른 감정들이 기를 펴지 못할 때도 이런 자긍심이 나를 받쳐 주었죠. 인류를 위해 유용하게 쓰일 재능을 비탄에 젖어 헛되이 내버리는 건 죄악이라고 생각했으니까. 내가 완성한 작업을 돌이켜 보면, 감정과 이성을 갖춘 동물을 창조한 것만 하더라도, 나를 평범한 무리의 과학자로는 볼 수 없었죠. 하지만 처음에 시작할 때 나를 지탱해 주었던 이런 생각이 지금은 나를 시궁창 속으로 더 깊이 처박을 뿐입니다. 내 생각과 희망은 무용지물이 되었고, 나는 전능함을 갈망했던 대천사처럼 영원한 지옥에 갇혔어요. 상상력은 찬란했고, 분석하고 응용하는 능력은 최고였죠. 이런 능력의 결합을 통해 나는 한 가지 아이디어를 떠올렸고, 인간을 만들었던 겁니다. 지금도 그 작업이 완성되어 가는 동안에 했던 공상들을 떠올리면 열정이 느껴집니다. 상상 속에서 나는 구름 위를 걸어 다녔어요. 내 능력에 의기양양하다가 또 어떨 때는 그에 따른 결과를 생각하며 뿌듯해했죠. 나는 어려서부터 희망이 원대하고 야심이 컸어요. 하지만 이렇게 몰락하고 만 것을! 오! 친구여, 당신이 예전의 나를 알았다면 이렇게 타락한 모습을 알아보지 못했을 겁니다. 나는 낙담이라는 걸 모르고 살았고, 고귀한 운명이 기다리고 있는 줄 알았죠. 이렇게 무너져서 다시 일어나지 못하게 될 때까지는."

그렇다면 저는 이렇게 훌륭한 사람을 잃어야 하는 걸까요? 제가 얼마나 친구를 원했는지, 저와 공감하며 저를 사랑해 줄 사람을 얼마나 간절히 찾았는지 누님도 아시죠. 그런데 보세요! 이 황량한 바다에서 그런 사람을 만났습니다. 하지만 그의 가치를 알자마자 그를 잃게 될 것 같아요. 저는 그에게 삶의 의욕을 되살려 주려 했지만 그는 손사래를 쳤습니다.

"고마워요, 월튼." 그는 말하더군요. "이렇게 가련한 인간에게 온정을 베풀어 줘서. 당신은 새로 맺은 인연과 새로운 애정에 대해 이야기하는데, 떠난 사람들의 자리를 누가 대신할 수 있다고 생각하나 보죠? 내게 클레르발을 대신할 사람이, 엘리자베스를 대신할 사람이 생길 수 있겠어요? 남달리 대단한 애정을 나누지 않았더라도 어릴 적의 동무들은 늘 우리 마음에 일정한 힘을 발휘하지만 나중에 사귄 친구들은 그러기가 쉽지 않잖아요. 그들은 어린 시절의 성향을 아는데, 그런 성향이 나중에 어느 정도 바뀔 수는 있어도 완전히 사라지지는 않죠. 그리고 그들은 우리가 어떤 행동을 했을 때 실질적인 동기에 대해 보다 분명한 판단을 내릴 수 있어요. 형제나 자매는 결코, 어릴 적부터 그런 징후를 보이지 않았다면, 속임수를 썼다거나 거짓된 행동을 했다고 서로를 의심하지 않아요. 반면에 다른 친구들은, 아무리 사이가 끈끈하더라도, 본의 아니게 그런 의심을 품을 수 있죠. 하지만 내가 우정을 소중히 여긴 건 습관이나 인연 때문만은 아니에요. 그들이 지닌 미덕도 중요했죠. 그리고 앞으로도 내가 어디에 있건 엘리자베스의 감미로운 목소리, 그리고 클레르발과 나눴던 얘기는 늘 내 귓가에서 나직하게 울릴 겁니다. 그들은 죽었죠. 하지만 이런 고독 속에서도 한 가지 감정만은 내게 목숨을 부지하라고 설득할 수 있어요. 내가 인류에게 널리 도움이 될 숭고한 사명이나 계획에 관여했다면 그걸 완수하기 위해 살 수도 있겠죠. 하지만 그건 내 운명이 아닙니다. 나는 내가 만들어 낸 존재를 쫓아가서 파멸시켜야 해요. 그래야 지상에서 내 운명이 완수된 것이고, 그래야만 나는 죽을 수 있어요."

9월 2일.

사랑하는 누님,

위험이 눈앞에 닥쳐서 사랑하는 영국과 그곳에 살고 있는 정겨운 친지들을 다시 볼 수 있을지 모르는 채로 이 편지를 씁니다. 저는 지금 도무지 빠져나갈 틈을 주지 않고 시시각각 우리 배를 부숴 버릴 것처럼 위협하는 빙산에 갇혀 있어요. 저의 설득으로 배에 오른 용감한 친구들은 저를 바라보며 도움을 기대하는데 어떻게 할 방법이 없습니다. 대단히 심각한 상황이지만 용기와 희망은 저를 저버리지 않았습니다. 우리는 살아남을 거예요. 만약 그럴 수 없다면 세네카고대 로마의 철학자의 교훈을 되새기며 유쾌한 심정으로 죽음을 맞겠습니다.

하지만 누님의 심정이 어떨까요? 제가 죽었다는 소식도 듣지 못한 채 제가 돌아오기만을 애타게 기다리시겠죠. 한 해 두 해 세월이 흐르면서 어쩌다 절망도 하겠지만, 희망을 버리지 못하고 괴로워할 겁니다. 아! 사랑하는 누님. 누님의 절절한 기대가 하릴없이 무너질 것이 제가 죽는 것보다 더 끔찍합니다. 하지만 누님께는 남편과 사랑하는 아이들이 있으니 행복하게 지낼 수 있을 겁니다. 부디 하늘이 누님을 축복하시어 행복을 누리게 해 주시길!

저의 불행한 손님은 저를 무척 안쓰러워합니다. 마치 삶을 무척 아끼는 사람처럼 제게 희망을 불어넣으려고 애쓰고 있어요. 이 북극의 바다를 건너려 했던 다른 항해자들도 같은 상황을 무수히 겪었다고 일깨우는 그의 얘기를 들으면 밝은 예감이 차오릅니다. 그의 유창한 언변은 선원들에게도 힘이 됩니다. 그의 얘기를 들으면 절망이 사라지고 기운이 나는 모양이에요. 그의 목소리를 듣다

보면 이 거대한 빙산이 인간의 의지 앞에서 자취를 감출 작은 언덕에 불과하다고 믿게 됩니다. 물론 이런 감정은 일시적이어서 그 기대가 하루하루 미뤄질수록 그 자리를 공포가 채우게 되죠. 저는 이들이 절망한 나머지 폭동을 일으키지 않을까 두렵습니다.

9월 5일.

방금 전에 너무나 이례적으로 중요한 일이 벌어져서, 이 편지가 누님의 손에 끝내 들어가지 못할 가능성이 매우 높지만 기록을 남기지 않을 수가 없습니다.

우리는 여전히 빙산에 갇혀 있고, 그것과 충돌해서 난파할 위험도 여전합니다. 추위는 극심하고, 불운한 동지들이 이미 몇 명이나 이 황량한 풍경을 무덤으로 삼았습니다. 프랑켄슈타인의 건강은 나날이 악화되고 있어요. 눈에서는 여전히 열정이 이글거리지만, 탈진한 상태이다 보니 어쩌다 갑자기 기운이 났다가도 금세 죽은 듯이 다시 쓰러지곤 합니다.

지난번 편지에서 폭동이 두렵다는 얘기를 드렸죠. 오늘 아침에 눈을 반쯤 감고 팔다리를 힘없이 늘어뜨린 친구의 창백한 얼굴을 바라보며 앉아 있는데, 선원 여섯 명이 선실에 들어와도 되겠냐고 허락을 구하더군요. 안으로 들어온 주동자가 말하길, 자신들은 다른 선원들의 대표로 선출되어 제게 요구를 하러 왔다는 거였어요. 제가 거절할 수 없는 정당한 요구라고 했습니다. 우리는 빙산에 갇혀 있고, 빠져나갈 가망이 별로 없는 상태였죠. 그래도 그들은 만약 얼음이 벌어지면서 빠져나갈 길이 열릴 경우, 제가 다시 무모하게 항해를 계속하며 간신히 위험을 벗어난 자신들을 새로운 위험으로 끌고 갈까 봐 걱정했습니다. 그래서 저더러 빙산을 벗어나면 곧바로 뱃머리를 남쪽으로 돌리겠다고 엄숙하게 약속해 달라고 했습니다.

그들의 얘기에 마음이 심란했습니다. 저는 절망하지 않았고, 얼음에서 벗어나더라도 돌아가겠다는 생각은 해 본 적이 없었어요. 하지만 제가 어찌 이들의 정당한 요구를, 그 가능성만이라도 거절할 수 있겠습니까? 대답을 주저하고 있는데 이때까지 잠자코 있었던, 심지어 끼어들 힘조차 없어 보였던 프랑켄슈타인이 몸을 일으켰습니다. 눈이 반짝이고, 순간적으로 생기가 돌아서 뺨도 붉게 물들었더군요. 그는 선원들을 바라보며 말했습니다.

"그게 무슨 뜻이오? 선장에게 무슨 요구를 하는 거요? 당신들은 그렇게 쉽게 계획에 등을 돌리는 사람들이오? 당신들은 이걸 영광스러운 탐험이라고 하지 않았소? 무엇 때문에 영광스러웠던 거요? 남쪽 바다처럼 뱃길이 순탄하고 평온해서가 아니라 위험과 공포로 가득했기 때문에, 새로운 일이 벌어질 때마다 불굴의 정신이 필요했고 용기를 발휘했기 때문에, 위험과 죽음에 둘러싸여 있고 그 위험한 상황을 당신들이 용감하게 극복해 왔기 때문이 아니요? 그것 때문에 이 항해가 영광스럽고 명예로운 일이었잖소. 장차 당신들은 인류에 공헌했다는 찬사를 받을 사람들이었소. 명예를 걸고 인류에 이바지하기 위해 죽음에 맞선 용감한 사람들로 이름을 떨치게 되어 있었단 말이오. 그런데 이 꼴을 보시오. 위험에 처했다고 생각되자마자 여러분의 용기를 시험할 강력하고 무서운 시련 앞에서 잔뜩 움츠러들었으니, 이제 혹한과 위험을 견뎌 낼 힘이 없는 자들이었다고 대대로 전해질 판이오. 그래서 추위에 떨며 따뜻한 난롯가로 돌아간 가련한 영혼이 되려는 거요? 아니, 그러려면 뭐 하러 이런 준비를 했소. 선장에게 패배의 불명예를 씌우고 스스로 겁쟁이라는 걸 입증하기 위해 여기까지 올 필요는 없었잖소. 아! 사내가 되시오. 아니, 사내를 뛰어넘는 그 이상이 되시오. 목표를 정했으면 흔들리지 말고 바위처럼 군건해지시오. 이 얼음은 당신들 마음 같은 것으로 만들어지지 않았소. 저건 변덕스러워서 당신들이 마음만 먹는다면 당신들을 이겨 낼 수 없소. 이마에 불명예의 낙인을 찍은 채 가족들에게 돌아가서야 되겠소? 싸워서 정복한 영웅, 적에게 등을 돌릴 줄 모르는 영웅이 되어 돌아가야지."

이 얘기를 할 때 그는 완전히 돌변한 목소리에 전혀 다른 감정을 실어 냈고, 눈에는 숭고한 이상과 영웅주의가 가득해서 선원들이 감동을 받았다는 걸 의심할 수 없었어요. 그들은 서로 눈빛을 주고받을 뿐 뭐라고 대꾸를 하지 못했습니다. 내가 입을 열었습니다. 그들에게 돌아가서 지금 들은 얘기를 잘 생각해 보라고 했어요. 그런데도 그들의 뜻이 강경하다면 더는 북쪽으로 데려가지 않겠으나 신중히 생각하고 용기를 되찾기 바란다고 말했습니다.

그들은 물러갔고, 저는 친구를 바라봤습니다. 하지만 그는 어느새 축 늘어져서 거의 숨이 다한 것처럼 보이더군요.

이 항해가 어떻게 끝날지는 저도 모르겠습니다. 하지만 목표를 이루지 못한 채 치욕스럽게 돌아가느니 차라리 죽는 쪽을 택하겠습니다. 그러면서도 그게 저의 운명일까 두렵습니다. 영광과 명예라는 이상의 보루가 없는 이 사람들은 현재의 고난을 결코 기꺼이 견뎌 낼 수 없을 테니까요.

9월 7일.

주사위는 던져졌습니다. 배가 부서지지 않으면 돌아가기로 합의했습니다. 이렇게 저의 희망은 우유부단한 겁쟁이들에 의해 무참히 깨졌습니다. 아무것도 알아내지 못한 채 실망을 안고 돌아갑니다. 이 부당한 상황을 참고 견뎌 내려면 제가 가진 소신 정도로는 부족할 것 같습니다.

9월 12일.

다 끝났습니다. 저는 지금 잉글랜드로 돌아가고 있어요. 공익과 영광이라는 희망이 사라졌습니다. 그리고 친구를 잃었습니다. 그래도 이 가슴 아픈 상황을 사랑하는 누님께 자세히 전해 보도록 하겠습니다. 잉글랜드로, 그리고 누님이 계신 곳으로 가는 것이니 낙담하지 않겠습니다.

9월 9일에 얼음이 움직이기 시작하더니 산더미 같은 얼음이 갈라지고 사방으로 쪼개지면서 천둥 같은 굉음이 저 멀리서 들려왔어요. 그야말로 급박한 상황이었지만 우리가 할 수 있는 일이라곤 없었고, 저의 가장 큰 관심은 불운한 손님이었죠. 그는 병세가 너무 악화되어 거의 침대에만 누워 있었습니다. 뒤에서 얼음이 갈라지더니 북쪽으로 세차게 밀려갔습니다. 서쪽에서 가벼운 바람이 불어왔고, 11일에는 남쪽 방향으로 길이 완전히 열렸습니다. 이걸 본 선원들은 고향으로 돌아갈 뱃길이 확보되었다는 사실에 기쁨의 탄성을 질렀습니다. 그들의 떠들썩한 환호는 한동안 계속되었어요. 잠에 빠져 있던 프랑켄슈타인이 눈을 뜨고는 소란스러운 이유를 묻더군요. "이제 곧 잉글랜드로 돌아가게 됐다고 저렇게 소리를 지르네요." 내가 말했습니다.

"정말 돌아갈 생각입니까?"

"어쩌겠어요, 그래야죠. 저들의 요구를 묵살할 수가 없습니다. 내키지 않는 위험으로 저들을 몰아넣을 수는 없으니 돌아가야죠."

"당신의 뜻이 그렇다면 그렇게 하세요. 하지만 나는 안 가겠어요. 당신은 목표를 포기할지 몰라도, 나는 하늘이 내린 소명이기 때문에 감히 그럴 수 없습니다. 몸은 쇠약하지만 복수를 도와주는 혼령들이 틀림없이 내게 힘을 줄 거예요." 그는 이렇게 말하면서 몸을 일으키려 했지만, 힘을 너무 소진한 탓인지 다시 쓰러져서 정신을 잃었습니다.

한참 만에야 의식이 돌아왔는데, 그사이에 그의 명이 다했다고 생각한 것도 여러 번이었어요. 마침내 눈을 떴지만 숨 쉬는 것도 힘들어했고, 말은 아예 하지 못했습니다. 의사는 진정제를 주고는 그를 귀찮게 하지 말고 가만히 놔두라고 했습니다. 그러면서 그가 이제 몇 시간밖에 살지 못할 거라더군요.

그에게 죽음의 선고가 내려졌고, 저는 그저 침통하게 견뎌 낼 뿐이었습니다. 침대 옆에 앉아 그를 지켜봤어요. 눈을 감고 있어서 자나 보다 생각했는데, 조금 있으려니 그가 가냘픈 목소리로 저를 부르면서 가까이 오라고 하더군요. "아아! 내가 의지하던 힘도 이제 사라졌군. 나는 곧 죽을 텐데, 나의 적이자 박해자인 그는 여전히 살아 있겠지. 월튼, 숨이 끊어지는 마지막 순간에도 내가 전에 표출했던 것 같은 그런 뜨거운 증오, 복수를 향한 강렬한 열망을 느낀다고는 생각하지 말아요. 하지만 적의 죽음을 원한 건 정당한 바람이었어요. 지난 며칠 동안 과거의 내 행적을 골똘히 생각해 봤어요. 비난받을 일이었다고 생각하진 않아요. 열정적인 광기에 사로잡혀 머리를 쓸 줄 아는 존재를 만들었으니, 내가 지닌 능력 안에서 그의 행복과 안녕을 보장해 줘야 했죠. 그게 내 의무였어요. 하지만 그것 못지않게 중요한 게 있었으니, 인류에 대한 의무가 내겐 더 크게 느껴졌던 거예요. 행복이건 불행이건 그들이 차지하는 몫이 훨씬 크니까. 그런 까닭에 첫 번째 피조물의 반려자를 만들어 주길 거부했고, 그건 옳은 일이었어요. 그는 극악무도한 원한과 이기심을 악행으로 드러냈죠. 내 가족들을 죽였어요. 섬세한 감정과 행복, 그리고 지혜를 누리던 존재들을 파멸시키는

데 혈안이 된 거예요. 복수를 향한 놈의 갈증이 어디서 그칠지는 나도 몰라요. 더는 누구를 비참하게 만들 수 없어서 본인이 불행해진다면 그때 죽겠죠. 그를 파멸시키는 과제는 내 몫이었지만, 나는 실패했어요. 이기적이고 부당한 마음이 발동했을 때 당신에게 못다 한 내 일을 맡아 달라고 부탁했었죠. 그리고 지금 그걸 다시 한번 부탁하겠지요. 지금은 이성과 도덕에 따른 거예요.

하지만 이 과제를 완수하기 위해 고국과 가족을 등지라고 부탁할 수는 없겠죠. 그리고 이제 잉글랜드로 돌아간다니 놈을 만날 가능성은 거의 없을 거예요. 그러나 이런 점들을 깊이 생각하고 당신이 의무로 여기는 것들과 균형을 맞추는 문제는 당신에게 맡길게요. 죽음을 앞둔 탓에 내 판단력과 생각은 이미 흐려졌거든요. 어쩌면 나는 아직도 열정 때문에 판단을 그르치고 있는지도 모르니, 내가 옳다고 생각하는 일이라도 당신에게 차마 부탁하지는 못하겠어요.

놈이 살아서 악행을 저지를 거라고 생각하면 마음이 괴로워요. 그것만 아니라면 이제 곧 모든 고통에서 풀려날 지금 이 순간이 몇 년 만에 행복을 느낄 수 있는 유일한 시간인데. 저세상으로 떠나보낸 내 사랑하는 가족의 모습이 눈앞에 어른거리고, 이제 서둘러 저들의 품으로 가야겠어요. 잘 지내요, 월튼! 평온 속에서 행복을 찾고, 과학과 탐험이라는 분야에서 걸출한 인물이 되겠다는 순수한 의도일지라도 야망은 멀리하세요. 하지만 내가 왜 이런 말을 하고 있지? 나는 비록 그 희망을 이루지 못했어도, 다른 사람은 성공할지 모르는데."

그의 목소리는 점점 가늘어졌고, 급기야 기력이 다했는지 입을 다물었습니다. 30분쯤 지나 다시 말을 해 보려 했지만 그럴 수 없었어요. 그는 제 손을 힘없이 잡은 채로 영원히 눈을 감았고, 빛을 발하던 다정한 미소도 입가에서 사라졌습니다.

누님, 때 이른 죽음을 맞은 이 고귀한 영혼에 대해 무슨 말을 할 수 있을까요? 어떻게 말해야 이 슬픔의 깊이를 누님이 이해하실 수 있을까요? 어떤 말도 부족하고 미진할 겁니다. 눈물이 흐릅니다. 상심의 구름이 제 마음을 뒤덮었어요. 하지만 이제 잉글랜드로 가고 있으니, 그곳에서 위안을 얻을 수 있겠죠.

무슨 일이 일어난 것 같네요. 이게 무슨 소리일까요? 지금은 한밤중입니다. 바람이 적당히 불고 갑판의 파수꾼도 거의 움직이지 않는데. 지금 또. 사람 목소리 같지만 더 거칠어요. 프랑켄슈타인의 시신이 있는 선실에서 들려오네요. 가서 살펴봐야겠어요. 안녕히 주무세요, 누님.

하느님 맙소사! 대체 무슨 일이 벌어졌던 걸까요! 지금도 그걸 떠올리면 정신이 아득해집니다. 그 얘기를 상세히 전할 힘이 남아 있는지도 잘 모르겠어요. 하지만 이 놀라운 최후의 파국을 빠트린다면 지금까지 기록한 이야기가 미완성이 될 겁니다.

불행했던 제 훌륭한 친구의 시신이 놓여 있는 선실로 들어갔더니, 도저히 표현할 말을 찾을 수 없는 어떤 형체가 그 위에 몸을 숙이고 있었습니다. 체구는 거대한데 기괴하고 일그러진 형상이었어요. 관 위로 몸을 숙이고 있는 그의 얼굴은 덥수룩하고 헝클어진 긴 머리카락에 가려 보이지 않았습니다. 하지만 앞으로 뻗은 큼지막한 손은 색이며 질감이 흡사 미라 같더군요. 제가 들어오는 소리에 그는 동작을 멈추고는 비통하고 소름 끼치는 탄성을 내지르더니 창가로 후다닥 뛰어갔습니다. 그의 얼굴처럼 오싹한 모습, 그렇게 혐오스럽고 섬뜩한 모습은 본 적이 없습니다. 저도 모르게 눈을 감았지만, 이 파괴자에 대한 제 의무를 간신히 떠올리고는 가지 말라고 그를 불러 세웠습니다.

그는 멈칫하더니 의아하다는 표정을 지었습니다. 그러고는 숨을 거둔 자신의 창조자를 향해 다시 한번 몸을 틀고는, 제가 있다는 사실을 잊은 것처럼 격정을 주체하지 못하고 표정과 몸짓으로 더없이 거친 분노를 드러냈습니다.

"저자도 나의 희생자다! 그의 죽음으로 나의 죄는 정점에 달했어. 비참했던 내 존재도 이제 끝나겠군! 아! 프랑켄슈타인! 너그럽고 헌신적인 이여! 이제 와서 당신의 용서를 구해 봐야 무슨 소용이 있을까? 당신이 사랑했던 모든 사람을 죽여서 당신을 돌이킬 수 없이 망가뜨린 나인데. 아아! 그의 몸이 식었으니, 어찌 대답을 하리."

목이 메는 것 같더군요. 처음에는 친구가 숨을 거두면서 요청한 대로 그의 원수를 죽여야 한다고 생각했지만, 호기심과 연민이 뒤섞이면서 그 마음이 멈칫했습니다. 무시무시한 그 존재를 향해 다가갔습니다. 그의 추악함에는 너무 오싹하고 섬뜩한 뭔가가 있어서 차마 두 번 다시 그의 얼굴을 올려다볼 마음은 들지 않았습니다. 말을 해 보려 해도 소리가 되어 입 밖으로 나오지 않았습니다. 괴물은 이때까지도 자책의 말들을 두서없이 늘어놓고 있었어요. 폭풍처럼 휘몰아치는 그의 격정적인 탄식이 잠시 멈춘 틈을 타서 마침내 마음을 가다듬고 얘기를 꺼냈습니다. "이제 와서 후회해 봐야 무슨 소용이냐. 너의 극악무도한 복수심이 이런 사태를 낳기 전에 네가 양심의 소리에 귀를 기울이고 가책을 느꼈다면 프랑켄슈타인은 아직 살아 있었을 텐데."

"무슨 꿈나라 얘기를 하는 거지? 내가 고통과 가책에 무감각했다고 생각하나?" 그는 시신을 가리키며 말을 이었습니다. "저 사람은 사태가 이 지경이 되기까지, 일이 진행되며 늘어지는 사이에 내가 느낀 괴로움의 1만분의 1도 느끼지 않았다. 무시무시한 이기심이 나를 닦달했지만, 내 가슴은 후회로 물들었지. 클레르발의 신음 소리가 내 귀에는 음악으로 들렸을 것 같나? 내 심장도 사랑과 연민을 느낄 수 있도록 만들어졌다. 불행을 겪으면서 그게 악의와 증오로 일그러졌을 때는 너는 상상도 할 수 없는 고통을 느꼈단 말이다.

클레르발을 살해한 후에 나는 가슴이 무너지고 정신적으로 피폐해져서 스위스로 돌아갔다. 프랑켄슈타인이 측은했지. 끔찍할 정도로 측은했어. 나 자신이 싫어서 견딜 수 없었다. 하지만 나를 만들어서 말할 수 없는 고통을 안겨 준 그가 감히 행복을 바란다는 사실을 알게 되었을 때, 내겐 비참함과 절망만을 잔뜩 안겨 준 채 나에게는 영원히 허락되지 않은 감정과 열정을 누리려 한다는 걸 알게 되었을 때는 무기력한 질투심과 지독한 분노로 인해 억누를 수 없는 복수의 갈증에 빠져들었지. 그에게 했던 협박이 떠올랐고, 그걸 실행하기로 결심했다. 그것이 나한테 엄청난 고문이 될 줄 알면서도 나는 충동의 노예일 뿐 주인이 아니었기에 그게 싫으면서도 거스를 수 없었다. 하지만 그녀가 죽었을 때는! 아니, 그때는 비참하지 않았어. 극심한 절망에 저항하기 위해 모든 감정을 떨치고 고뇌를 눌러 버렸으니까. 그때부터 악이 나한테는 선이 되었지. 그렇게 충동에 떠밀려서 내가 기꺼이 선택한 기질에 내 본성을 적응시키는 수밖에

없었다. 악마 같은 계획을 완수하는 것이 간절한 열망이 되었어. 그리고 이제 끝났다. 저자가 나의 마지막 희생자다!"

불행을 토로하는 말에 처음에는 마음이 흔들렸습니다. 하지만 그의 뛰어난 언변과 설득의 힘에 대해 프랑켄슈타인이 했던 말이 떠오르고, 죽어서 누워 있는 제 친구에게 눈이 닿자 분노가 다시 타올랐습니다. "추악한 놈! 여기가 어디라고 와서 처량한 신세인 양 징징대는 거냐. 네놈이 스스로 자초한 것을. 집에 횃불을 던져 놓고는 전부 타 버린 잿더미 위에 앉아 통곡하는 꼴이로구나. 위선적인 악마! 네가 애도하는 사람이 지금 살아 있었다면 너는 여전히 그를 노릴 테고, 그는 너의 가증스러운 복수의 제물이 되었겠지. 네가 느끼는 건 연민이 아니다. 너는 그저 네 원한의 제물이 네 손아귀에서 빠져나간 것을 한탄할 뿐이야."

"아, 그렇지 않다, 그렇지 않아." 그자가 제 말을 끊었습니다. "그러나 내 행동의 의도를 오해한다면 그런 인상을 받을 만도 하지. 하지만 내 불행을 동정해 달라는 게 아니다. 연민 같은 건 어림도 없겠지. 처음에 그걸 원했을 때는 내가 지닌 미덕, 내게서 흘러넘쳤던 행복과 애정을 함께 나누고 싶었다. 하지만

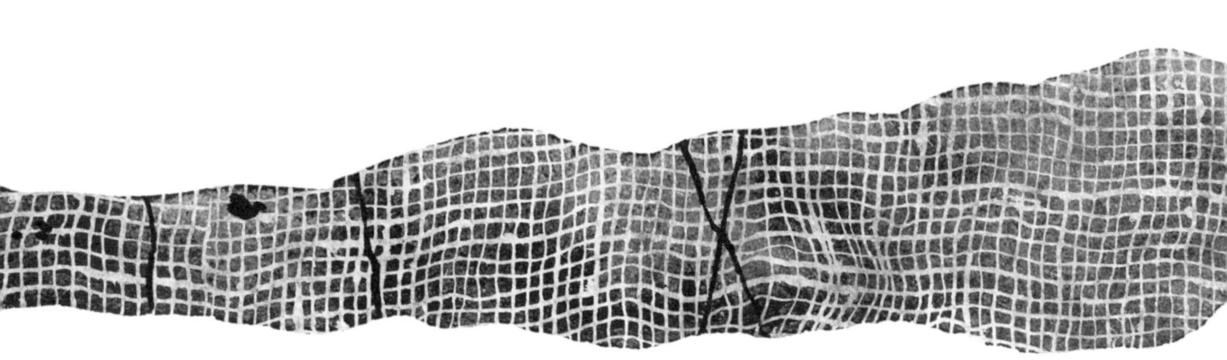

이제 나에게 그 미덕은 그림자가 되었고, 행복과 애정은 괴롭고 지겨운 절망으로 변했는데, 동정을 구할 구석이 어디 있겠는가? 괴로움이 지속되는 한 혼자 괴로워하는 것에 만족하고, 내가 죽는다면 혐오와 저주로 기억되리라는 사실에 만족한다. 한때는 미덕과 명예, 그리고 즐거움을 꿈꾸며 마음을 달래기도 했지. 내 외모를 너그럽게 눈감아 주고 내가 지닌 탁월한 자질을 사랑해 줄 사람을 만날 수 있을 거라는 헛된 희망도 품었다. 명예와 헌신이라는 높은 이상을 간직했었다. 하지만 악을 저지르면서 이제는 가장 비천한 동물보다도 더 타락하고 말았다. 어떤 범죄나 악행, 원한, 불행도 나와 비교할 수 없다. 내가 저지른 끔찍한 짓들을 돌이켜 보면, 내가 한때 아름다움과 고귀한 선행이라는 숭고하고 탁월한 이상으로 가득했었다는 걸 믿을 수 없다. 그런데 그게 사실이다. 타락한 천사는 악에 받친 악마가 되는 법이니까. 하지만 신과 인간의 적조차도 외로움을 나눌 친구와 동료가 있다. 그러나 나는 철저하게 혼자다.

당신, 프랑켄슈타인이 친구라고 불렀던 당신은 내 죄악과 그의 불행을 잘 알고 있는 것 같군. 하지만 그가 아무리 자세히 얘기했더라도 무력한 열정으로 허비해 버린 그 오랜 시간 동안 내가 견뎌 낸 비참함을 제대로 전할 수는 없었을 것이다. 그의 희망을 파괴했어도 내 욕망을 만족시키지는 못했으니까. 그 욕망은 늘 뜨겁게 타올랐지. 그러면서도 나는 여전히 사랑과 우정을 갈망했고, 여전히 멸시를 받았다. 이게 부당하지 않단 말인가? 모든 인간들이 내게 죄를 저질렀건만 왜 나만이 죄인 취급을 받아야 하는가? 친구를 무례하게 내쫓은 펠릭스는 왜 미워하지 않는 건가? 자기 자식을 구해 준 은인을 죽이려 든 농부는 왜 비난하지 않는 건가? 그래, 그들은 선하고 순결한 존재들이지! 나, 비참하게 버림받은 나는 멸시당하고 쫓겨나고 짓밟히는 실패작이고. 지금도 부당하게 당한 기억을 떠올리면 피가 끓는다.

하지만 내가 추악한 놈인 건 사실이다. 사랑스럽고 힘없는 사람들을 죽였으니까. 아무 죄 없는 사람들이 자고 있을 때 목을 조르고, 나는 물론 그 어떤 살아 있는 존재에게도 상처를 준 적 없는 자들의 숨통을 끊었으니까. 나는 나를 만든 창조자를, 인간들에게 사랑과 존경을 받아 마땅했던 그 탁월한 존재를 불행하게 만드는 일에 모든 걸 바쳤다. 그래서 회복할 수 없는 저 파멸로 몰아붙였다. 저기 그가 창백하고 싸늘한 주검으로 누워 있군. 당신은 나를 증오하지. 하지만 당신의 증오는 내가 나 자신에게 품는 감정에는 비할 바가 못 돼. 이게 그런 짓을 저지른 손이다. 그런 짓을 할 생각을 품었던 가슴이 이제는 이 손으로 내 눈을 찌르기를 바라고 있다. 그러면 더는 그런 생각을 하지 않겠지.

내가 앞으로도 악행을 저지를까 두려워할 것 없다. 내 일은 거의 끝났다. 내 존재의 대단원을 위해서는, 해야 하는 일의 완수를 위해서는, 당신이나 어느 누구의 죽음이 아닌 나 자신의 죽음이 필요하다. 그 제의를 실행하는 데 시간을 끌 거라고도 생각하지 마라. 이제 당신의 배를 떠나 여기까지 타고 왔던 얼음 뗏목을 타고 지상의 북쪽 끝으로 갈 것이다. 나의 장례를 위한 장작을 모아 놓고 이 비참한 몸뚱이를 재로 만들겠다. 어떤 불경한 이의 호기심에 불을 지펴 나 같은 존재가 또 만들어지는 일이 없도록. 나는 죽을 것이다. 그러면 지금 나를 갉아먹고 있는 이 번뇌도 더 이상 느끼지 않을 것이고, 충족될 수 없지만 억누를 수도 없는 감정의 포로도 되지 않겠지. 나를 만들어 낸 자는 죽었고, 나까지 없어지면 우리 둘 모두에 대한 기억은 금세 사라질 것이다. 태양이나 별들을 보지 못하고 뺨을 희롱하는 바람을 느끼지도 못하겠지. 빛과 느낌, 감각이 사라지고, 거기서 나는 행복을 찾을 것이다. 몇 해 전, 이 세상의 모습을 처음

눈에 담았을 때, 여름의 상쾌한 열기를 느끼고 살랑대는 나뭇잎과 재잘대는 새들의 소리를 들었을 때, 이런 것들이 삶의 전부였을 때, 그때 울다가 죽어야 했는데. 이제 죽음만이 나의 유일한 위안이다. 죄로 더럽혀지고, 더없이 참담한 후회로 갈가리 찢긴 내가 죽음 말고 어디서 안식을 찾겠는가?

그럼 이만! 이제 떠나겠다. 당신이 내 두 눈에 담은 마지막 인간이 될 것이다. 안녕히, 프랑켄슈타인! 당신이 아직 살아서, 여전히 나를 향한 복수의 열망을 간직하고 있었다면, 내가 죽기보다 살아서 그걸 만족시켜 주는 편이 나았을 텐데. 하지만 그렇게 되지 못했군. 당신은 내가 더 큰 악행을 저지르지 못하도록 나를 없애 버리려 했지. 내가 알지 못하는 어떤 방식으로 당신이 아직 생각하고 느끼는 힘을 잃지 않았다면 내가 살아서 계속 불행하길 원치 않았을 거야. 당신은 괴로웠겠지만, 내 번민이 당신이 느낀 것보다 훨씬 컸다. 쓰라린 양심의 가책은 죽음이 그 감각을 빼앗아 갈 때까지 내 상처를 계속 찔러 댈 테니까."

그는 슬프고 엄숙한 목소리로 뜨겁게 외쳤습니다. "이제 나는 곧 죽어 지금 느끼는 것을 더는 느끼지 못하겠지. 가슴속에서 타오르는 불행의 불꽃도 꺼질 것이다. 장작더미에 개선장군처럼 올라 살이 타는 고통 속에서 환호하겠지. 불길이 잦아들면 바람이 재를 바다로 쓸어 가겠지. 영혼은 평화롭게 잠들겠지만, 영혼도 생각을 한다면 그렇게는 생각하지 않을 거야. 안녕히."

그는 이렇게 말하고 선실 창문을 넘어 뱃전에 대 놓은 얼음 뗏목으로 훌쩍 뛰어내렸습니다. 그러고는 이내 물살에 밀려 저 멀리 어둠 속으로 사라졌습니다.

끝

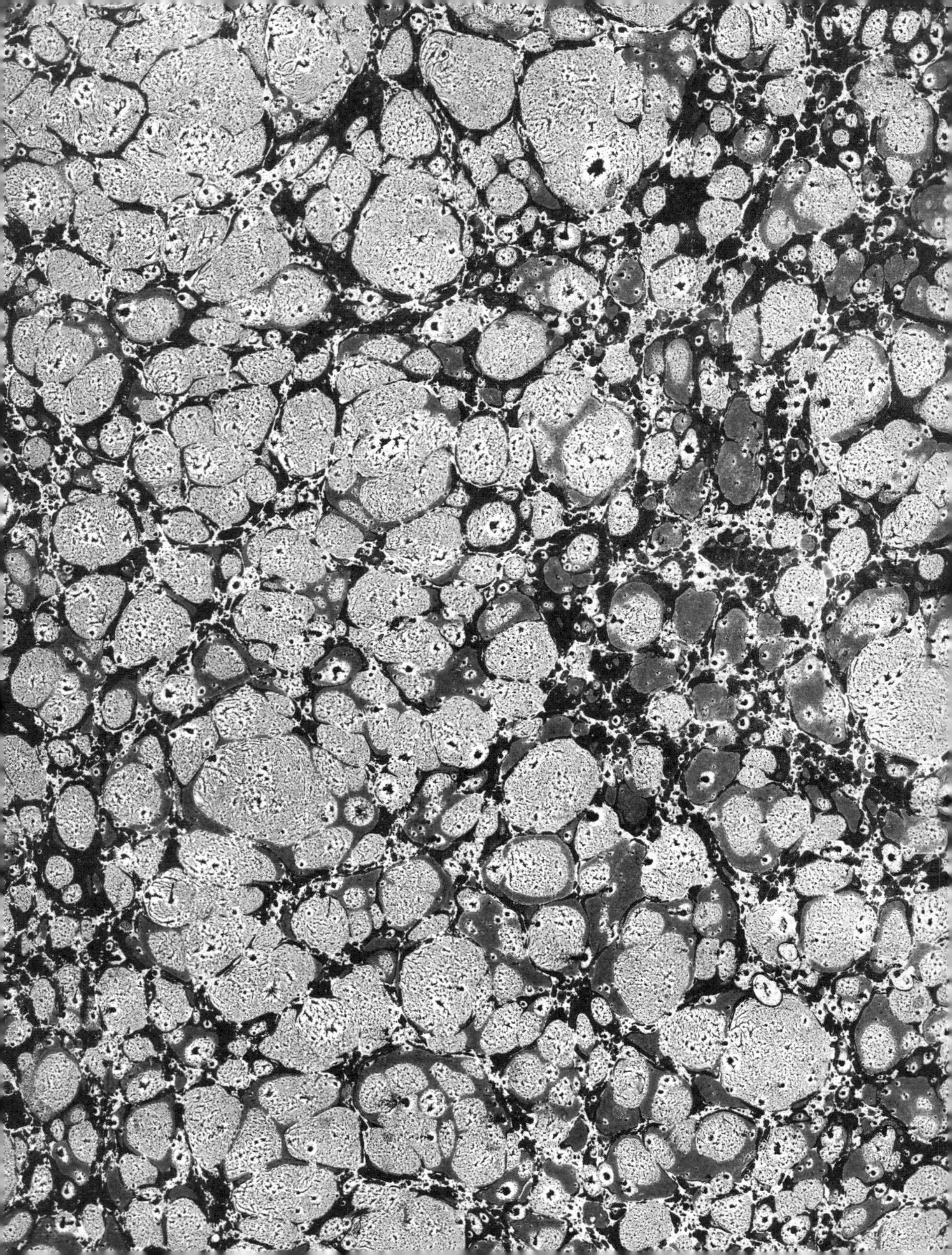

프랑켄슈타인

현 대 의 프 로 메 테 우 스

CREATORS

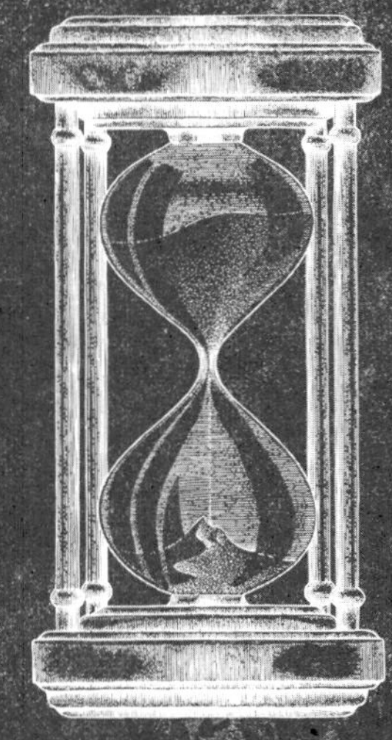

MARY WOLLSTONECRAFT SHELLEY
메리 울스턴크래프트 셸리

메리 셸리는 1797년 8월에 런던에서 태어났다. 급진적인 사상가였던 부모님은 서로를 깊이 사랑했다. 어머니인 메리 울스턴크래프트는 여성의 교육과 프랑스 혁명사를 주제로 책을 썼고, 페미니스트 선언을 작성했다. 아버지인 윌리엄 고드윈은 최초의 미스터리 소설로 평가받는 작품을 집필했고, 나중에 무정부주의로 알려지는 정치사상의 개요를 정리해서 책으로 출간했다. 어머니는 그녀를 낳고 며칠 지나지 않아 숨을 거뒀다. 윌리엄 고드윈은 재혼했다. 어린 메리는 새어머니의 사랑을 받지 못했지만, 이복동생인 클레어 클레어먼트와는 사이가 좋았다.

1814년에 메리는 클레어를 데리고 퍼시 비시 셸리와 사랑의 도피를 떠났다. 그는 준남작의 아들이었으며 아내가 있었다. 세 명은 당시 전쟁으로 피폐해진 프랑스를 가로질러 스위스와 독일, 네덜란드 등지를 여행했다. 윌리엄 고드윈을 존경했던 퍼시는 옥스퍼드 재학 시절에 무신론에 대한 소책자를 발행했다는 이유로 퇴학을 당했고, 이미 여러 권의 소설과 시집을 발표한 작가였다. 불과 얼마 전에 여인숙집 딸과 도망을 쳤지만 메리를 만나면서 그녀를 버렸다. 달을 채우지 못하고 태어난 아이가 숨을 거두자 두 사람은 스위스의 제네바 호수 지방으로 가서 시인인 조지 고든 바이런과 교류했다. 바이런은 클레어와 바람을 피우는 사이였다. 폭풍이 치던 1816년 여름에 난롯가에 모여 앉은 이들은 짧은 소설을 서로에게 읽어 주었는데, 메리는 그때 이 소설의 실마리를 얻었다. 집으로 돌아온 그녀와 퍼시는 두 번의 여행기를 담은 책을 출판했고, 《프랑켄슈타인》은 1818년 1월에 익명으로 발표했다.

두 사람은 빚 독촉을 피해 이탈리아로 거처를 옮겼다. 어린 두 자녀가 연이어 세상을 떠나자 메리는 심한 우울증에 빠졌지만, 네 번째로 태어난 아이는 잘 자랐다. 이탈리아는 두 사람에게 정치적인 자유와 창작의 자유를 제공했다. 퍼시는 뛰어난 시를 몇 편 썼고, 메리는 소설과 희곡을 썼다. 그러던 1822년 퍼시가 항해를 떠났다가 실종되었다. 아들의 상속권을 지키겠다고 결심한 메리는 잉글랜드로 돌아와서 퍼시의 아버지로부터 굴욕적인 재정 지원을 받았다. 그는 메리를 만나기를 거부했고 퍼시의 전기도 쓰지 못하게 했다. 하지만 그녀는 퍼시가 남긴 시에 주해를 달아서 출간했고, 그의 명성이 이어질 수 있도록 노력했다. 본인도 창작 활동을 계속했는데, 아버지를 부양하기 위해서도 돈이 필요했기 때문이다. 전기를 집필하고 잡지에 글을 기고했으며, 묵시록적 과학소설인 《마지막 사람》을 비롯한 여러 소설을 썼다. 1831년에 《프랑켄슈타인》의 개정판을 펴내면서 작가가 메리 셸리라고 밝혔다. 세월이 흐르면서 반항적이던 젊은 시절에는 허용되지 않았던 사회적인 인정도 어느 정도 받게 되었다. 그녀는 아들 내외가 임종을 지키는 가운데 1851년에 뇌종양으로 숨을 거뒀다.

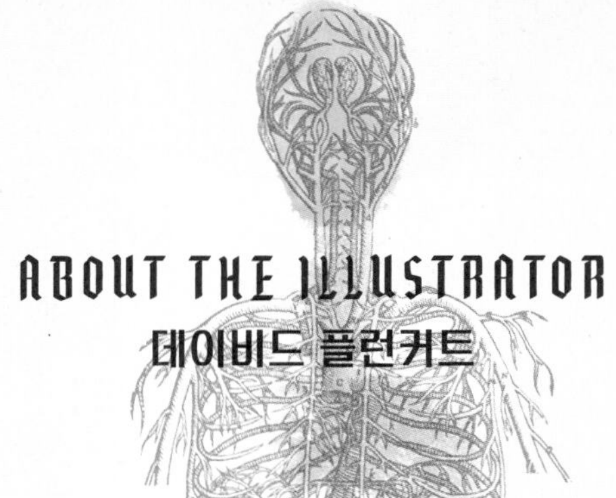

ABOUT THE ILLUSTRATOR
데이비드 플런커트

데이비드 플런커트는 그래픽 디자이너이자 일러스트레이터이며 카툰 작가이다. 그는 아내인 조이스 헤셀버스와 함께 메릴랜드주 볼티모어에서 '스퍼 디자인'이라는 디자인 및 일러스트레이션 스튜디오를 운영하고 있다. 미국 국회도서관과 쿠퍼-휴윗 디자인 박물관을 비롯한 여러 곳에 그의 포스터가 소장되어 있으며, 세계 전역에 작품이 전시되었다. 그의 일러스트레이션은 전 세계의 다양한 매체를 통해 대중에게 알려졌다. 또한 아메리칸 일러스트레이션, 커뮤니케이션 아츠, 그리고 출판 디자이너 협회 등이 그의 실력을 이미 인정했다. 뉴욕 일러스트레이터 협회로부터 금메달을 받았고, 메릴랜드 예술대에서 디자인과 일러스트레이션을 가르치고 있다. 그는 자비 출판 형식의 슈퍼히어로 앤솔로지 시리즈 가운데 〈히어로이컬〉을 그렸고, 2014년에 락포트 출판사(콰르토 그룹의 임프린트)에서 나온 《에드거 앨런 포 선집》의 디자인과 일러스트레이션을 맡아서 작업했다. 그 후에도 같은 출판사에서 《프랑켄슈타인》 200주년 기념 특별판의 디자인과 일러스트레이션을 맡아, 2018년에 출간했다. 2011년에는 국제 그래픽 연맹에 가입했다.

아르볼 N 클래식

FRANKENSTEIN

프랑켄슈타인

현 대 의 프 로 메 테 우 스

1판 1쇄 인쇄 2020년 9월 1일 | **1판 1쇄 발행** 2020년 9월 15일

글 메리 셸리 | **그림** 데이비드 플런커트 | **옮김** 강수정
펴낸이 권준구 | **펴낸곳** (주)지학사
본부장 황홍규 | **편집** 김솔지 문지연 | **디자인** 이혜리
제작 김현정 이진형 강석준 방연주 | **마케팅** 송성만 손정빈 윤술옥 이예현
등록 2010년 1월 29일(제313-2010-24호) | **주소** 서울시 마포구 신촌로6길 5
전화 02.330.5297 | **팩스** 02.3141.4488 | **이메일** arbolbooks@naver.com
ISBN 979-11-6204-092-8 03840
잘못된 책은 구입하신 곳에서 바꿔 드립니다.

이 도서의 국립중앙도서관 출판예정도서목록(CIP)은 서지정보유통지원시스템 홈페이지(http://seoji.nl.go.kr)와
국가자료종합목록 구축시스템(http://kolis-net.nl.go.kr)에서 이용하실 수 있습니다. (CIP제어번호 : CIP2020036416)

제조국 대한민국 **사용연령** 10세 이상
KC마크는 이 제품이 공통안전기준에 적합하였음을 의미합니다.

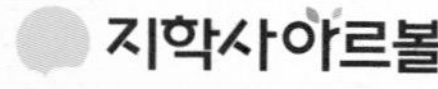

아르볼은 '나무'를 뜻하는 스페인어. 어린이들의 마음에 담긴 씨앗을 알찬 열매로 맺게 하는 나무가 되겠습니다.

홈페이지 www.jihak.co.kr/arb/book | **포스트** post.naver.com/arbolbooks

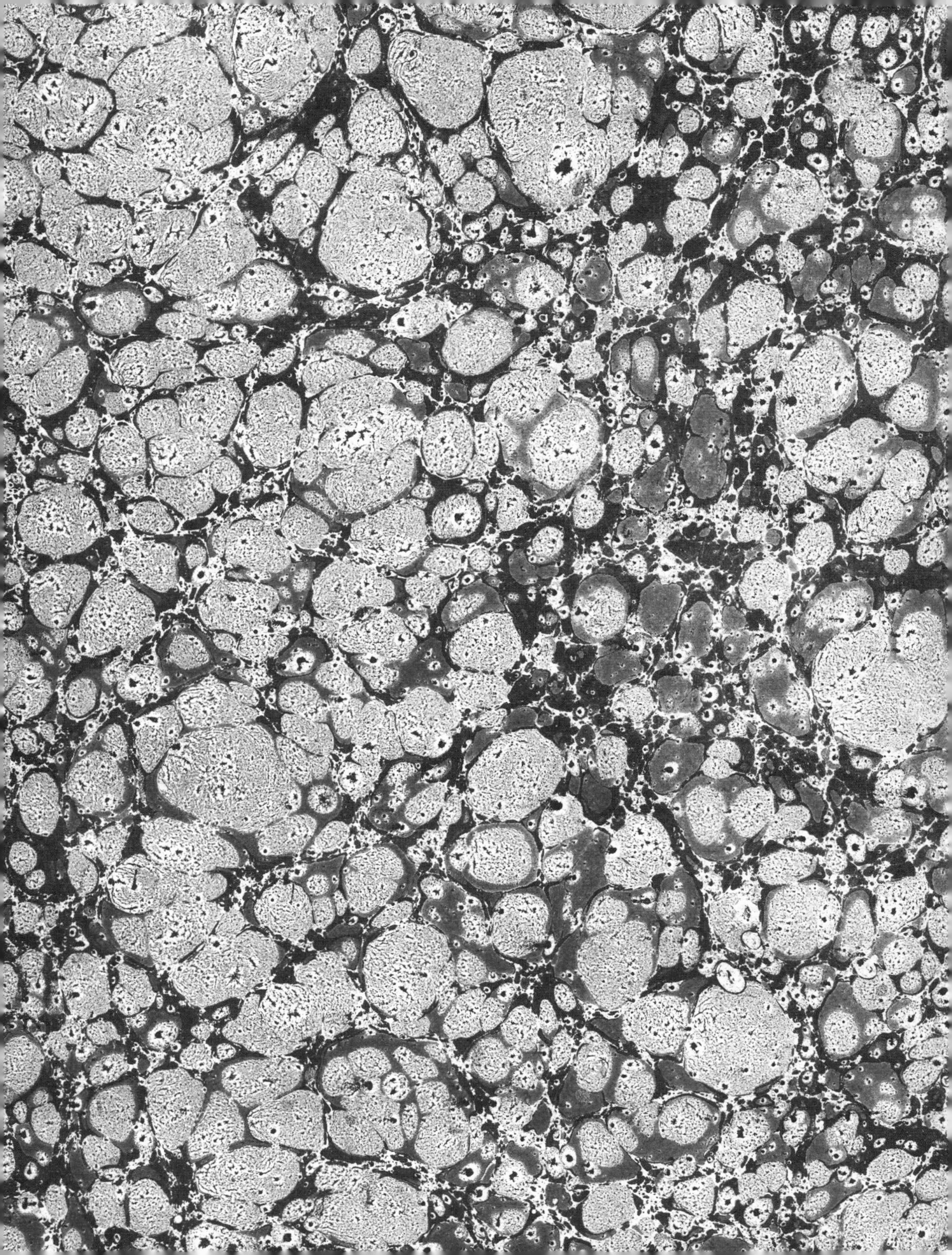